心机

讳\著

HUI
WORK

中国友谊出版公司

图书在版编目（CIP）数据

心机 / 讳著.—北京：中国友谊出版公司，2015.10
ISBN 978-7-5057-3592-7

Ⅰ. ①心… Ⅱ. ①讳… Ⅲ. ①长篇小说－中国－当代
Ⅳ. ①I247.5

中国版本图书馆CIP数据核字（2015）第217831号

书名	**心机**
作者	讳
出版	中国友谊出版公司
发行	中国友谊出版公司
经销	新华书店
印刷	北京温林源印刷有限公司
规格	700×980毫米　16开
	18印张　330千字
版次	2015年11月第1版
印次	2015年11月第1次印刷
书号	ISBN 978-7-5057-3592-7
定价	32.80元
地址	北京市朝阳区西坝河南里17号楼
邮编	100028
电话	（010）64668676

如发现图书质量问题，可联系调换。质量投诉电话：010-82069336

目录
Contents

第一章

清早，C市私人医院。

妇产科所在的那一层楼回荡着歇斯底里的尖叫，“莫颜！你个贱人！我咒你断子绝孙！一辈子都生不出孩子来！徐靖南知道了一定不会放过你的！你不得好死！”

手术室门前，两个穿黑色西装的保镖一边一个按住一个长发凌乱、面容扭曲的女人，任凭她尖叫挣扎，都脸色漠然，只是紧紧地按住她。

莫颜一身运动装，下身灰色长裤，上身白色卫衣，面无表情地坐在长椅上看着那个二十三四岁、下巴尖细、很符合徐靖南审美观的疯癫女人。手术室门口站了一位医生，看着疯女人的表情显得很是厌烦。

整个楼层就这么几个人。

“你知道徐靖南不会放过我？”莫颜束着马尾，耳边垂落了一缕头发。她抬手把头发拢到耳后，嘴边沁出一丝笑来，饶有兴趣地看着对面的女人，“我们打个赌怎么样？我猜徐靖南早就知道你在这里的消息了，而且，他会掐着时间，在你流完孩子后才出现。”

那个不断挣扎的女人登时停住动作，睁大眼难以置信地看着莫颜。

莫颜皱了皱眉，向保镖示意：“拖进去。”又叮嘱要一同进去的医生：“别让她磨蹭。”

一时，楼道里再次响起撕心裂肺的尖叫：“莫颜！你个贱人！你不得好死！”

莫颜食指勾着发圈把头发放下来，用手捋顺，垂眼把发圈戴在腕上：“翻来覆去没点儿新意。”

很快，那个女人被护士搀出来，进了一间单人病房，护士叮嘱她躺一个小时，没问题再离开。

莫颜推门进来时，床上女人的麻醉药药效已经过了，小腹开始隐隐地坠痛，一张尖细到可以开酒瓶盖的脸苍白又带了点绝望。见莫颜进来，挣扎着想要起来抓她。

“别说话了，省省力气吧！”莫颜站在两米之外，“流都流了，你指望徐靖南可怜你？外面漂亮女人一大把，想给他怀孩子的人多了去了，怎么他就非你不可？你这次能意外怀上他的孩子，你以为下次还能？徐靖南就那么傻？”

床上的人眼神怨毒，不甘中还带了一丝无望的哭腔：“都是因为你！贱人！”

正说着，病房门响了一声，保镖进来在莫颜耳边低声说：“少夫人，徐少和夫人来了。”

莫颜“嗯”了一声，等保镖出门后不急不缓地说：“你以为自己怀了孩子就能进徐家的门了？你真以为母凭子贵这种事能发生在一个小姐身上？以你的身份，即使真生了徐家的孩子，徐家也只会把孩子抱回家给我养。你以为他们会供你一辈子吃穿不愁？越是有钱的人家越是小气，有再多的钱，也不会愿意花在你身上，这些你不懂？何况你现在孩子已经没了。”

“你谨言慎行，还可以多拿点营养费，非要撕破了脸……你自己掂量掂量，嗯？！”莫颜甚至冲她弯了下嘴角。

床上的人还有些呆愣，外面就响起了保镖的声音：“徐夫人，徐少。”

莫颜转身，往一边让了让，低声开口：“妈。”

徐夫人毕凤华沉着脸也不应声，穿着得体的套裙走进来。跟在她身后的徐靖南看了莫颜一眼，莫颜嘴角翘出一丝嘲意，看也不看地把视线转向了别处。

毕凤华年近六十却风华依旧，保养得好，随便往那里一站就能让周围人喘不过气来。

她双手交握在身前，脊背挺得笔直，扫了床上的人一眼，沉声问：“孩子没了？”

莫颜点点头：“我急急忙忙赶过来，还是来晚了，已经没了。”

床上的人倏地睁大了眼。莫颜转头去看她，在毕凤华看不见的角度里微微冲她眯了眯眼睛。她愣了片刻，张开的嘴就又慢慢合了起来。

毕凤华的目光从头到脚扫过儿媳妇一身的晨跑运动装，连她手腕上的发圈都没放过。扫完后脸色好了很多，再不看床上的人一眼，转身往门外去，边走边说：“没了正好，谁的种都还不一定，省得将来祸害我们徐家。”

毕凤华走到病房外才停住脚步，狠狠瞪了身边儿子一眼，拉过莫颜的手拍了两下：“都是靖南，没边儿没沿儿地在外面瞎胡闹。委屈你了。”

莫颜抿着嘴笑："不是还有您和爸爸疼我，给我撑腰。"

毕凤华听了，立马又瞪了徐靖南一眼，沉声呵斥："以后你再整出这种事，就别再进徐家的门！"

说完，步伐优雅地走了。

徐靖南被骂得有些不耐烦，转过脸挑着眉去看莫颜。莫颜早收了那副贤惠乖巧的模样，冷着脸伸手："支票拿过来。"

徐靖南登时摸了摸鼻子，掏出支票簿，从保镖那里接过笔，在纸上点了两下问："写多少？"

莫颜斜眼看着他冷笑："你自己的小情人，给多少钱还问我？我要是说一分都不给呢？"

徐靖南早知道会碰一鼻子灰，很是无奈地看了她一眼，低头写着数字，还不忘嘴硬地说："怎么能一分都不给呢？总不能亏了人家！流个孩子也怪疼的！"

莫颜脸色就更冷了几分，拿过他递上来的支票，翘着唇角讽刺他："那你干什么让人家做掉呀？徐少要是心疼，干脆把她请回家再怀一个？"

说着推开门进去，把支票放在了床头柜前，点着支票对床上的人说："记住了，还是那四个字：谨言慎行。"

床上的人此刻还在琢磨刚才毕凤华说的那句"谁的种都还不一定，省得将来祸害我们徐家"，心里一时庆幸起来。看来徐家果然不会要外面女人生的孩子，幸好刚才没说错话。

等回过神才发现，徐靖南已经搂着自己的正牌妻子走了。

自始至终，他连看都没看她一眼。

公众场合，莫颜顺从地被徐靖南搂了一路，直到上车才一甩肩膀，坐到了一边。徐靖南跟着就要紧挨她坐下，莫颜冷着脸看都不看他："离我远点儿。"

徐靖南抬起来的屁股动也不是不动也不是，最后还是坐回一边："哎，都跟你说了，那个孩子还不知道是谁的呢。我那天晚上喝多了，根本不记得跟她……"

"打住！"莫颜冲他挥了下手，"你跟她有没有上床，她怀的孩子是不是你的跟我都没有关系，我也不想知道！徐靖南，我就求你下次这种破烂事别再找我，孩子你要是想要，你就通知爸妈把她接回来伺候着生下来；要是不想要，你就自己处理干净了，明白？"

"我要她的小孩儿干什么？"徐靖南听得莫名其妙，"哎，我说，莫颜你这是不识好歹，我这么做不也是在帮你？她要是生了徐家的孩子，你徐家少夫人的地位还能保得住？我还不是为了你好？”

莫颜冷冷一笑：“我真是谢谢你替我着想！这种天天给你擦屁股的日子我过够了，我巴不得跟你离婚！”

徐靖南看她一眼，不以为意地哼笑一声，凑过半边身子来，压着声音说：“你知道离婚意味着什么吗？先不说我这种离过婚的男人只会在婚姻市场上炙手可热，重点是，我们白纸黑字可都写好了，离婚是什么后果你知道吧？慎重啊颜颜！”

莫颜不用看都知道他这会儿的表情贱得让人牙痒痒。她本来心里就闷得慌，伸手使劲推了他一把：“滚！”

徐靖南刚闻到她发间淡淡的洗发水香味，就猝不及防地被推了一把，后脑勺当的一声撞到了车窗上，疼得闷哼了一声。

莫颜依旧冷着脸看也不看他。徐靖南被磕得脾气也上来了，瞪了她一眼，揉着脑袋没好气地说：“真不知道我爸看上你哪点儿好了，让你这种好动粗的女人做儿媳妇！”

莫颜冷笑着看了他一眼：“你爸就是看上了我敢打他儿子这一点。”

当初莫颜嫁进徐家，是徐靖南的父亲徐盛看中了她，主动找到她问她是否有意嫁过来。当然，主要还是因为她那时犯蠢，傻不啦唧地跟徐靖南叫板，脑子一热，再后悔已经晚了。

司机在前面询问去哪儿。徐靖南整整领带，抬手看一眼腕表说：“先送我去公司……”

“先回家。”莫颜抢言说。

徐靖南不耐烦地看她：“你怎么老跟我过不去？我上班快要迟到了，一会儿还有个会呢！”

“谁跟谁过不去？我大清早饿着肚子来给你收拾烂摊子，你还有脸先去上班？”莫颜抱着胳膊，毫不示弱，瞪他一眼拍了驾驶座一下，示意说：“老赵，给他停车……你要是嫌晚，自己下去打车去公司，没人拦着你！”

莫颜说完，轻飘飘地拢了拢头发，悠闲自得地靠回了座椅上。

徐靖南看她冷脸耍横的小样儿，气得心肝肺没一处不疼。半晌，颓丧地往座位上一歪，满腔怒火无处撒：“停什么车，先回家！”

徐靖南在外面留了种这事已经闹腾了好几天了。早两天那个女人也不知道从哪儿弄来了徐宅的电话，一个电话打过来，正巧让大哥徐靖东的老婆何茜接到。何茜知道了，全家上下就没有不知道的了。

那天晚饭后徐家一家人在客厅里喝茶，何茜突然开口对徐靖南说："对了弟弟，我差点儿忘了，今天下午有个叫朱珠的女孩来电话找你，说是怀了你的孩子，已经两个月了，让你给个交代。我当时听了立马就把电话挂了，骚扰人呢这不是？"

整个客厅霎时就安静下来，徐靖南当时正坐在莫颜旁边跟她斗嘴，听了立马说："大嫂，怎么可……"

话未完，徐盛抬手就把毕凤华递给他的茶杯重重撂到了桌上："胡闹！"

徐盛怒极摔了茶杯，摔时还有意无意地扫了莫颜一眼。

莫颜看得明白，她公公这是在告诉她：你看，我可没纵着我儿子瞎闹，我第一时间就表态了，没偏心我儿子。

她转移视线去看何茜，就见何茜老老实实一副小媳妇样坐在徐靖东身边捧着杯子喝茶，嘴角却是翘着的。啜一口茶，抬眼想看莫颜的表情，哪知道正好对上莫颜的视线，连忙把脸绷得正经起来。

莫颜瞥了她一眼，在众人都没说话的时候，起身匆匆走到坐在主位上的徐老太太身前，半蹲下身子，温言细语地说："奶奶，我送您上楼吃药好不好？"

一帮人这才想起来，徐老太太还在这里呢。徐盛摔茶杯的手就有点僵。

毕凤华不悦地看了何茜一眼。徐靖东呵斥自己老婆："瞎胡说什么！赶紧送奶奶上楼去！"

徐老太太已经近九十岁高龄，耳朵有些不好使，何茜说话的时候她正跟小重孙女说话，没听见他们说什么，但看自己儿子这架势就知道是徐靖南又惹了祸。老人家心里跟明镜一样，偏就是背着手不说话。

何茜脸色难看地放了茶杯，看了自己公婆一眼，忍气吞声地起身去搀徐老太太，好声好语地哄："奶奶，我来扶您上楼。"说着还不忘使劲盯莫颜一眼。

莫颜垂着眼看都不看她，转身坐回了沙发，离徐靖南有一米多远。

"怎么回事？"等徐老太太上了楼，徐盛才皱着眉沉声问。

"我怎么知道？"徐靖南第一时间就打定了装无辜的主意，"我都不知道她是谁！再说了，我都结了婚的人了，怎么会搞那些乱七八糟的事儿！"说完，看似不经意地瞟了莫颜一眼。后者面无表情。

徐盛听了就跟听废话一样："你少狡辩！要是像你说的，人家女孩儿能把电话打到家里来？你也知道自己是结了婚的人，你以为你在外面什么样我不知道？"

毕凤华坐在丈夫身边，缓缓地开口："靖南，那个朱珠把电话打到家里来之前，就没找过你？你就不知道有这么个女人在顶着你的名头闹腾？”

徐靖南不自在地咳了一声：“知道……我理都没理她。这种女人多了去了，动不动就怀了谁的孩子，我怎么会当真！”

徐盛拍着茶几说：“你先说，这个女人说的，她肚子里的孩子，是不是你搞出来的？”

徐靖南不耐烦地否认：“不是……”

“说实话！”

徐靖南看了莫颜一眼，说：“……不知道。”

“逆子！”徐盛气得说不出话来，看了自己老婆一眼，说：“看看你教出来的好儿子！”

毕凤华不高兴了，沉着脸瞪他：“我一个人教出来的？”

徐盛不搭理她，指着徐靖南说：“我白养了你这个儿子！你一个近三十岁结了婚的男人，生活不知道低调检点，甚至让人家打电话打到家里来……”说着陡然意识到话说得不合适，又提高了声调，“你做出这种事来，一对不起徐家，二对不起你老婆！”

莫颜一直不说话，连一分不对劲的表情都没有。毕凤华看她一眼，沉着脸说：“靖南，你生意上的逢场作戏，我们，包括莫颜，都能理解。但是你作为一个丈夫，一点为人夫的自觉都没有，让自己的妻子受这种委屈，就是不负责任的表现。”

说着又语重心长地对莫颜说：“颜颜，这件事怎么处理，你来决定。是我们徐家对不起你，你想怎么解决，靖南必须都听你的。”

莫颜神情明显黯然地抿着唇看了公公婆婆一眼，然后收敛表情，再开口时说话声音里含着点包容的暖意：“像靖南说的，孩子是不是他的还难说呢。再说他要是真在外面怎么样了，爸爸妈妈肯定会站在我这边。”

徐盛瞪着儿子哼了一声，和颜悦色地对莫颜说：“莫颜，我和你妈妈从来都把你当亲女儿看。这回要真是让你受了委屈，我和你妈妈肯定会给你个说法！”

“谢谢爸爸。”莫颜笑了笑，“所以我觉得，还是由爸妈和靖南处理吧，我相信你们。”

然而接下来三天，也没人跟她说这事打算怎么处理。

直到今天早上，她照例晨跑，突然接到了孙维之的电话，说是他最近新中意的一个姑娘和那个女孩关系不错，早上说漏嘴了，说她要陪那个女孩去医院做孕检，检查完打算直接到徐家来摊牌。孙维之是打来通风报信的。

孙维之是徐靖南的发小，对莫颜从来没什么好感。莫颜也不怎么待见他，于是停下脚步来酸他："孙大少脑子不好使了？这事儿你不该跟徐靖南说去吗？急吼吼地找我有什么用，你是想过来劝我要了那个孩子，还是想劝我赶紧离婚给人家腾位子？你说明白点，我也好按你的意思办。"

孙维之在那边被刺得说不出话来。他确实有事没事就会给徐靖南上眼药，今天被揭了老底，只好暗暗骂了句国骂，说："我说认真的，靖南起没起床吧？我打他手机不接，只能找你了。话我传到了啊，你们要真离婚了，先说好了，可别怪我！"说到最后还忍不住再损上一句。

莫颜挂了电话，停住脚步想了想，把电话打回了家里座机："让徐靖南接电话。"

她到了医院才给徐宅打了电话，匆匆忙忙地跟徐母说怀孕的那个女人要把孩子打掉，她在去医院拦人的路上。

徐宅到医院有半个小时的路程，等徐母到了，孩子已经做掉了。

她莫颜又不是傻子。这么点事儿三天还下不了决定，她怎么会看不出来徐家态度有问题？不管那个女人什么身份，徐家都是想要留下这个孩子的。

徐家到徐盛这一辈，有两个儿子徐盛和徐坤，徐盛生了两个儿子，徐靖东和徐靖南；徐盛的弟弟徐坤有一儿一女，徐靖北和徐靖西。三个男孙都已经成家，偏偏徐靖东家两胎都是女儿，徐靖北家也是生了个小女儿，偌大一个徐家竟是没有一个男孩。

徐家原本指望徐靖南结婚赶紧生个儿子出来，结果结婚快一年了，莫颜的肚子一点动静也没有。

徐家怎么能不急？尤其是徐老太太近九十岁高龄，更是想在合眼前看一眼重孙子。

所以三天下来，这点问题还不能给她个合理的说法，唯一能说明的就是：徐家正商量着，该怎么在她莫颜心甘情愿的情况下，要了这个孩子。

徐靖南早上在电话里说坚决不要这个孩子。即使他不说，莫颜也必然不会答应徐家把孩子要过来。她进门快一年还没生个孩子出来，现在徐靖南在外面乱搞搞出个孩子，如果徐家真要把孩子弄回来，这不是打她的脸吗？她在徐家眼里、在外人眼里，还能有地位？

莫颜到家时已经过了早饭时间。毕凤华在客厅里跟何茜聊天，见她回来，吩咐保姆把给她留的早饭端出来。

莫颜摆摆手，坐到沙发上说："随便端几块点心就行，早饭太麻烦，我也吃不下。"

何茜的小女儿才一周半，何茜把她放在沙发上，边喂她吃水果沙拉，边故意拐着调儿地说："弟妹早上忙得胃口都不好了吧？"

莫颜拿叉子叉了水果去逗小姑娘，笑眯眯地跟毕凤华说："妈你看，嫂子老打趣我！本来靖南这事儿我都打算翻篇了。要是为这事儿弄得我胃口不好了，我一定不放过靖南。"

毕凤华也就嗔怪地说何茜："让靖南那浑小子闹得莫颜一早都没吃东西，你就不能少说几句？"

用人端牛奶和点心上来，莫颜扔了叉子吃东西。徐夫人皱眉看了何茜一眼，何茜不满地撇了下嘴，眼珠转了转又问："莫颜，你说那叫朱珠的怎么会主动去把孩子打掉？她就什么都不图？"

"图什么？指望我们家给她什么补偿费吗？嫂子电视剧看多了吧？"莫颜若无其事地笑看了她一眼，转手拿牛奶的时候就看见毕凤华正浅笑着看她，面容温和，眼神里却含着一丝若有似无的疑惑。

估计这件事不说清楚了，毕凤华心里会一直存着一丝怀疑。

莫颜装没看见，喝了口牛奶，笑说："再说，嫂子你怎么知道她什么条件都没提？"

见何茜狐疑地看她，莫颜耸了下肩："其实她早上打电话给我的时候我也很惊讶。当时我还以为是爸妈和靖南打算这样处理了。不过仔细一想，她要是愿意把孩子打掉，为什么还要特意通知我一声？我觉得不对劲，就赶紧去医院了……这么说来，妈，你和爸爸没参与这事吗？"

徐母被陡然问得一愣，随即很快摆好面色说："我和你爸早晚都是这个意思，这个孩子肯定不会留的。"

那边何茜反应过来，连忙说："既然不是爸妈，那……难道是靖南的意思？"

莫颜模棱两可地说："妈刚才不是说了吗，爸妈和靖南都是这个意思。"说完低头自顾自地小口吃曲奇。

何茜听得若有所思。莫颜吃着东西，眼角余光看了毕凤华一眼——面色阴沉。

莫颜吃东西吃得就更起劲儿了。徐靖南，做事不能有头无尾，你自己惹出来的祸，总该自己把尾巴给处理干净了吧？

婆媳三个又都不动声色，有一搭没一搭地闲聊了几句。过了一会儿，用人从楼上拿着莫颜的手机下来："三少夫人，有电话找你。"

莫颜早想清静一会儿，连忙应了一声，端着盘子接过手机，一边接电话一边上楼回房间去。

画了一上午草图，直到临近中午莫颜才端着杯子从楼上下来找水喝。刚到楼梯拐角处，就听见客厅里传来徐坤的妻子陶敏娴的声音："靖南外边的那个孩子，打掉了？"

毕凤华淡淡"嗯"了一声，听不出喜怒。

陶敏娴又说："也怪可惜的。老太太身体一天不如一天，万一要是个男孩，不知道要高兴成什么样呢。"

莫颜听不下去，加重了下楼的脚步声。就见陶敏娴的背影一僵，毕凤华面上像是听得不高兴，说："弟妹说的什么话，外面的孩子肯定是不会要的。"

陶敏娴端起杯子喝水，脸上难掩精明相，笑着说："这是当然。"又像是不经意般转头，看见莫颜笑吟吟地说："莫颜又在房间忙工作呢？"

莫颜表情淡淡："婶婶和靖西来了？我下来倒点水，楼上的水喝完了。"

一旁用人听了要来接过杯子去倒水，莫颜说："我自己去就行。"说着对沙发上的人示意，转身往厨房去。

徐靖西从客厅跟过来，悄悄问莫颜："三嫂，你刚才听见了吧？"

莫颜一边倒水一边笑看她说："听见什么？什么都没听见。"

徐靖西刚从美国留学回来不久，很是喜欢这个没什么架子的三嫂，既不像大嫂、二嫂那样，仗着自己出身富贵就摆姿态，也不像她伯母和母亲一样，一边自恃身份，一边精于拿捏别人。

徐靖西捅捅她："你骗谁呀？你肯定听见了。"

莫颜淡淡地翘着嘴角不说话，徐靖西说："我妈瞎说的，你别往心里去呀！"

"不会，"莫颜挑了下眉，抬头看靖西，打趣地说，"这才早上的事，你妈消息够灵通的啊？"

徐靖西愣了片刻，又侧身撞了她一下，笑嘻嘻地说："当然是有人给我妈报信，你猜猜是谁？"

"太难了，猜不到。"莫颜嘴角噙着笑，端水出厨房。

"你肯定早猜到了！"徐靖西追着她出来，跟客厅里的人打招呼，"我跟三嫂到楼上去，伯母你们聊。"说着一路跟着莫颜上楼。

徐靖西在莫颜办公桌前看了看，扫见电脑上的新草图，兴致勃勃地抓过鼠标来看，嘴上一刻不停："三嫂你又接了新case呀，前两天你不是还在做那个包装设计吗？这么拼命干什么？"

莫颜坐在一边沙发上揉了揉肩膀说："我哪能跟你这个现充族比？今天和这个小帅哥到H市取景，明天和那个型男去拍片子，天天忙得连回家都顾不上。"

徐靖西扔了鼠标坐过来说："哎呀，我们学编导的没办法啊。其实也很痛苦的，我还羡慕你这样的SOHO族呢，天天窝在家里就能赚钱，我们跑起来也很累的。”想了想又说：“其实我也挺理解你的，在家里每天很无聊吧？”

莫颜侧脸挑眉看她，忍不住地笑了一下：“你平时在家很无聊？”

徐靖西一脸苦大仇深地点头：“也就自从你嫁给我三哥我才愿意在家里多待一会儿。你看大嫂和二嫂，我跟她们价值观完全不一样好吗？跟她们还有我妈聊天我一分钟就能睡过去！”

莫颜笑着起身去桌前继续画图，边画边说：“跟我这样整日不出门的聊天，多聊几句你也会困的。”

“怎么会，咱俩分明就是同一个世界的人。”徐靖西翻着莫颜扔在沙发上的绘本，说，“三嫂，你平时在家无聊可以让三哥带你出去玩嘛。外面那么多好玩的。”

莫颜嘴上带着嘲意：“我跟着他出去能玩什么？”

徐靖西讪讪地干笑了两声，试探着说：“三嫂，我三哥那个什么……他外面那个……小孩，你知道的时候，失望吗？”

莫颜看了她一眼，说：“你嫂子知道你哥有外遇吗？”

“我哥有外遇？！”徐靖西惊得睁大眼看她。

“不知道。”

“……”

莫颜看着徐靖西的表情一笑，说：“但是你也不能确定他有没有外遇……”

“不对……”徐靖西打断她，自顾自地寻思，“我、我好像确实有那么一回……看见了一个和我哥长得很像的人，在酒吧门口……搂着一个女的。”

莫颜不接她话茬儿，说：“就连大哥在外面有没有其他女人，你不也一样不能确定？”

徐靖西的表情瞬间就有些惊恐。她一直记得那次徐靖东疑似出轨，何茜把家里闹得鸡犬不宁的场景。

莫颜收回目光，专注在电脑上，不再看她。

半晌，徐靖西幽幽叹了口气：“三嫂你今天真是给了我当头一棒，我再也不相信爱情了。”

莫颜笑着没说话。嫁进这样的家里，不应该都已经做好心理准备了吗？遇见这种事，有什么好失望的。再说，谁会管你失不失望呢。

徐靖南今天下班就吩咐司机回家，哪里也没去。

半路上孙维之打过电话来："哪儿呢？郑钟铭今天攒的局，你赶紧过来啊！"

"不去！"徐靖南提起来就一肚子火，"上回的局就是他这个孙子攒的，弄得我差点死在他手里，到今天早上才消停！"

"那也不能怪他呀，又不是他让那姑娘怀上你孩子的，还不是你自己上的！"

"什么叫我的孩子！我那天喝醉了什么都不知道，是你扶我回的房间，你扶我进去的时候里面有人吗？早上起来旁边就睡了个女的，这能说得过去？那事干没干我自己还不清楚？"

"你自己不也说喝醉了，保不准你真干了点什么，就是不知道罢了！"孙维之心想这才多大点事儿，话锋一转说，"你到底来不来，就差你一个了！"

徐靖南靠在椅背上松了松领带，嘘了口气说："不去了。早上我急着上班，那事儿也就过去了，今天得早点回去。"

孙维之在那边听得直"啧啧"："不是我说你，你跟莫颜结了婚老这么干巴巴地较着劲儿，有什么意思？早点离了各过各的有什么不好？纯粹是耽误大好时光！"

"滚！"徐靖南骂他一声，"你们玩吧，我不去了。"

吃完晚饭徐靖南就被徐盛叫到了书房，过了一会儿毕凤华也起身跟了过去。

徐靖南被叫得莫名其妙，疑惑地去看莫颜，莫颜难得跟他温声细语："我先回房了。"

一时弄得徐靖南更加分不清东西南北。

等在书房里挨了一个小时的骂后，徐靖南终于咂摸出味儿来，心头火腾的一声就冒了出来——莫颜你不跟我作对你心里难受是不是？你就是看不得我自在是不是？

徐盛找他，不过是对他刚过去的这件混账事做个总结，教训几句了事。

但毕凤华进去就不一样了。毕凤华早上听了莫颜的话，心里认定是徐靖南背后做了手脚，给了那个朱珠好处，逼着她去做掉了孩子。本来毕凤华对外面那些女人厌恶到底，孩子不要也罢，但如今那个孩子真让徐靖南鼓捣没了，她倒有些惋惜起来，沉着脸从该把孩子留下来到不该要这个孩子，正正反反、是是非非地把他说了一顿。

徐靖南挨完骂直奔自己房内，结果起居室和卧室都不见人影，去推书房的门——居然锁上了！

徐靖南胸口那团火直要烧到嗓子眼，偏偏对着扇冷冰冰的门无处可发，被憋得胸口生疼，只能瞪了门一眼讪讪地回起居室看电视去。

莫颜十点才从书房出来，视若无睹地穿过起居室进卧室洗澡。

徐靖南已经不知道什么时候摸进了卧室，屈着一条长腿靠在床头发信息，见莫颜从浴室出来，扔了手机冷眼看她。

莫颜看不见一样，擦着头发到梳妆台前做保养。

徐靖南瞪着她的背影瞪得眼睛都要抽筋了，最后不得不开口说：“你跟妈说我背地里让那个女人去把孩子做了？”

莫颜从梳妆镜里看他，挑着眉问：“妈说我说这话了？”

“……”

徐靖南被噎得哑声半晌，冷哼一声说：“就你那点弯弯肠子，死的也能让你不动声色地说成活的！”

莫颜嘴角一翘：“谢谢你夸我聪明。”

徐靖南拧着眉看她：“你不跟我过不去心里痒痒得慌是不是？我又哪儿得罪你了？”

莫颜抹着护手霜起身坐到床上，拿过床头柜上的画册漫不经心地翻：“我大早上的跑到医院去给你打孩子，回来还让你爸妈怀疑我心肠歹毒，觉得是我打掉了徐家的孙子，让我帮你背黑锅，我又哪儿得罪你了？”

“你……”徐靖南一个“你”字吐出来，肝儿疼得再也说不出其他话来。

莫颜翻了几页，就把画册放了回去，顺手关掉自己这边的壁灯，躺平打算睡觉。

徐靖南配合地关了那边的灯，半晌开口说：“……那个孩子百分之九十不是我的，我那天虽然喝多了没印象，但是我睡着前，根本没有其他人在房间里。”

百分之九十……那不就是还有百分之十的可能？莫颜淡淡“嗯”了一声，完全不在意的样子。

徐靖南声调又高起来：“我的话你听见没有？”

莫颜又是一声“嗯”，古井无波地说：“听见了，你可以去外面睡觉了。”

“不去！”徐靖南粗声说，“最近两天冷着呢！”

“五月份再冷也冻不死你。”

“……”

“出去睡，徐靖南你没听见？”

“没有。”

“……”

“……莫颜你敢踹我？！”

“……”

第二章

第二天莫颜到设计公司去交案子。她就职的这家设计公司规模虽然不大，但凡是出自这家公司的设计作品，无一例外地都带着一股灵气。时间长了，在业内也渐渐做出了一定的名声。公司老板陈娜是个非常挑剔的女人，眼光精准又毒辣，三十几岁，单身，典型的职场女强人。

莫颜做的设计都是直接交给陈娜。陈娜翻了翻，笑着赞叹："每次看见你做的case我都压力倍增，总是担心公司庙太小，指不定哪天就被你这个大神给踹了！"

莫颜也笑："这还不简单，你勤给我涨工资，我就死心塌地了。"

"我看你可是一点也不像缺钱花的！"陈娜对莫颜背景了解不多，但从她言谈举止和穿衣打扮上多少能看出个大概。精致优雅的穿衣风格，衬出低调内敛的出众气质。她那些衣服虽然都已经剪标，但件件都遮掩不住大牌的气质。陈娜自认见多识广，却连她无名指上那枚碎钻款式的戒指都看不出来路。

不管是出身还是归宿，大概都与豪门脱不开关系。

莫颜说："我最近在做你交给我的那个画册设计，可能还要两天才能出来。"

"那个画册是小case，不急……"陈娜敲电脑的动作一顿，倾身看她，"你不是嫌薪水少吗？公司最近接了个值钱的设计案，做不做？"

莫颜无奈地看她："喂，我什么时候嫌薪水少了？"

"这个case佣金十分可观，我跟你说，是一个系列化妆品的包装设计。我仔细跟你说……"陈娜说到一半，抬手看了眼表，"快中午了，我请你吃饭吧？边吃边说。"

莫颜下意识地就想拒绝，早上出门前没跟家里打招呼，而且这种比较大的case她一般都不接的。

刚想推辞，包里电话响了。陈娜示意她先接电话，自己起身端杯子去饮水机前接水。

莫颜看见来电显示，手上一顿，停了半刻才接起来：“有事？”

韩煜在那头也不觉尴尬，笑了一声说：“什么时候没事都不能找你了？”

“我还要工作，你有事吗？”莫颜看了陈娜一眼说。

韩煜轻叹了一声，说：“我来C市了，下午出来见一面吧？”

莫颜没说话，韩煜在那边说：“你要是不出来，我去徐家找你也行。”

莫颜声音就更冷了些：“下午几点？”

韩煜看了看表说：“下午两点半怎么样？地点你定。”

“知道了。”莫颜应一声，干脆利落地挂了电话。

陈娜倚着办公桌看她：“你一会儿有事？”

“下午有点事。”

“那正好，咱们先去吃午饭怎么样？吃完饭谈完案子再各回各家各找各妈？”

莫颜沉吟地看她：“我不太想做……”

“打住！”陈娜放了水杯，一边收拾东西一边说，“想不想做你先听我详细跟你说完了再决定。再说了，请你吃饭又不是为了case的事情。我得多请你吃几顿，让你吃别人嘴软，否则哪天你真跑了我就亏死了！快，走啦！”

“你除了给我戴高帽子，还会别的吗老板！”莫颜哭笑不得地被她一路拉出了办公室。

午饭就在CBD选了一家西餐厅，莫颜扫了菜单一眼，挑眉看陈娜：“你这么大手笔，我都不敢吃了。”

陈娜自得地笑：“为的就是让你吃我的嘴软。”

“陈总，你说的那个案子我真不太想接……”莫颜点完菜单，暗自措辞想要把案子推掉。

陈娜说：“莫颜，你自己想想进公司后接的那些case，全都是不起眼的小设计，咱们公司随便哪个刚进来的新人都能接，你这是对自己才华的严重浪费。”

莫颜表情淡淡，浅浅地笑：“打发时间而已，你知道的。我平时都是在家里做，家里事情多，有时候一耽搁，难免会凑合一些，实在不适合接人公司的案子……”

……

直到一顿饭到了尾声，莫颜还在坚持拒绝。

陈娜愁得撑着额头看她："算我求你了还不行？这个案子我们公司除了我和小张，就剩你能做了。小张过段时间要到国外去参加比赛，我也要出差，你忍心看着煮熟的鸭子飞了？"

莫颜敷衍地问她："说了半天，到底是什么鸭子让你这么心动啊？"

陈娜一拍脑门："说了半天没说重点。诗韵集团的包装设计，他们公司要在秋冬的时候推出一款MY系列的化妆品。诗韵集团啊！他们做产品包装设计居然找到了我们啊！一个系列的设计啊！你都不心动吗？"

"诗韵集团？"莫颜抬头看她，似是有些意外。

"嗯！诗韵！"陈娜认真地对她点头。不远处进来两个人，她目光一扫，一双眸子霎时亮了起来，抬手跟进来的人打招呼："郑总，好巧！"

莫颜顺着陈娜的视线转头，正好撞上郑钟铭看过来的目光。

郑钟铭脚步一顿，随即收了搭在身边女孩子肩膀上的胳膊，大步走了过来，"这么巧，在谈工作？"

陈娜脸上早换好公式化的笑容，说："谈点儿事情，郑总和女朋友来吃饭？"说着示意他身后的女孩。

郑钟铭看了莫颜一眼，讪讪笑了一下："怎么会。我堂妹，来公司找我玩的，中午带她来吃饭。"

莫颜看了他一眼就转移了视线，嘴角微微往上翘，分明就是不信。

郑钟铭就有点急，解释说："真是我堂妹，郑子涵。"

陈娜眼睛多尖，立时就惊讶了："你们认识？"

郑钟铭："朋友。"

莫颜："不熟。"

郑钟铭："……"

郑钟铭嘴上噙着一丝温润的笑，眉目间尽是坦荡，垂眼看着莫颜说："我们真的不熟？"

徐靖南的那堆狐朋狗友里，让莫颜稍微有点好感的就是郑钟铭了。郑钟铭的家教要更严厉，接手家族企业比较早，为人比徐靖南、孙维之他们不知道要沉稳多少，至少人前说话办事是讲道理的。只不过跟徐靖南他们混在一起，私生活怎么样，就难说了。

"朋友。"莫颜无奈地说，微微斜了郑钟铭一眼，心想他就没看出她不想跟他打招呼？

陈娜一脸惊喜，伸手拍了莫颜一下说："那你还推辞什么！"转脸跟郑钟铭说："你们那个MY系列的包装设计不是想交给我们做吗？我们公司镇山之宝就是莫颜了，我这会儿正求着她做你们的设计呢！"

郑钟铭却丝毫没有被瞪过的自觉，侧身跟堂妹说让她自己找座位点东西吃，拉开座位就坐了下来："是吗？我最近正想联系一下陈总问问我们那个设计做得怎么样了，是不是以后直接联系莫颜就可以了？"

陈娜客气地接话："既然你们认识，当然是再方便不过了，有什么想法都可以很好交流。"

莫颜看着眼前两人一唱一和，喝了口水，面无表情地说："我没有时间，你交给我做，我大概要拖一个月才能做出来。"

郑钟铭一愣，很快说："没关系，我们公司员工的效率都很高，你只要做出来，后面我们跟进的时候完全可以配合你缩短时间。"

莫颜立刻说："我不想做。"

郑钟铭盯了她半天，缓声说："不如我给靖南打个电话？让他劝劝你？"

莫颜看着他的眼睛立刻眯了起来："你说什么？"

郑钟铭开始耍无赖："你听见了。"

陈娜以她三十几岁过来人的身份从郑钟铭那里嗅出了什么，在旁边咳了一声，起身说："那就这么定了！莫颜，回头我把郑总那边的产品部的联系方式给你，你和那边说具体情况吧！我下午还有个会，先回公司上班了。郑总你们聊。"不等二人再说话就利落地转身走人了。

郑钟铭眼里含着笑意，伸手说："那我们……合作愉快？"

他比徐靖南要有风度得多，莫颜不好意思直接拿冷眼看他，只好说："你可以换一家设计公司……"

"这个问题陈总刚才不是已经拍板了吗？"郑钟铭立刻结束了这个话题，沉吟片刻说，"我听说了昨天的事，你们还好吧？"

莫颜看他一眼，垂眸喝水："我不想再提这件事。"

郑钟铭表情正经，点了两下桌面说："其实我当初就不赞成你们结婚。"

"你们哪个人赞成我们结婚了？"莫颜眼里浮出一丝嘲讽，"我现在也不赞成我们结婚。但是离婚这件事，你和孙维之跟我说没用。你们看着我不顺眼，可以去跟徐靖南说，只要他决定离婚，我绝对跟他离。"

"不是，莫颜你误会我了。"郑钟铭连忙解释，"我们认识这么多年，我跟徐靖南是发小，跟你也算是朋友吧？我说离婚的话，不是站在靖南的角度上说的。”

莫颜脸色缓了缓，却不多说话：“谢谢你关心。”

郑钟铭就不知道说什么了。

气氛正有些尴尬，身后传来一阵脚步声。莫颜扭头，就看见韩煜大步过来。

莫颜神情冷淡，看了眼时间说：“你来早了。”

韩煜听了丝毫不见尴尬，淡淡笑着，眉宇轩昂，风度更胜郑钟铭：“好久没见你，所以提前来了。”

郑钟铭已经看得有点愣，看了韩煜一眼，又转脸去看莫颜。莫颜起身拿包，对他点点头说：“我还有事，先走了。”

韩煜抬手护了莫颜一下，打量地看了郑钟铭一眼，客气地点了下头，跟在莫颜身后走了。

不远处吃东西早就吃得无聊的郑子涵凑了过来，一双八卦的眼睛黏着韩煜的身影，惊讶地在郑钟铭耳边说：“那不是H市的韩大少吗？排名第一的钻石王老五啊！靖南哥的老婆居然认识他？”

咖啡厅里人不多，只有三三两两的年轻白领在闲聊。莫颜两人推门进去找了靠窗的一处坐下。

莫颜开门见山：“找我到底什么事？”

韩煜多少有些失望，看着莫颜静默了片刻，说：“你结婚了。”

“嗯，到七月正好满一年，你不知道？”莫颜奇怪地看了他一眼。

“知道，”韩煜笑了一声，“你办完婚礼我才从阿姨那里知道。我之前都在国外，前几个月才回国，公司一直都很忙。这次在C市有个合作，终于有机会过来看看你。”

“谢谢。”

韩煜说十句，莫颜才说一句，他只好无奈地接着和声说：“怎么结婚的时候那么匆忙，都没有通知我？”

莫颜一点面子都不给他留，不以为意地说：“为什么要通知你？”

韩煜叹了一声：“我至少算是你哥哥，也是你的娘家人吧？”

莫颜霎时就冷了表情：“学长，你说什么？”

韩煜顿时就有些挫败，拍了下桌子，起身说：“我去买点饮料。”

再回来，韩煜递了杯红茶给她，坐下来说：“阿姨很想你，经常念叨你，什么时候回H市看看她？”

“回H市？”莫颜眼里带着嘲意，“我是C市人。”

韩煜把她的抵抗看在眼里，不禁也有些烦躁，绷紧表情沉声说：“莫颜，你不要这样抵触。阿姨选择什么样的情感生活是她自己的事情，我们无权干涉。

“这么多年，阿姨一直十分关心你。你可以不接受韩家，但是你必须理解阿姨，尊重她的生活。你也是成年人了，甚至已经结婚将近一年了，这些事情，你不明白？”

莫颜垂眼盯着桌上的红茶，等韩煜自顾自地说完了，她才抬眼看他，说：“说完了？”

“你理解过阿姨吗……”

“我妈理解过我吗？你们理解过我吗？她选择什么样的生活我确实无权干涉，也不想干涉，所以我选择什么样的生活方式，你们也无权干涉。你也说了，我是成年人了，所以，也请你们尊重我的生活方式。”

“你这样的生活方式根本不对！”韩煜已然有了恼意，“阿姨把你养大成人，为的就是让你将来对她不闻不问？”

莫颜面无表情：“我有按时给她赡养费。”

“她要的是你的钱？”韩煜冷声说，“莫颜，你太不懂事了。”

“那她还想要什么？”莫颜声音陡然高了一点，随即意识到自己失态，又态度冷淡地说，“其他的已经都给我爸爸了，只剩钱给她了。”

韩煜被她这样顶撞得头疼，无奈地捏了捏额角，语重心长地说：“莫颜，伯父已经去世了。父母那一辈的事情我们不要做太多干涉，你不要再固执地自以为是下去了……”

“什么叫自以为是？”莫颜冷眼看他，“我以为当年如果不是因为她，我爸就不会被车撞死，就会活到现在看见我长大成人，结婚生子。这叫自以为是，是吗？”

“你这是偷换概念！没有……”韩煜还想再说，那边莫颜的手机响了起来，只好停下来等她接电话。

“什么事？”莫颜对韩煜跟她提过去的事充满了反感，这会儿被他说教得同样心情烦躁。

徐靖南在那边莫名其妙：“你中午吃的火药啊？”

“你管我中午吃的什么？没事我挂了。”

徐靖南那头火起：“你挂一个试试！”

……

徐靖南："……"

"你居然真敢挂我电话！"徐靖南立刻又拨了过去，在那头咬着牙说，"你中午真吃的火药是不是？"

莫颜冷声威胁他："你再不说正事，我就关机了。"

徐靖南知道她真做得出来，恶声恶气地说："我姑妈今天的飞机，妈让我和你去机场接机，四点半的飞机。你不在家去哪儿了？我过去找你。"

莫颜此刻出奇地好说话："在你办公室附近，中央广场的咖啡厅里。"

徐靖南心里纳闷她怎么这个时间在这边待着，又不愿意表现出来，敷衍地嗯了一声："我马上过去接你。"

韩煜听她讲完电话，随意地问："一会儿有事？"

"嗯。"莫颜应一声，终于端起红茶喝了一口。

两人就都各自无话了。

静了片刻，韩煜沉吟着说："不管过去怎么样，莫颜，至少你应该去看看阿姨。她很想你，不谈其他，她至少生了你，养了你，她是你妈妈。"

莫颜看了眼窗外，神情淡淡："再说吧。"

她这样的态度，韩煜再说不出其他来，喝了口红茶说："你婚后生活过得怎么样？说起来，我都还没有机会见过徐靖南，算不算是个遗憾？"

莫颜刚要开口，韩煜又立马加了一句："至少作为大学时期关系还算不错的学长，学妹应该多说几句吧？"

莫颜脸色稍缓，很快又挑眉狐疑道："学长当初认识我的时候，是把我当作同学来认识的吗？"

"你太敏感了，我后来才知道你是阿姨的女儿。"韩煜笑了一声，解释说。

莫颜不置可否，便没再说话。

"所以，你在徐家怎么样？徐家背景雄厚，豪门里钩心斗角也多，你吃得消？"

莫颜反问："你是在说自己家里钩心斗角吗？"

韩煜朗声地笑了起来，招得店里一干小姑娘拿眼偷瞄。韩煜说："韩家不如徐家家族庞大，比徐家差得远呢！"

正说着，莫颜电话又响起来，那边徐靖南声音不怎么好听，沉着声说："我在你对面的地下停车场出口，你赶紧过来。"

莫颜听他这声音，声音不由自主地也冷淡下来："知道了。"

说着挂了电话，拎起包翘了翘嘴角说："婚姻生活怎么样就不劳学长费心了，至少现在还能活得下去。我有事先走了，祝你在C市的工作顺利。”

“莫颜！”韩煜叫了她一声，说，“你有空回去看看阿姨吧，说真的。”

莫颜没说话，抬脚推门走了。

到了车上，徐靖南脸色不甚好看，阴阳怪气地说：“你还认识韩煜？”

莫颜看了咖啡厅一眼，韩煜还坐在窗边，远远地只能看个大概轮廓，根本看不出是谁来。她狐疑地问：“你能看出来那是韩煜？”

徐靖南冷哼一声：“我有眼睛。”

“郑钟铭告诉你的？”

“你别想狡辩，他说中午吃饭看见你和韩煜了！”徐靖南此刻胸闷异常。从公司出来接她的路上，他就接到了郑钟铭的电话，听他那沉吟再沉吟的措辞，什么意思这是！他就说像莫颜这样每天窝在家里画什么图的人，怎么会突然跑出来吃肯德基？还跑到CBD来！她居然都已经趁他不注意，认识H市的富家少爷了！

莫颜斜眼看了他一眼，倚在椅背上不再搭理他，闭目养神。

徐靖南被她一斜，霎时意识到自己被套了话，顿时羞愤又火大，气得一句话也说不出来了。

想起当初的事来，连莫颜也禁不住在心里暗自叹气。她已经二十七岁了，那年发生的事情，居然已经过去了近十年。

中学时代耳边充满着压抑的争吵、离婚、车祸、改嫁、独自生活，那么多当时在她看来几乎毁掉她整个青春和家庭的灾难，距离今天，已经过去了将近十年。

然而她还在介怀，那是她的灾难。不敢说它会影响她的一生，但至少，它所产生的连锁效应，一直影响她到今天，到现在。

可能她终究会原谅，会释然，但至少现在她不能。那些事情，一想起来，她就会陷进孤立无援的泥淖，重重瘴气把她笼罩在其中，辨不清方向，看不见未来。

徐靖南心中不爽，静了片刻后说：“你怎么会跟韩煜认识？你俩什么关系？”

莫颜心里烦躁不安，权当没听见。徐靖南就更不爽了：“我问你话呢！”

莫颜瞪了他一眼，阖眼说：“你管得着吗？”

“你怎么说话呢？”徐靖南一听就怒了，“莫颜，你知道自己什么身份吗？你是个有夫之妇了，就不能注意点自己的言行？！什么叫我管得着吗？我要是不管，哪天被戴了绿帽子都不知道！”

莫颜倏地睁开眼睛，一双乌黑的眸子闪着嘲讽：“我是个有夫之妇，你是什么？你注意过自己的言行吗？徐靖南我告诉你，你不愿意让我管你，就不要用双重标准来管我！”

“我不愿意让你管我？你管过我吗？”徐靖南连声反问，小人得志地说，“你自己不愿意管我是你自己的问题，我现在以你丈夫的身份跟你讨论言行问题，你就要注意影响！”

“滚！”莫颜从没有见过这么无耻的人，冷笑道，“你也太把自己当回事了！拿着张结婚证就以为真是我丈夫了？我也拿着张结婚证呢，怎么就没听你叫过我老婆？”

“你……”徐靖南气得攥紧了方向盘，有话没话地扔了一句，“你管我呢！”

莫颜面色就更冷，嘲笑道：“所以，彼此彼此，你也管不着我。”

徐靖南嘴里的姑妈，是徐盛、徐坤的妹妹徐萍。徐家从商数十年，早在徐萍年轻的时候就已经是业界大佬。徐萍出身豪门，嫁人自然也是门当户对，心想事成地嫁入了S市的李家。从此徐、李两家，当然是齐头并进，互助互赢。

飞机晚点了二十分钟，徐萍从VIP通道出来就看见了等在一边的徐靖南和莫颜，笑眯眯地拍了徐靖南一下：“这么长时间不见，靖南又帅了！”

莫颜在一边乖巧地叫人：“姑妈好。”

徐萍跟没听见一样，把蕾丝手套摘了拿在手里，跟徐靖南说：“你记得让人给我去拿行李。就没见飞机准点过，坐得我累死了。咱们回家去吧。”

莫颜也不甚在意，只是唇角微翘。徐靖南像是也不在意，边走边惊讶地看徐萍：“姑妈，你一个人来的？”

“你姑妈还没老呢，一个人怎么了？”徐萍嗔他一眼，解释说，“你姑父和表哥最近太忙，你表弟什么德行你也知道，他想陪我过来，我还懒得让他陪呢！”

徐靖南心知他那个表弟在S市就是一霸，嘴上安慰说：“表弟还小，正是爱玩的时候。”

徐萍看不出喜怒地哼了一声，转了话题：“我过来是看你奶奶的。她不是从过年做完手术就一直没太大起色吗？我听你妈说病情总是反复，不放心就过来看看。你奶奶最近身体怎么样？”

“最近啊……”徐靖南一勾手，一把揽住莫颜肩膀把她揽进怀里，冲徐萍示意，“最近都是颜颜在照顾老太太吃药，你问我还不如问她呢！”

莫颜适时开口：“最近身体挺好的，昨天傍晚还在花园里散了会儿步。”

徐萍看着她微微挑了下眉，笑了一下，说："是吗？"然后就转了话头去聊其他。

徐家不论是嫁出去的女儿还是娶进门的媳妇，每一门亲事都是门当户对，除了莫颜。

用徐盛当初看中莫颜做儿媳的话来说，她出身书香世家，父亲是C大文学院副院长、教授，爷爷当年更是书法大家，甚至某总理曾求了他的字将其挂在办公室里。

对外，徐家同样是这样夸赞这个媳妇的：留美硕士，出身书香世家，某某书法家的孙女，真正的大家闺秀，名媛淑女。

然而，徐家人真正是如何看待她的，只有他们自己知道。莫颜也知道——早年丧父，单亲，不能给徐家带来分毫利益。

只不过，一般情况下大家都装不知道而已，只有徐靖南的姑妈，从第一次见她似乎就没什么好感，别说给点好脸色，能不主动挑刺就是好的。

毕凤华和陶敏娴与这个小姑关系很不错，早就带儿媳妇在客厅里等着，徐萍一进门，就迎了过来。

几人寒暄半天，徐萍去逗何茜的小女儿，边逗边说："女孩子就是可爱，漂漂亮亮的，招人喜欢！"

何茜家世同样不俗，从小练就一番寒暄礼仪，在旁边说："再漂亮迟早也是要嫁到人家家里去的，不比姑妈的儿媳妇会生呀，第一胎就抱孙子！"

"就你嘴甜会说话！"徐萍笑得合不拢嘴，戳了她额头一把，低头看小姑娘，"男孩女孩都是好的，总比没有好。小家伙，你说是不是？"

莫颜坐在一边，嘴角带笑地冷眼看徐萍。每回她一来，就是拐弯抹角地要挑她的不是。

徐靖南坐在她身边，跷着二郎腿喝茶，听见这话扭头一脸幸灾乐祸地看着她。

莫颜斜他一眼，起身凑过去一起逗小家伙，嘴上说："是呢！有男孩女孩都是好的，偏偏靖南不想要，好不容易前段时间要有一个了，结果还是没了。"

徐萍手上一顿，心里清楚她指的是什么。她和毕凤华关系一向好，毕凤华有事情一般不瞒她，时不时地有些事还会与这个小姑商量着来办。

毕凤华本想借徐萍的话敲打敲打莫颜，哪知又提到了前几天的事，霎时余怒未消地瞪了徐靖南一眼。

徐靖南有苦说不出，立马对莫颜说："你净瞎往我身上扯！姑妈哪是说我们呢，这是抱怨表弟不如表哥稳重，年轻爱玩，是吧姑妈？"

他说话可以大剌剌地百无禁忌，徐萍却听得脸色霎时变了。她本意是想讽刺莫颜生不出孩子来，最后却绕扯到了她儿子身上，好像她养了个多玩物丧志的儿子！

不过到底是历经风雨的，徐萍换了表情顺口抱怨：“可不是，我那小儿子啊，没一天让我省心的！”

毕凤华又狠狠瞪了徐靖南一眼，说：“你也一样！别什么都不上心，成天在外面胡混。你和莫颜，早该考虑生孩子这事了。”

莫颜坐回座位，乖觉地点头应声说：“我听靖南的。”

徐靖南偷鸡不成蚀把米，没偷偷扬眉吐个气却被她气得半死，只能狠狠瞪了她一眼。心里暗叫：“又往我身上推！”

莫颜垂眸喝着茶，恍若未觉。

又说了会儿话，徐萍要到楼上去看徐老太太。

晚饭前徐盛回来。知道妹妹下午到了，站在客厅里随口问自己老婆：“给小萍安排好客房了？”

毕凤华为这事琢磨一下午了。家里目前没有多余的套间，客房里住了一个护工。让徐萍跟护工一样住客房总显得失礼，外人知道了还会认为她怠慢自己的小姑，便打算把小区西南角的那套房子给徐萍住。

徐盛听得点头。徐萍和护工搀着老太太从楼上下来，听见毕凤华的话，连忙拒绝了。她当初能嫁到S市李家，徐老太太是出了大力气的。老太太人虽有些守旧古板，但从来都把她捧在手心里宠，如今年老多病，徐萍这次回来是尽孝的，当然是住得离老太太近些才好。住到别处的房子，虽然在一个小区，但每天来回折腾也麻烦。

毕凤华尤觉得这样不妥：“你这次回来住的时日不短，没有套间，住起来会不舒心吧？”

徐靖东和何茜也跟着客气。徐靖南是觉得无所谓，客人住新房子显得徐家有礼，但这个客人是他亲姑妈，还是回来尽孝的，住在一起也无可厚非，就懒得去插嘴凑热闹，端起茶杯来喝水。哪知道刚喝一口，莫颜穿着高跟鞋一脚就踩了过来，疼得他手一抖差点哼出声，把茶杯摔了！

“你……”徐靖南气得瞪眼就要吼，今天被她算计得都不知道吃了几次亏了！然而刚说出一个字，莫颜倏然就凑了过来，侧着脸在他耳边说了句话。

徐靖南被她的动作吓了一跳，率先闻到了她头发甩过来时带起的馨香，愣了愣才反应过来她刚才说了句什么：“把我们的套间给你姑妈住。”

徐靖南端着茶杯眯眼看莫颜。

莫颜面色平静，淡淡看了他一眼，趁公公婆婆还在那边客气，挑了下眉，低声说：“你想睡起居室还是想睡次卧？”

徐靖南顿时不干了，压低声音咬牙切齿地说：“凭什么我睡次卧？”

“那你就睡起居室。”莫颜答得干脆利落。

“……”徐靖南一双漆黑晶亮眸子恨不得在莫颜脸上盯出两个洞来。

最近半年多老太太身体尤其不好，徐萍住哪里倒是无所谓，但毕凤华心知徐萍这次回来要小住一段时间，住得差了影响徐家声名，便坚持以没有套间住得不舒服为由，竭力劝阻。

正闹得热闹，徐靖南凑过来，搂着徐萍的肩膀说：“要不这样好了，既然姑妈想多陪陪老太太，那我和颜颜暂时先过去外边住好了，姑妈住我们的套间，怎么样？”

徐萍迟疑地问他：“让你们搬出去，这合适吗？”

毕凤华听了不是很愿意，万一搬出去就搬不回来，这不是变相分家的节奏吗？徐家旁支可是紧盯着徐家这个继承家业的位子，徐靖东、徐靖南两兄弟这个时候正该是一心抱团的时候，搬出去怎么行？

但也不能直说，甚至不能说你们住外面不好，让姑妈住外面才是合适的，便说：“你和莫颜两个还是孩子，什么都不懂，连个饭都不会做，在外面住怎么行？”说着抬眼去看莫颜，面上什么都没表现，心里却满是狐疑，是靖南这样想，还是她……

莫颜已经站到了何茜身边，安安静静的也没多嘴说话，好像她从始至终就站在那里，从来没跟徐靖南通过气一样。

徐靖南连忙说：“饭当然是回家吃，我和莫颜又不会做。再说就是出去住一段时间，也就是在那边睡睡觉而已，白天肯定要待在家里嘛！我不是觉得姑妈天天跑来跑去累得慌吗，我和莫颜多跑几趟，权当锻炼身体了！”

徐萍听了拍了他一肩膀，嗔怪说：“你这是变着法地说你姑妈老呢吧？”

“哎，姑妈你太伤侄子我的一片真心了！”

“就你会说话！”徐萍笑眯眯地看他一眼，说，“这样也行，反正你们小辈多跑几趟也不嫌麻烦，我也多点时间陪老太太。哥、大嫂，你们说呢？”

每天跑来跑去确实也麻烦，徐盛当即点头答应，说：“今晚你先在那边住一晚吧，等明天再让靖南他们收拾。”

事至于此，毕凤华也不好再说什么，只一语双关地跟徐萍笑说：“看来结婚果然能让人长进，难得靖南有这么明事理的时候！”

徐靖南跟听不出来一样，厚着脸皮说：“我明事理的时候多了去了！”然后趁众人不注意得意地冲莫颜扬了扬眉。

莫颜跟他擦身而过的时候，抬手摸了他脑袋一下，温馨和煦地说：“狗狗乖。”

徐靖南要被气疯了。

接下来一家人凑在一起吃饭喝茶，徐萍若有似无地刺莫颜两句他也不管了，只当什么都没听见一样跟徐靖东和徐靖北聊天。

好在一家人都在，徐萍要顾及自己的风度。况且徐盛对自己选的这个儿媳妇也有维护之意，莫颜行为举止也都挑不出什么来，她也就不好再说什么了。

等回了房，徐靖南理都不理莫颜，径直洗澡上床睡觉。

郑钟铭今天下午就发了一些相关资料过来，莫颜到书房里大致看了看，心里有数后才回房间睡觉，然而一进门……

徐靖南大剌剌地裹着床单背对房门躺在床上，门一动他就竖了耳朵，闭着眼装睡。

莫颜绕过床去，站在他对面抱着胳膊不说话。

半晌，徐靖南憋不住了，睁眼嚷：“你看着我干什么？有毛病啊！”翻身接着睡。

莫颜说：“去你的起居室睡。”

徐靖南冷冷一哼：“刚才是你求我跟爸妈说搬出去住，我帮了你。今天你睡起居室。”

“怎么是我求你？”莫颜绕到梳妆台前擦头发，坦坦荡荡地说，“不是你自己想睡次卧吗？”

“你放屁！”徐靖南一掀床单坐起来，盯着镜子里的人说，“要不是你让我跟爸妈说，我会说这个？我有病啊！”

莫颜挑眉看他：“我哪知道你有没有病，可能你好长时间没睡过床了，想过去那边睡次卧吧。”说着起身到徐靖南跟前，伸手去扯他手里的床单，说：“你自己再想想，我有求你跟爸妈说吗？我好像就跟你说了句想睡次卧还是起居室吧……盖你自己的床单去，这是我的。”

徐靖南瞪着她，牙根那个痒痒，恨不得用嘴撕了她……片刻团了床单扔给她：“最毒妇人心！你给我记着！”

“好，你现在可以出去了。”莫颜接住床单，在床上铺开，上床准备睡觉。

徐靖南气急败坏地从床上下来，胡乱蹬上拖鞋就往外走，他怕再待下去会掐死床上的人。然而走到门口，还是忍不住，唰地扭过身，眯眼看她："我是为了过去睡……次卧，你是为了什么？"

莫颜抢床成功，也不跟他拌嘴了，一边敷面膜一边说："我最近一段时间要做一个设计，在这里静不下心来，尤其是你姑妈今天还来了。"

徐靖南："……"

半晌，砰的一声震天响，卧室门关上了。

莫颜扫了卧室门一眼，翘了翘嘴角，抬手拿过画册来翻看……哪知一会儿过去，又是砰的一声，从起居室的正门那里传过来。莫颜翻页的手一顿，半天没再动弹。

徐靖南手里揣着车钥匙噔噔噔地快步往楼下去，有还没休息的用人在客厅里看见他，急急忙忙问："少爷要去哪里？"徐靖南嘴里不轻不重地哼了一声应付，又咣当一声关上门厅的大门。不一会儿，院子里就传来车子发动、绝尘而去的声音……

什么跟什么啊！他以为，俩人搬出去也没人管，没人管就可以……可以……可以个屁！她搬出去是为了做设计！跟他半分钱都没关系！他可不是有病吗！有癔症的病！

第三章

徐靖南半夜离家的事，第二天一早一家人就从用人那里知道了。

莫颜昨晚睡得不好，起得就迟了些，连晨跑都没去。下楼的时候徐萍和毕凤华还有何茜在说话。见她下来，毕凤华脸上闪过一丝不悦，徐萍就比较不遮掩了，脸色明显地不怎么好看。

何茜笑眯眯地说："弟妹昨晚睡得不好吗，这会儿才醒？"

莫颜不想搭理她，又碍于长辈在场，淡淡地说："嫂子今天气色很好。"

毕凤华等她落了座才发问："昨天和靖南吵架了？"

莫颜扬唇，"没有。"

"那怎么昨天半夜开车出去了？"

"可能有事吧。"莫颜轻描淡写地说，"他也没跟我说，换了衣服就出去了。"

毕凤华脸色就有些不好看："没吵架怎么用人说靖南脸色很不好看？连我昨天都听见你们那边的动静了，关门声那么大，就不怕惊着老太太吗？"

莫颜垂着眸子不说话。

"昨天还好好的，怎么一回房就吵了起来？你们小年轻的吵几句也是常事，但也不至于吵到靖南摔门出去吧？大半夜的能跑到哪去？一个巴掌拍不响，你们两个吵起来就该各打五十大板。但是莫颜，不是我说你，再怎么吵，也不该让自己的丈夫摔门走人。纵然是他不对，那你们也该好好说话，吵起来像什么样子？让外面人知道了，还不笑话死我们徐家？"

莫颜面无表情地听着，静默了片刻说："妈说得是，以后我会注意。"

毕凤华意味深长地说："我知道，昨天听见你提前阵子的事我就知道，你心里还是放不下。靖南是不对，但逢场作戏难免会出问题。他在外面工作，应酬多，你也该多理解他，总揪着他的不是，你们以后还怎么过日子？”

莫颜没想到她往这事上扯，看了她一眼说：“妈您误会了，事情已经过去了我肯定不会再提了，没为您说的那事吵。”

“你们吵架就是不对的。事情过去了就过去了，你也该多体谅靖南，他在外面工作一天早就累了，回来怎么会有精力跟你吵架？得饶人处且饶人，你们不管是谁，凡事有个分寸，做事都不要太过了，听见没有？”

何茜立马在旁边说：“知道了，妈。”

莫颜只得跟着说：“知道了。”

本来这事就算揭过去了，一件小事毕凤华也不好做文章，敷衍地应了声，就招来用人问早饭准备得怎么样了。

徐萍在旁边开口了：“侄媳妇不会是为了给我腾屋子才跟靖南吵架了吧？”

莫颜一杯水还没端起来就又放了回去，说：“怎么会？一点小事而已，是我不好。”

徐萍立马接上话：“一点小事你俩也值得吵，真是小孩子心性！我们儿媳妇虽然在娘家娇生惯养，进门几年小两口也没红过脸。嫂子，靖南和莫颜真是还年轻呢！”

毕凤华脸上立时有些挂不住，勉强笑着说：“莫颜你听听，你和靖南也不小了，都快三十岁的人了，一点小事还吵什么架！”声音里却是一丝笑意也无。

徐萍说：“唉，毕竟结婚时间短嘛，还要好好学着夫妻相处！不过你们两个吵架这动静可不小，我们是没事，也理解你们，但老太太半夜睡着觉呢，听见你们那动静，惊出个好歹怎么办？”

莫颜绷着脸，只得说：“是我们不对。”

正说着，徐盛晨练回来了，进门见这架势，再见莫颜脸色也不太好看，心知自己媳妇和妹妹对她多少有些成见，就走过去问：“怎么了这是？”

毕凤华就似是而非地抱怨：“小两口吵架了，气得靖南昨天半夜摔门出去了，大半夜的也不知道住哪里！”又看了莫颜一眼说，“你们偶尔吵一两回也就算了，要是天天吵，天天气得靖南摔门出去，那他第二天真就不用上班了！”

徐盛对这些琐事不甚在意，见自己老婆有意针对，便下意识护着自己挑的儿媳妇，说：“靖南你还不知道，吵架肯定是他的不对！再说他还没个去处？今天不是周六吗，又不用上班，一点小事，回来说他几句就算了！”

“如果今天上班呢？”毕凤华的脸立马拉下来，不高兴地瞪着自己丈夫，“我要是天天跟你吵气得你半夜出门，你第二天能好好工作？说到底，我知道你是在外面赚钱养家的，徐家家大业大，你在外面受累我知道多体谅。我要是不体谅，光为家里的事情就够你操心的！”

毕凤华心里有气，说完徐盛就转脸去看莫颜：“你们姑妈来了，你和靖南搬出去住一段时间，来来回回挺麻烦。我也觉得你们懂事，可你们要是搬出去明知道我鞭长莫及，还天天吵，弄得靖南没办法安心工作，就是你的不是了，莫颜！”

徐萍在旁边不轻不重地出声：“大嫂看你说的。靖南要是不能安心工作，我这个占了他们房间的客人，可就不好意思住了！”

一时，毕凤华看着莫颜的脸色更难看了。

莫颜垂着眸，在一干人的注视下，低声说：“以后不会了。”

徐盛看得过意不去，出声说：“没事，等靖南回来我再说他。”毕凤华冷刀子一样的眼神就瞪了过来，徐盛咳了一声说：“行了，不早了，开饭吧！”

看热闹的看完了热闹，挑事的挑完了事，骂人的骂舒服了，众人就起身去餐厅准备吃饭了。

莫颜一直等到人都走了还坐在沙发上没动。

跟着徐盛一起晨练回来打算到徐家蹭饭、结果在门口听见里面训斥声就没现身的徐靖西，见客厅里没别人了才悄悄进来，蹭到莫颜身边坐下，碰了碰她胳膊：“三嫂，你还好吧？”

莫颜扭过头看她，扯了扯嘴角：“你怎么来了？”

“我来吃饭的，哪知道……”

莫颜笑了一声，起身说：“走吧，去吃饭。”

“好！”徐靖西应着，一边跟在她身后一边低头飞快地拿着手机发短信。

徐靖南昨天晚上出了门就投奔发小去了。孙维之不巧回孙宅了，他就找了郑钟铭。

郑钟铭看他一脸恼火，就知道是又吵架了。知道他不愿意多说话，给他收拾了房间让他睡觉去了。

徐靖西发短信过来时，徐靖南和郑钟铭正在城郊马场。孙维之刚赶过来，换好衣服牵了马，扬声说：“你俩又抽什么疯呢？大清早的跑这么远来骑马，周末还不待家里睡个好觉！”

郑钟铭努嘴示意，孙维之立马反应过来："你跟莫颜又吵架了？你俩还真没完了啊，这回又为什么吵的？"

徐靖南一边翻手机看短信，一边蹙着眉说："她看我就没顺眼的时候！"短信里说：三哥你这会儿玩得还自在吗？三嫂这里也挺好的，被伯母和姑妈轮番骂了一顿，开开心心去吃饭了，你接着玩哈！

孙维之趁机煽风点火："你刚知道啊！你那老婆看谁顺眼过？当初你结婚我就劝你别结，现在知道后悔了？你再不离婚，还有你后悔的！"

徐靖南收了手机，抬肘给了他一下："就你废话多！"说着翻身上马，第一个冲了出去。

"我说认真的，你赶紧把离婚这个事提上日程吧！"孙维之不急不慢地跟在后面，回头跟郑钟铭说："你说是不是？早在高中的时候我就看透莫颜那个女人了，谁娶了她谁就得把她供起来，典型的可远观不可亵玩，偏偏徐靖南就看不透，非要把她拉下神坛，他俩不掐架才怪！"

郑钟铭听不下去，打岔说："照你这么说，人家莫颜就该一辈子不嫁人？"

"嫁也不该嫁靖南啊！他俩天生就八字不合，一个冷艳，一个火暴，一个南极帝企鹅，一个非洲尼罗鳄，根本就不是一个地盘上的物种，怎么做朋友呢？"

"你这扯得什么跟什么，"郑钟铭无语地看他，"直接说你就是看人莫颜不顺眼得了。"

孙维之利落地点头："没错，你看看她把靖南折腾的。"说着抬下巴示意远处骑马飞奔的人，"结婚一年还跟仇人似的，要我早离了痛快！"

郑钟铭若有所思地看着徐靖南，说："你要真把他俩撺掇离了，说不定也没什么不好。"

"那是，我早就说了。听我的没错！"

俩人小跑着马说话，那边徐靖南跑了半圈就绕回来了，表情阴郁地翻身下马，说："我先回去了。"

"哎，怎么回事？"孙维之看了同样一脸莫名其妙的郑钟铭一眼，问，"你这才跑了十几分钟，回去干什么？……你不会是想回去跟老婆认错和好吧？合着你俩昨天吵架真是你的错啊？"

徐靖南脱着手套抬眼瞪他："你今天怎么话这么多？我俩今天搬出去住，我得回去收拾东西。"

"你俩要搬出去？"孙维之听得瞪眼。

“我姑妈来了，宅子里太热闹怕吵着老太太，出去住一段时间。”徐靖南把手套扔给他，“我先走了。”

郑钟铭哎了一声叫住他：“要帮忙吗？”

“不用，你们玩吧。”

孙维之半天回不过神来，扭头跟郑钟铭说：“你说，这搬出去，他俩是吵得更厉害了，还是正好孤男寡女培养感情……跟你说话呢，干吗呢你？”

“公司里有点事。”郑钟铭低头发短信。一会儿提示消息响：郑总，跟莫小姐约好了，九点半，终南路独家咖啡厅。

孙维之跑了一圈马过来招呼他：“愣着干什么，咱俩跑一场？”

郑钟铭收了手机，说：“不玩了，我公司里有事要处理，回去了。”

“你们俩孙子，大早上把我吵醒，现在又都不玩了？耍我呢？！”孙维之愣在马上破口大骂，看着郑钟铭远去的背影又琢磨：“笑得那么‘淫荡’，是去处理工作？”

徐靖南一溜烟地开车回了家。进门时毕凤华几人正围着徐老太太说话，见他终于回来，便问：“昨晚跑哪去了？你们天天吵架算怎么回事？都多大的人了！”

徐靖南坐过去，跟老太太打招呼，嘴上无所谓地说：“什么吵不吵的，我昨天就说了她几句！”

毕凤华和徐萍听得一愣，问：“什么叫你说了她几句？”

徐靖南不耐烦地说：“不是说搬到小宅子里去吗？昨晚回房她让我今天和她一起收拾东西搬过去，我说不搬，就吵了几句。那么多东西，我怎么跟她一块儿搬，累都累死了……”

话音未落，毕凤华的巴掌已经拍了过来，打了他后脑勺一下，说：“你昨天就为这个摔门跑了？她让你帮着收拾东西，你不愿意，就跟她吵起来了？”

徐靖南还是吊儿郎当的，靠着沙发跷着二郎腿，“嗯”了一声：“谁让她非要让我搬，我还说今天跟孙维之他们出去玩呢！”

“浑话！”毕凤华听他说了前因后果，又生气又觉得脸上过不去。还以为昨天吵架是儿媳妇耍性子，结果却是自己儿子耍少爷脾气！

“搬东西有用人，你跟莫颜一起看着安排一下就行，谁会真让你搬！为这点事你还吵得半夜摔门走人，你越来越不懂事了！”

“我这不是回来帮她收拾了吗！”徐靖南面上就不耐烦起来，转脸问徐靖西：

“你三嫂呢？收拾东西呢？”

徐靖西虽然不知道他们昨天吵的什么，但大概能猜出来徐靖南在护着莫颜，也就不怒视他了，说：“三嫂说工作上有点事，刚才出去了。”

“周末还有工作？比我还忙？”徐靖南诧异，心里又隐隐升腾起一股小小的不爽，不是说今天搬家吗，又为工作跑出去了？不是说被骂了吗，又跟没事人一样出去工作了？亏得他还跑回来了！

毕凤华又给了他一下：“行了，既然是你耍脾气，你就回屋收拾东西去，省得莫颜回来一个人折腾。”

徐靖南不情不愿地应了一声，上楼去了。

徐靖南面对一屋子东西无从下手的时候，莫颜刚到和MY系列产品经理约好的咖啡厅。

座位上坐的不是产品经理，而是郑钟铭。

莫颜走过去问：“怎么是你？”

郑钟铭端着咖啡杯，坐在晨光中俊朗一笑：“听产品经理说约你出来谈设计的事情，我正好没事就过来看看。你不是说可能做得慢些吗？没有我给你打招呼，说不定产品部那里会不干。”

莫颜嘴边泛出一丝笑意，说：“那正好可以让其他设计师去做。”

郑钟铭举手投降：“当我什么都没说。”

莫颜看他一眼，两个人都笑起来。

约好的九点半，产品经理还没到。郑钟铭找话题跟莫颜闲聊了几句，貌似无意地说：“昨天跟靖南吵架了？”

莫颜翘着的嘴角立时就有些变味：“他跟你说的？”

郑钟铭立马否认，摇头说：“我就随口提一下，靖南昨天到我这里睡了一晚，所以我猜……没有别的意思。”

莫颜喝着咖啡不说话。郑钟铭就又说：“你俩这叫不是冤家不聚头吧？电视里说的，欢喜冤家。”

“你看出我跟他欢喜来了？”莫颜挑眉问。

郑钟铭愣了下，似是沉吟了片刻才说：“既然过得都不开心，怎么当初还会结婚？……你别误会，怎么说咱们还是同学，我不光是站在靖南的立场上说的，也是替你考虑。”

“我怎么不记得我们同学情分这么深？”莫颜浅笑着开了句玩笑，低头去搅咖啡。就在郑钟铭以为她不会再说话、暗自后悔提及这个话题的时候，莫颜放了勺子，说：“你怎么知道我们结婚后，彼此没有后悔过呢？”

她难得会说这种掏心的话，尤其是对着徐靖南的发小。郑钟铭听得愣怔，待再要开口，莫颜却越过他看向了门口，说：“你们的经理总算来了。”

产品经理带了不少资料过来，也很能说，一番沟通下来已经到了十一点多。郑钟铭执意要请吃饭，莫颜本来打算回家吃，但想起早上的事，又点头应了，打电话给家里打招呼。

在家里收拾东西搬家的徐靖南累得快趴下了。

虽然所有搬东西的事都不用他做，但是东西分类，哪些要搬哪些不要搬，尤其是两人的工作文件，不要弄混了、弄乱了，搬到新宅子后，东西归置在哪里。虽然两人不睡在一张床上，但还是要装作什么都是成双成套的，不能露出破绽来。

两家虽说在一个小区，但毕竟是别墅区，光绿化带就占了一大片，真正来回倒腾起来就会发现，两家离得也还是有些距离的。

前前后后楼上楼下地跑了一上午，徐靖南跟主动帮忙的徐靖西搬着莫颜成箱的画册杂志下楼，刚到楼下就听见用人说：“三少夫人刚才来电话，说午饭不回来吃了。”

马上就要六月的天，徐靖南累得满头大汗，听见这话哐当一声把箱子往地上一放：“为什么不回来？”

用人见他脸色不太好看，小心翼翼地说：“三少夫人说还在谈工作，吃完午饭再回。”

客厅里徐萍听见了，扬声说：“侄媳妇还是个女强人呢。”

毕凤华见儿子搬了一上午东西，心里对莫颜早上那点误会的愧疚也没有了，淡淡说：“行了靖南，让厨房开饭吧。先过来吃饭，剩下的让用人先搬过去吧，晚些时候再收拾。”

徐靖西在旁边小小戳了徐靖南一下，徐靖南又弯腰把东西抬了起来。门厅的司机要过来帮忙，他径直让开，说：“姑妈你们先吃，我搬完再说，东西不多了。”

午饭过后莫颜才回来。客厅里人不少，陶敏娴和徐靖北的老婆也在，一行人正准备陪老太太到后院草坪上去晒太阳。

徐靖西第一个看见她，欢快地说：“三嫂你回来啦？”

儿人的视线都投了过来，莫颜点点头，说：“婶婶和二嫂也来了？这是要带奶奶到后院散步吗？”

其实多数时候，不谈身世背景与怀孕生孩子，毕凤华对莫颜作为儿媳妇的表现还是比较满意的。毕竟是书香世家出来的，规矩礼仪无可挑剔，为人处世方面也是可圈可点，人前维护徐家脸面，在家孝顺公婆，对于夫妻相处之道也有一定的理解。就像前几天徐靖南弄出来的那点儿浑事，她的态度和表现也是让她满意的。

只是这两天徐萍来了，徐萍一贯对莫颜有意见，处处挑她不是。尤其是早上徐盛在一边维护，弄得她也想起一些不愉快来，跟着就态度差了些。

早上错骂了她一顿，不过自己儿子也一个人搬了一上午东西，这会儿当着这么多人的面，也就不再计较了，只和声说：“工作处理好了？你们房间的东西靖南一个人搬了一上午，也省得你回来再动手了。夫妻和气家里才能和睦，知道吗？”

莫颜听得心里愣了一下，徐靖南回来了？还把东西都搬好了？面上却是很温婉，点头说：“知道了，以后不会了。”

徐萍却是看不过去，在一边说：“侄媳妇工作这么忙呢？周六都要加班？靖南一个人搬了一上午，可是累得饭都吃不下去了。”

何茜笑着说：“姑妈不知道，弟妹能干着呢！不跟我一样，就知道在家里跟长辈们说说话，照顾照顾两个孩子。”

莫颜出去转一圈心情好了不少，对这俩人的指桑骂槐也不在乎了，浅笑着说：“大嫂说什么呢，你已经是家里的功臣啦，给咱们家生了两个女孩儿，个个都这么可爱，妈和姑妈都喜欢。我都还没生一个呢。”

何茜作为长嫂生了两胎都是女儿，也知道家里等着抱孙子，长辈们虽然不说什么，但也没多喜欢，毕竟家里的三个孙辈孩子都是女儿。一时觉得没脸，便不再说话。

徐萍则直接被忽略了。

徐靖西看不下去，说：“三嫂，你去那边宅子里看看吧。三哥吃完午饭去那边了，那边东西都还没归置好。”

莫颜冲她善意一笑，跟一干人说：“那我过去看看。”

西南角这套别墅比徐宅要小不少，只有二层楼，房间不多，但好在每个房间都相当宽敞、采光十分充足，尤其是客厅、主卧和书房。这样的户型当初就是打着适合年轻夫妻居住的宣传口号售卖的。

客厅里已经打扫干净，家具都一应俱全。窗帘开着，洒进了满屋阳光，静悄悄的，让人心神宁静、舒畅。

莫颜转了两圈就听见楼上传来闷声摔东西的声音。循着声音找到书房里，就见徐靖南正又烦躁又任性地往书架上摆书，从箱子里捞出一摞书就往书架上塞，松松散散地塞进去五本能掉出三本来，啪嗒啪嗒地掉在地板上。他就气得踢两脚再捡起来，重新把书摆正。

五月底的天气，屋外晒得人冒薄汗，屋内却是温度正好，暖而不燥。莫颜倚在书房门口，看徐靖南忍着不耐烦在大片阳光里啪嗒啪嗒地掉书、踢书、摆书，半晌才淡淡出声："很好玩吗？"

徐靖南被陡然的声音吓了一跳，手里刚捡起来的两本书又啪嗒掉了，没好脸色地说："你想吓死人啊！"

莫颜走过去开始跟他一起摆，说："你昨天不是出去了？怎么又回来了？"

"我的家我怎么不能回来？"徐靖南立马扔了书不干了，坐在书桌上百无聊赖。想着上午自己累得要死她却在外面跟人吃饭，浑身气都不顺地说："你还知道回来啊？知道今天要搬家还出去谈什么工作？"

莫颜斜他一眼："你昨天不是也出去了？"

"但是我今天回来了！而且东西都是我搬的！"徐靖南得理不饶人。

莫颜浅淡地哼一声："那也是你自愿的，我没逼着你。"

"我还不是……"徐靖南说到一半冷哼了一声，不说话了。

莫颜看了他一眼，见他不再说也不好奇，转脸继续摆书，整理工作文件。

徐靖南看着她收拾，屋里霎时安静下来。一年多的婚后时间，难得有这么一个下午，两人能各自无话地待在同一间房子里，不掐架，也不尴尬。

徐靖南看了她一会儿，干巴巴地说："你搬过来就是为了方便工作？"

"不然呢？"莫颜低头把文件分类。徐靖南对她具体的工作习惯不了解，早上收拾得混乱，她也只能认命，拼命整理，"上午听你妈讲怎么做好徐家儿媳妇，下午被你姑妈讽刺配不上徐家，我什么时候工作？"

徐靖南听出她的嘲讽，到底没能顶回去。虽然不如她说得夸张，但其他人的不满，徐靖南早看在眼里，不然他也不至于经常不经意地维护她。

又是半晌寂静，这会儿却多了点尴尬。徐靖南沉吟着说："我妈和姑妈的态度……会让你……觉得为难是吗？"

莫颜看了他一眼，转身整理东西，不说话。

关于这件事，徐靖南觉得怎么说都不合适。总不能直接挑拨离间说没事，她们为难你，你就也不给她们好脸色。然而错确实在徐家家长那边，只好说："她们是长辈，一般情况你就多担待些……她们真的给你难堪，我……你自己心里有数，别太吃亏就行……"

徐靖南活了二十八年，从来没想到，自己有一天还要站到中间来调和婆媳关系！这种家长里短、人伦亲情什么的，他怎么会懂！

然而，他费半天劲安慰，莫颜却一声没吱，完全不领情的样子，弄得徐靖南立马觉得自己是在热脸贴人家冷屁股，跟自作多情一样，登时心里升起一股不爽。

"我说了半天，你倒是说句话啊？"

"说什么？"莫颜表情依旧淡淡的，把文件整理好，箱子拆开折好。想了想，垂眸看着手上的纸箱说："我从来没有想过跟你结婚后是这样，生活圈子巴掌一样大。跟你没完没了地吵也就算了，没想到圈子里所有人都来跟我吵，一天清静都没有。"

莫颜抬头看徐靖南，神色认真："其实说到底，离婚也不过是一句话的事。徐靖南，可能不久的将来，我受不了了，也就不在乎输赢了。自由面前，尊严算什么。"

说完，莫颜搬着箱子出书房。徐靖南愣了半刻，心里的火腾的一下蹿了半丈高，跟在她后面下楼，边走边问："莫颜你什么意思？说了半天，你不就是想离婚吗？你不要忘了我们当初怎么说的，我还想跟你离婚呢！要不是因为当初的话，我早就离了。"

合着他说了半天让她多担待，说的都是废话？！她一点情都不领？

莫颜搬着东西去储物间，说："无所谓。今天的情形是结婚前我没想到的，可能当时我在乎，但是现在，不管我们谁提出来离婚，我都会接受。"

徐靖南看着她这个态度，一时竟然说不出话来。结婚一年，她从一开始死活咬牙不提离婚，到如今说这日子我过够了，不就是离婚？！

"好！"徐靖南冲她点头，"好，有种你把话说出来，说出来我们立马离婚！你不说，也就别嫌在徐家待着委屈！"

莫颜脸色有一瞬的冰冷，随即又是面无表情，低声说："总会有那么一天。"

徐靖南冷脸看她半晌，沉声说："好！我等着！"说完，大步离开，又是砰的一声，将门甩上。

外面车子发动声又起。莫颜倒了杯水，倚在吧台边看外面的落日余晖，红透了半边天。就像高三的时候，那场姗姗来迟的早恋，本以为会轰轰烈烈，却不过是回光返照，仅有短暂的一瞬。再然后，整个世界都陷入了黑暗。

徐靖南漫无目的地开着车在下班高峰期的路上慢慢挪蹭，整个人烦躁无比。鸣了半天笛不见前面车动，气得砸了一把方向盘，捞过电话来给孙维之拨了过去：“你前阵子说的H市政府的那个招标项目，现在进行得怎么样了？”

晚上照例是一家人吃饭。莫颜一个人到徐宅去，里面还是那几个女人在聊天。见她进来，毕凤华问：“靖南呢？要开饭了，怎么没一块儿过来？”

莫颜正要说话，手机来电话了，正是徐靖南。

徐家开饭每天都是准点，徐靖南看时间差不多就打了电话过来，声音冷冰冰的：“晚上有事，不回去了，跟妈说一声。”

“知道了。”莫颜挂了电话，和声说：“他说晚上有事，不回来吃了。”

毕凤华点点头，说：“跟厨房说，差不多就开饭吧。”

徐靖东也没有回来。徐盛跟一众女士吃完饭，略坐了一会儿就回书房了。正巧陶敏娴带着二儿媳妇谢如歆过来，客厅里顿时就热闹了起来。

过几天正好是何茜的大女儿六岁的生日。徐萍刚从S市回来，也想跟以前本市比较熟悉的朋友联系联系，就跟毕凤华和陶敏娴商量着办一个聚会。

何茜和谢如歆一向关系比较好，家世也相当，凑在一块儿能说个不停，一会儿就从今夏大牌时装聊到了过段时间去香港、澳门玩。莫颜坐在一边独自喝茶。

圈子不一样，她们没指望多跟她说话，她也不乐意参与她们的话题。

晚上直到莫颜入睡，徐靖南也没回家。第二天早上起来，他已经不在了，或者是根本没回来。

反正两个人各自睡各自的，互相不打扰。

莫颜给徐宅里去电话，说早饭自己吃点就行，不过去了。毕凤华问自己儿子吃不吃，莫颜说他早上有事出去了，在外面吃。

挂了电话，莫颜就去了书房，一忙一上午。整栋别墅都静悄悄的，半天没一点儿动静。

几天下来都是这样。莫颜和徐靖南搬出来，经常半天半天地不在徐宅，毕凤华有徐萍和陶敏娴陪着也就不管她整天待在新宅那边。一天唯有两次见面都是在吃饭时。

徐靖南这几天颇有点神出鬼没，早上看不见他人，中午和晚上是不是回来吃饭也不一定。有时候他会打个电话回来，有时候他下班直接回徐宅，也不叫她。毕凤华问起来他们的情况时，两个人都是胡乱几句说辞含糊过去。然而两人明明处在跟冷战一样的状态，谁也不跟谁通气，台词却跟对过了一样，说的话正好吻合到一块儿，真是连冷战都冷得天衣无缝。有天晚上莫颜照例独自去徐宅吃饭，毕凤华连着两天没见着小儿子，问她怎么回事。莫颜对答如流地说徐靖南加班，不知道什么时候回来，让她先陪家里人吃饭。吃完饭莫颜略微坐了一下就回去了，然而她前脚刚走，徐靖南就回来了。毕凤华见他回来就去厨房里翻吃的，狐疑地问怎么还没吃晚饭。徐靖南接得十分顺嘴——“我加班了啊，没想到工作完成得快，就让莫颜先过来吃了。结果你们都不惦记着给我留饭，回头我去跟莫颜说道说道。”实际上他都好几天没跟莫颜碰面了。

星期四，莫颜做完了手上那个画册设计，抽出下午的时间给陈娜送过去。

陈娜这几天忙疯了，莫颜来的时候她正犯愁，见了她眼睛唰地亮了，匆匆忙忙地拉她往外走：“你来得正是时候！有个公司最近在战略转型，想请我们去它那里讨论一下新的VI设计，我正愁没合适的人跟我一块儿去，走走走……”

莫颜被她弄得晕头转向，说：“我是来交case的，再说我刚接了诗韵的包装设计，怎么还让我去？”

陈娜一边拉着她走一边说：“我知道你够忙了，你跟我去凑凑数。对方来头不小，点着名地要知名设计师，咱们公司小张不是去比赛了吗，我一个人去不大合适，正好你跟着我，就是充个数，肯定不会交给你做。”

莫颜无奈只得跟着，说：“你该招人了。”

陈娜更无奈：“那也得有跟你一样优秀的人啊！”

莫颜：“……”

对方公司在斜对面的写字楼，穿过中央广场就是，走路过去十分方便。

上了电梯莫颜才想起来：“你急急忙忙地拉上我，还没说是什么样的公司，要做什么转型呢。”

“我都忙忘了。”陈娜忙得直拍脑袋，说，“是家投资咨询公司，名气很大，要不然办公室怎么会在这栋天价租金的楼里。名字叫什么来着……哦，叫BRI资本，好像是一家中外合资的。”

“Brilliant？”莫颜猛地扭头问。陈娜被她吓了一跳，点头说：“好像是的，怎么了？”

第四章

莫颜蹙眉，正要说话，电梯门开了。硕大的BRI标志映入眼帘，前台站起来问有什么需要。陈娜说明来意，前台拨了个电话出去："韩总，您之前约好的设计公司的负责人来了。"

莫颜听见"韩总"俩字，脸上的表情顿时一变，转身就想走。

陈娜一把拉住她："怎么了你？一惊一乍的这么不正常？"

莫颜低声说："我想起来还有急事，你一个人谈吧。"

"少来！刚才来的路上你可没说有急事！"陈娜死命拉住她，眼珠一转，恍然大悟，"这家公司里有你熟人？"

"没有，我是真有事……"莫颜还要再说，前台却站起身恭敬地点头："韩总好。"

韩煜带着助理从一边走廊里出来，看见前台接待处的俩人，脚步一顿。莫颜脸上瞬间没了表情，规矩地站在陈娜身侧。韩煜微微挑了下眉，含着笑走过去打招呼。

陈娜主动伸手："韩总下午好，我是尚意设计公司的总经理，陈娜。这位是我们公司的招牌设计师之一，莫颜。"

"久仰陈总大名，还劳烦您亲自跑了一趟。"说着又冲莫颜点头，"莫小姐，下午好。"

莫颜面无波澜地点头："韩总下午好。"

一行人往会议室走。陈娜偷偷掐莫颜，低声说："你客气点！BRI是有名的咨询公司，说不定将来我们还要靠他们拉投资呢！"

莫颜可有可无地点了点头。

BRI的情况很简单，公司想做战略转型，以前的主营是咨询，现在却是想自己做银行，将业务重点放在投资上面，所以才会开始着手新的VI设计。

韩煜人显得很随和，笑着解释："本来BRI的运营都是我的合伙人在做，我就是个甩手掌柜，只是最近转型是公司发展的重点，所以才会参与进来。"

陈娜心里想着将来可能找他们要投资，对这个case就更上心了，问："那韩总的合伙人对这次的VI更换有什么建议？"

……

总共谈了近两个小时，双方做足了沟通，BRI这边就正式把这个设计交给了陈娜公司。整个讨论过程，除了陈娜让她发表看法，其他时候莫颜全然充当壁画。

双方签好合约后，陈娜说了声抱歉起身去洗手间。韩煜对市场部经理点了点头，对方起身离开。

"装不认识我？"韩煜调笑着看莫颜。

莫颜不接他话茬儿，扫了办公室一眼说："你什么时候多了个合伙人？"

"前两年，我要回H市去打理家中的公司，这边顾不过来，干脆找了个国外同学合伙，公司就都交给他管了。"韩煜喝了口水，逗她，"我开这个公司是几年前的事了，这么多年你都不知道已经换了老板，看来是真不想关心我的消息啊？"

"不关心你不是也活得好好的。"莫颜面无表情，"一个校友，有什么好关心的？"

韩煜登时无奈摇头："哎，不只校友吧？我可是把你当大学时要好的朋友呢。"

莫颜挑了下眉，不说话。

正巧陈娜回来了，双方便起身告辞，再无他话。

两人去乘电梯，莫颜随口问她："打算把这个案子交给谁？"

"看情况吧，"陈娜按了电梯和她站在一起，说，"可能我自己来做。你刚才还说咱们公司该招人了，扩大规模就要钱啊。得把BRI这个设计做好点，到时候找他们要投资，胜算也大一点。"

莫颜鄙视她："你做生意真是都从自己的利益出发。"

"那是！不然我做生意干吗？"陈娜一点也不将之当作讽刺，正好电梯到，便得意扬扬地昂头进去。

电梯里站着郑钟铭。

陈娜只愣了一下就反应过来了，诗韵集团也在这栋楼里，便立刻微笑说："郑总，这么巧。"

郑钟铭在这里看见莫颜也有点愣，神色如常地打招呼："陈总怎么有空来这边？"

"有个设计案子过来了解一下。郑总这是提前给自己下班了？"陈娜调笑，现在才五点，看郑钟铭的样子却像是提前溜号了。

郑钟铭刚要点头，猛然想起件事来，看了莫颜一眼，面上有些讪讪的。

陈娜看得分明，知道这里面有什么不对劲的，便笑笑不再说话。

莫颜冲郑钟铭打招呼，说："你们那个产品的设计我这几天还没着手做，如果赶时间，可以催我。"

"不急，你慢慢做。"郑钟铭心里揣着事，也没了心思跟她搭话，应一句就谨慎地噤声不说话了。

三人乘电梯到一楼。郑钟铭正想跟俩人打声招呼赶紧从大厅边门溜开，就听见不远处的等候区里传来孙维之的声音："郑老二！往哪走呢你？这边儿！"

莫颜循着熟悉的声音看过去，正对上徐靖南的视线。他俩从前天中午在徐宅吃完饭，直到今天才再见面。

孙维之见到莫颜时愣了一下，用臂肘捅徐靖南："你媳妇怎么会在这儿？"

徐靖南其实也很意外，不过看见她身边站着陈娜，便猜是和同事一起工作。

见都见到了，不打招呼实在说不过去，孙维之这点儿礼节还是守着的，虽然知道夫妻俩最近关系不太好，还是拉着徐靖南凑了过去。

"哟，嫂子也在呀？"孙维之笑眯眯地问。

莫颜知道孙维之对她有成见，淡淡"嗯"了一声就不再说话，

徐靖南冷着脸也不说话，直到她要转身走人，孙维之又捅了他一下，才干巴巴地说："告诉妈我今天有事，不回去吃饭了。"

莫颜脚步一顿，当着这么多人的面，点点头温声说："知道了。"说完便和陈娜出了写字楼。

徐靖南脸上一片青黑之色。

孙维之叹气说："你俩真是的，多大点儿事啊！我看着都替你蛋疼得慌！"

徐靖南心里烦得厉害，斜了他身下一眼，骂："滚！我怎么没看出来你蛋疼？"

旁边郑钟铭静了片刻，说："靖南，你要真过不下去，干脆离了算了。"

"听见没有？！"孙维之立马找到了同盟，"咱郑总平时可是一言千金，轻易不说话，但凡说了，那就是最正确的！"

出了写字楼，陈娜看莫颜脸色不好看，便问："刚才是你老公？吵架了？"

莫颜扭脸看她，陈娜脸一绷："别说是我看错了啊，我眼神没那么不好使。"

莫颜笑了一声，说："到底什么事才能逃过你那双眼睛？"

"难说！"陈娜逗了她一声，说，"笑了就好了，最近心情不怎么样吧？脸色比我这个天天操心的还差。"

难得有人会关心她脸色不好。莫颜长长舒了口气，说："我都快忘了心情好是什么样了。"

陈娜笑说："你老公跟郑总他们，一看就不是一般人家。你都嫁入豪门了，还有什么心情不好的？心情不好的该是我们这些拼死拼活的小老百姓吧？多少人羡慕着呢！"

莫颜脸色柔和下来，无奈地看陈娜一眼："外面不知道的人羡慕，你总不会不知道，像我这样的嫁进那种家族里，是什么样的吧？"

"那怎么还嫁？"陈娜问。

莫颜扯扯嘴角说："脑残吧。"

陈娜问完也意识到这个问题太过隐私，叹一声说："唉！人不脑残枉少年。既然嫁都嫁了，就过得开心点，精彩点嘛！心情不好，那些看你不顺眼的人就该心情好了，这话不管在哪儿都是真理。不要管别人什么样，自己过得开心最重要，为了跟别人置气最后气到自己是最愚蠢的了。

"等再过几年，你活到我这个岁数，人生都快过了一半儿的时候就明白了。对于自己能掌控的事情，想怎么样就怎么样，反正你有把握不吃亏。别人对不起你，你也不用跟他们客气。但是对于那些你掌控不了的，就要时刻提醒自己，人活着不是为了遭罪的。"

陈娜说着话看她，拍了拍她肩膀，"豪门里什么样，说不知道我却也知道一点儿。你多想想自己当初为什么要嫁进去，就能明白很多事情该怎么做了。最重要的是，别委屈了自己。"

陈娜看她点头若有所思的样子，心知她能听进去，就又拍了她一下，说："你晚上有事没？最近有家新开张的酒吧，环境挺不错的，一起去玩？"

莫颜下意识地就想拒绝。陈娜立刻又嘴快地补了一句："你可别让我刚才的话白说了啊！"

想起刚才徐靖南冷着脸的样子，又一想回家也是看徐萍她们的脸色，既然要活得自在些，回去干什么？莫颜无奈地看她一眼："就你会开解人！"

陈娜姿势御姐地拢了下头发，笑眯眯地说："那是！"又晃了晃手里的文件，

“你在这里等我吧，我把东西放楼上去，然后咱俩先去吃饭。”

莫颜一个人站楼下看着周围写字楼里陆陆续续走出来的下班早的人，想起刚才陈娜问的那句“怎么会嫁进豪门”，嘴角微微翘起了一个自嘲的弧度。

莫颜当初答应嫁进徐家嫁给徐靖南，是真的因为当时脑残了。

她当初读完大学就去了美国继续进修。徐盛看中她做儿媳妇时，她回国还不到一年，就在陈娜的设计公司上班。

尚意和徐氏的办公室同在CBD中心。据徐盛后来说是见过她几次，对她印象很好，觉得她待人接物十分有礼貌，长得漂亮气质也好，还是国外名校的硕士，所以便让人查了查她的背景，又发现出自书香世家，便更是喜欢。

徐盛当时和尚意所在写字楼里的一家公司有合作，那段时间经常过去，上下电梯什么的时常遇见。时间长了，双方都会礼貌地打声招呼，就算是点头之交了。

再后来，徐盛便提出了给自己儿子做媒的想法。

莫颜当时根本没有同意的意思，只是徐盛一再坚持，说就先见一面，如果不合适也没关系，就算是交个朋友。

莫颜多少也知道徐盛是对面徐氏企业的一把手，何况又是位老人，始终不好态度强硬地拒绝，便约了一家咖啡厅答应见一面。

谁知道，徐盛的儿子竟然会是徐靖南。

徐靖南是她青春时期仅有的一段如遐想一样的时光。

中学时，莫颜在学校里便小有名气。一是因为长得漂亮；二是因为成绩好；还有一个就是因为太清高。

她父母都是大学教授，尤其是莫父，身为颇有名气的文学家，对世俗有种不可避免的厌恶，所以教育上就不太同于一般的父母。更重要的是她父母关系一直不好，两天一小吵三天一大吵，有时候当着她面就吵起来。

高中那几年，他们吵得尤其厉害。她心里厌烦，也不会倾诉，所以对人都很冷淡，不交朋友，不多说话。

时间长了，学校里就都知道她了。

每次在校园里走过，身后都是这样的声音——

“哎哎，看咱校花，那叫一个冰清玉洁！”

“喊，你看她那一身目中无人的傲气，不就成绩好吗？有什么好傲的！”

“人家还长得漂亮，你比得上吗？”

“长得漂亮你看有人敢追她吗？”

高二上学期期末考试前夕，徐靖南突发阑尾炎住院，最终成绩排在全年级最后一名，零分。

他们班级里有惯例，每次考试后都会调整座位，成绩最好的和成绩最差的坐在一起，美其名曰结对子，一帮一行动。

徐靖南成绩不至于排到最后一名，但架不住没有分数，被老师大笔一挥，便和当时期末考第一的莫颜成了同桌。

孙维之知道徐靖南和莫颜同桌的时候，表情立马猥琐起来：“你跟校花同桌？好机会啊！赶紧抓住机会，没看兄弟们都持观望态度呢吗？你给大家做个榜样，好让我们看看这朵高岭之花到底能不能摘下来！”

郑钟铭在旁边笑着推了孙维之一把：“你怎么这么损！”

徐靖南不在乎地鄙视：“我才不稀罕摘呢！我跟你们说，我跟她同桌都一个星期了，总共也就说了五句话！你说她哪儿来那么大架子啊？”

“人家是不愿意搭理你！”郑钟铭嘲笑他。

孙维之掰着手指头算完：“合着你俩一天说一句话啊？这不是你风格啊！”

这当然不是徐靖南的风格。后来徐靖南终于凭着他自己的风格把莫颜惹毛了。她耐着性子给他讲了道题，从此以后便开始了他无赖捣乱、她气得瞪眼的同桌生涯。

时间长了，徐靖南发现她也不是多清高傲气的人。你好言好语地跟她说话，她就会温言软语地回答你，除非真把她惹毛了，否则她一般不骂人“滚”。即使惹毛了也没关系，她吃软不吃硬，哄几句，就又能面无表情但其实已经算是和颜悦色地跟你说话了。

徐靖南在摸透她的性子后，彻底来了兴趣，闲来没事就刺她几句直到炸毛，悻悻地被赏了“滚”字和白眼后，又能面不改色地夸着她长得美、心地也美、美女、才女、德艺双馨等一箩筐的好话，再把人给哄回来。

莫颜印象里当然不只有他的花言巧语，还有他帮她做值日，拉着她跟周围同学一块儿说话，在她跑完八百米后似是漫不经心地扔给她一瓶水。

再后来，一个学期就过去了。期末考试，然后开学。

两人又分到了一桌，照例是她第一名，他最后一名。

莫颜皱了皱眉：“我记得试卷里有很多题都给你讲过。”

徐靖南怎么可能笨得所有科目都几乎贴近零分？他成绩虽说没她好，但从来都不差好吗！要不是上次他没参加考试，估计他这辈子都不可能跟她有说话的可能；要不是同桌，徐三少才不会屈尊降贵去跟一个传言中冷眼清高的女生说话！

他只是在参加考试时，完美地避开了所有的正确答案。

徐靖南挑挑眉："是吗？我怎么不记得里面有你讲过的题？明明就是你讲题技术烂！你就是没能帮助同桌提升！也亏得你好意思自己考第一！"

"你怎么不说是自己笨？"莫颜白他一眼，低头自顾自地收拾东西。

徐靖南斜眼瞅了她半晌，突然凑过去坏笑着问："又跟我做同桌，是不是激动得不知道说什么了？"

莫颜半眯着眼瞪他，他就一副胸有成竹的表情任她瞪。最后到底是她先败下阵来，扭回脸继续整理书本，嘴角却慢慢翘了上去。

谁也没跟谁表白，两个人之间的气氛好像突然就变了，却又好像进行得自然而然。

孙维之再次得知他俩一桌的时候，惊得眼珠差点掉下来："你怎么可能还考倒数第一？！"

"考正数第一不容易，考倒数第一还不简单？"徐靖南一脸风轻云淡的自得。

郑钟铭在旁边意味深长地看他。

孙维之总觉得自己某种第六感十分强烈，提醒他说："哎我说，咱校花那样的，只可远观不可亵玩，看看挺好的，你要玩真的，小心掉进淤泥里。"

徐靖南作势踹他："说什么呢你！"

后来回了教室上课，徐靖南在他专门用来写课上废话的本上问："校花同学，你是出淤泥而不染型的，还是可以亵玩焉类的？"

莫颜破天荒地趁老师不注意回复了他："你还知道'亵'怎么写？"

徐靖南在本上画了三个：！！！

莫颜瞟一眼，转头去听课。

徐靖南不甘心，在那行字下重重画了两道，推回去昂昂下巴示意她回答。

她视而不见。他作势要伸手去挠她，莫颜瞪他一眼，提笔唰唰写了行字：出你这摊淤泥而不染型。

意思就是，鲜花插在牛粪上。

徐靖南却不这么理解，看完呵呵笑半天，写：很有自觉嘛！知道自己的根是长在我这里的。

莫颜扫一眼，低头看书去了。老师在讲台上说翻到下一页，她也没听见一样，早就走神了。

高三的时间很紧张。徐靖南成天无所事事，仗着自己聪明也不愿多下功夫，便时常在她旁边捣乱，莫颜烦他烦得不行。然而时间长了，两个人之间的感情和默契却是不减反增。

学校为了保证升学率，硬性增加学生学习时间，特别添加了晚自习。徐靖南便以她一个人回家不安全的理由，每天送她回去。

那个时候的徐靖南，虽然也是不学无术，但总体来讲还是没有学得太歪太坏，脸皮厚但好歹也还算个纯情少年。时不时地牵个小手什么的，莫颜也就顺从他了。

徐靖南作为一个处在荷尔蒙旺盛时期的半长成小青年，怎么可能只满足于牵牵小手这种皮毛之事？

有一天晚上送她回家，眼见要到她家小区大门了，徐靖南脚步不由自主地慢下来了：“校花同学。”

莫颜斜了他一眼，继续往前走。

徐靖南咳了一声，跟她走了两步，总觉得再不上机会就要没了，又拉了拉她手：“校花同学你看着我。”

莫颜嘴角带上浅浅的笑，不当回事地瞟了他一眼，继续走路。

“校花同学！”徐靖南怒了，停下脚步一把拉住她，趁她扭头要瞪他的时候，飞快地俯身歪头，覆上了她的嘴唇。

徐靖南在这方面有种无师自通的天赋。贴上那两片柔软唇瓣，一圈辗转后觉得不过瘾，伸手扣住了她后脑勺，吮吸着就将舌头伸了过去……

“嗷！”

莫颜瞪他一眼，转身快步走了。

徐靖南捂着被咬疼的舌头，回味着刚才的香甜柔软以及校花同学通红的脸颊，痛并快乐着。

那个时候的莫颜，纵然耳边依旧是父母不停的争吵声，但心是宁静的。只是这份宁静，随着父母争吵声的戛然而止，一同无疾而终了。

莫颜至今还没想清楚，当初那场短暂的早恋，是怎么结束的。

整整一个寒假两人没有联系。高中最后一个学期开学，她晚了几天回学校，两人已经不再是同桌。她看见他和班里另外一个女生坐在一桌说说笑笑，看都没看她一眼。

她就也面无表情地在自己的座位上坐下了。

直到高中结束，直到过了这么多年，他俩谁都没有再跟对方说过一句话。

前任相见，分外眼红。

徐靖南耿耿于怀了这么多年、徐三少丰富情感经历中唯一扑朔迷离的一段早恋记忆，在见到多年不见的前女友后，终于铺天盖地地涌上心头。

或者说，他根本就没忘记过。

怎么忘？他徐三少虽然确实不着调，虽然确实浪荡了点儿，但总不至于被人不声不响地甩了吧？一放寒假就再也不跟他联系了，开学不返校也不跟他说，等好不容易来上课了，居然冷着脸瞟都不瞟他一眼了！

徐靖南收敛内心愤怒的火焰，绷着一张轮廓愈加分明的俊脸，一句一句地刺她。

“哟，这不是我们班当年的班花才女吗？”

“你一个班花还要来相亲啊？”

“是生活作风不太好，经常甩男朋友的原因吧？”

“你这毛病打高三就有了，还没改过来啊？”

“我当年可就吃了这个闷亏，都不敢再找像你这样的了，你赶紧改改吧！”

当年他俩刚做同桌，徐靖南问她问题，莫颜装没听见，自顾自地做题。徐靖南当时跟个女生坐在一起本就很不爽，周围又都是平时学习特别认真的，连个说话的都没有，就无聊地在旁边一句句地指桑骂槐说，“学习成绩好有什么了不起？”“人最重要的不是长得美，是心里美！”……

莫颜最后忍无可忍地瞪他一眼，骂了个“滚”字。徐靖南反而来劲了，拍着试卷威胁说：“老师为什么把我们两个排到一桌？你的任务就是帮助落后同学！一点集体意识都没有！莫颜同学，你猜老师知道了，会怎么样？”

莫颜冷眼看了他半天。就在徐靖南心想大家叫她冷面美人叫得果然正确时，她一把拽走桌上的试卷，撕了张草稿纸，唰唰地把解题过程飞速写完，绷着脸把纸甩到了他桌上，然后低头继续做题。

莫颜当时没能禁受住他的刺激。再次见面，往事涌入脑海的时候，仍然没能忍住。

两个人都不肯承认当年的问题在自己，他认为就是她的错，她以为责任全在他。最后徐靖南挑衅：“既然不是你的问题也不是我的问题，那我们分手干什么？你不承认是自己的错，那我们就结婚好了！”

所以说她当时确实是脑残了，因为她答应了。

莫颜的父亲早在她不到十岁的时候就把她看了个透：气性太大，早晚要吃亏。

如今真的就应验了。

包里的手机铃声突然响起来，是徐宅的电话。应该是晚饭时间到了，她和徐靖南却还没过去，便来催了。

陈娜那几句话刚进耳朵里，莫颜便温婉又坚决地说不回去吃了。毕凤华在那边听得不乐意，早饭不过来吃也就算了，这才搬出去多长时间，俩人竟然有一半多的时间都不过来吃饭了！

顺嘴便说了几句：“经常在外面吃像什么样子？家里又不是饿着你们了。你们姑妈还在这里，顿顿不回家吃饭，这不是对长辈的不敬！你们以后多注意些。”说完又叮嘱，“明天晚上是星星的生日聚会，记得提醒靖南。”

莫颜随意应了一声，挂了电话。纵然毕凤华说得平平板板，莫颜却知道她这是不满意了在教训人，不禁又想，她父亲当初说的那句“早晚要吃亏”，一点也没错。

嫁进徐家，被挑剔、被嫌弃，看她不顺眼的那么多，面上装着和和气气，暗地里不知道怎么看不起她、挤对她。然而豪门不就是这样？没背景、没家世，没有人给撑腰，自然要被人家低看。

虽说当初嫁进徐家前，徐盛保证徐家会善待她，但像如今这种表面和气、实际受气的情况，与其怪徐盛硬拉她去相亲，倒不如怪她自己自作自受，想得太天真。

但是刚才陈娜那句“想想自己为什么嫁进徐家，就会明白很多事情”，她又好像真的明白了一些事。

她为什么嫁进徐家？她为的是跟徐靖南争一口气，然而真的是为了争一口气这么简单？

陈娜开了车从地下停车场过来，鸣笛示意她上车。待她坐稳，纳闷地看了她一眼，“你自己偷着乐什么呢？”

莫颜摆了摆手：“没什么，做白日梦呢。”她嫁进徐家当然就是为了争一口气，怎么可能是为了其他？

两个人突发奇想地去吃了火锅，热辣辣的火锅汤底让两个人彻底放松了胃和心情。

莫颜和陈娜以前关系并不亲密，就是简单的员工与上司，尤其莫颜婚后来公司的次数少，陈娜又看出她嫁得非比寻常，平时交流便仅限于工作。只是陈娜擅长场面上的自来熟，平时对谁说话都很热情，即便莫颜性子清冷，也从来没有尴尬地冷场过。

更何况今天陈娜掏心掏肺地开解了她几句，莫颜又很少有贴心的朋友，遇见一个不嫌弃她性子冷而无趣的，便也真心相待。一顿饭下来，两个人已经开始凑到一起八卦了。

吃完饭转场去那家新开的酒吧，陈娜锁好车后手机就开始响。她挽着莫颜的手低头看了一眼，面无表情地按掉了。

莫颜刚才在吃饭间被她打趣了无数次，这会儿也生了调侃之心，含笑问：“有情况啊？”

陈娜立刻挑眉：“怎么会！姐可是单身主义者。”话刚落音，电话又不依不饶地进来了……

莫颜揶揄地看了她一眼，率先进了酒吧。

这是个清吧，环境很好。这会儿已经陆陆续续地来了不少人，大多都是一对儿对儿的小情侣，也有像她和陈娜这样三五结伴的闺蜜，坐在卡座上听着歌笑闹着聊天。

莫颜选了个靠角落的位置，视野却很好，见陈娜进来，冲她招了招手。等她走近刚要问她喝什么，却见她一脸八卦地凑过来，小声说：“哎，你知道徐靖东吗？徐氏集团现任总裁，未来的董事长？”

莫颜脸上神色几经变换，最后轻声问：“知道，怎么了？”

“你看那边……”陈娜转头抬了抬下巴，“那女的应该不是他老婆吧？”

莫颜心里咯噔一下，顺着她的目光看过去——竟然真的是徐靖东。

他也选的角落坐，只是比她们位置要暴露些。他一只胳膊宠溺地搂着一个女孩儿，两人靠坐在一张沙发里。那个女孩儿穿着很是清纯，散着的长发乌黑，露出一个巴掌大的小脸来，白嫩干净。

徐靖东嘴唇贴着那女孩儿的耳朵，不知道说了什么，逗得她捂着嘴直笑。徐靖东也笑得温和柔软，亲了她头顶一下。

徐靖东从来没在家里这样笑过，即便是对着老婆何茜。莫颜看得心惊胆战，想起前段时间才跟徐靖西聊过徐家家里三个年轻男人是否出轨，心里凉意上涌。

陈娜推了她一下，“看傻了？”

“……没有。”莫颜回神，喝了口柠檬水，镇定了片刻。

酒保过来，陈娜给两人点了东西喝，又看了那边一眼，继续八卦：“徐靖东看着挺老实一人，居然也玩出轨？”旋即便自问自答地说，“也是，有钱人不管老实不老实，谁还不想尝尝新鲜啊！”

莫颜还有点恍惚，听了这话别有深意地问：“你觉得他老实？”

陈娜抿了口端上来的酒，“以前经别人介绍接触过一次。当时觉得他这人说话挺严肃，感觉应该是个正经人，没想到看走眼了……”她说到这儿一顿，“欸？你怎么会也知道他？我以为你两耳不闻窗外事呢！”

莫颜笑了笑：“他是我老公的哥哥，亲哥。”

陈娜：“……”

饶是陈娜三十岁出头的年纪，自认见多了世面，也没想到这一层。半晌说了一句：“知道你嫁的是豪门，没想到居然这么土豪……”

莫颜：“……这是重点？”

陈娜渐渐消化了这狗血的事实后，咳了一声说：“我不知道你嫁的是……”

莫颜无所谓地笑笑：“现在知道了，就不跟我八卦了？”

陈娜“嘿”了一声，伸手拍了她一下：“居然也敢打趣你老板了！”

“不过真没想到，你居然嫁进了徐家。”陈娜忍不住感叹了一句，“这样一想，我今天下午劝你的话真是幼稚。能嫁进徐家，还管什么开心不开心啊，有钱就够了啊！”

莫颜面无表情地看她，陈娜明媚地一笑，“我开玩笑的。”

莫颜当然知道她在说笑，却忍不住有些讽刺地说了一句：“可能他们家里也是这样认为的。”

嫁进了我们徐家，保你穿金戴银，一世富贵，你还有什么不知足的？你还有什么不高兴的？你还有什么要忤逆我们徐家的？

陈娜叹一声：“豪门的通病。”又忍不住扭头瞅了角落一眼，问：“徐靖东和他老婆关系特别不好吗？看他笑得这么好看，看来在家里挺憋闷得慌啊。”

“他老婆是何家的女儿。”莫颜点了一句。

陈娜了然地“啊”了一声。何家也是大家族，所以联姻嘛，感情能好到哪里去？只不过这毕竟也算是莫颜家里的事情，多问终究不好，她便只笑着说了一句“还挺会找地方的”，就转了话题。

这家清吧刚开业，没什么大名气，知道的人不多，一般爱玩的人也不会到这种“清静”地方来，自然是个和情人共度美好夜晚的好地方。徐靖东如是想。

直到他看到莫颜。

莫颜和陈娜聊了一个小时，陈娜的手机就又催命一样地响了起来，弄得她烦不胜烦。莫颜还从来没见过她这样气急败坏，饶有兴趣地问："还真是男朋友啊？"

陈娜果断地按掉，不屑地说："我要是有个这样的男朋友，早就把他甩了。"

话是这样说，她目光却仍然在手机上转了两圈。

她手机今晚响了三次。莫颜看在眼里，喝掉了最后一口酒："不早了，走吧？"

"这才几点？"陈娜不想走，莫颜却是含着揶揄的笑意率先起身往外走了。

于是好巧不巧地，在门口碰上了搂着小女朋友也正要走的徐靖东。

徐靖东实在没想到会遇见莫颜，一脸尴尬地很快松了搭在身边人腰间的手，一时居然说不出话来。

这样明晃晃地撞上，不打招呼更是有鬼。莫颜心里叹了口气，恨不得今天没有和陈娜出来玩。跟徐家有关的麻烦事，她万分不想沾惹，但还是要出声打招呼。

她目不斜视地看着徐靖东，只当作他是一个人来的，语气平和自然地叫了一声大哥。

徐靖东咳了一声，看见了站在她身边的陈娜："跟朋友出来玩？"

莫颜点了点头，说："我们先走了。"

徐靖东点点头，待她和朋友走了两步，又有些尴尬地叫了莫颜一声。莫颜回头，他却不知道说什么好。

被自己的弟媳抓了个现行，他能说什么？说你就当什么都没看见；还是说，求求你弟媳，回家去千万不要乱说？

徐靖东毕竟是一个总裁，到底没能拉下脸来，只装模作样地温声说了句："回家路上注意安全。"

出了酒吧，莫颜心知陈娜有事，拒绝了她开车送她回去的好意，自己拦了辆出租车。

C市的夜晚霓虹闪烁，路灯盏盏在车外倒退。莫颜手臂支着额头看夜色，整个视野里都映满了璀璨灯光，显得眸子神采奕奕，整个人在昏暗中都似上了色彩，发着光芒。

想起陈娜之前那番话，微微笑了一下。不管别人怎么样，自己开心最重要，对于自己能掌控的事情，想怎么样，就怎么样。

又想起刚才徐靖东和那个女孩儿在一起时的自在，莫颜反倒不知道是该同情平日张牙舞爪的何茜，还是同情出轨的他了。旋即又自嘲了一下，自己还有心思同情别人？谁来同情自己呢？

莫颜进家门时已经十点了，照例没有看见徐靖南回来。对着空荡荡的客厅，莫颜一时间想起来的却是徐靖东刚才一副被抓奸的狼狈模样。

徐靖东和何茜平日虽然没有十分恩爱，但至少也有个夫妻的样子，就这样徐靖东都出轨了，那徐靖南呢？

想到这里，也不知道是因为陈娜那番话的点拨，还是受了徐靖东的刺激，莫颜拿过手机，拨了徐靖南的号码。

响了好几声那头才接了，声音里是满满的难以置信，“……莫颜？”

莫颜有那么一瞬间的不自在，随即平稳了声色：“你在哪儿？”

“嗯？”徐靖南似是有点反应不过来，声音也有点含混不清，很快又笑了一声，“你为什么要问我……在哪儿？”

他这句话说完，莫颜总算听出来了——这是喝多了。

待要再说话，那边突然响起一阵男女混杂的喧闹调笑声，随即又一声闷响，声音戛然而止。似是孙维之在跟他说话——“你怎么出来了？都在找你呢！”

徐靖南还沉浸在莫颜居然主动给他打了电话的震惊中，倚在包房门侧的墙上软绵绵地摆了下手：“我一会儿就进去。”

等孙维之进门去，徐靖南对着手机又喂了一声，那边早就挂了。

徐靖南百思不得其解地看了眼手机屏幕，抬手用力搓了搓脸，嘴角似是露出一个得意又开心的笑来。随即重重出了一口气，带着一身酒味又开门进了包厢。

第五章

第二天周五，莫颜开始着手诗韵的包装设计工作时，才发现一些细节还需要了解，只得联系诗韵那边的负责人，到对方公司去拿资料、了解情况。中午又是没有回徐宅，毕凤华这次干脆连电话都不打了。

晚上的生日宴在七点半，莫颜下午在徐宅帮着核对来宾名单之类的小事。何茜跟谢如歆像亲姐妹一样凑在一起讨论晚上给自己和女儿们穿的礼服，莫颜就和徐靖西闲闲地聊天。

直到晚上七点，一切准备妥当。今天正好是周五，明天周末大家都休息，所以徐盛、徐坤、徐靖东、徐靖北也就都有了时间，加上徐萍也回来了，就全都推了其他局，过来接待客人。

毕凤华忙了一天，这会儿带着几个女眷在门厅迎接早来的宾客。环视了徐家一圈，正觉得满意之际，陡然意识到，徐靖南竟然不在！

派人把莫颜叫来，毕凤华脸色十分不好看："靖南人呢？"

莫颜此时才想起来，她忘了提醒徐靖南今天的生日宴。昨天她心里揣着事，毕凤华还斥责了她几句，一时就把提醒的那句给忘了。

毕凤华见她不说话，心里更加气恼，加上最近几天她和徐靖南太不像话，当即就发火了，当着家里一干女眷和用人对莫颜说："我昨天还让你提醒靖南不要忘了，结果现在人都没见着！你们是不是觉得搬出去就不是徐家的人，不用守家里的规矩了？半天半天地不过来，连吃顿饭都要三请四请，挨个地打电话，把自己当成什么了？还把不把你们爸爸和我放在眼里，还把不把徐家放在眼里？

"一个生日宴，家里人都回来了，怎么偏偏靖南就没回来？要是他自己跟我说不来，我也不至于问你，问题是我昨天才叮嘱过你！你这媳妇怎么当的？专门挑这个时候给徐家丢脸？”

何茜和谢如歆一边看着自己的孩子，一边幸灾乐祸地往这边看。徐萍必然是同仇敌忾的，在旁边施施然说：“靖南怎么会那么不记事，提醒过了还能忘？”

远处徐盛见门厅这边出状况，连忙走过来，问毕凤华：“怎么回事？客人都要来了你这是干什么呢？当着外人给自己儿媳妇难堪？！”

“你问问你挑的好儿媳妇干了什么？！”毕凤华一见徐盛有意维护，便更是恼火，脸色难看到底。

徐盛询问地看莫颜，莫颜柔声解释：“对不起妈，我提醒过靖南了，只是他最近工作太忙，可能忙忘了……”

“工作太忙？”毕凤华挑眉，“你不要拿工作忙敷衍我！靖东都回家来了，靖南还能有多忙？再说，他忘了你就不知道早点提醒他？等我问起来了，才说是他忘了？！”

“忘了把他叫回来就行了，再说什么事情都靠别人提醒，就是靖南不对，你对莫颜发什么火！”徐盛在一边拦着，又说，“客人就要到了，你再吵下去才是给徐家丢脸。让莫颜把靖南叫回来不就是了！”

说着院门那边就隐隐有人说话，是提前到的客人来了。

徐盛便趁机示意莫颜到一边去给靖南打电话。毕凤华迅速调整好表情，嘴上却冷冷说着：“你出去找他，亲自把他叫回来。”

来客已经到了门厅这边，恰是徐盛的一个好友，他只好过去迎接，也就帮不上腔。

被当众骂一顿是很难堪，恰好莫颜早就不想在这种宴会上待着，便顺势应声，一副认错的好态度：“好，我这就去找他。”

给徐靖南连续打了几个电话，却没人接。

他平日喜欢在哪里玩，莫颜也不知道。

她几乎没跟他一起出去玩过。想想也是，他平日那一群狐朋狗友们，即使带家属出去玩，也都是带感情好的。像他俩这样互相看不顺眼的，徐靖南必然不会带出去。

司机带着她进了内城，问去哪里。莫颜想了想，只好给郑钟铭打电话。

郑钟铭突然接到她电话，声音里带着快要压不住的惊喜：“莫颜，怎么了？”

“你和徐靖南在一块儿吗？我打他电话没人接。”

郑钟铭哑声了片刻，说：“我没跟他在一起，我现在在家。你找他有事？”

“有点事，”莫颜想了想问他，“你知道他一般晚上去哪里吗？”

郑钟铭知道他俩最近关系不太好，一时心里矛盾异常。莫颜这样找他，俩人是要和好还是要怎么样？听语气不像是在闹脾气，那要不要告诉他在哪？

莫颜又问了一声。郑钟铭回过神，咳了一声说：“你可以到荷畔的松景国际那儿去看看。”

“好的，谢谢你。”莫颜客气地挂了电话，吩咐司机：“先去荷畔那边吧。我也不知道该去哪儿，那边有一家甜品店不错，我饿了。”

直到八点半，徐靖西打电话过来问找到了没，莫颜才让司机去松景国际。

C市顶尖的会所，在夜色的衬托下更显金碧辉煌，车马盈门。

徐靖南显然是这里的常客，服务生一听她报名字，便立刻说出了房间号：“徐先生在39楼的3988包间。”

莫颜点点头，径直去了三十九楼。

服务生把她引到包厢门口就走了。隔着玻璃，里面坐了满满当当的人，孙维之也在。一群人脸上个个带着笑意，个个身边都坐了位同样面带笑容的女伴，包括徐靖南。

他隔着一个女伴，跟一个中年男人举杯喝酒，看上去玩得很是不亦乐乎。

莫颜看了一会儿，调整面部表情，推开门便迎上一阵喧嚣的歌声。里面声音大得几乎能把房顶掀翻，压根就没有人注意到门开了。

坐得离门口最近的一个三十来岁的男人率先看到了莫颜，顿时满脸笑容地对徐靖南嚷：“徐总好品味！你叫的这个女人最讨人喜欢！”说着就抬手一指门口。

徐靖南扭头看过去，拿着酒瓶要倒酒的动作顿时僵住了。

孙维之正在旁边和一个男人说话，听见声音也抬眼去看，整个人登时惊得看看莫颜、再看看徐靖南，完全不知所措了。

一时包间里的人都静了下来，只剩下震耳欲聋的歌声从音响里传出来。

徐靖南愣了片刻终于反应过来，也顾不得身边人叫他“徐总”，连忙起身把莫颜带出了门外。

“你怎么来了？”徐靖南是说不出的惊讶，他几时见过她来这种地方，还是来找他的！居然是来找他的！然后他就想起了昨天晚上她突然打给他的那通电话，心中一点一点雀跃起来——昨天打电话问他在哪儿，今天就奔过来找他了，看来是真的对他上心啊！

走廊里到处都是服务生和过往的客人，莫颜当着这么多人面，给足他面子：“今天是星星的生日宴会，你没回去，妈让我来找你。”

徐靖南纳闷：“我怎么不知道今天是星星的生日？”

今天这件事莫颜其实也有责任，她确实应该记得提醒他。但是一想如果不是他整天不着家，还用得着她提醒？于是便面无表情地说：“周一晚上在家里吃饭的时候妈就当着所有人的面说了。”

徐靖南好像终于有了点印象，摸了摸鼻子说：“周一说的我哪还记得，我都快忙疯了。”

莫颜斜眼看他：“你妈的原话——徐靖东都回家了，徐靖南还能有多忙。大概妈不知道你周五晚上还要出来喝酒找乐子吧。”

徐靖南看在这两天她这么积极的分儿上，强行吞下了这句奚落，嘀咕一声：“我这确实还有事儿呢！”他这都喝了一半的酒了，眼看再喝一会儿事情就搞定了，突然就杀出个什么生日宴来，这时候回去不是白喝了？

这么想着，徐靖南就说：“一个生日宴怎么还非得来找我，我不在，你代表我就好……”说着话脑袋里有东西一闪，徐靖南收声去看莫颜，就见她的面无表情比平时还要冷淡两分，试探着问：“妈因为这个说你了？”

莫颜抱着胳膊冷笑：“全家人都回去了，就你没回，你说呢？”

徐靖南心知毕凤华的脾气，家里更有徐萍在，她一个人还要摆出一副贤良淑德的样子来，肯定讨不到好，一时表情讪讪的：“那也不至于让你亲自出来找我啊，你也太实在了……”

莫颜下午忙了半天，到这会儿还没吃什么东西，这会儿脾气上来，直接瞪了他一眼：“你耳朵是聋的，听不见手机响，我能怎么办？”

徐靖南听得一愣，掏出手机看到那一连串的未接电话，做贼心虚地受了她那一连串的冷嘲热讽，无比乖觉地说：“我进去打声招呼，你到楼下等我，一会儿下去。”

徐靖南中途离场，临走又喝了三杯算是赔罪，喝得一路打着飘出了松景国际。

莫颜已经上了车。他便拉开车门坐在她身边，长长地舒了口气，一边按下车窗通风一边抱怨：“你要找我怎么不早点来，我也省得跟那一群孙子灌一肚子酒。要不然就晚点，等我把事谈完了……一帮禽兽，一个比一个能喝！”

莫颜拆一盒巧克力奶油蛋糕的包装，冷声说：“我没逼着你回去。”

徐靖南看着她手上动作，撇嘴说：“我不回去你能交差？”

莫颜轻哼了一声，顿了顿狐疑地抬头看了他一眼，讽刺说：“徐三少什么时候成徐总了？”刚才包间里其他人对他的称呼，跟平时他的形象实在相差太多。

徐家的企业从祖父那一辈起就有继承规矩，一旦继承人确定了，剩下的兄弟姐妹只能持有股份，不可以再参与企业经营。徐家很多旁支都是各自经商或从政。徐靖南的父亲徐盛接手徐氏后，叔叔徐坤便自己开了家律师事务所，儿子徐靖北继承父业，也没有在徐氏任职。

目前徐盛还在徐氏担任董事长，尚未指定继承人，所以徐靖东和徐靖南均在徐氏做事。只是徐靖东要年长几岁，在徐氏时间比较长，所以担任总经理；而徐靖南，从国外读书回来后，不过工作了几年，目前还只是在徐氏一个不温不火的分公司里任职。

也正因为如此，毕凤华才会说，徐靖东都回家了，徐靖南还能有多忙。

“怎么你管这么宽？”徐靖南脸上闪过一丝不自然，借着昏暗夜色的掩盖，吊儿郎当地说，“徐总有什么不好？徐总夫人不比徐三少夫人好听？”

“你当我没问。”莫颜斜了他一眼，一脸懒得理他的神色，撕开叉子打算吃蛋糕。她忙了一下午就随便垫了点东西，本来打算等宴会开始时，趁人不注意自己去吃些东西，结果又被赶出来找人，肚子早就饿了。

从莫颜出现在松景国际找他的时候，徐靖南就彻底忘了他俩还在冷战，甚至对于这两天发生的事，还有点儿嘚瑟。两人胡乱说几句话后，他又敏锐地感觉到莫颜今天虽然被家里骂了，但心情显然还不错，至少对他没那么恶劣。再加上刚才又喝了不少酒，车外凉爽小风一吹，一时百无聊赖又有点微醺。

侧脸看一眼莫颜垂头吃蛋糕的动作，便带着淡淡的酒气往那边凑了过去：“你吃什么呢？我空着肚子喝了一晚上酒，难受死了……”

莫颜没料到他凑过来，一时晃神就被他抢过去咬了一口，还听见他嘀咕：“大晚上的买这么甜的东西……你不先去找我，还记得去买蛋糕……”

气得莫颜劈手就要夺过来，徐靖南机敏地往后躲，边躲边说：“一块儿蛋糕你还不让我吃？你怎么不再小气点……”

莫颜瞪了他一眼，懒得跟他计较，收回手去开另一盒。

哪知刚打开又被横里伸来的手抢了去。莫颜抬脸就要发火，徐靖南却递过来了刚才的盒子，对着盒子里剩的奶油昂了昂下巴，不满地示意：“你买的这也太甜了！你不是喜欢吃奶油吗，嗯？我特意给你留的，快吃吧！”

莫颜看着他一脸得了便宜还卖乖的无赖样，气得抬手就挡，短促地骂他：“滚！”

话刚落音，徐靖南就从座位上蹿了一下，看了一眼自己西装上的奶油印，咬牙切齿地喊：“莫！颜！你活腻歪了是不是？”

莫颜没想到他手上没抓紧，看着花了一片的西装心里也咯噔了一下，但再看一眼徐靖南两手端着蛋糕盒子一副要杀人的表情，又轻快了起来，只面上仍保持着淡淡的样子，说：“不好意思，我没注意。你到底还吃不吃另一块儿？不吃还给我。”

轻描淡写的一句“不好意思”就算是道歉了？！徐靖南心里窝火又憋气，瞪她一眼，说：“凭什么不吃！你把我衣服弄成这样还好意思吃蛋糕？”

说着单手脱了西装随手一扔，大口地吃了一口蛋糕，又得意地看了莫颜一眼。

莫颜鄙视地看了他一眼，嫌弃地吐出一句：“幼稚。”

两人回到徐宅的时候已经快九点了。

宴会已经进行到了后半段。毕凤华见儿子回来，迎上来不满地看了莫颜一眼说：“怎么这时候才回来！都几点了！”

徐靖南挡在莫颜身前跟自己妈说：“都是我忘了今天星星过生日，我错了，以后一定记得回来！”

客厅都是说笑的宾客，毕凤华也不好再摆脸色追究，只是说莫颜：“安排自己丈夫的日常生活本来就是你该做到做好的。像今天这样，假如事情对靖南十分重要，你这就是拖丈夫的后腿，以后注意些！”

莫颜点头：“知道了。”

徐靖南搂着毕凤华往别的方向去，嘴上说：“这回是我忘了，以后要是因为她没提醒我坏了事，您再狠狠教训她！妈您今天真漂亮！”

毕凤华嗔他：“净说些没用的！你怎么只穿着衬衫回来了……西装外套呢？怎么这么不注意形象，赶紧去换一身！”

“今天不是天热嘛。我姑妈在叫您呢，您赶紧过去吧！我去换衣服！”

徐靖南敷衍完自家亲妈，折回来要上楼去换衣服。一边抬下巴示意莫颜，语气满是对刚才抢赢蛋糕的得意，“你还站着干什么？还不去吃东西？”

莫颜冷着脸瞪他一眼，率先上楼换衣服去了。

再从楼上下来，宴会已经接近了尾声。莫颜本想直接拖到宴会结束，干脆不露面了，但一想毕凤华要是察觉到少不了又要刺她，只好换了衣服乖乖下楼。

已经有三三两两的客人离场，毕凤华带着何茜在门厅送客。徐萍和陶敏娴在与几个同样珠光宝气的中年女人聊天，笑声阵阵，看样子聊得很是高兴。

徐靖西和谢如歆在几步远的餐桌边作一副吃东西的模样，目光却时不时地瞟她们一眼，再低声交流几句。

莫颜走过去，若无其事地问：“看什么呢，这么高兴？”

徐靖西闻声扭头，一脸兴奋地扯着莫颜的手，低声说：“三嫂你回来啦！我和二嫂正看戏呢！”

莫颜顺着徐靖西的目光看了一眼聊得正开心的一群女人，又看了看谢如歆，冲她点了点头算是打招呼，挑眉问徐靖西：“看什么戏呢？”

徐靖西看了一眼带着何茜走过去的毕凤华，悄声说：“你听一会儿就明白了。”

三个人就低头拿碟子，一面装作吃东西，一面听着说话声传过来。

一个嗓音尖细的女声说：“徐萍你嫁到S市去享福也就算了，这都回C市这么长时间了也不知道把我们约出来喝茶。咱俩当初关系多好，现在是要跟我们断交吧？”

徐萍就笑：“你都念叨我一晚上了，明天就请你吃饭赔罪还不行？”

毕凤华加入话局，声音含笑地说：“何蕊今天是一定要从你这儿讨个赔礼才能安心。”

那个叫何蕊的女人说：“哪儿呀！我这不是忌妒徐萍和凤华你关系好嘛！徐萍你回来这么多天，天天和自己两个嫂子在一块儿说话，要不是今晚，我都不知道你回来了！这么说来，饭是一定要请了！”

徐萍说：“我这几天不是忙吗？这几天一直在给老太太收拾一楼的房间，她年纪大行动不方便，我少不了要多看顾。看你小气的，要是有时间，我能不过去找你？”

何茜一边应声：“姑姑你还不知道吗，我这个姑姑就会得理不饶人！”

莫颜听得恍然，说话的这个何蕊原来是何茜的亲姑妈。

何蕊顿时抬高了声音，调笑说：“哟！看看我这侄女，有了婆家忘了娘家！连我这个姑姑的面子都不给！”

徐萍得意地笑开，揽着何茜的肩说：“别欺负我们家茜茜，现在茜茜已经是我的侄女咯！”

“我多好的侄女就让你们给抢了！”何蕊作势打了徐萍一下，又说，“你这次回来是陪徐老太太的？搬个房间也不至于要你亲自上阵吧？都不腾出个时间跟我说说话。咱们有几年没见了吧？”

徐萍就叹声说：“这不就是没腾出工夫嘛！家里用人虽多，不过可心的也没几个，老太太最近身体不好，自己看着才放心，尽量亲力亲为吧！”

何蕊说：“难得你还有这份心，老太太有你这个女儿，也是福气了！”

毕凤华在一边有一搭没一搭地跟陶敏娴说话，脸色十分难看。

莫颜侧头看徐靖西，徐靖西耸耸肩，叹声说：“已经这样一个晚上了。”一边的谢如歆也是一脸心有戚戚焉的表情。

怪不得谢如歆和何茜平日那么要好，今天也没过去说话，就连那边陪毕凤华一起的陶敏娴也是恨不能走开才好。莫颜表情淡淡地问："姑妈和大嫂的姑姑关系很好？"

徐靖西点头："据说是闺蜜级的。"

"所以就联起手来这么挤对……我妈？今天下午不还挺好的？"明眼人一看就知道何蕊话里话外都在挤对毕凤华，尤其是有徐萍在旁边帮腔，弄得毕凤华里外不是人，当着几个熟人的面，都不好直接刺回去。

徐靖西摇头说："伯父不是二婚娶的伯母吗？三嫂你知道吧？"徐靖西看莫颜面露诧异，颇有些对八卦熟知的小得意，"这个我改天再跟你说，反正伯父二婚娶的伯母，好像当初这事还有什么说道，我也不太清楚。大嫂的姑姑那个何蕊觉得伯母不光彩，有机会就想挤对两句。然后呢，咱们姑妈跟何蕊不是关系好吗，而且听说S市的姑父最近想跟何蕊的老公合作做一笔生意，所以……你明白了？"

莫颜一直对这些家长里短不甚感兴趣，今天听徐靖西这么一大通八卦，不禁觉得无语。

徐靖西昂了昂下巴，示意说："姑妈也真是，三嫂你说这是嫁出去的女儿泼出去的水吗？为了姑父的生意就这么挤对伯母，也忒那什么了……"

有八卦的地方就有革命友谊，谢如歆也在一边说："姑妈还住在徐家呢。不向着自己嫂子，却向着外人。"

莫颜不说话，扫了一眼不远处跟徐萍、何蕊一起笑闹的何茜，说："大嫂今天脑子昏了吧？"这么不省事，以后跟毕凤华一起住的时间还长着，连轻重都分不清。

莫颜挑了下眉，收回视线对眼前的两人说了一声："我过去看看。"

何蕊还在跟徐萍指桑骂槐地讨论孝顺问题。莫颜看也不看她们，走到毕凤华跟前，柔声说："妈，奶奶刚才休息了。临睡前还让我跟您说一声，这两天给她收拾房间您受累了，又忙着给星星办生日宴会，让您也好好休息。"

她声音不大不小，正巧让在场的人都能听见，一时以何蕊为首的几个正在夸徐萍的人全都止了声。

毕凤华立刻满意又谦虚地笑起来，拍了拍莫颜说："你奶奶真是！什么受不受累，做儿媳妇的又不是做面上功夫只为了听这么一句夸赞，还不就是图让老人舒心！"一时站在她身边的几位女眷都应和起来。毕凤华做事都做全套，关心地问："你奶奶这会儿睡了？有没有注意把窗户关好，这会儿半夜的风还是有些冷的。"

莫颜点头："我都照顾好了。"

毕凤华点点头，想想又说："不行，我还是看看去，你们年轻人做事马虎着呢！”扭头又招呼何蕊那边，“何蕊你们慢慢聊，有小萍陪着说话我就放心了。我去看看老太太，她睡不好我们也不放心。”

半晌没人说话，徐萍看着莫颜的双眼几乎能喷出火来。

的确，徐萍虽然嘴上说着给自己亲妈考虑得多周到，其实事情办起来，她也就动动嘴皮子，动手的都是徐家的人。

何蕊脸上也不好看，笑笑说：“时候不早了，我去看看我家那位，差不多就先告辞了。”

客人陆陆续续离开，徐家人都到门厅处送行。对面徐萍冷眼看着莫颜，莫颜恍若未觉，嘴角含笑跟客人说：“您路上小心。”

徐靖西站在她身边悄声说：“三嫂，你不怕姑妈给你难堪啊！”徐萍对莫颜的态度，家里人都是有目共睹的，只是平时本着多一事不如少一事的原则，又不好彻底闹僵，大家就都敷衍过去了。

莫颜送完客，跟着一家人走在最后面，风轻云淡地说：“那也不能看着妈被外人说三道四吧。姑妈嫁出去就不维护徐家的脸面了，我们这些嫁进来的，总要上点儿心吧？”

徐靖西眼神暧昧地笑：“哎哎，三嫂，你这话说得也太冠冕堂皇了吧？我可不信。”

莫颜也笑看了她一眼，说：“有人信不就行了，反正对徐家没坏处。”

徐靖南听到笑声，扭头就见莫颜低头翘着嘴角跟徐靖西一起笑闹。她可是从来没给过他笑脸，一时不爽地说：“在后面嘀咕什么呢你俩？还不赶紧进屋收拾东西去！”

莫颜淡淡看他一眼，嘴上的笑意还没来得及收去，一副似笑非笑的模样。徐靖西爽快地给了她三哥一个鬼脸。

客人都走了，毕凤华的不悦终于显现出来，板着脸指挥一干用人收拾屋子。

徐萍到底是客，又是小姑，当着自己丈夫的面，毕凤华只说：“妹妹最近也累了，又帮妈收拾房间，又帮家里操持宴会，快点上楼休息吧。明天不是还要和好姐妹出去喝茶吗？”完全没了前几天姑嫂坐在一起聊天的亲热态度。

徐萍脸上也不好看，又是尴尬又是难看，抬脚上楼去了。

陶敏娴说：“大嫂，我帮着你一起收拾吧，收拾完了好早点休息。”

“不用。”毕凤华干脆地说，“你也累了一天，快带着如歆她们回去歇着吧。”又转脸看莫颜，脸上难得温和，全然没了宴会开始前斥责的严厉样，“莫颜今天出去找靖南也累了，你们俩赶紧回去吧。明天记得来吃早饭，总不吃早饭像什么话？”

莫颜就点头：“知道了，谢谢妈。”

毕凤华板着脸对何茜说：“我看你精神还不错，对星星的这个生日宴会还算满意吧？我年纪大了，这么晚实在是没力气了，你到厅里去看着用人收拾吧，给他们看看东西该如何归置。”

“我？”何茜整个人登时傻了，宴会厅那么多东西要收拾，纵然不动手也要盯上两个多小时。她这会儿终于反应过来——毕凤华心情不爽了。愣了片刻，只好不甘地应声：“知道了，妈。”

回自己宅子的路上，徐靖南开车。

难得俩人终于不冷战了，徐靖南优哉游哉地吹着小风说：“你这两天心情好像不错？”

莫颜今天虽然被毕凤华骂了一顿，但因此避开了喧闹无聊的生日宴，又吃到了可口的蛋糕，心情自然不错。加上从松景国际回来的路上糊了徐靖南一身蛋糕，更是微微翘了下嘴角：“嗯，这几天你都不回家，我自己一个人在家里过得自在。”

“啧，你会不会聊天啊！”徐靖南最近被她格外关照，心情也很好，为了不再吵起来，转移了话题，“你今天做得够神不知鬼不觉的啊！”

莫颜扫他一眼，装作没听懂：“我做什么了？”

“靖西刚跟我说的，”徐靖南解释，“给咱妈和姑妈挑拨离间啊！你没做？”

“你这不是知道吗？”莫颜纳闷地看他，“你刚才说人不知道，鬼也不知道，偏就你知道，你算什么？”

徐靖南动作一僵，说：“你别老挤对我行吗，有意思吗？”

莫颜往座位上靠了靠：“话是你自己说的，不是我要挤对你。”

徐靖南就不想搭理她了。

过了半分钟，又忍不住问：“你这么挑事，就不怕姑妈回头找你碴儿？”

“什么叫挑事？”莫颜瞪他一眼，“你姑妈故意跟着外人挤对你妈，我帮你妈说个话，你不谢我还说我挑事？”

徐靖南敷衍：“我就顺口一说，再说了……哎，你什么时候这么关心起我妈来了？我怎么不知道你这么不计前嫌啊？”

莫颜冷笑：“看来你也知道我们之间有很多前嫌啊？”

“哎哎哎，”徐靖南瞪眼看她，“我这问你话呢，你怎么得理不饶人啊！还让不让人说话了？”

莫颜正视前方不理他。

徐靖南接着说：“我姑妈又不是什么善茬，你也不掂量掂量，小心回头她挤对你。”

莫颜看他一眼，冷笑：“我被她挤对得还不够多？反正以后还是挤对我，我为什么不能挤对她一回？我今天要是不过去说话，你以为你妈不高兴了会把气往谁身上撒？至少我帮她一回，还能让她以后少跟着你姑妈一块儿挤对我。你以为我愿意上去讨那个嫌？你家里人要是个个都好说话，我至于有这些小心眼？”

徐靖南莫名其妙：“怎么又成我不对了？他们怎么样是我能决定的？你这不是迁怒吗？你讲点道理行吗？”

莫颜越想徐家那些事越气，还被他说成挑事。正好车子停了，当即白他一眼，开门下车，咣当一声甩了厅门进屋。

徐靖南一边停车一边嗤了一声：“神经病。”

等他下了车要进屋才发现，神经病还有更神经的举动，她居然把大门给锁了！而他的钥匙被他换完衣服扔在徐宅了！

徐靖南当场就黑了脸，咬牙切齿砰砰地砸门：“莫颜！你给我开门！”

莫颜在屋里轻飘飘地扔了一句：“你不是说我迁怒你，不讲道理吗？刚才哪是不讲道理，这才是不讲道理呢。你进得来就进，进不来就在外面睡吧，反正天也不冷。”

徐靖南在门口一边被蚊子蚕食，一边气得指着门说不出话来，最后甩出一句：“你给我等着！”

莫颜日常作息一向规律，周末也不例外。早上六点半起床，刚简单打扫了一会儿屋子，就接到了徐宅的电话，说是让她和徐靖南过去吃早餐。

莫颜接着电话，正好瞟见楼梯后面的摆盆景的小窗上印着一个黑漆漆的脚印，顿时想起来昨天快凌晨那会儿听见楼下咯噔的一声，连声音里都带了笑意：“好的，一会儿过去。”

挂了电话只好上楼叫人。她还以为，某人昨晚会一溜烟地不知道跑到哪里去呢。

徐靖南昨晚简直是饱受折磨。大半夜的被关在门外，最后绕着整栋宅子喂了一圈蚊子，才发现后院小花园那边有扇窗户开着，当即靠着自己那点还算矫健的身手跳了进去，得意扬扬地上楼去睡觉了。

哪知道，他刚才被蚊子咬的那些地方，急着进门时没感觉怎么样，等洗完澡舒舒服服地躺在床上了，胳膊腿的也开始挨个痒痒了。就这么困顿不堪地被折磨到了凌晨，才迷迷糊糊睡过去。

他这才刚睡几个小时，怎么就有人敢在他耳边聒噪？

莫颜简直要没脾气了。在他房间门口敲了半天没人应，要不是窗台上那个脚印，以及被他胡乱脱掉、丢在地板上的鞋子，她真会以为他根本没回来。

实在没辙了，只好推门进去叫他。

莫颜看着床上睡得昏天黑地的人，出声叫他，他就跟个没睡醒的孩子一样皱眉。两道浓黑的眉毛其实非常显英俊，平日拧起来总带着一股吊儿郎当的不满和不耐烦。这会儿睡着，连皱个眉毛都变得孩子气了。

扫一眼他赤裸精实的上身，莫颜伸手拍了他肩膀一下："徐靖南！起床了！"

徐靖南不耐烦地翻身，背对着她继续睡。

莫颜难得无语半晌，扫了房间里的时钟一眼，快要七点半了。索性下了手劲，声音清脆响亮地又给了他右肩一下："徐靖南！"

徐靖南在梦里被吓了一跳，腾地就从床上坐了起来，急急问："怎么了？"

莫颜头一次见他这种状态，当即就有些想笑。他人根本就还没醒过神来，脑袋上顶着一窝乱草，表情凝重又蒙眬，一副茫茫然然的样子。

好在她表情一向淡淡的，就绷着脸面无表情地说："你妈让过去吃饭。"

徐靖南终于回过神了。想起自己刚才的模样，一边觉得被她看见心里不自在，一边又困顿地倒回床上，蒙上床单想继续睡："这才几点，大周末的吃什么早饭，还让不让人睡觉了……"说着话又开始觉得肩膀火辣辣地疼，想起刚才睡梦中……徐靖南揉着胳膊瞪眼，"是你刚才打的我？！"

莫颜抱着胳膊居高临下地看着他："谁让你睡得跟死人一样。"

说起这个徐靖南就来气，又腾地坐起来："还不是你把我关在门外面！"

莫颜挑眉："你这不是进来了吗？"

"我翻窗户进来的！"

"哦，我看见你踩在窗台上的脚印了。"莫颜轻描淡写地应声，又说，"昨天房间才彻底打扫过，你也太不把别人的劳动成果放在眼里了。自己踩的，一会儿你自己把它擦干净。"

"我先出去了。"莫颜施施然转身往外走，连背影都充满了胜利的气息。

徐靖南心里一遍遍地告诫自己"她是女人，她是女人……君子动口不动手……"，勉强压制住怒气，又躺回床上一拉床单，索性把脸一块儿蒙上，说：

“既然这样，你自己过去吃饭吧，等我睡醒就去把窗台擦干净。”

莫颜走到门口的脚步顿时停住。毕凤华最不喜欢家里人有睡懒觉的，何况刚才还嘱咐她跟徐靖南一块儿过去。等她自己一个人过去了，毕凤华能给她好脸色？少不得又说她不会当别人的媳妇。

徐靖南听得真切，正蒙在床单下觉得万分解气，冷不防莫颜大步走过来揪住他头上的床单，一把就要掀起来。

徐靖南虽然说话做事有些无耻，但一想自己下面只穿了条子弹裤，马上就要几近赤裸地被她从上往下看光，登时眼疾手快地抓住床单，用力往回一扯——

直接把莫颜扯得踉跄两步，趴在了他胸前。

莫颜根本就没想到他会把床单扯回去，又被他大力一拽，顺着他的力道就站不稳脚了。

徐靖南也傻眼了片刻。没办法，再不快点儿他就被看光了，一时心急就下了重手。

不过被她占便宜和占她的便宜完全是两回事。徐靖南此时反应飞快，一把扣住莫颜手腕，脸上又露出一副无耻兮兮的表情，垂眸看胸口上的人，调侃说：“我差点就忘了，你作为一个女人，随便进男人房间不太好吧？你怎么就这么好意思地进来了呢？”

莫颜听了就要甩开他的手起身，不想徐靖南用了力。抬眼瞪他，徐靖南就在离她仅半个手掌的距离笑：“你扯我床单干什么？你要是想看说一声就好了，作为你的合法丈夫，我还是可以满足你这个要求的。”

莫颜见躲不开，干脆也放松下来，软软地斜趴在徐靖南身上，挑眉看他，连声音都比刚才软了几倍：“你想给我看什么？”说着，另一只手就顺着徐靖南的胸膛滑了下去……

她说话罕见的轻轻柔柔，温湿的热气直扑他下颌处，手上动作也是轻软无比。隔着一层薄薄的床单，从前胸滑到腰侧，滑得徐靖南心中一荡，在早上这种某激素分泌最旺盛的时候，几乎就要把持不住。

然而下一刻——“啊！”

莫颜松手，慢条斯理地站起身，再次居高临下地蔑视手下败将，冷笑：“幼稚！你再不起来去吃饭，我可以给你拧到三百六十度，你要不要试试？”

徐靖南捂着被拧了一百八十度的侧腰，蜷在床上疼得一句话都说不出来了。

第六章

初夏的早晨温度还算适宜。今天周六，时间又不到八点，整个别墅区都有些宁静的味道。偶尔能遇见一两个老人在自家草坪上散步，像徐靖南和莫颜这样在早上惬意散步的年轻人，一个都没有。

徐靖南一点也不认为自己很惬意，直到现在他腰上还在隐隐作痛。

莫颜扫身边龇牙咧嘴的人一眼，嘴角微翘，心情很好。

片刻又想起早上到车里去拿昨天落下的包时，看到的一份合作意向书，转脸问徐靖南："徐家什么时候在H市有项目？"

徐靖南冷不丁地听她发问，愣了片刻，沉声说："你偷看我文件！"

"你自己扔在车上的。"莫颜斜了他一眼，把话题转回来，"我怎么不记得徐家要在H市发展？"

徐靖南脸上闪过一丝不自然，含糊说："我哪知道，大哥那边的项目吧……"

莫颜抓住他那一个瞬间的表情，眯眼叫："徐总……徐家的房地产生意，什么时候交给你打理了？"

徐靖南打哈哈："什么？我也不清楚……你早上掐得我，现在还疼，肯定是青了，下手也太狠了……你干什么？！"

莫颜作势掐着徐靖南右腰侧，扫了不远处的一位老人一眼，威胁他说："你想试试更疼的？"

"嘶——你敢！你试试……我错了我错了！"徐靖南疼得赶紧去攥她的手，"我说还不行？你先松手！"

徐靖南蹙着眉边瞪她边抱怨："嘴毒点儿也就算了，下手还这么狠，跟母老虎一样……”他话未完，莫颜冷着脸又要伸手，吓得徐靖南一把抓住她，说：“就是一个小项目！跟徐家没关系！”

莫颜意味深长地看他。她早上翻了翻那份合同，基本上也了解了个大概。再听他这意思，估计也差不多，大概是H市政府要卖一块地，徐靖南想与人合作，参与竞标。

“几千万的项目是小项目？你背着徐家捣鼓别的，就不怕让你爸知道？”

“那也是你爸！”徐靖南没好气地瞪她一眼，“你脑子坏了？我干的事跟徐家一点利益冲突都没有，怕什么！”

莫颜满脑子都是他想发展H市的项目，连被说脑子坏了也不计较了，想了想抬眼看他说：“……为什么突然想自己做项目？”

徐靖南表情又是一滞，随即无赖地说：“我愿意，你管得着吗！”

莫颜嘲笑地看他一眼，说：“没想到堂堂徐家三少爷，也有想亲自动手赚钱的时候？我还以为徐三少就想滋滋润润地靠着家里的公司，潇洒一辈子呢！”

徐靖南瞥眼警告：“你别得了便宜卖乖啊！”

莫颜一愣，侧脸看他：“你什么意思？关我什么事？”

“要不是为了搬出……”徐靖南说到一半，意识到要说漏嘴，立时收了声，平平板板地嗯一声，“跟你没关系。”

然而莫颜已经根据他那几个字猜了个八九不离十……以为他是想自立，没想到他却是想搬出去。两个人搬出去，受益最大的人自然是她，所以他其实有将她在徐家的处境看在眼里。她这样想，没错吧……

一时两人都静了下来，都踢踢踏踏漫不经心地走在路上。

莫颜心里百转千回，半晌淡淡问：“你做项目哪来那么多资金？”

徐靖南莫名其妙地看她一眼：“你管这个干什……”见她要冷眼瞪他，又改口说，“自然有凑钱的办法。”

莫颜问：“你不会用徐家的资金……”

“哎哎哎，怎么说话呢？”徐靖南拧眉，蔑视地说，“你以为我跟你一样那么蠢……”

好心没好报，莫颜也跟着冷冷瞪了他一眼，抬脚就想大步往徐宅走。刚走两步就觉察到不对劲，低头一看才发现，徐靖南这一路一直在攥着她的手，她竟然就这么任他攥了一路……

莫颜脸上滑过一丝不自在的神色，很快又冷了脸，瞪了徐靖南一眼，甩开他手，自顾自地进徐宅去了。徐靖南心里不是滋味，低头看了自己手一眼，撇嘴酸溜溜地说："要不是你掐我，我还不愿意碰你呢！"

昨天的生日宴忙了一天，徐家个个都有些疲惫。尤其是何茜，昨晚被婆婆冷眼相加，忙到半夜才把所有事情料理妥当，早上又碍着徐家的规矩早早起来，累得整个人都蔫了，恹恹地坐在餐桌上，看见莫颜神清气爽貌似心情很不错的样子，更加没了好脸色。

毕凤华招呼儿子儿媳入座，一边嗔怪儿子说："怎么一定要踩着点过来，让全家眼巴巴地等你们两个。"

徐靖南神采奕奕，无所谓地挥了下手："这不是没晚吗？我还不想吃早饭了呢，硬是让她给叫起来了。"

莫颜在另一边跟徐老太太、徐盛几个打招呼，根本就不理睬他。

毕凤华还记得昨天莫颜给她解围，拍了徐靖南一下说："就该把你叫起来，窝在家里睡懒觉像什么样子！"

"啧，"徐靖南吃着东西说，"我才是您儿子吧？"

毕凤华和徐盛等人就笑起来，直接把徐萍和何茜晾在了一边。

徐萍冷眼看着，尤其是想起昨晚莫颜怎么针对她，心里更是不痛快，作势问何茜："两个小丫头呢？怎么没来吃饭？"

何茜说："星星昨天刚放暑假，又过生日折腾了一个晚上，还没醒。小的陪姐姐一块儿睡呢。"

徐萍点点头，侧脸跟身边的徐老太太说："家里什么都好，就是少些热闹的气氛，要是多些小孩子，咱们看着也高兴，是不是，妈？"说着又语重心长地扭脸看莫颜："莫颜，你进门也一年了，怎么还不和靖南要个孩子？还是你们年轻人有什么别的想法？"

本来挺热闹的餐桌，被徐萍两句话搅得一片寂静。

徐萍虽然人单力薄，但这两句话却是戳中了莫颜的要害。徐家哪个长辈不希望莫颜赶紧生个孩子出来，尤其是男孩……

徐盛见状皱了皱眉，正要开口解围，徐老太太却难得地开口说话了："小萍说得对。莫颜，你跟靖南怎么还没要个孩子？我老了，唯一的指望，不过是在死前见一眼重孙子，你们也体谅体谅我这个做奶奶的心情。"

徐盛只得连忙在一旁说："妈，您说什么呢，什么死不死的！"

徐老太太年近九十岁，已经到了不问世事的年龄，平常事轻易不插手，然而重孙子始终是一个念想。尤其是最近两年老人家身体状况很不好，这个念想就更重了。

况且，老太太年轻时也是个厉害角色。徐家偌大家业最后落到徐盛父亲手里，至少有她一半的功劳，因此家里没人不尊重她。

一时，桌上的人听着这似委屈又似责怪的教训，都屏息不语。

莫颜只得应声说："我跟靖南最近正有这个想法呢。奶奶您保重身体才是最重要的，那些不吉利的话就不要说了。"

乖巧柔顺地根本就不像是她了……徐靖南忍不住挑眉瞥了她一眼，什么叫"我跟靖南最近正有这个想法"啊……这话怎么听着这么意味深长呢？

徐老太太点点头算是满意，放了筷子，在一边护工的帮助下起身，回房间去了。

徐靖南咳了一声，笑眯眯地说："姑妈，您觉得家里不够热闹？"

徐萍不知道徐靖南和莫颜那边有什么弯弯绕，只以为他俩结婚这么长时间没孩子，不是他们不想要，而是莫颜生不出来！以前每次提起来都让莫颜敷衍过去，这回老太太也急了，莫颜又当面做了保证，将来再生不出孩子来，那就意味着……

她心里想得正快意，冷不丁地听见徐靖南的话，便说："姑妈不是觉得，孩子多点更热闹嘛！"

"这倒是，姑妈一向爱热闹！"徐靖南笑嘻嘻地附和，"姑妈家又有孙子又有孙女，比我们家热闹多了！"他故意说了"我们家"，明白人都听出来了：嫌徐家不热闹，回你自己家去好了！

徐萍听得脸色一变，张嘴就要教训，却被毕凤华拦住了话头："靖南！说什么乱七八糟的呢，赶紧吃你的早饭！"

毕凤华说完又看着徐萍，神色温和亲切地说："妹妹别跟他们小辈计较，你一会儿不是还要去找好姐妹玩吗？赶紧吃饭吧，她们那边热闹，你去了也玩得自在。"

说完，不等徐萍说话，就面色严厉地跟何茜说："这都几点了星星还不起床？小小年纪就学会赖床，这种坏习惯也要惯着？"

何茜还没明白自己怎么错了，就又挨了一顿教训。正想摔筷子，抬头看见自己丈夫冲她皱眉，只好憋屈地应一声，上楼去叫孩子起床。

毕凤华见她听话，便不再多说，低头接着吃饭。

徐萍被损完一通又立马被晾，脸色难看地似乎当场就要发火。正想找自己哥哥徐盛帮忙，哪知目光刚对上，徐盛就放了筷子，擦擦嘴甩下一句"你们慢慢吃"，利落地回书房去了。

徐靖南还在一边火上浇油，抢过莫颜切好的茶叶蛋，边吃边招呼："姑妈你快吃啊，多吃点！"

一边鸡蛋被抢，正要气得瞪他的莫颜听了，勉强忍住没笑起来，连忙低头喝粥。

徐萍把一桌人的反应看在眼里，气得早饭一口都没吃下去。

徐靖南和莫颜难得开始了两人认识以来仅有的一段和平共处的友好时光。

徐靖南在集团里本来就任了个无关紧要的经理职位，如今有其他正经事做，更是三天打鱼两天晒网，常常不去上班，待在家里处理H市地产开发的工作。

对此，莫颜简直讨厌他到了极点。

原本，徐靖南用书房的时候少之又少，多数是莫颜在用，所以家里就收拾了一间书房。如今徐靖南在家里办公，就天天跟她抢书房，抢写字台，并且乐此不疲。每次他占山为王一样地坐在书桌后得意地贱笑，莫颜就忍不住想要把电脑拍到他脸上。

后来抢烦了，莫颜就懒得理他了，干脆到飘窗那边，抱着笔记本去画图。

然而没人跟他抢了，徐靖南反倒觉得无聊起来，没到工作间隙，就过去飘窗那边骚扰她。莫颜的设计工作，一旦停手，再拾笔重画就找不到之前的感觉了，只得重新酝酿灵感。有一次莫颜被惹火了，气得趁他过来说看她工作进度的时候，踹了他一脚。

徐靖南当场就被踹傻了，半晌反应过来，震惊地问："……你刚才踹我了？"

莫颜拾笔工作不搭理他。

"你居然敢踹我？！"徐靖南横眉怒目地瞪她。

"没办法，"莫颜斜了他一眼，说，"我让你滚你不滚，怪谁？"

徐靖南陡然就想起高三上学期的时候。他那个时候跟她基本算是确定了关系，徐靖南揣着"她是我女朋友了"这样扬扬得意的小心思，心里跟长了草一样坐立难安、浑身痒痒，时不时地就想招惹一下身边的人。

比如上自习的时候拉着她说话，弄得她一节课做不完练习册，拿着册子狠狠拍了他一下；比如上课的时候吊儿郎当地撑着脑袋盯着她看，被老师发现了叫起来回答问题，他答不上来就捅她，结果她眼观鼻鼻观心，理都不理他，最后被老师叫到小公室一通训。

最让她动气的一次是，学校决定一周加三次晚自习，让学生留在学校里复习。当天晚上第一次自习，全班都不同意，闹哄哄地说话打闹，嘻嘻哈哈地乱成一片，只她表情淡淡地接受安排，安安静静地埋头做题。徐靖南无聊地趴在桌上侧头看她，莫颜撩撩眼皮看了他一眼，又垂眸接着做题。徐靖南却看得心里痒得不行，正好她抬左手去拢耳边碎发，他心里一荡，抬手就握住了她的手。

莫颜吓了一跳，扫了周围同学一眼，发现没人看他们，才有些放心，瞪着他低声说："上课呢，你松手！"

徐靖南握着她的手在桌下晃了两晃，坏笑："你脸红什么？"

话说完，莫颜连脖颈那里都是一片粉红，却仍冷着表情甩着他的手小声说："你疯了？快放开！"

"不放！"徐靖南正牵小手牵得心旌荡漾，手上动了动，强迫她跟他十指相扣，得意地冲她挑眉笑。

莫颜生怕别人看到，气得在桌下狠狠踢了他一脚。这一脚正好踢到他脚踝骨上，疼得他差点嗷叫出声，手上一时疏忽也松开了，"你竟然踢我？"

"活该，让你松手你不松！"莫颜勾勾嘴角，低头继续做题，面上却仍带着未褪的粉红。

那天晚上晚自习放学，莫颜是被徐靖南一路牵着手送回家的，理由自然是徐靖南被她打疼了，她得做补偿。

徐靖南至今还记得那天夜里自己手心的薄汗，以及握在手里的滑腻暖软。

今天又被踢了一脚，徐靖南愣了片刻，看一眼已经再次埋头工作的人，竟然有些恍若隔世的感觉。最后只得冷哼一声算是表示不满，转身走了。

几天下来，莫颜被折磨多了，便自己排了个时间表，只要徐靖南留在家里工作，她上午就去徐宅那边陪老太太。徐萍虽然说着是来照顾自己亲妈，但看她三天两头出去和自己姐妹喝茶的劲头，根本就是忘了老太太了。倒是正巧让莫颜有了用来打发时间的事情。

中午徐靖南过来吃午饭，午饭后两人就一起回新宅那边。下午徐靖南多数要出门，莫颜正好待在家里工作，没人打扰她，工作起来效率高了很多。

只不过晚上过去那边吃饭的时候又要被毕凤华念叨，说徐靖南又不在家吃饭，天天在外面瞎捣鼓，不顾家不顾媳妇的，又说让莫颜管管他。

不顾家不顾媳妇的人最近确实忙得什么都顾不上了。

徐靖南前段时间在联系H市的政府、合作方，据说合作方跟政府有够硬的关系，而合作方之前欠了孙维之个大人情，所以愿意与他合作，分一杯羹。孙维之对这个兴趣不大，自己一个人做起来也没劲，当时跟徐靖南提了提见他也没心思，就搁置了。哪知道没两天徐靖南又改主意了，两个人才开始手忙脚乱地走关系。

喝了近一个月的酒，合作方那边传了消息，文件审批什么的都搞定了，就剩后期考察、破土动工了。

项目初期进展速度快，徐靖南忙得脚不沾地。最近的后期考察、规划建设的事情又是需要亲自到H市跑一趟。

七月下旬正是热得人神共愤的时候，徐靖南在一楼打了半个多小时电话，到书房来敲了下门："我明天要出差到H市。"

莫颜从书桌后抬头："你自己的那个项目？"

徐靖南点头。莫颜想了想问："要去多长时间？爸妈那边怎么交代？"

徐靖南一脸无奈，"所以我才跟你说一声。至少要去一个星期，爸妈那边你看着应付吧！"

莫颜顿时挑眉："这么长时间，我怎么应付？你不仅不去那边吃饭，连公司也不去，一个星期，他们能不知道你干什么去了？我应付不了。"

莫颜甩下一句，低头继续工作。

"啧，这么点儿事你都办不好，你不是挺厉害的吗？"徐靖南几步过来，啪一声把她电脑合了，"我说认真的，明天一定要去。"

莫颜瞥他一眼，冷声说："你自己的项目，跟我一点关系都没有吧。我问你为什么要自己做项目，你也不告诉我。徐靖南，你自己说，我为什么要给你打掩护？"

徐靖南被将了一军，想到自己那点心思，说话都结巴了："你、你管那么多干什么！哪儿那么多话，该告诉你的我会告诉你。再说了，我就是不告诉你，你能怎么样？你不知道我干什么去了，回头妈问起来肯定又拿你说事，你要是不配合，到时候被骂可别来找我！"

莫颜嘲讽地看了他一眼："我什么时候找过你？"

说着就不再理他，继续开电脑准备工作。徐靖南沉思半晌，双眼一亮，撑着书桌，倾过大半身子来问："不如你就跟妈说咱俩吵架了，我离家出走了。"

莫颜没好气地看了他一眼："你离家出走上瘾？"又说，"你离家出走，不一样是我被你妈骂？"

徐靖南自知自己亲妈是个什么脾性，摸了摸鼻子又去发愁。

直到莫颜忙完手头的工作，徐靖南也没再过来打扰她。

她收拾好文件出书房，路过次卧的时候，就见房间里开着电视，徐靖南一边整理出差的行李，一边走着神想借口。

莫颜无语地看了一会儿，敲了敲他房门。

徐靖南转头看了她一眼，随手叠着手里的衣服，吊儿郎当地威胁："我明天是一定要走的，你自己看着办吧！"

莫颜表情淡淡地应一声，说："好，我会跟爸妈说你在H市有一个项目，出差了。"

"啧！"徐靖南一扔手里的东西，"你成心的是不是！我这儿都快忙死了，你风凉话还说得一套一套的！不管拉倒，正好少来烦我，赶紧走！"

莫颜本来刚想抬脚去帮他收拾东西，听了这句话，冷冷看了他一眼，沉着脸色，转身走了。

徐靖南看见她竟然真的走了，气得拿起枕头砸了一把好不容易叠好放进箱子里的衬衫。砸完又后悔了，赶紧拎出枕头来，整了整衬衫衣领。

徐靖南过来敲门的时候，莫颜都已经关灯准备睡了。等他敲了两遍，莫颜才拉开门，冷着表情看着穿了一身家居T恤短裤的人。

徐靖南刚洗过澡，头发还湿漉漉的，两手抄兜站在门外，沉声说："办法我想好了。妈要是问起来，就说我和孙维之出去玩，避暑去了。她要是不信，就让她打电话问孙维之。"

莫颜一点也不配合："你出差关我什么事？为什么让我圆谎？"

"我要是不先斩后奏，爸妈能放人？你帮个忙都不行？"徐靖南顿时气得肝疼，他这么累死累活的究竟是为了什么？

莫颜冷笑："你刚才不是说正好让我少烦你吗？不帮！"说着就要关门。

徐靖南急了，一把抵住门，说："你这人怎么一点也不友爱同学呢！我跟你说正事呢，没闹着玩！"

"你看我像闹着玩的？徐三少让我少去烦他，我还能上赶着帮人家？你松手！"

徐靖南傻了才会松手，抵住门赶紧说："我错了，我错了还不行吗？我刚才说错话了。莫颜同学请你看在同学一场的分儿上，帮帮忙行吗？我给你带那什么礼物回来还不行！"

莫颜手上一松劲，挑眉看他："什么礼物？"

徐靖南脸色立刻又不好看了，收回手胡乱应声："反正我给你带礼物回来做谢礼还不行？我去睡了，明天还要早走，你也赶紧睡吧！"

说完也不再纠缠，转身走了。

莫颜莫名其妙地躺回床上，翻来覆去有些失眠。后来迷迷糊糊间，突然想到他一个星期后回来是7月28日，离他们结婚纪念日只有两天……

徐靖南赶飞机，第二天早早就走了。莫颜不急着跟徐家人说，想起诗韵的设计到了中后期，便出门到诗韵公司去问产品经理的看法，顺便到自己公司去看看陈娜那边有什么需要帮忙的。

赶巧的是，陈娜那边，正好在做BRI的关于VI设计的收尾工作，特意请了对方公司的负责人来商讨，见莫颜来了，就拉她一起到会议室看看。

没想到韩煜也在。

莫颜见到他，微微蹙了下眉。韩煜反而是温润地笑了笑，装模作样地对她点了点头。

因为之前BRI的外国合伙人不在国内，最近两天才回来，所以他对作品还有些疑问。一番讨论下来，对方希望这个设计再做一些改动。

陈娜对这个事情十分上心，虽然设计公司事情很多，还是点头答应，并允诺一周后交设计。

这时坐在一旁的韩煜开口了，说："莫小姐对这个设计有什么看法？"

莫颜点头，敷衍道："很不错。等设计成品出来，应该会更清晰，更有特点。"

韩煜面含微笑，点了点桌面说："莫小姐应该对BRI有一定的了解，不如结合公司的战略发展，提一些建议？"

莫颜顿时冷了脸："不好意思韩总，我对贵公司的战略发展不是很清楚。"

韩煜就抵着拳头咳笑了一声，说："是吗？我怎么记得莫小姐对BRI了解很多呢？"当初BRI成立不久，莫颜作为韩煜的朋友之一，还给他在公司里帮了一段时间忙，怎么可能不了解他当初的理念和公司发展道路？

陈娜在旁边听得分明，惊讶地问莫颜："你和韩总认识？"

莫颜便说："韩总这次改VI设计不正是因为发展战略做了改变吗？不好意思，我真的帮不上忙。"又对陈娜点了点头说："我还有些事，改天再过来找你。"

一分面子都不给韩煜。

韩煜把人气走，对会议室里的人摊了下手，笑着跟陈娜说："陈总如果工作太忙，把收尾工作交给莫小姐应该不会有问题。"

陈娜听得了然，心里暗自惊叹，自己公司里到底藏了个怎样的万人迷！

莫颜犯不着生韩煜的气，转脸就把这件事给忘了，一心一意地应付毕凤华对他们小两口的怀疑。奈何徐靖南确实也打电话回来说出去玩了，毕凤华在恨铁不成钢的同时，也就不再怀疑他俩是不是又吵架闹矛盾了。

然而刚过了没两天，陈娜就来了电话。

“亲爱的，我最近快忙疯了！”

莫颜笑了一下，看着电脑问：“嗯，所以呢？”

陈娜不提正事，只说：“我看你最近心情很好啊！前两天在公司里看见你觉得你气色好了很多。怎么，是不是在你姐我的指点下，小日子过得越来越滋润了？”

莫颜叹气：“陈姐，你再说下去我鸡皮疙瘩都要起来了。有什么事你说，我这两天正好不忙，可以帮你做几个小案子。”

陈娜语调立刻欢快起来，说：“不用做几个，做一个就好了，而且是收尾工作。我这边实在太忙，又怕做不精细，想来想去觉得就你能做了……”

莫颜立刻有了不好的预感：“我不做BRI的那个收尾。”

陈娜赶紧说：“我还没问你怎么跟韩总认识的呢！这个忙你再不帮，信不信我把你炒了？”

莫颜：“……”

莫颜最后还是接了BRI的设计收尾工作，专心做了几天，按对方需求在约定时间做好交稿。她本来的意思是交给陈娜让她去和BRI交接，哪知道陈娜前两天就出差了。

再不情愿，也得去一趟BRI。

莫颜出门前看了一眼客厅里的电子时钟，扫过上面7月28日的数字，想了想，把前几天用人打扫时放进鞋柜里的男士拖鞋拿出来，摆在了玄关处。

在美容院做完保养，莫颜才慢悠悠地去BRI，刚进写字楼正巧碰上从电梯里出来的韩煜。

韩煜在这里看见她有些惊讶，问：“你怎么来了？”

莫颜把文件夹给他：“你们的VI设计我做好了送过来，还有一些相关的文件。正好遇见你，我就不上去了。”

韩煜接过来翻了下，抬眼含笑说：“交完就没事了？怎么也得把你们做的改动讲讲吧？”又抬了抬下巴示意不远处的候客区，“去那边怎么样？”

莫颜想着交给他早点回家，也就不跟他计较，反正几句话的事，点了点头跟他一起过去。

徐靖南在H市忙了一周，终于颇有自豪感地赶在结婚纪念日前一天回了家。

莫颜不在家。他正好有些事找孙维之商量，听说他在郑钟铭公司里转悠，就过去一起凑热闹了。借郑钟铭公司的会议室谈完事，徐靖南一改往日与发小混闹一番的作风，起身回家。

郑钟铭送他和孙维之俩人下去，边走孙维之边调侃徐靖南：“我说你们家最近是难得的和谐安宁啊？上个月你还恨不得天天不着家，这才出了几天差就又想老婆想疯了？”

“滚！”徐靖南笑骂，出了电梯正要扭头谢郑钟铭，动作却蓦地顿住了。

“看什么呢……”孙维之顺着他的视线看过去，也是一愣，“说曹操曹操到，你老婆怎么在这儿……不是，那男的谁啊？”

从他们角度看过去，韩煜正好背对他们，郑钟铭却是一眼看出来了，说：“H市的韩家，韩煜。”

“韩煜？”孙维之听得瞪眼，说，“韩家！莫颜怎么会认识他？哎靖南，就你到H市见的那个合作方，他和韩家也认识。咱们拿下来的那块地，当初韩家也想要，幸亏咱们快了一步……靖南？”

徐靖南盯着远处的莫颜，面沉如水。他出了一个星期的差，累死累活，她却是气色越来越好，漂漂亮亮地出来见别的男人。

郑钟铭看了徐靖南一眼，不经意似的说：“莫颜跟他关系不错？上次也是看见韩煜来找她。”

徐靖南顿时就想起来上次在咖啡厅里看见的那个身影，一时脸色更加冷冽。

孙维之惊讶地悄悄跟郑钟铭对口形：“真的假的？”

郑钟铭认真点点头。

另一边，莫颜终于给韩煜讲清了设计思路，作势要起身走人，被韩煜拿着文件夹挡住了一边椅子上的包，“这么着急？说两句话都没时间？”

“说什么？”

韩煜挑眉调笑：“不如问问我，阿姨最近过得怎么样？”

莫颜脸色顿时一冷，韩煜赶在她起身前一把拦住，说：“我前几天回了趟H市。阿姨听说我看见你了，让我把这个给你。”说着把一个纸袋递给她，“阿姨让我交给你，本来想着给你送过去，正好你来了。”

莫颜下意识地不想要，然而看见袋子里面的东西，又改了主意。

是一本旧相册，没什么新奇的，只不过是装满了莫颜从小到大的单人照和所有跟妈妈一起拍的照片。

当初莫颜妈妈改嫁后，莫颜翻遍了家里都没再找到这本相册。如今再看见，半晌都没有说话。

韩煜说："长辈的事情不是我们可以过多干涉的。阿姨生养你多年，你忍心看她往后的生活都带着对你的歉疚和不安？有时间去H市看看阿姨吧，莫颜。"

莫颜翻着照片，不知道是没听见还是不愿理他，但至少头一次没说什么话反驳他。

直到不远处有个男声好像是喊了声"靖南"，她才回过神来。抬头看了看远处空荡荡的大厅，心想自己是听错了，便把照片收起来，站起身说："谢谢你，再见。"

莫颜回家已经是傍晚，开门进屋就看见了随手扔在玄关处的行李，整个人无意识地就柔和了下来。拖鞋仍在，歪七扭八地躺在玄关处，显然是主人穿着走了一圈便又出门去了。

时钟显示下午四点半，莫颜放下东西，换了衣服便徒步去徐宅。

徐萍在这里住了一个多月，自己老公那边的生意已经谈妥，她也不想多留，打算明天就回S市。

徐靖西陪着自己妈妈和嫂子过来一起吃晚饭，见莫颜过来，欢快地拉着她坐到一块儿，说："找你半天了三嫂，怎么一直不过来……你找谁呢？"

"没有，"莫颜随意地应声，"晚饭做得怎么样了？"

"不知道，我没看……"徐靖西吐了吐舌头。

毕凤华从厨房出来正看见莫颜，问："靖南不是说一个星期就回来？今天还没回来吗？"

莫颜便说："回来了，可能有事，又出去了。"

毕凤华皱了皱眉，"才玩了一个星期，刚回来又上哪儿去胡闹了！"

徐靖西悄悄问莫颜："三嫂，你们没吵架吧？"

莫颜想起他临去H市那晚说什么带礼物，笑了笑说："没有。"

晚上十一点，莫颜洗完澡打算睡觉了，听见楼下门响，关灯的手顿了顿，起身开门出去。

徐靖南正踉踉跄跄地上楼，看见莫颜站在楼梯口，没说话，越过她往次卧走。

莫颜闻着他一身的酒气皱眉："刚回来就去喝酒？"

徐靖南醉醺醺地哼笑了一声："总比刚回来就看见别人找男人好……"

"什么？"他说得含含糊糊，莫颜听都听不懂。

徐靖南头也不回地挥手："没事儿……我去睡了……"说着就去开次卧的门。

莫颜看出他心情不好，问了一句："H市的生意不顺利？"

徐靖南推门进屋，砰的一声甩上了门。

莫颜神色难辨地站在原地半晌，深吸了口气，回自己房间了。

第二天一早，徐萍要乘飞机回S市，毕凤华把礼数做足，打算送她去机场。不巧护工请假，便让莫颜留在家里照顾徐老太太。

临走前又问了一句："靖南怎么没过来吃早饭？"

莫颜只得说："他昨天回来得晚……"

话未完毕凤华就有些不悦，说："你做媳妇的，以后多督促他。"

"知道了。"

徐老太太习惯在早上到后花园去转一圈，等她说累了，莫颜便搀着她到一边的圈椅上坐下休息。

老太太坐了一会儿，看着心情不错，示意她："你去让人给我端点水过来，渴了。"

莫颜点点头，回宅子里去拿水，正好碰上睡醒过来找东西吃的徐靖南。

徐靖南一副刚睡醒的惺忪表情，看见她便冷冷哼了一声，坐在沙发上招呼用人弄吃的，又扭头阴阳怪气地说："怎么？今天没出去见男人？"

莫颜皱眉："你大早上发什么神经？"

"是我发神经，还是你自己有问题？"徐靖南睡醒了觉，精神气十足，自说自话，"也是，跟别的男人比，我干什么都是发神经，没劲！"

莫颜听得莫名其妙，皱眉不耐地看他："你有毛病啊？一回来就喝得烂醉，没事找事。"

"我没事找事？！"徐靖南立马抬高了嗓音看她，"你自己在外面找男人聊天，我累死累活地出差，是我有毛病还是你有毛病？！"

"什么乱七八糟的？"莫颜愣了愣，"你还没睡醒呢吧，徐靖南？无聊。"莫颜没好气地瞪了他一眼，端过用人递来的水就往后门走。

徐靖南越想越气，抬腿踹了一脚茶几，震得整个茶几上的杯子都咣当咣当地响成一片。莫颜脚步顿了顿，端着水开门去了后花园。

莫颜被徐靖南耽误了一会儿，怕老太太等得急了，远远看见老太太稳稳坐在椅子上才放下心来，然而匆匆走了几步才发现不对劲。老太太歪靠在椅子上，脑袋垂在胸前，一动不动。

第七章

C市私立医院的走廊里一片忙乱。毕凤华面色沉重地快步走在前面，没来得及登机就接到消息的徐萍也是一脸焦急地跟在后面。

手术室前，莫颜倚墙站在门边，徐靖南坐在椅子上跟刚到不久的陶敏娴小声说话，见到毕凤华匆匆过来，站起身说："妈，您来了。"

"到底是怎么回事？"毕凤华脸色难看得厉害，转脸沉声问莫颜，"这才多大工夫，让你照顾老太太，你就把老太太照顾到医院里来？！"

莫颜正要说话，冷不防横里蹿出个身影来，"啪"的一声就火辣辣地挨了个耳光。徐萍满脸厌恶和怒气："你会不会照顾老人！有没有教养……"

莫颜挺直着脊背，强忍着没有抬手去摸愈发肿痛的脸颊。自小到大，虽然惹母亲生气无数，两个人几乎闹到断绝母女关系的地步，母亲也从未动过她一个手指头。如今，却硬生生地接下了别人给的耳光。

"姑妈！"徐靖南脸色刷地就变了，大步过来扯了莫颜一把，把她拽到身后，脸色冷凝地看徐萍，"奶奶晕过去跟莫颜没有关系。请你说话放尊重点，随手打人也不是什么好教养的表现……"

"你！"徐萍脸色唰地一变，刚要说话，被一道厉声截了话头，"靖南！怎么跟长辈说话呢！"

徐盛后面跟着徐靖东等快步走过来，皱着眉呵斥了一声，说："在医院吵闹像什么样子！老太太怎么会突然昏倒，你们在家里都是干什么吃的？"

徐靖南面沉如水地收了声。毕凤华冷着脸问莫颜："到底怎么回事？"

莫颜松开徐靖南拽她的手，面色平静地说："我早上陪奶奶在花园散步，她说渴了想喝水，我进屋端水，再出来就看见奶奶晕过去了。”

“你脸上怎么回事？”徐盛这才注意到她左脸一片通红，不怒自威地看了看这一圈人，沉声问。

徐靖南冷哼一声，看了徐萍一眼。

“胡闹！”徐盛霎时明白，厉声斥责徐萍，“你一个长辈就做这种事？！是非不分，你糊涂了！”

徐萍脸上不自在，“分明是莫颜没照顾好妈……”

“你别说了！”徐盛听不下去，“你要么就在这里等妈醒过来，要么就让靖东送你去机场回S市！”

徐萍猛地抬头看自己亲哥，奈何徐盛一脸怒容根本不是开玩笑，便只好闭了嘴，瞪了莫颜一眼，坐到一边的椅子上。

毕凤华皱着眉问莫颜：“不过是端个水的工夫，怎么老太太就晕过去了？”

徐靖南想起之前自己拽着莫颜吵架，心里咯噔了一小下，不耐地说：“妈！奶奶身体不好，突然晕过去这种事儿谁说得清楚，等医生出来问他们吧！”

毕凤华不悦地看了自己儿子一眼，不再说话了。

徐靖南回身看了看莫颜红肿的脸，想起刚才在客厅里看见她惊慌失措地跑进来，完全没了平日的冷静淡定，显然是吓着了。想开口安慰，又想起昨天让他心烦的事，最后还是绷着脸，冷声冷气地问：“脸疼不疼？”

莫颜抬眼看了看他，摇了摇头。

竟是难得的温顺。

徐靖南心里一阵无奈，招手叫了一个路过的护士，“去找个冰袋过来。”

终于等到医生出来，徐盛率先过去问：“情况怎么样？”

“中风。幸好发现得及时，再晚一些可能会引起系列的失语、瘫痪，好在控制住了。只是恢复需要一段时间，而且很难恢复到中风之前的状态，后续可能会再出现二次中风，家属要特别注意。”顿了顿又说，“中风在老年人中也是高发病种，何况老太太已经近九十岁的高龄了。”

徐盛点点头，“谢谢医生。”

医生看了围在身边的一行人，说：“等会儿可以去病房探望，但注意不要喧哗，进去一两个人就够了。”

中风，所幸没什么大碍。徐家一家人心里也都清楚，老太太年纪这么大，突发中风，肯定不是谁的责任，便都没说话。

徐盛让徐靖东等人工作的工作，整理住院用品的回家整理，自己和徐萍还有徐坤留下。

莫颜站在一边拿着冰袋没有动，徐靖南瞥她一眼，动了动下巴示意："走啊，还愣着干什么？先回去吧。"

莫颜看了一眼站在一边低声说话的几个长辈，想说留下来看看，又觉得不合适，张了张嘴，终究没说出话来。

徐靖南头一次见她一身可怜劲儿的小样，看得心里发笑，轻哼了一声，一把拽着她往电梯方向走："走了，别磨磨蹭蹭的，也不看看你脸肿成什么样了，怎么好意思待在这儿。"

回去的车上，徐靖南斜斜瞥她一眼，忍不住说："中风又不是你的错，你自责个什么劲儿啊？"

莫颜表情淡淡的不说话。徐靖南就接着说："再说，你顶着这么张脸，还非要去看老太太，万一老太太醒了，被你再吓晕过去，这就真是你的错了！"

莫颜冷脸看了他一眼，徐靖南更来劲了，"还是说你成心让老太太看见你被姑妈打了，坏心眼儿地想报仇呢？"

"你不说话没人把你当哑巴。"莫颜瞪他。

徐靖南翘着嘴角乐："你不说话我会把你当哑巴。"说话间，又想起两人早上还在吵架的事，鼻子不是鼻子眼不是眼地哼了一声，"你也就在我跟前装装哑巴，出去见了别的男人，聊得开心着呢！"

他从一早上，或者是从昨天晚上回来就这副德行，莫颜一直以为他发神经故意找碴儿，这会儿冷静了些，瞪了他一眼，琢磨他是什么意思。

他一个星期不在家，她做什么他也不知道吧……昨天下午才回来……昨天下午？

莫颜想起昨天在韩煜公司楼下的事来，看一眼身边绷着脸恨不得说尽风凉话的人，嘴角有些抑制不住地想要翘起来。

难得地，莫颜一本正经的声音里带了一丝调侃："你不是说从H市回来给我带礼物？礼物呢？"

徐靖南想起他在回C市前的那个晚上，特意去H市街上一家店挨一家店地找一件她可能会心仪的礼物，心中只觉辛酸无比，瞥了一眼副驾驶前的储物箱，面上冷笑得便更厉害了："扔了。"

"扔了？"莫颜顺着他的目光看过去，说出来的话连语气都轻快起来。一边说着一边伸手开了储物箱，在徐靖南气急败坏又手忙脚乱的喘气声中，看见了那个四四方方，包装精美的礼物。

“你干什么！”徐靖南都要恼羞成怒了，他昨天回C市，听说孙维之在郑钟铭那里，脑子一发热，就带了礼物开车过去。莫颜也在那边上班，如果时间正好，他应该可以勉强接她下班，路上就可以轻描淡写地把礼物送给她了。既不显得他太刻意、太上心，也可以及早刷一刷好感度。他为了这个礼物，真是跑了好几家店。

谁知道昨天刚回来就看见了那么一出，礼物被落在车上，他也忘了，今天被她一问，才又想起来。

莫颜已经低着头微微笑了起来，躲开伸过来要抢走的手，毫不犹豫地拆了礼盒。

是一瓶造型独特的香水。

莫颜有用香水的习惯，也有收集各种香水瓶的爱好，家中衣帽间里，有一排格子是专门用来摆放各式各样的香水瓶的。

原来他居然都记着。

莫颜拆开包装，对着空气喷了一下，清新如雨后花园的香气立刻散发开来，引得她忍不住深深吸了一口。

徐靖南还在妄图挣扎：“不是给你的！”

“那是给谁的？”莫颜丝毫不把他当回事地瞥了他一眼，低头把香水装回礼盒里，“给你那些出轨对象？假如我没有看到，随便你给自己那些小女朋友们，但是我看到了，而且我想要，那就是我的。”

徐靖南快要气死了：“我哪里来的什么小女朋友们！你别给我乱扣帽子行吗？”

莫颜满意地“嗯”了一声：“彼此彼此，我也没有什么别的男人。”

她一句话解释了徐靖南耿耿于怀了近一天的事。徐靖南琢磨了半天终于反应过来，狐疑地看了她一眼：“你没撒谎？”

莫颜瞪了他一眼，低头研究起了香水的包装盒。

徐靖南不屑地哼了一声，随手却打开了车载音响。

混乱的一天，从早上的争吵开始，到后来的徐老太太中风，到现在气氛终归静谧安宁。7月30日，特殊又好像过得没那么特殊。一个研究香水，一个专心听歌，两个人好像都不知道今天是结婚一周年纪念日，又好像都知道。

当天下午，随着老太太的病情稳定下来，一家人提着的心也都落了回去，回家便安排人过去陪着。

何茜嘴上说愿意，其实心里才不想去医院那么乱糟糟的地方，正好拿照顾孩子当借口。最后莫颜主动提出来过去照顾，毕凤华便让她和护工一起过去照看。

徐萍在一边火上浇油地添一句："别再出什么岔子。"

莫颜白天在医院陪徐老太太，晚上徐靖南下班便顺路过来看看，然后接她一起回去。

按医嘱老太太最好在医院住一个月以上，以方便进行康复治疗。老太太刚醒过来的时候几乎不能说话，左半边身子也很难动弹，直到住了二十多天，吃药加上让护工陪着做康复才好了不少。

只是老太太病过一场，再醒来后，整个人的精神状态都不如以前了，就连情绪都有点阴郁，并且提出来提前出院。

八月下旬的天气凉爽了不少。说好明天出院，老太太难得地精神气足了些，正好徐盛过来看她，她挥了挥手示意莫颜："你去……跟医生说……今天的康复……不做了。"说话声音还是有些含糊。

莫颜点点头，懂事地出去把病房门关好。

莫颜特意在外面坐了半个小时，直到有医生过来要例行检查，没办法只好过去敲门。

然而手刚抬起来，便听见里面老太太断断续续的声音："我年纪大、病一场……没什么指望，不过是想……看一眼、徐家的重孙子，才有脸下去见你爸……靖南那里、一年多没动静……跟你当年娶的苏梅、一样，连性子都一样……不是我不讲情面，只是……徐家的香火……"

医生从隔壁病房出来，拿着病历本示意："怎么样？"

莫颜收敛神情，敲门温声说："奶奶，医生来了。"

里面声音立马停住。莫颜引医生进去，老太太脸上看不出情绪，徐盛看她的表情却有些凝重。

晚上徐靖南接她回家，路上从后视镜看了她一眼，说："你又瞎琢磨什么呢？"

莫颜从窗外收回视线，问："你爸以前结过一次婚？"

"这你也知道？"徐靖南诧异地看了看她，开着车说，"结过一次吧，听说后来生了重病，没多长时间就没了……具体怎么回事我也不知道……哎，你什么时候这么八卦了？豪门秘密懂吗？"

莫颜懒得再搭理他。

第二天老太太出院，一家人都过来接。徐靖西前段时间出去拍片去了，昨天刚回来，今天一早就蹦跶着跟着莫颜一起去医院里把徐老太太接回了家。

徐萍又在这边住了近一个月，今天接了老太太回来，就打算回S市。

折腾了一个上午终于忙完了，徐靖西拿手机给莫颜看她新拍的短片。莫颜说：“去花园里吧，今天天气不错。”

徐靖西拍的短片还没做太多处理，莫颜也不好多说，只简单评论了几句，便跟她在草坪上溜达。

徐靖西叹气：“奶奶最近身体越来越不好，我还想着她是个长寿的命，能活到百岁呢！”

“奶奶活到这个岁数，对一般人来说，已经是天大的福气了。”莫颜淡淡地说。

“也是，”徐靖西吐吐舌头，“我还不一定能活到这么大年纪呢！”

莫颜就笑了笑，好似不经意地说：“按说奶奶这么大年纪，爸爸年纪也六十多岁了，怎么大哥才刚过三十岁。我爸结婚那么晚？”

徐靖西听得霎时兴奋起来，上来拉着莫颜坐一边椅子上，一脸八卦神情：“我没跟你说过吗？大伯跟大伯母是二婚！”

莫颜挑眉看她，徐靖西的八卦精神立刻提了起来，看了远处徐宅一眼，颇有兴致地小声说：“大伯结婚还是挺早的，据我妈说，他二十五六岁的时候就结婚了，而且还是自由恋爱。你想想三嫂，那个时候，自由恋爱、结婚多难啊！”

莫颜心里有数，点头问：“后来离了？”

“怎么可能！”徐靖西一惊一乍的，“我妈说那个时候很少有离婚的！再说，三嫂你想想咱们家又是做生意的，我妈说离婚很影响家里声誉，不可能离婚的。”

“那怎么是二婚？”

徐靖西用胳膊肘捅捅莫颜，神神秘秘地说：“这就是重点啦！我妈说当时她还没有嫁进来，就听说大伯结婚四五年，大伯母身体不好，一直没怀孕……我是说当时的那个大伯母啊！我妈说她嫁给我爸前还想过，大伯母不能生，将来她跟我爸生了儿子，那就是我爸要继承家里的生意了……不过后来没多长时间，大伯居然有孩子了，就是靖东哥！”

早在病房里莫颜就听见徐老太太提到一个叫“苏梅”的女人，便问：“不是不能生吗？”

“是啊！”徐靖西附和，又小声说，“我妈说靖东哥出生后也就半年多的时间，大伯母就因病去世了。再然后，大伯很快娶了现在的大伯母……所以，三嫂你明白了？”

去世……再娶……莫颜猛地扭头看徐靖西。徐靖西一脸肯定地点头，随后夸张地耸耸肩，叹了口气说：“所以啊！大人的世界真是复杂……不过那个时候，中国比现在要封建，加上咱们奶奶那种从抗日战争走过来的封建女人，出这种事一点儿都不奇怪……再说咱家多少也算豪门了，为了孙子干点什么出格的……就更不奇怪了，有时候这种奇葩事听多了，我都快要习惯了！”

徐靖西吐槽完，又八卦兮兮地凑过来说：“三嫂你知道吗？原来的那个大伯母不是病逝了吗？我妈说本来不会这么快，拿药吊着怎么都还有很多年可活。不过孩子出来后，她就一天不如一天了……”

莫颜听得心中冷笑，当然会一天不如一天，看着自己的男人跟别的女人生孩子，对外要勉强装笑把孩子当成自己生的，在家要面对一双双盼望自己赶紧死的目光，身体怎么会好？

有用人出来喊她们吃饭。两人起身回屋，莫颜随口问：“奶奶不喜欢以前的……吧？”

徐靖西点头：“那个大伯母没有现在的大伯母出身好，也不能给徐家……”她话头突然顿住，抬头看着莫颜弱弱地说：“三嫂我不是……”

“我知道。”莫颜笑了笑，伸手拍了拍她，“就随便聊聊，你想太多了！”

徐老太太回家后，只要有护工带着老人坚持在家里做康复就好，家里所有人都松了口气。莫颜已经在前段时间交了诗韵集团的MY系列包装设计，正想休息几天时，徐靖南又来事了。

“我这两天要出趟差，有个很重要的项目。”徐靖南打完电话从楼上下来，一脸“我是干大事”的表情。

莫颜翻着画册不咸不淡地问：“关我什么事？”

“你帮我想想怎么跟家里说啊！”徐靖南一副理所当然的样子，在沙发上坐下随手开了电视。

他俩最近一个在外面奔波工作，一个在家里照顾老人，没了什么吵架的由头，显得和谐了不少，徐靖南都开始不把她当外人了。

莫颜手一顿，想起上次他是怎么求她的……很快便又恢复自然，说：“你上次不是说去旅游了？这次接着说吧。”

“我天天自己跑出去玩，说不定爸妈还以为我在外边养了个小的呢！”徐靖南说完觉得这个想法挺可乐，故意去逗身边的人，“你说呢？”

莫颜头也不抬地说：“应该是你被别人当小的养在外边了吧。”

徐靖南：“……”

徐靖南讨了个无趣，摸摸鼻子去看电视，过了一会儿猛地转脸说：“哎，不如你跟我一块儿去！这样跟爸妈说他们总不会想别的。听说大哥和大嫂过俩星期也要出去玩，我们赶在他们前面出去！”

徐靖南见莫颜不吱声，伸脚踢了踢她，“跟你说话呢！”

莫颜收回神问：“你出差还去H市？”

“嗯，那边又有个不错的项目，打算过去看看。没问题的话，争取九月底就赶紧拿下，所以我才急着过去。”徐靖南懒懒地看着电视，瞥了她一眼说，“怎么样，去不去？去的话还能让你享受我们公司的公费旅游，过了这个村可没这个店啊！”

徐靖南刚才想到这个说辞的时候，自己心里也震了一震。跟她出去旅游还是从来没有过的事……虽然也不算是出去玩，不过至少是一块儿出去吧。这么想来，结婚一年，他也没带她出去玩过……哼，他就是凑着脸想带，她也不一定想跟他去……

想到这，徐靖南又说：“对了，你妈不是在H市吗？我们一起去，正好去看看她，从过年到现在都没有去。”

当初徐靖南和莫颜结婚时，他从她那里了解的是父亲去世，母亲改嫁到了H市。她又说她跟母亲关系不是很好，所以联系不多。结婚时莫母倒是来参加婚礼了，也是个美人，只是参加完婚礼就不再多联系了。后来过年的时候要不是徐靖南提出来去看望莫母，莫颜根本就不会有这个打算，可见是真的关系不好。到最后也没去H市莫母的新家里，只是在C市一起吃了个饭。

徐靖南看在眼里，心里有数，知道莫颜不喜欢母亲。况且母亲那边的情况她基本不提，他也无从做了解，就随她心情去了，她自己高兴就行。

这回是想带她一起出去了，才把这个由头提起来。

莫颜听他提到H市，就想起了楼上抽屉里的那本相册，半晌才问：“要去多少天？”

徐靖南伸手：“不超过五天。”

莫颜挑眉看他：“妈会同意？”

徐靖南下巴一昂，嘚嘚瑟瑟地说：“包在我身上。”

莫颜用蔑视的目光看了他一眼，踩着他的脚迈过客厅，在徐靖南的嘶声闷哼中上楼收拾东西去了。

徐靖南的说辞真真假假，说是很长时间没有去看岳母，打算和莫颜到H市去住几天。徐父徐母也不好阻拦，毕竟这段时间莫颜在医院照顾老太太也受累了，便挥挥手放两人去了。

同去的还有孙维之。

莫颜在机场看见他的时候，原本还不错的气色顿时消散成云烟，戴着墨镜面无表情。

孙维之跟她一样，呆滞了两秒后在另一边捅捅徐靖南冲他使眼色：你怎么还把你老婆给带来了？！

徐靖南敷衍地挥挥手示意：你们两个好好相处！

孙维之只得点点头："嫂子也一起啊。是怕靖南在外面胡闹吧？哈哈，怎么会，有我在呢。我一定好好监督他，嫂子放心！"

莫颜翘了翘嘴角："有你在我更不放心。"

徐靖南在一边听得大乐，无视孙维之抽搐的嘴角，一把揽过莫颜率先走在前面："走了！"

公共场合莫颜一般给足他面子，不好甩开他，只好抬头瞪了他一眼。奈何隔着墨镜徐靖南看不见，也根本没往不对劲上想，一路沉浸在孙维之吃瘪的笑话中，揽着她过了安检登了机。

酒店是来之前孙维之订好的，他和徐靖南一人一间，虽然多了莫颜，但也没必要再订一间，孙维之如是想。

莫颜看服务生把行李拎进房间后就打算关门换衣服，门外和服务生说话的徐靖南一把抵住门："哎哎哎，干吗呢？"说着反应迅速地挤开门缝钻了进去。

"你不再去订一间？"莫颜扶着门示意他出去。

徐靖南伸长手把门关上："订什么订，你想让孙维之笑死我？"

莫颜无语半晌，把行李拿进卧室，关门前扔下一句："你睡沙发。"

徐靖南在客厅里瞪了卧室门一眼，没好气地嘀咕："我脑子被门夹了才带她一块儿出来！"

徐靖南当然不愿意委屈自己，当初在徐宅他就睡了一年起居室，没道理他自己掏钱住店了，还睡沙发！

于是睡到半夜，徐靖南就开了卧室门悄悄溜了进去。

八月底九月初的天气依旧热气沉沉，卧室里冷气开得足，床头灯拧到了最暗，正是一觉睡到天明的好气氛。徐靖南蹑手蹑脚地团着手里的床单蹭过去，小心翼翼地坐到床上扭头去查看睡着的莫颜——

“你进来干什么？”莫颜一双冷眸黑黢黢地看着他问。

徐靖南唰地从床上站了起来……

等他反应过来自己反应过激的时候，已经晚了……他是真被吓了一跳!

但为时已晚，徐靖南索性豁出去了，上床，抖开床单，闭眼睡觉。

莫颜无语地看他一套动作做下来，伸脚踢了他一下：“让你出去呢！”

徐靖南不耐烦地挥挥手，侧身背对她睡，嘴里含含糊糊：“外面有蚊子我睡不着。这都十二点了，你别瞎折腾了，我明天上午还要谈事情呢！困死了……你就不能贤惠点儿……”

莫颜：“……”

他一副“困死了、明天还要工作”的装傻样子，莫颜反倒不知道说什么了。只好往一边挪了挪，把台灯调暗，翻身睡觉。

另一头，徐靖南睁开眼，稍稍扭了下头瞥身边的人，见她没再有异议，得逞地翘了翘嘴角，嘚瑟地睡去。

第二天徐靖南和孙维之确实真有事，早上吃完饭就走了，留下莫颜自己在酒店里。

孙维之幸灾乐祸地说：“嫂子不好意思了啊！等靖南有空了再陪你哈！”

徐靖南给了孙维之一下：“你话怎么这么多！”

莫颜在酒店里也没有事情做。前两天答应徐靖南一起来的时候，莫颜有那么一刻的犹豫，是想来H市见见母亲的。

然而等真的到了H市，她又开始犹豫，甚至是一点也不想见她了。

说起来，莫颜在性格上，九成随了母亲。

母亲为人十分有主意，要强，很少会委屈自己。不然当初她也不会坚持和父亲离婚，并且在女儿的反对下毅然与现任丈夫结婚。只是她没想到如今自己女儿长大了，性子学了她九分去，自从母亲另嫁，便几乎不再来往。

母亲嫁出去后，莫颜自己住偌大一栋房子。母亲大老远跑到C市看她，她就换了锁，任母亲怎么敲门都装作没听见。

一方面随母亲的性子，一方面因为从小到大家庭环境的原因，莫颜性子冷，甚至有一定程度的任性执拗。这些她都知道，但是从来没有想要去改变过，有人受得了就受着，受不了，可以不理她。

母亲是受不了她的那一类。高三那年莫父去世后，直到高考，莫颜半年都没有理过她。母亲最后还是决定改嫁到H市，高考莫颜填志愿的时候，母亲便希望她去读H大，方便就近照顾她。莫颜拿着志愿单和笔凑到母亲跟前，在她一脸期冀的神情里，面不改色、态度坚决地写下了C大的名字，然后一言不发地回了屋。气得母亲就差指着门骂她一顿，几乎都不想再管她了。

母女谁都不肯先求和，随后莫颜读大学，出国读研究生再到去年结婚，两人都很少有联系。直到莫颜决定结婚，做过一番心理斗争后才通知了母亲。

事实上，母亲也早就有悔意。人年纪越大，也会越注重和子女的感情。她自知这些年对女儿有亏欠，心里愧疚难安，希望跟女儿和好。可莫颜除了必要的事情，平时几乎不给她这个机会，双方便只能继续拉锯战，倒是难为了做和事老的韩煜。

目前还能受得了她的徐靖南下午刚回来，在酒店看了看她，换了身衣服说晚上还要继续出去，问她都干了些什么。

因为对整个H市都提不起劲来，莫颜整个人都神色淡淡的。徐靖南知道她平时就喜欢宅在家里，在酒店里未免无趣，想了想说："我衬衫没带够，明天正好有时间，你陪我出去买？"

莫颜也是无聊了，也不跟他不对眼了，"嗯"了一声算是答应。

孙维之得知这个消息的时候很是哀怨："徐靖南你也太不是东西了！自己带老婆出来玩，你俩去逛街，我呢？我呢！"

徐靖南在楼下等着莫颜下来，满不在乎地应付："我看你挺喜欢昨天那个小姑娘的，你找她玩去啊！"

孙维之赶紧在电话里正色道："什么小姑娘老姑娘！小爷好歹年底就结婚了，你不能积点口德啊？"

"爷还想年底把生孩子提上日程呢，你也积点口德吧！挂了！"正好莫颜从电梯里出来，徐靖南扬了扬手示意。

徐靖南买衣服纯粹就是个借口。他衣服带得也不少，但为了能找借口出来逛一圈，便一天两三套地换衣服，换了也不送洗，就说没衣服了。

莫颜对他这种二百五的行为表示无语。他想买，便跟他一起到商场去买。

徐靖南第一次跟莫颜一起买衣服。

他俩人结婚一年，难得有像最近一个月这样和谐，平时不是他看她不顺眼就是她不给他好脸色。徐靖南缺衣服的时候才不会想到要找她一起买，不是让旗舰店把衣服送上门，就是自己得空了跑店里随便拎两套。自己动手，丰衣足食。

所以去商场的路上，徐靖南难得还有那么点喜气洋洋。

然而等买起衣服来，徐靖南就觉得自己高估对方，或者高估自己了。

莫颜跟着他买衣服纯粹就扮演了一个跟班的角色。到了店里，服务生都是把衣服一套套搭好向他推荐的，每每徐靖南扭脸问她这套怎么样，莫颜就糊弄他："挺好的，还不错。"

弄得徐靖南十分窝火。转了两个店，其实有不少衣服都不错，偏偏他就没心情买了。

"你是不是陪我一起来买衣服的？"

莫颜挑眉看他："不是吗？我不是都说不错？"

"你！"徐靖南想说什么又一句话都说不出来……一点都不上心的模样，就叫陪他买衣服了？！

正好这家旗舰店的品牌顾问把衣服搭配好推了出来，示意："徐先生，这些衣服我们已经搭配好了，您看满意吗？"

徐靖南满心不爽，皱眉说："不满意。"说着转身就要走人。逛个街还不够生气的，不买了！

身后服务生有点傻眼，连忙说："我可以再给您搭配其他风格。"

莫颜说："不用了。你把这两件搭一起给我看一下，用这条领带。"

徐靖南听得脚步一顿。

服务生迅速把莫颜点的挑了出来，送到徐靖南跟前："先生，您女朋友给您挑的，要不您试一下？"

徐靖南转眼去看莫颜。莫颜抱臂看着他："不是说不陪你买衣服吗？这回都给你搭好了……试不试？"

徐靖南冷着神色，鼻间溢出一声浅哼，拿过衣服绷着脸进了试衣间。

事实证明，学设计的高材生比做品牌顾问的服务生更有眼光，何况莫颜比之更熟悉徐靖南的那个调调。

比之前试过的搭配，都要出挑——徐靖南冷脸看着镜子里的自己，不得不承认。

莫颜又给他挑了另外一套，徐靖南的脸色才略略和缓，一边往商场外走，一边主动提议到H市一家出名的菜馆去吃晚饭。

出了商场门口，莫颜脚步却顿住了。

徐靖南侧头看她："怎么了？"

见她不说话，顺着她的目光看过去，正看到从一家时装店里出来，也正巧看到莫颜的母亲。

双方都是一怔，莫颜和莫母都不说话。徐靖南想起来H市之前还说过来见见自己岳母，结果这么快就抛到脑后了，一时尴尬得额头冒黑线。

但母女俩不对眼，只能他主动。徐靖南连忙拉着莫颜过去，笑眯眯地打招呼："这么巧啊妈！"

莫母完全没想到自己女儿会出现在H市，她那么厌恶自己改嫁到了H市。

莫母是跟一个朋友出来玩的，那个朋友多少了解一点点，见状捅了莫母一下，示意自己先走了。莫母这才回过神来，神色间满是激动："小徐、颜颜……你们、你们怎么来了？"

莫颜不说话，徐靖南就连忙说："我在H市有点工作要处理，就说带莫颜一起来看看您。我们也是刚来，正说买身合适的衣服去看您呢！"一边说一边腹诽：我连您住哪儿都不知道呢……

"是吗？"莫母激动地去看莫颜。

莫颜神色淡淡，半晌不说话。莫母正觉得尴尬，徐靖南在莫颜背后捅了她一下，莫颜蹙了下眉，最后还是开口："妈。"

"哎！"自从过年在C市吃了顿饭后，莫母都半年没再见过自己女儿，一时激动得要掉下泪来，连忙说，"要不回家去吧？在家里吃个饭！"

莫颜神色有些冷，嘴角翘了翘："回家？"她在H市哪儿来的家？

一句话说得场面顿时冰冷一片。

徐靖南心里一边感叹莫颜嘴毒，一边上前安慰莫母："妈也是来逛街的？累了吧？正好碰上了，不如我们找个地方吃个饭说说话。我听说H市有家素菜馆非常不错，正想带莫颜尝尝！"

"好好。"莫母心知假如不是偶遇，女儿能上门看自己的情况几乎不会发生。虽然心里难受但终究也不舍得失去一个难得的见女儿的机会，当即点头。三人上车去吃饭。

饭桌上，徐靖南无比后悔自己嘴贱，打着探望岳母的幌子带着莫颜一起来了H市。更后悔自己偏偏挑了个买衣服的借口把她拉出来溜达，不然怎么可能碰上莫母！不然他怎么会沦落到给莫颜这个冷若冰霜、拒不配合的人当和事老！

莫母到了菜馆的时候已经淡定了不少，即使对女儿有殷切的希望，面上却仍带了些矜持；莫颜就更不用说了，神色淡淡，对什么都是不接受不拒绝的态度。

一顿饭下来，徐靖南是苦不堪言，光顾着动嘴皮子调节气氛，至于这家素菜馆的菜味道如何，他一点儿也没吃出来。

莫母从激动中缓过神来后不免有些失望。要不是今天正巧碰上，看莫颜的神色，他们可能根本不会去上门探望。像徐靖南说的什么打算去看她，不过就是客套话而已。

然而莫母毕竟不是十年前的那个性子了，人老了不少，心也就宽了。跟女儿斗什么气，她想要的也不过就是自己女儿过得开心，时不时地能看看她。

想到这里，临走前莫母便开了口，说："以后有时间经常来，H市有不少菜馆都不错，我带你们去吃。"

这话显然是对着莫颜说的，然而莫颜没反应，只能徐靖南上："没问题妈，我们以后常来。也不早了，您回去的路上注意安全。"

莫母心中失落，淡淡应了一声，转身就要走。不想身后却传来自己女儿的声音："知道了。"

莫母脚步一顿，眼泪霎时就涌了上来。她曾经说过多少好话，从没有换来过一声应答，今天是头一次。

莫颜这句"知道了"，自己说起来也很不容易。

听韩煜在C市讲莫母如何想她的时候，她多少有一些触动。毕竟是自己的母亲，虽然近十年没有多少联系，但她养了自己那么多年。然而等真正见到母亲，见到她衣着光鲜，气色温润，神色愉快地和朋友逛街时，她心里那股怨恨却是又涌了上来。

你在另一个城市生活得如此滋润优雅，可曾想起过我的父亲，你死去的前夫？当初你执意要离婚，害得父亲伤心醉酒命丧车祸，如今你得逞了，嫁给了别人，心里可曾愧疚难安？

一顿饭的时间，莫颜没办法说服自己平静地原谅母亲，即便已经过去了这么多年。

只是，莫母脸上带着失望转身的时候，莫颜看着她瘦弱却笔直的背影，突然又有些想开了。

她今天所见到的——母亲光鲜亮丽的气色，可曾在莫家看到过？没有。

莫母在莫家的时候，总是不开心的。父母亲总是在吵架，为一点点琐事，为很多明明不重要的东西。那个时候，母亲整个人状态都不好，很少出门和朋友玩，在家里对着父亲的时候便是冷着脸，说话也冷冰冰的。只有在对着她的时候才会温柔一些，但是转脸便会和父亲吵起来。

莫颜本身性格的养成与这个环境脱不开关系。家里氛围不好，父母吵架是家常便饭，她性子就越来越冷。在家里的时候，父母这两个人，她哪一个都不想搭理。

但是时隔近十年，母亲改嫁这么多年，跟完全换了个人一样，健谈、温润、优雅，比当初那个糟糕的状态不知道好了多少。

母亲用自己的强势，用忽视旁人侧目的坚决，换了一个宛如新生般的十年。这十年里，只有她莫颜还沉浸在过去的痛苦与怨恨中。

或许韩煜说得很对，父母有选择他们生活方式的权利，我们小辈没有太多的权利干预。他们不该为我们而活，不该把所有的生活重心、所有的岁月都放到我们身上，他们应该有自己的生活，选择自己喜欢的方式生活。

我们应该给予尊重。

第八章

徐靖南坐进车里，长长舒了一口气，“哎我说，你跟你妈不愧是母女啊。总共没见过几回，哪回见你俩都这样，玩一二三木头人呢？”

莫颜冷眼看他，微眯着眸子说：“徐靖南，你明天上午没有工作是不是？”

徐靖南摊手，贱兮兮地说：“没有啊！”

“所以，你该有时间打蚊子了？”

徐靖南反应过来，神色一凛说：“没有。”

“刚才谁说的没有工作？”莫颜挑眉，“不打也没关系，只要你能在沙发上安稳睡觉就好。”

徐靖南：“……”

徐靖南当然不肯就范，都已经睡过床了，他怎么可能再跑回沙发上去睡！

所以晚上睡觉的时候，徐靖南抱着床单大剌剌地往床上一躺，一边还指挥莫颜说：“把空调温度调高点，冷。”

莫颜难得地听话，拿起遥控器嘀嘀摁上几下，掀开被子侧身睡觉。

徐靖南见她少有地听话，还不赶他出去睡，刚想赞扬一下……“怎么这么冷？！不是让你调高一些！”

中央空调的冷气嗖嗖地往徐靖南那里吹，徐靖南抱着薄薄一层床单，被冻得哆哆嗦嗦。

莫颜手里拿着遥控器，盖着被子闭目养神，神态怡然地说：“嫌冷可以出去睡。”

“我偏不出去了！”徐靖南索性无赖到底，床单一扔，掀开莫颜的被子钻了进去。

莫颜坐起来，瞪着床上的人，“徐靖南，你出去睡！”

“就不。”徐靖南阴谋得逞，盖着被子得意地示威，鼻息间尽是沾到被子上的莫颜沐浴后的馨香。徐靖南招手示意：“来，一块儿睡啊，不就盖一床被子嘛！我又不对你怎么样，再说就你这样的，我都提不起兴致来……啊！”

莫颜隔着被子死死拧了徐靖南的腰肉一圈。徐靖南疼得鬼哭狼嚎，一时脾气上来，伸手一把拽住她手腕把她拉倒在床上，一个翻身压了上去。

“老虎不发威你当我不敢打人是不是？”徐靖南双手按着莫颜手腕，居高临下地低声威胁。

他力气大，莫颜挣了半天没挣开，瞪着乌黑的眼睛损他：“我这样的不是让你提不起兴致来吗，你发威又能怎么样？”

徐靖南垂眼看她一副挑衅的神情，倨傲的眼神，微嘲的唇角，与高中时他闲得无聊逗弄她时的反应一般无二，也跟高中时他偷牵她手的那副瞪眼红脸的神色一般无二，看得让人怦然心动。

徐靖南缓缓低头看进她眸子里，低声说：“我能……这样……”

徐靖南：“……”

莫颜：“……”

徐靖南亲完才反应过来自己干了什么蠢事，当即有些傻眼……他怎么就鬼使神差真的亲了上去！按理说，剧本不该这么发展啊！怎么成了他主动往上凑了呢！

徐靖南连忙说：“那什么……我……”

他温润的唇落下来的那一刻，莫颜也愣了。不过一个清浅的吻，却直击她心中最柔软的地方，在那里藏着的，是他们甜到几乎冒泡的过去。

曾经，徐靖南第一次亲她的时候，也是这样专注而小心翼翼，不敢深吻，轻轻点一下，便足够满足。时隔这么多年，他依旧如此，她却已经不知道，是他初心不变，还是两个人已生分如斯了。过了半晌，她才低声说了句：“你下去。”

徐靖南放开她的手腕，翻身躺回床上。刚想解释个什么，就见莫颜拿过遥控器按了几下，把遥控器扔给了他，自己盖好被子翻身睡觉了，一副不打算再跟他多说的样子。

徐靖南有些讪讪的，捡起地上的床单，重新盖好。临翻身前又看了身边的背影一眼，无聊地闭眼睡觉。

和当年仅有过的一次接吻感觉一样，很软，很酥。徐靖南觉得自己魔怔了，不过就碰了碰嘴唇就跟着了魔一样地睡不着，看看人家那位的反应，啧，根本就是没有反应！

睡在旁边的那位，昏黄的床头灯下，仔细看能看见她睫毛时不时地微颤一下，直到后半夜才终于安稳。

徐靖南和莫颜第六天才回家。回到家的时候，何茜正在和徐靖东吵架。

客厅里还有毕凤华和徐盛，端端正正地坐在沙发上，脸色都很阴沉。何茜的二女儿正坐在儿童推车里大哭。

何茜仿佛没看到自己公公婆婆的神情，手里拿着长长的一张单子往徐靖东身上扔，“徐靖东，你告诉我这是什么？！这个号码是谁的？你跟我一个月都不见得能打十个电话，你跟这个狐狸精一天打十个都是少的！”

莫颜进门听见这些话，心里微动，抬头看了徐靖东一眼。没想到正对上徐靖东看过来的眼神，后者明显有些不自在地转了头，有些不耐烦地对何茜说：“你闹够了没有？有什么回房间说！”

“怎么？这会儿你觉得丢人了？”何茜颇有些歇斯底里的架势，看见徐靖南和莫颜进门，冷笑起来，指着他们说，“你弟弟、弟媳也在这儿，让他们看看你出轨怎么了？看看你已经有了两个女儿了，还在外面到处找女人！”

徐靖南和莫颜被客厅里的架势震得都有点愣怔，没想到何茜敢这样大剌剌地将这种事搬到明面上来吵闹，偏偏还被她点了名。一时站在门口走也不是，留也不是。

“够了！”徐盛早就听厌烦了，见这事还被小儿子和儿媳看见了，更觉得家丑不可外扬，沉声说，“何茜你先带着月月回房间去，我会处理这件事，不让你受委屈。”

毕凤华脸色实在不好看。何茜看了她一眼，没再多说，狠狠瞪了徐靖东一眼，眼圈有些红，抱了孩子上楼去了。

徐盛对妻子使了个眼色，毕凤华有些疲惫地起身对着站门口的两个人说：“你们先回去吧。”随后也跟着上楼了。

从徐宅里出来，徐靖南还有些蒙，问莫颜：“你也觉得哥有外遇了？”

那么明显的通话记录都被打印出来……莫颜一脸“你傻啊”的表情看了他一眼。

徐靖南啧了一声：“我又没出过轨，我怎么知道他是不是出轨了啊？一沓电话单能证明什么！”

莫颜低低地冷笑了一声。

徐靖南顿时就不爱听了：“你这是什么反应？我就是没出过轨啊！不信你去打印我的通话记录！”

莫颜看他的神情凉凉。徐靖南在她别有深意的目光中，寒毛倒立地想起来……家里人好像都知道他出轨过一次……还让人家怀了孩子……

“哎哎！当初那件事我是冤枉的！我真的没有跟她……哎，莫颜我跟你说话呢！”徐靖南瞪着前面越走越快的人，气得简直肝疼，“你听见没有！我是冤枉的！”

何茜和徐靖东那件事最后怎么解决的，徐靖南和莫颜都不知道。等他们晚上再过去吃饭的时候，两个人已经都平静下来了。

徐靖东沉默异常，何茜仍是红着眼睛，同样一言不发地照顾两个孩子吃饭。一顿饭吃得格外安静，徐靖南讲了几段在H市的趣事也没能把气氛缓和起来。

第二天何茜不见了，把孩子扔给家里人，和徐靖北的老婆谢如歆一起出去度假了。

何茜走了，没人故意挑莫颜刺，她在徐家反倒更自在些。

只是老太太那里，明显地对她流露出了不满。莫颜心里有数，却也是毫无办法，只能顺从地受着。

直到被徐父看见。

那天晚饭前，徐靖南打过电话来说不回家吃了，莫颜自己到徐宅去吃饭。毕凤华到厨房去看菜式了，客厅里只有护工和老太太在，莫颜进去的时候正好听见老太太说想喝水，她便在茶几上倒了一杯递给她。

不想徐老太太跟没看见一样，仍然含糊地对护工说：“喝……水。”

护工尴尬地看了莫颜一眼，只得连忙再去倒一杯。莫颜端着水杯被晾在了一边。

这一幕正巧让下班回来的徐盛看见。

毕凤华听见声音从厨房出来接徐盛，徐盛便也不再多说其他，只吃饭的时候问了莫颜一句：“靖南呢？”

莫颜淡然说：“晚上有事，不回来吃饭了。”

徐盛点点头又问：“他有说什么时候回来吗？”

莫颜微愣，说：“没有。”

“一会儿给他打个电话，让他早点回来。”

话一出口，在座的人都有些诧异，尤其是毕凤华：“怎么了？你找他有事？”

徐盛面色自然地点头：“嗯，有点事，一会儿给他打个电话催催。”

莫颜只得应声：“好，知道了爸。”

一边的徐老太太突然放了勺子，碰到碗上发出一声脆响。护工快步过来，推着老太太的轮椅，回房间去了。

毕凤华看得纳闷，问徐盛："今天怎么了？不高兴了？"

徐盛吃着饭，含糊地应付一声："年纪大了，容易喜怒无常。"吃完又招呼莫颜："你打完电话到我书房来一趟。"

毕凤华看莫颜的目光就有些不一样了。徐盛在书房教训儿子很正常，但却很少拎着儿媳妇去敲打，可见是有些什么重要事。然而徐盛却没有跟她商量。

莫颜打完电话便去了书房："爸，您有事找我们？"

徐盛"嗯"了一声合上书，抬头打量了莫颜一眼，挥手示意："坐，给靖南打电话了？"

"他说马上回来。"事实上，徐靖南在电话里的声音很暴躁。

徐盛点点头，靠在椅背上，半晌才缓缓开口："叫你们两个过来，是有事要跟你们说。靖南这会儿不在，我就先跟你说吧。"

莫颜面无表情，几乎能猜到徐盛想说什么——你们两个结婚这么长时间没有孩子，或者你们两个不合适，或者徐家需要香火，你不能生就和靖南离婚吧……

徐盛说："我考虑了一段时间，觉得靖南二十八岁也近三十岁了，是时候自己出去闯一闯，自立门户去了。"

半晌莫颜才反应过来，诧异地抬头看他："您的意思是……"

徐盛微微笑了笑，说："靖南在做生意这方面，这么多年没有建树，徐家的生意只能交给靖东。你们搬出去，徐家将来的继承人，徐家的香火也就跟你们没多大关系了……算起来，是有利有弊吧！"

莫颜震惊得说不出话来，所以徐盛的意思就是……分了家，他们不负责徐家的产业，即使生了徐家的孙子，也仍然与徐靖东那边隔了一层，不会再参与后面的事业继承问题；而如果他们生不出孩子来，顶多是不让家里人待见，反倒是徐靖东便担负起了为徐家延续香火的压力。

"怎么样？"徐盛笑眯眯地问。

莫颜半晌说不出话来："您……妈和奶奶那边也同意吗？"

徐父不在意地笑笑："按说你们小辈该比我们思想更开放才对，怎么还这么计较长辈的意见！我们同不同意不重要，重要的是你和靖南能不能走到一起。所以说，还是要看你们的意见才是。你们两个要是本身感情不和，把婚姻当儿戏，我们就是想让你们好好过日子，你们也未必能让我们如愿，你说是不是？"

徐靖南被强行叫回家，心里窝火，迈着大步上楼进书房。见了坐在一边的莫颜后微微愣了一下，随即蹙眉说：“爸，大晚上的您什么事非得把我叫回来？我正跟人吃饭呢！”

徐父哼笑了一声，当着莫颜的面，眼神仍是暖的，调侃说：“又跟你哪个酒肉朋友吃饭去了？你还能有什么正事？”

徐靖南不好再多说，只好轻哼了一声，挨着莫颜坐下：“那您赶紧说，到底有什么事？”

徐父面色和悦地说：“刚才正在和莫颜说，你也成家一年了，你手下的那个子公司从你打理起虽然无过，但也没什么功劳。你哥最近几年表现不错，我看你也没有接手整个企业的心思，所以打算交给你哥。”

徐靖南脸色有点僵：“……所以呢？”

“所以你也不小了，该和你哥两个分家了。你在公司里的股份不用担心，那个不会少，反而会多一些，我会把自己的股份转给你一部分，年终分红不会少你的……”徐盛说到这里有些感慨，“当年我和你叔叔也是这样分家的，他学法律的，本来也无心理会家里的企业，便正好分出去开事务所了，这么多年他做得也很好。”

说罢，又含笑看自己的小儿子：“倒是你，真分了家我还有些担心。这么多年也不见你把心放在工作上，正正经经地做点事，分家了总不能靠着分红和莫颜过日子。所以关于你的发展，我也是经过慎重考虑的，你公司的业务跟公司的整体发展联系微弱，正好趁这个机会更名给你。”

徐靖南猛地抬头看徐盛。徐盛看上去心情很不错，喝了口茶说：“虽然你这几年不干正经事，但是我看得出来，你也不是没能力的。你自己拿主意说不定比被我指手画脚地管着更好。以后好好做，争取跟你叔叔一样，自己做出一番事业来！”

徐靖南不说话，半晌才缓缓出口问：“为什么要分家？”

莫颜扭头看了他一眼。徐盛端着茶杯挑眉看儿子，话里有话地笑说：“哦？你不想分家？我以为你早就想带着莫颜出去住了呢！”

徐靖南咳了一声说：“我不是以为您觉得还早吗。没想到急急忙忙把我叫回来是要分家，怎么这么匆忙？妈和奶奶她们知道吗？”

徐盛别有深意地看了莫颜一眼，说：“可能你们觉得有些突然，不过我是仔细考虑过的。至于你奶奶和你妈，徐家现在是我说了算。”

徐靖南只好点头，问：“什么时候？”

徐盛说：“越快越好吧！当然也不用太急，争取年底之前理清楚。不过关于你公司的清算审计还是要快点的，一个月的时间。毕竟后面办理各种手续要花不少时间。”说着又玩笑似的补一句，“你公司里要是有什么见不得光的可尽快处理啊！不然到时候多不好看！”可见做出这个决定后，徐盛的心情有多好。

徐靖南握着拳从沙发上站起来，心不在焉地点头：“好，那我先回去了。”

莫颜跟着起身：“爸，那我们先回去了。”

“嗯，今天天气不好，过去的时候带把伞。”

莫颜点点头，说：“知道了，谢谢您。”

她最后几个字说得诚恳而和软。徐盛笑意更浓，挥挥手示意：“去吧。”

外面果然在下九月份的第一场秋雨，绵密却细如牛毫。徐靖南跟没觉察到下雨一样，车也不开，出了门便急匆匆地往家里走。莫颜根本来不及找用人拿伞，干脆也不要了，淋着细雨跟在他后面。

到了家两人身上都有些湿。回来路上徐靖南往前面大步大步地走，莫颜跟着他差点就要小跑起来。

进了门莫颜微微有些喘，进卫生间拿了毛巾出来，递给换鞋的徐靖南：“擦擦吧。”

“不用了。”徐靖南脸色不太好看，换了鞋就要往楼上去。

莫颜早就看出他魂不守舍了，听见徐盛说分家时的神色分明就是不愿意，叫住他蹙眉问：“你今天怎么了？”

“没事。”徐靖南头也不回地应付了一声，说，“我回房去了。”便直接上楼去了。

莫颜拿着毛巾站在偌大的客厅里，隐约听见徐靖南在房间里带着怒气的声音。最后一言不发地看了半晌打在落地窗上的细雨，把毛巾扔在楼梯扶手上，也上楼回卧室了。

接下来的一个星期里，徐靖南脸色都没好看过，而且又变成了神龙见首不见尾。

有时莫颜睡得迷迷糊糊间，会听见楼下传来关门声和上楼的凌乱脚步声，一听就知道是喝醉了，看一眼时钟，已经凌晨了；有时莫颜早上起来，自己在厨房热牛奶，能听见上面又是一阵折腾，接着就能看见徐靖南蹙着眉从楼上下来，看见了她便匆匆打下招呼，沉着暗哑的嗓音甩下一句“上班去了”，便换鞋出门了。

连房客关系都不如。

其实过去一年里两个人的关系经常是这种状态。徐靖南有心情了，就闲着没事拉着她斗几句嘴，有时候三言两语说完，也不知道触了他哪根神经，立马就翻脸走人了。

一年的时间，虽不算长，却也足够让人看清楚一些事。有时候莫颜以为这个婚姻也就这样了，两人最好的状态也不过就是斗斗嘴互相损几句，多数时间是各过各的，一直凑合下去；也有时候，徐靖南在徐家面前不着痕迹地护着她的时候，她便也会有些更积极的想法，可能以后时间再长些，两个人还是可以更好一点地相处。

她这个人，悲观的态度总是多过乐观的心情。最近几个月里，真是好不容易，两个人比之前关系缓和了很多，甚至多到她心里明媚胜于阴霾，认为以后只会更好，她该放下过去，展望未来了。

却在一夜之间就被打回了原形。

她甚至都不知道为什么会回到原点的。

餐厅里，陈娜一边喝果汁一边挑眉问："家里又出问题了？"

莫颜淡淡笑了下："这么明显？"

陈娜嫌弃地看她一眼："家里要是没事，你能连着三天都在公司里正常上班？还得让人小孙临时给你安排办公桌。"

"我正常上班不好吗？"莫颜应一句，算是默认她猜对了。

毕凤华从被动地知道俩儿子要分家后就没拿正眼看过她。没办法，徐盛心意已决，徐靖南又天天不着家，再联系那天徐盛对徐老太太及自己儿媳妇的态度，毕凤华想来想去觉得这件事跟莫颜脱不开关系，每次看见她回徐宅就不给好脸色看。

莫颜惹不起但躲得起，干脆借口公司事情多，按时上下班，不回徐宅吃饭了。

陈娜吃着饭问她："这回是跟老公吵架了还是被恶婆婆欺负了，说出来让我开心开心。"

莫颜哭笑不得地看她一眼："我看你现在就挺开心的。"

陈娜得意地抛个媚眼，气死人不偿命地说："还行吧，一般般。"

见莫颜确实没有跟她诉苦的意思，陈娜心里也知道家丑不可外扬，便只好有用没用地点拨她几句："你这个小姑娘啊……"

莫颜含着笑抬眼看她："我还是小姑娘？"

"在我面前就是小姑娘！"陈娜一脸严肃，拍了拍桌子说，"你这小姑娘啊，性格太消极。"

"做事情不知道争取，也不知道上进。就拿你工作来说，每次给你case，不是不接就是让给别人，一副'只要能吃饱、饿不死就行'的态度。你赚一百块够花就从来不会想着去赚一千块，一点儿都不积极。”

莫颜饶有兴趣地听她讲，问：“既然一百块够了，干什么要赚一千块呢？又花不完。”

“你看，你这就是消极。”陈娜伸着纤细的食指隔空点了她两下，“但是再消极的人，心里也会有想要得到的、想要争取的东西吧？”

莫颜垂眼不说话。陈娜说：“按照你们这类消极的人来看，你们心里纵然有特别想得到的东西，也不会有所行动。你们这样的人，从来不会主动出击，你们一生都是在等待，等你内心渴望的东西自己长腿跑到你跟前来。假如等到了，你们便坦然接受；假如错过了，你们就会更加消极悲观，更加不会去争取。”

“可能也会一直等不到，你们就一直浑浑噩噩地过下去，直到带着渴望和遗憾死去。可能那个东西就在你两步远的地方，但你到死都不会主动伸手。”

陈娜说完，点了点桌子笑问：“我说话是不是特别难听啊？”

莫颜摇头，勉强笑笑：“没有。”

“嗯，我也不觉得难听。”

莫颜简直对自己老板没脾气了。

陈娜开完玩笑，又说：“可能我说完这些话你还是觉得消极点没关系。但是我想跟你说，既然你有想要的东西，为什么就不肯往前迈一小步？哪怕你只迈了半步，说不定就足够了，至少以后死的时候也少些遗憾了，你说是不是？”

莫颜没应声。陈娜知道她是听进去了，便说：“我也不知道你家里到底是怎么回事，但是很多事情都是这样，所有你想要的，你不想要的，只有你自己主动才能顺心如意。你不愿意争取，那就也没道理去抱怨。”

陈娜说完，听见身后有人说话，回头一看是郑钟铭跟同事或朋友也来吃饭了，便止了话题扬了下手：“郑总才来吃午饭？”

郑钟铭应声扭头，一眼便看见坐陈娜对面的莫颜，低着头像是在想什么。他已经有半个多月没见过她了，上次见面还是交设计图样的时候，在公司里见了一面，当着那么多员工也不好说些其他的，只是随便聊了聊，没想到今天竟然遇见了。

郑钟铭笑得风度翩翩：“陈总也来吃饭？”

陈娜笑意盈盈：“早来啦。饭都吃好了，哪跟郑总一样公务繁忙，这个时间才来。”

“不如陈总生意好。只是临时有点事，来晚了。”说着郑钟铭才像是刚注意一样，扭脸看莫颜，“莫颜跟陈总一起吃饭？也不怕公司其他同事忌妒，尤其是男同事。”

莫颜回过神，对他点点头。陈娜被恭维了，笑容更加明艳，打趣说：“那也不比郑总玉树临风被整个CBD的女白领们垂涎。”说完看见跟他一起进来的人频频往这边看，便说：“不打扰郑总吃饭了，我们先回公司了。”

莫颜也跟着起身拿包，动作却有些迟疑，看着郑钟铭欲言又止。陈娜眼尖，示意她说：“我先回去了，有工作要尽快处理。”说着对郑钟铭点点头，走了。

郑钟铭回身看莫颜，脸色明显柔缓了很多，说：“看你脸色不太好，最近工作比较忙？”

“还好。”莫颜应一声，想了想问他，“你知道靖南最近在做什么吗？”

郑钟铭心里滑过一道淡淡的情绪，面上仍是打趣地问：“怎么，又吵架了？”

见莫颜看着他不说话，只好又说：“我这几天太忙，都没跟他见面，不太清楚。”

莫颜点点头，一副要走的样子。

郑钟铭说：“不然你问问孙维之？”

孙维之那么不待见她，能跟她说？再说她也不是很待见他。莫颜不置可否，只好说：“谢谢你了，快去吃饭吧。”

“这就把我打发了？”郑钟铭半是失落半是调侃地问。

莫颜微微诧异地打量了他一眼：“不然呢？”

郑钟铭苦笑：“没有，开玩笑呢。再见。”

莫颜下班本打算在外面随便吃点的时候突然接到了徐宅的电话，用人说是毕凤华让她回家吃晚饭。

徐靖西也在，见她回来欢快地招呼她坐过来，咋呼呼地喊：“三嫂，你最近工作很忙呀？”

莫颜看了一圈问：“我妈呢？”

“伯母和我妈还有二嫂在餐厅！”徐靖西拉她坐下，声音又立马低下来，“我听说三哥和大哥要分家，是吗？伯母是不是不太高兴呀？今天下午跟我妈俩人嘀嘀咕咕说了半天话还不让我听。她跟你们闹别扭啦？我看伯母今天好像挺火大，刚才还打电话叫三哥了。”

莫颜神色淡淡：“叫他干什么？”

“叫他回来吃饭啊！我三哥没跟你说？”

莫颜摇摇头。徐靖西八卦地打量她一会儿，问：“你和三哥吵架啦？”

“没有。”莫颜转移话题，含笑看她，“倒是你，忙什么呢？好长时间没看见你了。”

徐靖西立刻忘了刚才在聊什么，瘫在沙发上叹气：“啊啊啊！我最近忙死了！在拍一个微电影。有个演员特别让人受不了，偏偏是朋友推给我的，也没办法拒绝，烦死啦！”

用人喊她们吃饭。俩人起身去餐厅，徐盛和徐老太太也都过来了。徐靖南却还没回来。

毕凤华一肚子火，说：“这还没分呢，你们就开始自己过自己日子了是吧？就算分了家你们难道还不回宅子里来看奶奶，看我们了？！”

徐盛不满地看自己老婆，莫颜只好说：“靖南很快就回来，这会儿路上有些堵。”

话刚落音，客厅那边传来声音。徐靖南回来了。

徐靖南声音沉沉的，还有些沙哑，进餐厅挨个打了招呼便入座吃饭。

毕凤华再不高兴，当着一群人的面，也不好再说什么。倒是徐盛看着自己状态不怎么样的小儿子，说话了：“你最近捣鼓什么呢？怎么审计部的人过去，却被你公司里的人给赶回来了？”

莫颜坐在徐靖南身边，明显感觉到他吃饭的动作一顿。

徐靖南轻描淡写地说：“是吗？我怎么不知道这事？可能下面的人还不清楚情况。改天我再约审计部的人。”

徐盛定定地看了他一会儿，别有深意地说：“靖南，一周多的时间不短了。时间再长，不仅会有外人说三道四，公司内部，也没办法交代了。”

徐靖南埋头吃饭，点点头算是听见了。

一顿饭众人吃得似乎都有些憋闷。徐靖西来来回回地打量一餐桌的人，被她妈瞪了好几眼，好不容易吃完了饭，立马就放筷子走人了。

徐靖南也没喝饭后茶，不顾毕凤华的脸色，说累了要回家休息。临走又看了莫颜一眼，问：“你走不走？”

莫颜当然是点头赶紧走。

徐靖南埋头大步上车，等莫颜到的时候，他已经利落地把车发动好了。

莫颜开门，刚坐上位子，右腿还没收好，脚还点在地上，车门还没关，徐靖南已经踩油门了……

“徐靖南！等等！徐靖南！”莫颜也顾不得淑女不淑女，着急得喊他。前面是徐宅大门，再走车门就要撞大门上了。

徐靖南被喊得回神，猛地踩了刹车。

莫颜头一次遇上这种事，不仅被吓了一跳，这几天心里积攒的火气也忍不住了，关上门冷脸骂他："你没看见我还没坐好？心里想什么呢？！"

徐靖南理亏，确认她坐好了再次踩油门。

他不吱声，莫颜更火，蹙眉斜了他一眼："你最近有病吧？天天跟没吃药的神经病一样。"

徐靖南最近快烦疯了。在家里要装没事人，在外面还要装孙子，一腔躁意无处舒缓，被莫颜一呛，眉头立马皱了起来："你才有病吧？又不是故意的。"

莫颜脸色立时冷了下来，不再说话。

徐靖南说完才觉得自己语气太差了些，从后视镜里看了她一眼，也不再吱声。他心情本来就不怎么样，回家来还要被骂有病，当然不会有什么好脾气。

到了家徐靖南心里急着回屋打电话，鞋都没换就匆匆上楼了。莫颜站在玄关处换鞋，眼看着他连招呼都不打一声地不见了人影。

莫颜在厨房倒了杯水，端着杯子上楼时正好接到了陈娜的电话。那边说有个案子的介绍发到她邮箱里了，让她看看，明天开会。

莫颜应声答应。陈娜话题一转，问："我怎么听你声音这么冷啊？今天回家不会又受委屈了吧？"

"没有。"莫颜嗓音淡淡。

"算了，我不问了，问也问不出来。"陈娜再了解她不过，只说，"反正今天中午教育了你半天，你自己看着办吧。挂了啊，晚安。"

"晚安。"莫颜开卧室门的手一顿，半晌，转头看了次卧一眼，抬脚走过去。

徐靖南正一边脱衣服一边跟电话里的人大呼小叫，电话那边孙维之的声音很无奈："靖南，我是真没办法了……"

"你怎么进来了？！"

孙维之："……嗯？你说什么？"

徐靖南愣怔地看着端着水杯站在门口的人，衬衫脱了一大半露出精实的胸膛，只剩拿手机的那条胳膊还没脱下来，颤悠悠地挂在臂间。

莫颜神情莫测地拿下巴示意他手里的手机："你先打完电话。"

孙维之在电话里又"喂"了一声，徐靖南回神说："一会儿我再给你打过去。"说着就挂了电话。

莫颜往房间里走了两步，站在他跟前眸光黑亮地盯着他问："你怎么不把电话打完？"

徐靖南被她盯得怔了一下，心想这电话本来就不能让你听见……很快反问："你到我房间来干吗？还不敲门？"

说着反应过来自己正在换衣服，没好气地看了她一眼，捞回衬衫打算穿回去，"没看见我正换衣服呢，你一个女的擅自进别人房间算怎么回事……"

莫颜不等他说完，一把揪住他脱掉的那个袖子拽了一下。徐靖南多少有些震惊："你真有病啊？"

莫颜拽着他的袖子推了他一把，面无表情地盯着他问："你公司出问题了？"

徐靖南冷不防被她用力推了一把，整个人往后退了一步坐到床上。刚要瞪眼就听见她嘴里蹦出来这么一句，动作一僵，很快又恢复如常，蹙眉不耐地说："什么出问题了，你就盼着我公司出事呢是吧？没有，你可以走……"

话未完，徐靖南只觉眉间一暖，凝目去看，整个人都有些傻了。

他这几天大概是真的忙疯了、累疯了，每次看见他基本都皱着眉一脸苦瓜相，眼睛熬得通红，嘴角都起了皮。莫颜手指触在他眉间，看见徐靖南都快成对眼了，才收了手，神情和声音不由自主地就柔缓了下来，问："最近到底怎么回事？"

徐靖南魔怔了一样，愣愣地说："真没什么事，没什么大事。"

莫颜脸色一冷，端着杯子居高临下地说："你再不说我拿水泼你了。"

徐靖南："……"

徐靖南从幻梦中醒来，被她快速变脸折磨得什么脾气都没有了，无奈地抬头看她："真的没……哎哎哎，莫颜你敢来真的……"

眼看水就要泼过来，徐靖南手快地捉住莫颜的手腕不让她得逞。俩人霎时就掐了起来。

当然，实际情况是徐靖南掐架的成分比较多。他手一伸过来莫颜就打算收手，本来也没想真泼，不过就是威胁一下罢了。然而她手一动，徐靖南就以为她是要泼他，手里立马用劲想把她拽过来，把水杯从她手里夺过来。

莫颜被他攥得手腕疼，一时也恼了，杯口向着他顺着他的力道就泼了过去……

"你居然真敢泼！"徐靖南躲得飞快，一半的水洒在了床上。当然再快也没幸免，半张脸半个肩膀都被泼湿了。

徐靖南不服气地表示震惊和愤怒。在好胜心的作用下，一边扯过莫颜把她拽倒在床上，一边夺过剩了个杯底的水杯，压住她胳膊，抬手就往她脸上倒了上去……

莫颜登时就惊了，带着一脸水被按在床上，瞪着一双浓黑的眸子，微张着嘴，一句话都说不出来。

这种内容丰富而精彩的表情，莫颜已经好多年不曾有过了……

泼完水的徐靖南也呆了，拿着杯子垂眼看着身下的人，大气都不敢出一声……他发誓，他真的只是单纯的不服，单纯的好胜心旺盛，完全没有故意伤害她的心思……

莫颜先回过神，脸色霎时变得冰冷，大力推开徐靖南想起身走人。

徐靖南连忙随手扔了杯子，腾出手按着她的手臂和肩膀，又把人压了回去，捞过一边的衬衫胡乱地给她抹脸道歉："我不是故意的，真不是故意的……"

"不故意都成了这样，你要是故意的还不得把我扔浴缸里？"莫颜一把挥开他擦水的手，挣扎着要起身。

徐靖南一边钳制她一边说："真不是故意的。再说谁让你先泼我啊？你要不泼我也不可能……"

"你也不可能泼我？"莫颜冷眼看他，"所以我泼你你就泼我？"

某人一时说错话，立马否认："不是这个意思……"

"好了！"莫颜挥手打断他。即使狼狈地躺在床上，被他居高临下地看着，依旧神色冷凝，气焰半分不减，"我知道了。我接受你的道歉。你放开我，我要回房间了。"

徐靖南信了就是傻子，这一刻放她走了，下一刻俩人就立马形同陌路了。

徐靖南制住她说："你不是问我到底怎么回事吗，我告诉你还不行？"

莫颜侧脸不看他，冷声说："我不想听了。"

"我把公司抵押贷款了。"

"你说什么？"莫颜猛地扭脸看他。

真说出来也就那么回事。徐靖南看了一眼她震惊的神色，松开手，也不管床上还湿着，有些颓然地躺在她身边，看着吊灯不说话。

这么多天莫颜多少有些觉察，知道他公司那边可能有问题，却没想到是这么大的问题，忍不住推他一把，催促问："到底怎么回事？你缺钱花？怎么会抵押贷款？"

这种事情一旦被审计部的发现，徐靖南就完了，而且徐盛一定是不能容忍的——不然每个人都来一手"暗箱操作"，公司里还能有威信可言？更何况审计结果一旦传出来，徐盛在公司甚至在圈子里，就要丢死人了。

"到底是为什么？"

提起这个徐靖南又是一脸烦躁，半天才说话："前段时间不是带你一起去H市出差吗？那个项目谈下来了，但我手上资金不够，没办法就只好贷款……"

“你资金不够？”莫颜怀疑地看他。徐靖南虽然在人前一副吊儿郎当的不着调模样，但多少还是有些脑子的。何况看形势徐父明显更看好徐靖东做接班人，他更加会早做打算，手上有个几千万是不成问题的。

“要是够我能贷款？”徐靖南斜了她一眼，淡淡叹了口气，“钱都投在上一个项目里了。我也没想到第二个项目来得这么快，煮熟的鸭子没道理让它再飞了。我不赶紧抓住，错过了就没了。”

莫颜忍不住说：“上一个才拿下来没多长时间，你立马签第二个肯定会资金紧张……你太着急了。”

徐靖南歪了歪脑袋，侧脸看着她，漫不经心地说：“你以为我想这么着急？”

莫颜跟他并排躺在床上，同样侧脸看着他，突然就说不出话来了。

徐靖南从来没认真正式地跟她说过，为什么他突然背着家里自己做项目，但莫颜知道。此刻看着徐靖南漆黑的眸子，有些话，即使他不说，她想她也懂了。

刚签下一个项目立马又去联系第二个，所有的项目都是在H市而不是C市。他太着急了，太想快点发展事业，太想强大到自立，然后离开C市！

两人半晌无话。徐靖南反倒是先被看得不好意思的那个，转开视线，似是不着调地说：“谁知道爸突然说什么分家，我才刚贷款没几天！”

莫颜问：“你不是和孙维之一起？他没钱？”

“他比我还穷！”徐靖南嗤一声，说，“再说这些项目他就是个玩闹，我是主合伙人，让他拿太多钱算怎么回事儿？”

“你贷了多少？”

徐靖南到底自尊心摆在那儿，不愿意多说，就含糊应声：“没多少……”

莫颜立马打断他：“到底多少？”

“一千多万。”徐靖南刚刚惹了她，到底不敢再在太岁头上动土，只得如实相告，“维之那边只能解决零头，大头只能我这边想办法。”

一千万对徐家来说可能是九牛一毛，可是到了徐靖南自己头上就不是小数目了，尤其是在他所有的钱都投出去以后。他不管到哪里去借都得拿出个说法来，然而圈子就这么大，他找谁借一千万，都可能传到徐家耳朵里，况且短时间内根本没办法把钱还上。

莫颜沉吟半晌，说：“你把情况跟爸说了，他能不管你？”

“开玩笑！”徐靖南立马否决，“我爸跟我哥一直想把生意铺到H市，让他们知道我拿了H市的地产项目，他们能立马把我吃了！”

过去的一个星期里徐靖南一直在想办法。然而一千万难找，万一补不回来，审计的一查，不管是分给他的公司还是他签的项目，全都得被徐家收回自己的囊中。

实在没办法了。徐靖南也忍不住怪自己没用，早些时候不上进，如今一千万就能轻轻松松地难倒他。

回神看见身边的人正盯着吊灯沉思，一副帮忙想办法的模样，徐靖南心里忍不住好笑，一时心情好了不少，拍了床一把坐起来："好了！不就一千万吗，实在不行找人东拼西凑借点也差不多了，你至于这么个表情吗？"

莫颜怀疑地看他，"好借你能愁成这样？"

徐靖南立马瞪眼，"啧，你不打击别人受不了是吧？管那么多呢！用不着你管！"

莫颜懒得搭理他，只问："那你打算怎么办？"

徐盛那边催得急，然而徐靖南也没办法，一想就头疼，只好立马转移话题："先不说那个怎么办，你把水洒了一床，我还怎么睡？"

莫颜看了看床上的一大片水印，偏了偏下巴："客厅书房随便你。"

"你洒的水凭什么让我去睡客厅书房？！"徐靖南不服，一把捞过枕头率先越过她出了次卧，"我要睡主卧！"

莫颜走在他后面，盯着他赤裸精实的后背，难得地没有出声阻止。

徐靖南跟她讲开了，不仅心情好了不少，而且终于意识到除了自己，家里还有另外一个人了。

早上莫颜到厨房热牛奶，徐靖南急吼吼地一手拿领带一手拿刮胡刀往楼下蹿。

"快点帮我系个领带！妈的，系了半天没系上！"昨晚睡在馨香扑鼻的被窝里，睡在某某人的身边，一不留神就睡过头了。

"你急着投胎？"莫颜神色淡淡看不出喜怒，手上动作却很是利落。

"啧，"徐靖南一边刮胡子一边教训她，"你能不刺别人吗？"想了想又说，"昨天爸都那么说了，今天审计部肯定又得过去，我得盯着点。"

说着穿好西装就要走人。莫颜端着早饭到餐桌上，见状叫了他一声："你不吃早饭？"

徐靖南站在玄关远远看了一眼桌上的东西，又大步过来两三口喝光了牛奶，放下杯子抓了个三明治，伸手揽住莫颜抱了一下，着急忙慌地说："我走了！"

说完匆匆开门上班去了，留下餐桌边的人半晌不能从刚才那个浅浅拥抱里回神。

去上班的某人一边吃着三明治一边等红绿灯。直到三明治吃完了，才终于想起来有什么不对劲的地方……他刚才抓完餐桌上的三明治，是不是还手贱地干了点别的？

第九章

中午陈娜照例喊莫颜一起去吃饭，边吃边问："早上开会谈的那个case你怎么不接？我昨晚还特意发到你邮箱里让你先看看，浪费我一片苦心……哎，走什么神呢你？"

莫颜应声抬头看了她一眼，刚想说没事，又突然改了主意，放下筷子问："你有房产中介的朋友吗？或者有没有朋友想买房子？"

"你想卖房子？"陈娜诧异地看她，一脸不相信的表情，"你嫁的到底是不是豪门啊，怎么还会卖房子？"

莫颜面无表情地回她："这二者有关系吗？"

"废话嘛！"陈娜嫌弃地看她，"你嫁进豪门还能缺钱花？"

"你以为豪门里那么简单？"莫颜无奈，想了想只好说，"我最近确实缺钱，你有没有这方面的朋友？"

陈娜满不在乎地说："有是有，不过你缺多少啊？我借给你也行。"

"大概……一千万吧。"

"什么？一千万？！"陈娜压不住声地瞪眼看她，喊完意识到是在餐厅，又立马压低声说，"我把公司卖了也就值一千万，你要这么多钱干吗？"

"有用，"莫颜不想多说，只问，"你到底有没有朋友，能尽快帮我卖出去吗？"

"我记得有个朋友是搞中介的，说不定还能少要你点提成……"陈娜歪头寻思，"不是，关键是你也得有值一千万的房子啊！你有没有啊？"

莫颜想了想说："我翠湖城那边有套公寓，还有C大附近有套房子，不过年岁有些长，可能要旧一些……"

陈娜已经惊得说不出话来，“你这还缺钱，翠湖城那种地方的高级公寓现在是天价啊！”

“我也不知道现在房价是什么情况。不过那套公寓不算大，是我上大学的时候买的，有六七年了，但是没住过。”

莫颜手上没有多少钱。

当年母亲要改嫁，她死活不跟着她到C市，母亲没办法，便把家里所有的积蓄都留给了她。莫家书香门第，莫父莫母都是大学教授，家底虽不如经商的厚实，但多少还是有点的。后来大三的时候认识了韩煜，两人当时关系很不错，韩煜在投资方面又颇有心得，知道她手上有钱后便建议她投资房产，于是便买下了翠湖城的公寓。

只不过手里钱有限，况且她还在计划出国留学，最后买的公寓户型并不大。

其实去年莫颜结婚时，母亲有给她一笔数目不小的嫁妆，但是像莫颜的性子，她怎么可能会要？早就又打回了母亲的卡上。

陈娜看莫颜那样子，是真打算卖房子，平静下来，沉吟说：“你这两个房子地理位置都绝佳啊。要是打算好好卖，说不定能卖到一千五百万以上，就看你想什么时候拿到钱了。”

莫颜带着期冀看她：“这周能卖掉吗？”

“这周？！”陈娜瞪眼，“怎么可能，办手续看房子不都是事儿？你卖得这么急，人能给你出高价？就算你只要卖一千万，那也没一个星期这么快！”

莫颜脸上露出些微失望来。陈娜见状忍不住说：“你真这么急着用钱啊？那什么……你不是跟对面楼的韩煜关系不错吗？他肯定有一千万啊，你找他不快？”

韩煜不知道有多少个一千万呢，莫颜昨晚也不是没想过这个问题。然而她也知道，一旦她开了口，就凭韩煜那种特别会做生意的头脑，一定会拿条件跟她交换。

比如母亲。

至少现在，莫颜不可能彻底原谅她。

陈娜虽然答应尽快让朋友帮忙，但再快也不可能一个星期钱就能到账。莫颜没办法，只能先走一步是一步。

晚上回徐家，正巧赶上何茜和谢如歆从外面度假回家。

何茜的两个女儿有快两周没见到自己的妈妈，各种缠着她闹。莫颜回家看见她，含着笑叫“大嫂”，何茜不冷不淡地应了一声。

按说她这种反应跟往常没什么区别，莫颜却敏感地觉察到何茜心里装着事，心情不佳。何茜在莫颜面前一贯鼻孔朝天，仗着自己出身富贵，便很是不把她放在眼里。不是说话含着刺，就是各种炫耀、显摆和嫌弃。

这趟度假回来，何茜却好像收敛了很多。在毕凤华等人面前，也没那么高调了。

徐靖南照样没回来，陶敏娴和谢如歆过来这边吃饭。饭后坐在客厅里喝茶闲聊。

马上要进入十月份，天气慢慢转凉，莫颜吃完饭到他们之前住的套间里拿秋天的衣物。刚上楼就看见何茜和谢如歆在楼道里，凑在一起低声说话。

两人见到她上来条件反射一样地立马分开。谢如歆勉强笑着，装作若无其事地打招呼："莫颜，你怎么上来了？"

何茜脸色很不好看。莫颜对她们点点头说："我到房里拿些衣服。"

等她进了房间，谢如歆立马拽了拽何茜，"不如问问莫颜，说不定她有办法。"

何茜脸色一变，"问她干什么？她能有办法？不问！"

"那你还有别的办法？"谢如歆也没办法了，说，"我觉得她挺有想法的，至少你找她帮你出出主意。"自从上次在何茜女儿的生日宴上看见莫颜替毕凤华出头，谢如歆就对她挺有好感，比她想象中的要聪明识大体。

反正假如她谢如歆出事了，肯定是找莫颜而不是找何茜。

莫颜拎着衣服出来的时候两个人还站在楼道里。见她出来，谢如歆捅了何茜一下，叫住莫颜："莫颜，你有空吗？"

莫颜早看出来她俩指不定在商量什么，但与己无关，她是能避开就避开。没想到谢如歆会叫她。

"怎么了？"莫颜挑眉打量了她俩一眼，看见何茜别开脸不说话。

"就是……想请你帮帮忙……"

莫颜浅浅地笑："什么事这么神秘？"

谢如歆又捅了何茜一下。何茜心里再不愿意也实在是没办法了，也不看莫颜，只开口说："能……借点钱吗？"

"借钱？借多少？"莫颜多少有些意外。毕凤华每月都会给家里各人家用，怎么会缺钱？

何茜声音难得的微弱："……五百万。"

"五百万？"莫颜这回是真的被惊到了。她上午才为了一千万去卖房，转眼就又有人过来跟她借五百万！

谢如歆实在看不下去了，推开身后的书房门，把俩人都拽了进去。她也不指望何茜能说明白了，直接拉着莫颜说："我们不是出去度假了吗？本来去的普吉岛，结果回来的时候，大嫂非要去澳门玩……”

在莫颜越来越震惊的神色里，谢如歆也说不下去了。

饶是莫颜这种事不关己的人，也半晌才回过神来：“你们两个一起输的？”

谢如歆赶紧摆手：“我没玩！我当时去找澳门的朋友了。就那么一天的事，谁知道……”

何茜低着头不说话。莫颜转脸看她，然而两人关系实在一般，不管是安慰还是斥责都说不出口，最后只问：“你们哪来的那么多钱？”

出去玩一趟还能留下五百万去赌博，毕凤华可从来没给过这么多家用。

何茜半晌开口说：“出去玩之前妈把她的卡给了我。”

那几天何茜正为了徐靖东出轨大吵大闹，这种事无论是传到外面还是传到何家对徐家都没好处。毕凤华为了安抚她，便把手里一张卡给了她，让她出去散散心，算是平息事端。

何茜也是让徐靖东弄得心情不好了，玩了一圈心里还不舒服，脑袋一发昏就去了赌场。

莫颜问：“卡里的钱你花光了？”

“怎么会！”谢如歆搭话，“卡里有两千多万，胆子再大也不敢花完了。也亏我早早去找她了，不然还真说不准！”

莫颜彻底无语了。她知道何茜爱好一向广泛，但怎么也没想到她还喜欢赌博，而且眼睛都不眨一下地就输了这么多。

“卡还在你手里？那你打算怎么办？”

“不知道。”何茜花钱一向大手大脚，但一天就输掉五百万，多少还是有些蒙。

谢如歆在旁边帮腔说：“我们也是没办法了所以问问你。大嫂说伯母平时很少查卡里的消费情况，但还有一个星期就到月底了，到时候账单一过来，伯母肯定会看吧……”

输掉五百万不算是大事，徐家这个钱还是有的，重点是怎么跟毕凤华交代。毕凤华要是知道何茜去赌博输了这么多钱，按她的脾气和严厉程度，到时候一定会震怒。

还有徐靖东要是也知道了……所以何茜才怕。

莫颜只得接着最开始的话题说：“我手上没那么多钱。”又问何茜，“还有几天时间，你不能从自己家里借点？”

然而何家跟徐家家教不相上下，更重要的是，何家会愿意出五百万给嫁出去的女儿填坑？何茜一旦告诉家里人，最后徐家势必会知道，即使当着何家的面不给何茜脸色看，回到家里能不给何茜穿小鞋？

何茜这点脑子还是有的，为难地说：“我现在手上没钱，就是想办法借，也不可能这么快就能借来……”

莫颜也说不出话来了。

徐靖南那边还愁着一千万呢，她当然没办法管何茜这边。

三人无话半晌。楼下传来陶敏娴喊谢如歆回家的声音，何茜霎时就着了急，这个钱拖一天就晚一天还上，万一到时候补不齐……

谢如歆连忙问莫颜：“你到底有没有办法？”

莫颜想了想说：“我肯定没有那么多钱，你们凑可能也不好凑，只能先想办法瞒住妈他们。况且到时候月底的账单过来，也会有你在澳门消费的明细。”

何茜脸色霎时更加苍白，求救地看莫颜。

莫颜蹙眉说：“我现在也没办法，明天再说吧。我回去想想。”

何茜难得地拉了她一下，拽着她的胳膊半天说出一句：“……谢谢你。”

莫颜立马补上一句：“我也不一定能想出办法，你自己再想想怎么补救吧。”

徐靖南十点多钟才回来，醉醺醺地在玄关换鞋进屋。

莫颜一晚上都坐在客厅沙发上想事情，电视里已经播了快半个小时的晚间新闻。闻到他那一身酒气，蹙眉问：“你自己开车回来的？”

徐靖南挥了下手，一屁股坐在她旁边，长长地舒了口气，说：“维之送我回来的。”

可见还没醉到糊涂。

莫颜看了看他微微发红的脸色，问：“要喝水吗？”

徐靖南嗖地扭头看她。破天荒头一次，她居然会主动要给他倒水喝。

莫颜面无表情地回看他：“到底喝不喝？”

“喝！”徐靖南狂点头，等莫颜起身要去吧台了，又叫住她，仰脸问，“有东西吃吗？”

徐靖南话说得自然。莫颜垂眼看着他疲惫的神色，心里突然就开始发堵。过去的一个星期里，经常半夜听见他踉跄着脚步回来，想必那个时候也是又渴又饿的。饭局上为了找别人帮忙，只顾着敬酒劝酒，哪有时间想着去填肚子？

像陈娜说的，她太消极，从来不知道主动争取，也不知道主动去帮他分担问题。

“三明治行吗？”莫颜想了想冰箱里的东西问。

“不吃！”提到三明治徐靖南就想剁手，早上那么下意识地一抱，虽然他真的是顺手了，但搞得好像他多急着贴上去一样，简直颜面扫地。

事实上莫颜也只会做三明治，听他气急败坏地拒绝，立马冷声表态：“除了三明治没别的。”

徐靖南抬眼见她脸上好不容易出现的小媳妇样唰地没了，也立马表态：“那就吃三明治。”至于颜面是什么……没听说过。

莫颜吃东西一向凑合。母亲改嫁后她自己吃了一个暑假的楼下小吃店，上了大学就吃学校食堂，出国在外也不挑剔菜种，三个月不吃中国菜也无所谓。三明治是她几年里唯一学会做的东西，晚上赶稿饿了随手做两个就是消夜了。

莫颜顺手热了杯牛奶，装好三明治一起端给客厅里的人。

徐靖南一脸嘚瑟，刚喝了口牛奶就听莫颜在一边问：“钱的事情有眉目了吗？”

他手上一顿。这种糟心事徐靖南其实不想跟她说。昨天要不是把她惹毛了没办法了，他肯定不会告诉她。

“着什么急啊，早晚会有办法的。”

不急能把眼睛都熬红了？现在恐怕是争分夺秒地想办法凑钱了。莫颜不戳穿他，只问：“审计部今天去你公司了？”

“啧，”徐靖南呲她一声，吃着东西含糊不清地抬下巴示意，“你看看表几点了，还不去睡觉？”

莫颜伸手去拽他送到嘴边的三明治：“不说就别吃了。”

徐靖南紧抓三明治瞪她，莫颜面部表情不甘示弱。最后到底是他先败下阵来，无可奈何地说：“你除了威胁我还会点别的吗？……没有！昨天不是才跟爸打了招呼，估计他也跟审计说缓几天了。不过爸那边应该开始觉得不对劲了……”

再不抓紧时间，徐盛彻底起了疑心，不留情面地派人过去，那就彻底白玩了。

拖不了几天了。

莫颜问：“你今晚和谁去吃饭了？”

“投资公司。”徐靖南索性也不遮掩了，一边吃一边发牢骚，“大一点的公司走个流程就要两个月，根本没那个时间。小的公司没那么多基金又怕担风险。公司见了一打，没一个愿意投的！全都他妈瞎了眼！”

越说越来气，越想越糟心，徐靖南气得一把扔了手里的三明治，心里烦闷不已。

徐靖南在与莫颜莫名其妙地分手后，拖拖拉拉地读完了高中最后半年，随后出国留学。二十四岁学成回国，自然而然地进了家族企业里学习打理公司事务。

徐靖东年长他四岁，为人严肃且一丝不苟，有能力，而且在经营企业方面比他经验丰富，也比他认真上进。徐靖南上面有这么个哥哥，自然就不长进了，他再有能力也不过就是做到他哥这个程度，况且他对打理庞大的家族企业没那么多兴趣。

他不知道徐靖东是怎么能安心地做这些枯燥无味的工作的，反正他是毫无目标、毫无动力。

就这样混了四年，直到认识到，他再不学会彻底独立，那个他拼命想绑在自己身边的人，会被来自徐家四面八方的压力压垮，会变得更加沉默寂静，也可能会变得不再是原来的那个她，还可能会……离开他。他怎么能眼睁睁地看着这些发生，却还无动于衷?

所以说起来，这是徐靖南第一次真正意义上的创业。

没想到刚上路，就遇到了这么大的一个坎儿。不是他没能力，就是他没那个做出一番事业的命，不管哪一种，想起来都足够让人憋闷。

莫颜到吧台倒了杯水端给他，轻声说："还吃不吃？不吃就上楼洗澡睡觉吧，早点休息。"

徐靖南有些愣怔地看她。她损他的时候多了去了，像这种和颜悦色甚至称得上温柔的态度，没几次，十根手指头就数过来了。

莫颜在茶几对面收拾他吃剩的东西，说："别想了，明天再说吧，说不定明天就有办法……"

话未说完，眼前倏然扑来一堵身影：徐靖南扣住她脑后，隔着茶几倾身在她额上浅浅印了个吻上去。

莫颜眉心一片温热，抬起一双乌黑的眼眸去看他，手上还一动不动地端着餐盘。

徐靖南表面若无其事，眼神甚至略带傲慢的——好像意思是"亲你是看得起你"——咳了一声，"我去洗澡了。"

说完，脚步略凌乱、身形略匆忙地起身上楼去了。

莫颜端着餐盘在客厅里站了许久，一时想起何茜说卡里有两千万，一时又想起徐靖南刚才濡湿的浅吻。而那个她以为的亲完自己便从容镇定去洗澡的人，此时内心吐槽的声音早就盖过了淋雨声：不就吃个三明治吗，怎么每回吃了都手欠嘴贱啊？！为什么要那么忍不住地去亲人家啊！

第二天徐靖南照例没时间吃早餐，抽张纸巾，匆匆抓了两个莫颜晨跑时在超市买的速冻包子，想走人，脚下却是一顿。这一迟疑已经有些不自然，徐靖南干脆两眼一闭，当作是给两个包子的谢礼，伸长手臂抱了莫颜一把，然后立马转身大步走人。

莫颜听见门咣当一声关上时，忍不住微翘着嘴角看了玄关处一眼。

她今天没去公司上班。昨天陈娜答应帮她的时候仍不忘公司利益，把早会讨论的案子交给了她做。她接了稿，也就不用再往公司里跑。何况她还有事要做。

何茜一宿没睡，也没想出办法把五百万补上。

原本回家第一天她就该把卡交还给毕凤华，拖到了现在，急得何茜一早就把谢如歆拉了出来，上门去找莫颜。莫颜吃完早饭也正要到徐宅去找她，三人正好在莫颜家门口碰上。

莫颜面上神情微诧，看了两人一眼："大嫂，二嫂，你们怎么来了？"

何茜是真没办法了，也顾不得之前跟莫颜有多不对眼了，期冀哀求地问："莫颜，你有没有办法帮帮我？"

莫颜把两人领进客厅，沉吟了片刻才说："妈平时经常用这张卡吗？"

何茜怔了下，摇头说："应该不用，我没看她用过这张，家里买东西、用人每个月的工资还有我们的家用她都是用的另一张卡。"毕凤华记账时不避讳她，何茜也有心将来做女主人，所以也会跟着学学。想到这里她又肯定地加了一条："不用，除非有重要花销，不然妈不会用到这张卡。"

莫颜点点头，又问："你凑齐五百万大概要多长时间？"

何茜顿时又苦了脸。徐靖东那里不能让他知道，然而这么多钱借的话也很难凑到。她那些朋友姐妹虽然个个都身在富贵中，可不是真正的管钱当家，手里也很难有这么多现钱。她们那些私房钱更不会拿出来了。

何茜当然也有一些私房钱，但是她的钱全都做了投资，有的被套住了，有的投资了房产。其实说到底，是她不愿意拿出来。

想了半天，何茜只好说："大概年底……"

莫颜淡声说："年底家里花销大，你凑不齐，到时候妈指不定会用到……"

何茜立马说："元旦前，我争取元旦前凑够。"

莫颜半晌才再开口，说："那就先把这个月的账单瞒下来，不要让妈看到。"

何茜惊讶地看她："怎么瞒？"

莫颜说："具体的我下午再跟你细说。卡在不在你身上？我有个朋友在银行，你把卡给我去查一下明细，到时候好跟妈交代。"

何茜正处在六神无主的状态，也无暇去想其他，慌乱中边给她卡边问："什么时候拿回来？我得尽快把卡给妈。”

莫颜不动声色地说：“下午给你。”

卡里还有一千多万。

莫颜的社交圈子小且简单，怎么可能会有朋友在银行工作？只不过是把卡从何茜手里拿过来的借口罢了。

她其实也想不出多高明的办法，跟何茜说话的时候也不过是虚张声势唬她而已。一旦何茜真的冷静下来仔细思考，就会发现她所谓的到银行去查账单明细，到处都是破绽。

只是实在没办法，卖房子的钱短期内不能到账，只能趁何茜闯了祸，暂时先挪用徐家的钱帮徐靖南过了这个坎。

然而钱取出来了，总不能直接甩给徐靖南：“姐有钱，求我就给你，求我啊？”想也不用想，像徐靖南那种嘴硬又幼稚要强的脾性，绝对不会用她的钱。

莫颜手里拿着卡站在银行门前，垂眸想了半晌，终于拨了个电话出去：“你还在C市？我在你投资公司等你。”

听完莫颜的来意，韩煜起身到饮水机前倒了两杯水，递给她一杯，自己倚在办公桌前喝了一口，才侧头说话：“你哪儿来的一千万？”

“钱怎么来的好像不重要。”

韩煜顿时笑起来，和声说：“你明明是找我来帮忙的，怎么一点都不友好？”

“傻笑着求你才叫友好？”莫颜神情淡淡地看他。

韩煜唰地敛了笑，咳了一声说：“你明白你的意思，用你的钱以我们公司的名义投资给徐靖南，不是什么难事。合同手续办理也可以慢慢办，钱先给他，反正钱是你的，就是借BRI打个幌子……”韩煜沉吟着说，“但是，阿姨那里……”

莫颜起身，拎包就要走人：“谢谢你的水。”

“你没有别的办法了，莫颜。”韩煜看着她的背影，声音笃定，“要是能找到别的机构帮忙，你肯定不会来找我，因为你知道我会跟你谈条件……即使别的机构愿意帮你打这个幌子，你也未必信得过他们。”

莫颜冷眼看他，韩煜温存地笑：“看来你还是挺信任我的。”

“我说的条件没你想的那么复杂。好歹我们大学的时候关系那么好，我会不知道你的脾气？吃软不吃硬……这个事情我帮你，”韩煜面色诚恳地看她，“前提是你答应过年的时候到H市去看看伯母。”

莫颜沉默半晌后说："不要让他知道这家公司还有你的股份。"

"他认识我？"韩煜挑了下眉，"Daniel会出面跟他谈这件事。"

莫颜点点头，把转好账的卡递给他，"尽快把钱给他。"

韩煜接了卡，看了她一眼，沉吟说："你什么都不跟我说，我也不知道你们两个相处得怎么样，如果婚后生活不错的话也不至于用这种方式。"

接着又说："总之你知道自己在做什么就行。有任何事情要帮忙都可以找我，莫颜。"

莫颜低垂的眼睫颤了颤，再抬眼又是一副面无表情："找你帮忙，然后让你威胁我？"

韩煜又笑起来，"早晚有一天你会感谢我。暂时做做坏人也没什么不好，你说呢？"

莫颜瞪他一眼，转身走了。

郑钟铭最近很忙，冬季护肤品即将上市，各方面的宣传准备都在进行中，连思考个人问题的时间都没有，甚至连孙维之和徐靖南两个发小都没联系。

前两天莫颜突然问他徐靖南的情况……明显是又出问题了。

正想着，电梯停在某楼层，门开，正是莫颜。

两个人俱是一怔，郑钟铭诧异："莫颜，你怎么在这里？"

莫颜进电梯，笑了笑说："有点事。现在才几点，你下班了？"

"哦，没有。"郑钟铭说话间趁电梯没关瞥了这层楼一眼，随口说，"我到棚里去看看他们宣传片拍得怎么样了。"

"我设计的那个MY系列？"莫颜侧头问。

郑钟铭盯着电梯门缝的眼神深邃，顿了顿，神情莫测地点头："嗯。"又转移话题，"看你今天心情不错？"

莫颜嘴角也含了些笑意，不否认地反问："这么明显？"

郑钟铭淡淡笑起来，调侃说："好歹我们高中较劲了三年，这点了解还是有的吧？知己知彼才能百战不殆吧？"

郑钟铭跟孙维之和徐靖南两人不同的地方不仅是性格更沉稳，还有就是他一向是个学霸，好胜心比二人高太多，所以在高中三年所有大大小小的考试中，不是考全校第一就是第二。

他考第二的时候，一定是因为莫颜考了第一。

莫颜也想起来以前的时候，脸上笑意更浓，说："我没想跟你较劲。"

“好吧，”电梯到了一楼，郑钟铭绅士地让她先出去，跟在身边说，“那就是我自作多情了。”

莫颜含笑不语。郑钟铭看了一眼大厅里的楼层索引牌，话锋一转，似是随意地问：“你跟韩煜关系不错？”

莫颜脚步一顿，扭头看他，“你认识他？”

“见过几面，不是很熟，不是一个行业交流比较少。”郑钟铭说得自然，“况且他不是本市人，听说他手上有BRI的股份。”

莫颜神情也很自然恬淡，“我们是大学校友。”

“他好像确实是C大毕业的。”郑钟铭想象力再丰富也只能想到这一步，又状似打趣问，“你们大学关系不错？”

两人说着话已经走到了大厅门口。莫颜只点头示意说：“我先回去了，再见。”

“……再见。”郑钟铭只好看着她走得越来越远。

徐靖南破天荒地准时下班回家了。

莫颜一回徐宅，何茜就立刻凑了上来：“卡呢？妈刚才还问起来了，我说马上给她。”

莫颜把卡给她，叮嘱说：“月底账单过来之前，妈应该不会问你消费情况，只要她不用就没事。还给她吧。”

“那账单过来怎么办？”何茜着急地问。

“不用管了，你尽快把钱还上就行。”莫颜安抚她。

何茜心里有些没底，觉得莫颜不可靠，可也没有别的办法了，只能信她一次，匆匆说了句“谢谢”，转身走了。

可见其实也不会多感激她。

徐靖南回来的时候，何茜刚把毕凤华叫到餐厅里去把卡给她。客厅里灯火通明的，只有莫颜一个人坐在沙发上喝茶。他神清气爽地走过去，一屁股挨着她坐下，一条胳膊大剌剌地搭在她身后的沙发靠背上，跷着二郎腿，一脸嘚瑟地拍了下膝盖，指着茶几示意：“给爷上茶！”

莫颜斜眼瞥他：“你吃药的时间到了。”

徐靖南心情好不跟她计较，自己倾身伸长胳膊倒了杯水，仰头喝了两口，得意地说：“爷今天已经吃了强力特效药了！”

“春药？”莫颜半眯着眼讥讽。

“我要是吃了春药……”徐靖南吊儿郎当地伸手捏住莫颜下巴，满眼戏谑地近距离看她，“你以为你还能安全地待在这儿？”

两个人面对面的距离不过一掌远，徐靖南一手搭在她身后，几乎是把她半抱住了。莫颜也不惧他，撇撇嘴说：“不就是把问题解决了？”

“你知道？”徐靖南诧异地看她。

莫颜小声嘲笑他：“前几天不人不鬼都快急疯了，今天回来这么早，还上蹿下跳地穷嘚瑟，不是问题解决了，还是说你抢了银行？”

两人凑在一起呼吸相闻。客厅里只有他们两个，徐靖南垂眼听着她说话，慢慢地目光就转到了她红润的嘴唇上，脑子里想到H市的酒店里，她唇瓣柔软，吐气如兰。

“我今天拿到了投资……”徐靖南盯着她微启的嘴唇，声音越来越低，连自己在说什么也不知道了……

“咳——”

徐靖西猛咳一声。沙发上的两个人顿时惊醒，慌乱中各自扭头。徐靖南收了手臂顺势去拿桌上的茶杯，斜眼看这个妹妹：“你来干什么？”

徐靖西一进门就看见客厅里的两个人明目张胆地搂在一块儿腻歪，捉弄心一起，就当了坏人，笑眯眯地说：“三哥，你跟我三嫂感情再好也要注意场合嘛！回家关门干什么不行呀！”

徐靖南心都在滴血了……你个小姑娘懂什么！你以为回家关门我想干什么就能干什么了？妈的，老子结婚一年了，这才第二次好吗！还未遂！全都是你搅和的！

徐盛在餐桌上看见徐靖南还有点意外，多看了他两眼，沉声说：“公司不忙了？”

徐靖南心情大好，点头应声：“还好。最近在整理公司这些年的相关文件。爸，下个星期我会约审计部的人过去。”

“唔，”徐盛应一声，“你知道该怎么做就行。”

莫颜抬头看了一眼，毕凤华和徐老太太神色难辨，但看着都不像是多高兴的样子。

徐靖南终于找到了投资方，一整晚都得意忘形、嘚嘚瑟瑟的。莫颜受不了地瞪了他好几眼，全都被他鼻孔朝天地忽视了。

在徐宅不好多说，回到家里莫颜才不动声色地问他：“什么投资方肯给你出钱了？不是一直都找不到吗？”

徐靖南大剌剌地坐在沙发上看电视，一副“求我啊，求我就告诉你”的贱样，莫颜过去踢了他一脚，徐靖南皱眉瞅她，“你怎么老这么粗鲁？”

莫颜面无表情地垂眼看他。徐靖南其实早就想显摆一下，但是又拉不下面子来，好不容易等她问了，刚想摆摆谱，她就要翻脸的节奏，便只好不跟她一般计较，勉强收敛一点点，拍拍身边的沙发：“来，让哥哥跟你说……啊！你还敢踹我？！”

莫颜斜他一眼，但到底还是坐下来了。

徐靖南本着好男不跟女斗的中华民族优良传统，摸了摸小腿，没好气地哼了一声说：“你这是什么态度！”

“其实你是不想跟我说是不是？”莫颜看他一眼，说着就要起身。

“哎！你还听不听了？”徐靖南一看炫耀对象要走，立马败下阵来，一把拉住她把人扯回沙发上，“我什么时候说不告诉你了？”

徐靖南扔了遥控器，闲散地往沙发上一靠，不无得意地说：“今天突然有一家投资公司找我，说是听说我手上有项目正在找投资方。然后谈了谈，基本没问题就是要合作了！而且对方同意先把资金给我。”

“哪家公司？”莫颜随意地问。

“BRI投资公司。你可能不知道……”徐靖南一脸解决问题后的闲适，“他们公司以前是家咨询公司，最近在做投资业务转型，有我这边这个机会，正好合作。”

莫颜听得嘴角微翘，心里转了个弯突然就想逗他一下，压下笑冷脸嘲讽地说：“可以投资的项目那么多，你这个项目还要先把钱给你，人家为什么偏要选你？”

其实徐靖南下午接到对方的电话时也有些诧异，但BRI在业内的名声赫赫不可能有假，怎么都不像是骗局，哪有骗子愿意先给钱后办手续的？不过听她这样一说，确实是有些奇怪，等着拿投资的好项目有很多，怎么会偏偏钟情于他呢？

徐靖南蹙着眉摸了摸下巴，沉思片刻说：“难道是因为我比较帅？个人魅力很大？”

莫颜彻底不想跟他这种人说话了，起身要走人，却被他一把拉住。

徐靖南攥着她的手腕，眼神飘了几下才说话，语速很快：“过几天跟他们有个聚会，你跟我一块儿去吧。”

莫颜有些愣怔，垂眼看着他一时没有说话。徐靖南对上她定定的眼神，以为她目光别有深意，连忙甩开她手，胡乱去按遥控器，嘴上解释说：“就是一些熟悉的朋友，主要是维之前几天找了女朋友，让我们去看看……他们都带家属，我……去不去随你！”

“什么时候？”莫颜低声问。

这回轮到徐靖南愣了，他以为她一向不喜欢这种东西，况且还是以他的家属身份出现，不对，她本来就是他家属好吗……回过神来赶紧说：“还没定下来，过几天吧，可能要等我们的事情弄完。”

莫颜点点头，说：“没事我回房间了。”

徐靖南“嗯”了一声，立刻扭回头装作不在意地去看电视，心里却在想——回房间算怎么回事，到底是去还是不去?

投资方有了，徐靖南彻底松了口气。第二天继续回公司去处理和银行的贷款合同。要想尽快把手续理清还是要费不少事，他和孙维之一起找了很多关系，借着国庆节放假可以在审计部那里再拖几天，争取把事情赶在十天内办完。

办手续不需要他出面，这些天徐靖南忙完手上的工作，早早就回家去了。有时候一待就是半天。

九月底毕凤华想起核查家里开支账本的时候，徐靖南正好也在家里。

负责管账的女管家把账本递给毕凤华。旁边哄孩子的何茜顿时紧张起来，眼神闪烁，频频看向莫颜。

莫颜面上却没多少表情。徐靖南今天闲得慌，整个下午都待在家里，胳膊大剌剌地搭在她身后的沙发上。莫颜当着家里人也不好拍开他，便时不时地瞪他一眼。徐靖南却兀自不觉，翘着腿悠闲自在地喝茶。

女管家束手站在一边说：“这个月卡上的开支都记了账，不过您前几天提过的那张卡的账单我还没有收到。”

她提得隐晦，显然是毕凤华私下里跟她打了声招呼，不想让家里其他人知道。

毕凤华翻账本的手一顿，脸色严肃地问：“怎么回事？我记得账单都是28号寄过来，这都30号了，怎么会没收到？”说着似是不经意地看了何茜一眼。

何茜抱着孩子的手都有些抖。莫颜看她一眼，神色略显疑惑地出声问：“什么卡？28号那天我在信箱里拿杂志的时候看见了一封账单，以前没见过，就拆开看了一下……”

毕凤华顿时转脸看她。徐靖南也意外地瞅了她一眼，按她的性子，一般这种闲事她是能装看不见就装看不见的……

莫颜在众人的注视下，动作明显地往徐靖南那边缩了缩，声音慢慢低下去，带着些愧意：“是比较重要的账单吗？我当时不清楚，看完就扔了……”

徐靖南被她靠过来的这一下给恍了神，见她难得的做错事可怜巴巴的样子，一时维护心起，对着毕凤华说："一张账单能有多重要，家里的花销也没多少吧？扔了就扔了……"

其实用卡安抚何茜这事，相对于二儿子来说，毕凤华做得多少有些欠妥当，要是让徐靖南和莫颜知道了，说不定还要在心里责怪她偏心徐靖东。目前又是分家的时候，万一他们有什么不满，将来造成兄弟不和的矛盾，就是她的不是了。

毕凤华秉着多一事不如少一事的原则，心里再不悦，也只好开口沉声说："以后看清楚是什么东西再扔……"见莫颜点头，便把账本递给管家，示意她，"先放着吧，回头去查一下明细再补上。"

何茜立马又紧张起来，连忙去看莫颜。

莫颜心里也跳了一下，随即摆好愧疚又庆幸的神情，温柔体贴地叫住欲走的管家说："刘妈，我还记得当时账单上的内容，不到一百万的支出，不如我帮你记下来吧。"

刘妈听得愣了片刻，转脸去询问毕凤华的意思。

毕凤华看了莫颜一眼，虽然有些疑虑，但心里过了几个来回也没想到可能会出什么问题。同时又担心自己过几天把这件事忘了，反正何茜她们出去玩一次，一百万的花费也在她的估量范围内，便点点头，让莫颜跟着管家去记账了。

徐靖南百无聊赖地跟毕凤华聊天，片刻就转移了她的注意力。何茜出了一手心的汗，抱着孩子暗自轻轻舒了口气。

吃完晚饭回家的路上，徐靖南跟莫颜两人散步回去。

想起下午她奇怪的行为，徐靖南纳闷地问她："你什么时候还有了随手拆人家账单的习惯？"

莫颜听出不是好话，瞪了他一眼："在你不知道的时候。"

废话！徐靖南坚持刨根问底："不是。我没见你以前干过这事啊？还能把账单上的消费明细记住。"

莫颜挑眉看他："你怎么不问我看的那张账单的消费内容是什么？妈为什么会突然动了另外一张卡？"

徐靖南一怔，神色认真地看她："为什么？"

莫颜问话原本是想转移他的注意力，后来发现这样反而像是要挑起他跟徐靖东的矛盾一样，便立刻又换了其他话题："你前几天说的聚会在什么时候？"

果然，徐靖南从这句话里确定她是愿意去参加的以后，立马忘了前一刻在说什么，“等国庆节假期结束后吧。过两天我可能要到H市去看看项目进行得怎么样了，等回来事情差不多都办好了，再让维之安排。”

说着又得意忘形地斜斜看了莫颜一眼：“怎么？这么想跟我去啊？”

莫颜冷笑一声：“是啊，想看看你那些朋友怎么样，不错的话我们就尽快离婚。”

“……”徐靖南被气得磨了半天牙，最后也冷哼一声，“你看得上人家，人家未必看得上你。”

莫颜轻描淡写地点点头：“所以跟我结婚的是你，不是那些‘人家’。”

“……”徐靖南喘着粗气，把莫颜甩开百米远，独自迈着大步回家了。

第十章

转眼就是国庆假期，莫颜一周前从陈娜那里接的案子还没做，正好趁着假期没事着手设计。徐靖南更是闲得浑身痒痒，一天不捣乱就难受，气得莫颜差点拿着笔记本拍他脑袋上。

好在徐靖南在家待了没两天就去H市出差了。最近放假家里不把注意力放他身上，他正好联系了那边的开发商去看项目进展。

徐靖南这几天在家待得有些忘形，临走时还拖着行李箱冲站在客厅里的莫颜抛飞吻，并着食中两指在嘴边亲了一下，潇洒地扬手抛给面无表情看着他的人："不用太想我！"

莫颜："……"

没了徐靖南整天跟她住在一个屋檐下，莫颜才放心地给陈娜打电话。

陈娜跑到国外度假去了，一听声音就知道心情不错："噢，你卖房子的事我跟那个朋友联系了，前两天还想着告诉你呢！听他说，大学城附近的那套已经卖出去了，三百万多一点，毕竟旧了些你又卖得急。"

"嗯，"莫颜应一声，跟她想得差不多，"另一套呢？"

"另一套好像还没卖出去。"陈娜知道她急着用钱，便安慰说，"现在谁买房子不掂量一下。再说这才一个多星期，旧的那套都卖了，还愁新的卖不出去吗？"

"我知道。不急，能卖出去就行。"何茜可能要两个多月才能把钱凑齐，莫颜解决了徐靖南最棘手的部分，还毕凤华卡上的钱也就不是很急了。

"肯定很容易卖出去，放心吧！"那边像是有人喊了她一声，陈娜说，"我还有点事回头打给你。我那个朋友说卖房子的钱大概要国庆节后才到账，我把你手机号给他，到时候你们直接联系吧，比较方便！”

莫颜便说：“好的，你有事先忙。”

国庆节最后一天徐靖南才回来。从机场到家已经是晚上十一点多，进门看见沙发上的人时惊了一下：“这么晚你还没睡？”

莫颜的神色立马就冷了下来，扔了杂志起身：“这就睡了。”

徐靖南霎时就感觉到了她那一身冷气。先是觉得莫名其妙，等她错肩绕过他走到楼梯前时，他隐隐间又有种醍醐灌顶的觉悟，噌噌几步迈过去挡在她身前：“你在等我？”

莫颜垂着眼皮不看他，神情冷淡：“没有。”

徐靖南挑着眉看她，脸上渐渐露出一种喜形于色的得意来：“没有？那你怎么会还没去睡？”不怪他刚开始反应不过来，实在是他第一次见到她等他回家这种新鲜事……想想前两个星期他每天应酬到凌晨，喝酒喝到吐，她都能以泰山崩于前但与我无关的态度，关门在主卧的大床上舒服睡觉，怎么可能会半夜不睡觉等他回来？

如果不是太阳从西边出来了，那就是——

“我四五天不在家，你很孤独寂寞吧？”徐靖南仗着莫颜不吱声，便开始大肆地往自己脸上贴金，“所以你是想我了？”

“嗯，”莫颜终于忍不下去，抬眼嘲讽地一笑，“想你是不是把脸皮都丢在外面，没皮没脸地就回来了。”说着她就要绕开他上楼。

“哎哎……”徐靖南一把拦住她，见她挣扎就立马把人搂住了不让她往楼上去，“你不想我拉倒，算我想你了行吗？”

徐靖南对她这样的脾气是再清楚不过，只能逗两句点到即止，尤其容不下别人揭穿她。不管好事坏事，一旦不依不饶地挠她，肯定立马翻脸。简而言之就是，她能为你好，但是你别因为她对你好就随便嘚瑟。

早在高中的时候徐靖南就透过现象，看出了她这个人的本质，刀子嘴豆腐心，吃软不吃硬。有时候你以为她在害羞其实她早翻脸了，有时候你以为她在翻脸，其实她是在害羞。

“就当是我想你了总行了吧？”徐靖南拥着她，也顾不得在心里抗议自己这么没立场，没面子，一路连揽带抱把她拖到了厨房，终于说出了心声，“我饿了……”

莫颜被他半揽着，抬眼冷冷看他。徐靖南就赶紧示弱：“真饿了！下午忙着规划最后一部分进度，上了飞机也没怎么吃东西。你给我做个三明治？”

莫颜瞪他一眼，从他手臂里挣出来，到冰箱前去找食材了。

外面夜深人静，小小厨房里却是灯火通明。徐靖南倚在厨房门边看了一会儿，嘴里哼着歌洗澡去了。

假期结束后徐靖南又在公司里忙了两天，银行贷款的问题解决了。相关资料处理好，自己主动就叫了审计部的过去做审计了。

孙维之知道他大功告成，直接把聚会办在当天晚上。

徐靖南携妻如约而至。

其实也算不上聚会，就是关系比较好的几个哥们在一起吃顿饭聊聊天。再说今天带出来的都是老婆、未婚妻或者家里介绍的女朋友，也着实不好有什么娱乐活动……

徐靖南以前从来没带莫颜参加过这种聚会，结婚一年多，以前都是推托莫颜有事不方便来。谁让两人过去大多时候不是拌嘴就是吵架？偏偏徐靖南还说不过她，万一带出来两个人又谁都不给谁面子，莫颜再堵得他说不出话来，还不得被他哥们笑话死？

至于这回为什么又想通了……自从搬出徐宅后，他俩这几个月里简直是难得的和谐好吗？好不容易两个人开始往某条既定的轨道上发展了，他怎么就不能把人带出来了？想到这里，徐靖南又装作不经意地瞥了身边一身裙装的人一眼。不管身材、气质还是长相，都很拿得出手，他徐靖南的老婆足够秒杀其他女性好吗！再说，连孙维之都有未婚妻了，别人都成双成对地秀恩爱，他怎么可以一个人出席！

其实徐靖南有的地方多虑了，莫颜再跟他不和，公共场合也会给足他面子。比如眼下，他就成功揽着莫颜的腰，亮相在了众人面前。

孙维之惊得差点从沙发上蹿起来，随即反应过来，连忙起身招呼：“难得啊！嫂子也来了！快请上座！”

徐靖南咳了一声，声音里不自觉地带了点小骄傲：“我们家这位，结婚的时候你们都见过了。”

莫颜浅笑着点了点头，坐到了孙维之的准未婚妻身边，跟其他几个女伴一起闲聊。

孙维之把徐靖南拉到男人堆那边，悄悄凑在他耳边问：“我好不容易找个女朋友，请你们吃个饭，你俩一会儿不会在饭桌上掐起来吧？手下留点情行不？”徐靖南每次不爽必找他倒苦水，孙维之已然从这俩人中见识到了夫妻吵架大全。

“没问题！”徐靖南笑眯眯地应着，脚下往前一伸，把正拉着他往座位上去的人绊得一个踉跄。

孙维之眼见这个不好惹，收拾心情去嘲笑在座的唯一单身：“钟铭，就差你一个了啊。怎么，你还想过今年的光棍节啊？”

郑钟铭从见到被揽着进门的莫颜就有些愣怔，没想到她居然会跟着徐靖南来，这说明什么？正望着她的背影有些走神，冷不丁地听到自己的名字，便随意笑了笑，说：“不然你陪我过？有你陪的话，咱俩就不算是过光棍节了吧？”

一干男人都暧昧又起哄地笑起来。

孙维之大声嚷道：……为什么你们今晚都挤对我！是忌妒我有未婚妻了是吧！”

一群人也是好久没有好好聚过了，关系又尤其好，凑在一起有说不完的话。原本开始吃饭前，不管是被老婆下令还是顾忌着要开车，都说不喝酒，然而就是一眨眼的工夫，红的、白的、啤的全都端了上来。

他们喝得尽兴，几个女眷也不好说什么，便坐在一边聊天唱歌，由着那边几人拼酒胡侃。孙维之的未婚妻长得很可爱，性格也好，十分随和。莫颜话不多，但跟她们聊得也挺开心。

中间起身去洗手间，正要回包间的时候，恰好遇到来上厕所的郑钟铭。

郑钟铭大概是今晚唯一保持理智的人了。

早在刚才吃饭时莫颜就看见，徐靖南一瓶啤酒都见底了，郑钟铭的半杯红酒还没啜完，还不如她和其他几个女眷喝得多。

“怎么没跟他们喝酒？”莫颜温声打招呼。

郑钟铭笑笑：“这几天谈生意喝得有点多，今天实在喝不下去了。”

莫颜点头：“你一直都很有分寸。”

“是比靖南有分寸吗？”郑钟铭调侃。

莫颜含笑不语，示意他说：“那我先回去了。”

“莫颜！”郑钟铭出声叫住她，眼里带着些探究的意味，“我听说给靖南他们投资的是BRI。”

莫颜神情一怔，随即恢复正常说：“嗯，我知道。”

郑钟铭颇有暗示地说：“靖南好像不知道韩煜是BRI的股东。”

莫颜侧脸看他：“你想说什么？”

“BRI给他们投资，”郑钟铭索性开门见山，“……是因为你找了韩煜？”

莫颜静默片刻，笑了一下说：“找校友帮个忙有什么不对吗？”

郑钟铭意味深长地说："一般的校友关系能帮这么大的忙？我听说是先把资金给了靖南，然后才签的合同……还是说，你给他开了什么条件？"

莫颜霎时就不说话了，面色沉静，倒也看不出什么别样的情绪。郑钟铭却意识到她可能不高兴了，连忙说："我就随便问问，比较好奇而已……也是想提醒你，不管付出什么条件，你要考虑好是不是值得。"

莫颜脸上划过一丝诧异，微微挑眉看了他一眼，随即点头示意，浅浅地笑了一下转身走了。

在座的一群人今天跟打了鸡血一样兴致高昂，除了郑钟铭喝得都有些多，尤其是孙维之和徐靖南。他们两个这段时间忙死忙活地找投资，虽说两人都出身豪门，几千万的项目即使砸了也不会有多心疼，但毕竟是第一次正正经经不靠家中势力做起来的事业。一番苦心最后终于没有白费，多少心里都有点小骄傲。

散场时孙维之已经分不清东西南北了，只好给家里司机打了电话过来接，才踉踉跄跄地走了。

徐靖南也没好到哪里去。外人看他搂着老婆，脚步还算沉稳，只有莫颜知道他有一半的力气都压在她身上了……但幸好理智尚存几分，不像孙维之嚷嚷着要自己开车，知道要打车回去。

郑钟铭给其他几人招了出租车，回头看见他俩，出声说："我送你们回去吧。"

莫颜被徐靖南压得直想把他甩掉，也就不再推辞。

到家时，徐靖南酒劲上头，整个人昏昏沉沉地歪在车上。莫颜喊他下车，他哼一声往前倾倾身子就算动了。郑钟铭见状下车绕到后座说："我帮你扶他进去。"

卧室在楼上，亏得郑钟铭搭手，不然莫颜大概会把他扔客厅里任其自生自灭了。

到了二楼，郑钟铭问："哪个房间？"

怎么能让他知道他们一直分房睡？莫颜心里过了一遭，指指主卧："那边。"

徐靖南被扔到床上的时候自己也舒了口气。这会儿好像又清醒了些，颐指气使地示意莫颜："给钟铭沏茶！"

莫颜给足他面子，转脸对郑钟铭说："辛苦你了，歇会儿再走吧？"

"不了！"这一点也不是个好时机。郑钟铭待在他们两个的家里，心里堵得慌，尤其是闻到房间中淡淡的馨香，"改天吧，不早了，你们也早点休息。"

莫颜便一路送他到外面，诚恳地道谢："今天谢谢你了，改天请你吃饭。"

郑钟铭只得笑着应下："好，一定要记得请我。"

莫颜上楼时就一肚子气，进卧室看见某人睡得跟死猪一样更是气不打一处来，走过去给了他肩膀一巴掌：“回你自己的房间去睡！”

徐靖南被拍得生疼，揉着肩膀迷迷糊糊地把脑袋往枕头里扎，香气扑鼻……又哼了一声：“去倒水……”

莫颜不吱声地瞪他。床上的人见她还戳着就又扬声指挥了一道，她瞪得眼睛疼也没用。莫颜无奈地去给他调蜂蜜水喝，顺便还拧了条热毛巾上来。

徐靖南一口气喝到了底，喝完人躺下，手里的杯子就要随手往地板上扔。莫颜眼疾手快地接住。看他醉醺醺的德行，气得把手里的毛巾一把扔在了他脸上。

糊着一脸毛巾，徐靖南闷闷地“唔”了一声。

莫颜居高临下地瞥他，忍不住说：“有喝成你这个样子的吗？醉得分不清东南西北，你看其他人谁跟你一样了？水也喝完了，回你房间睡觉去！”

徐靖南喝完水，脸上又盖着湿热的毛巾，其实已经有些清醒了，至少能分辨出莫颜是不高兴了在训斥他。但是酒壮怂人胆，他早就摸透了她的脾气。假如他这会儿清醒地起身回房间，莫颜肯定立马冷着脸轰他。他要是一直醉着，她也没辙，反正他说什么、干什么都是耍酒疯。

以上这些，不是他一边醉酒一边思维清晰地想了一遍，完全是潜意识中脑子里就有这个认识。

徐靖南闷闷地嘟囔：“烦不烦啊你？不都喝多了吗？孙维之比我喝得多多了！”

“孙维之是主你是客，能这么比吗？”莫颜冷着脸说，“怎么郑钟铭没喝醉偏偏你醉了呢？就你会喝酒？”

徐靖南不吱声了。

他不说话，脸上又盖着毛巾，时间长了莫颜也怕闷着他，骂他两句解完气，便过去拿起毛巾给他擦脸，边擦边点明他那点小心思：“你少装听不见！吃饭的时候你不是还指挥我给你倒酒，很有气势吗？赶紧回你屋里，听见没有？”

她嘴上冷言冷语，手上动作却体贴温暖。徐靖南心神荡漾地抬手握住她的手，半眯着眸子冲她笑。

莫颜面无表情地冷眼看他。

徐靖南熟视无睹，握着她的手放在嘴边贴了贴，笑嘻嘻地问：“你说孙维之的老婆漂亮，还是你漂亮？”

莫颜攥着热毛巾，只觉得一道暖意经由手臂传进心里。虽然知道他是耍酒疯，脸上却也绷不住了，似笑非笑地问：“你说呢？”

徐靖南一脸傲娇神情：“我不告诉你！”

真是一点办法也没有。莫颜又气又笑地瞪了他一眼，就着他的手往他脸上又擦了两把，起身要去洗毛巾。

不想手刚要抽回来，徐靖南便觉察到了，往回用力一拽，一把将她拽倒在床上，一个翻身便压了上去。

莫颜率先闻到了一股扑鼻的酒气。

“你跑什么？！”徐靖南睁着黑黢黢的眸子，面上仍是笑嘻嘻的，伸手捏了捏身下人的脸，“来，给爷笑一个！”

他说得放浪不羁，莫颜霎时间便想到了那个怀过他孩子、又被她逼着打掉了的女人，心里难得涌起的柔情顿时消去了大半，抬手推他肩膀，“起来！”

徐靖南来劲了：“偏不！你想干什么？”

他即使喝醉了劲道也大，莫颜推不开他，只得说：“你一身酒气熏得我头疼，起来！”

“你还敢嫌弃爷？！”徐靖南垂眼瞪她，眼神滑过她的眼鼻，定格在她唇上，愣怔了片刻，不等她反应过来，已经低头吻了上去，含含糊糊地说：“来，你也尝尝……”

徐靖南虽然醉酒，却清楚地知道自己亲上的是心心念念已久、上次想吃又没吃上的柔软。含住两片香软唇瓣吮吸时，心里激荡异常，用舌尖挑开她的齿列，毫不客气地便钻进去掠夺更多，勾绕着将她的拖进自己嘴里，津津咂弄得一室靡靡之音。

莫颜在他吻上来时脑中一片空白，舌尖被他吮吸的酥麻丝丝传遍全身，幸而心中还有一丝清明，伸手捶着他的肩膀想挣开他。

“没完了你？”徐靖南被打断好事，气得暴怒瞪人。

唇分时两人之间拉开一道银丝，又断落到莫颜唇上，映得水光一片，红润诱人。她被吻得气息不定，脸颊也染上一片绯红。莫颜目光清明，盯了他同样湿润的嘴唇片刻又去看他英俊的眉宇，与他对视间低声问：“徐靖南，你知道我是谁吗？”

徐靖南乐了，“校花，你神经病啊？”说着便又俯身亲了下去。

唇间辗转缠绵，莫颜喘息艰难间轻轻嘤了一声，推在他肩上的手，慢慢地便揽住了他的脖颈。

身下人吐气如兰，徐靖南满鼻的诱人香气，循着她精巧的下颌一路吮吻，亲过她柔软纤细的脖颈，触到她滑腻的锁骨时，忍不住咬了一口。莫颜脖间一疼，忍不住哼着声气得在他背上掐了一下。偏这一下引得徐靖南彻底发起疯来，细细地舔弄亲吻她胸前每一处，手上仍不忘了去脱她衣服。她穿着修身的裙子，徐靖南捣鼓半天，推不上去也拽不下来，干脆一把撕扯开了！

莫颜喘着气回神，瞪着他手里的破布斥他："徐靖南！"

徐靖南却满足地冲着她笑，眸子晶亮，扬手扔了衣服，一边脱自己的一边低头去撩拨她。顿时，莫颜连一丝生气的力气都没了。他嘴上重重地吮吻她，手指或轻或重的抚过她全身。莫颜细细地哼出声，身下忍不住弓了弓。

徐靖南趁她贴近，手臂一横揽住了她的纤腰，觉察到她想躲开时，用力箍住她的腰臀，抬头看她。

她相貌其实有些艳，只是那几分艳色都被平时的清冷遮掩掉了。直至此刻，他一步步地调动她的情欲，才慢慢显现出来。嫣红的脸颊衬得眉眼更加乌黑动人，尤其是那双平日里冷若冰雪的眸子，此刻蒙了一层水雾，眼神在氤氲缭绕间只剩了媚色，单是用手指轻缓挑弄，就能看见她水波潋滟的颤颤睫毛，眸子也半眯起来。

似是不能承受，又似迫不及待。

徐靖南目光缓缓滑过她整张脸庞，停在她半开合的、与某个他即将攻占的红粉地方相似的唇上，浅淡而满意地笑了一下。俯身吻下去的时候，一个挺身，彻底占了她。

莫颜被他那抹温存的笑晃了眼，只是错神的一刹那间，她忍不住蹙眉，搭在他硬实背上的手直接抠进他肉里去。徐靖南细细地缠绕着她舌尖吻她，搂着她揉着她，一下下地让她眼中更加湿润，受不住地从嘴里溢出声音来，直到彻底迷失在一片渺茫飘忽之中。

金秋十月，天高气爽，阳光明媚得不得了。

徐靖南是被太阳晒醒的。

眯眼看了窗外刺眼的光芒，徐靖南皱着眉闭上眼不爽地暗骂，心里又纳闷地琢磨，难道昨晚睡觉没拉窗帘？不对，他刚才看见的窗户怎么跟他卧室里的不一样？

正要睁眼确认一下，陡然觉察到自己怀里抱着个人。

这下徐靖南连眼都不敢睁了。

妈的，上次就是！明明他只是喝多了在酒店开了间房睡觉，结果醒来时却发现身边躺了个女人！而且没过俩月，那女的居然说怀了他孩子！

其实究竟办没办事，即使当时喝醉了，第二天也是有感觉的。比如当时，他是真觉得自己一点印象和感觉都没有。

这次……徐靖南心里咯噔一声，妈的，这次有……

想到这里徐靖南心里更加没底了，抱着怀里人的手都有些僵。他怎么不记得他昨天开房了？昨晚干什么了？不是和孙维之他们喝酒吗？他还带莫颜去了，有她在他也不可能乱来啊！他还记得他喝得有些多，郑钟铭扶他回家的，莫颜还骂他让他回自己房间了……

等等！所以他昨天晚上睡的莫颜的卧室！怪不得那几扇窗户看着眼熟……

想到这里徐靖南松了口气，还好不是乱来……不对！

徐靖南连呼吸都停了，既然他没乱来，那他怀里是……既然他有感觉，那他昨天……

徐靖南心里百味杂陈，酸甜苦辣交替，最后禁不住诱惑和折磨，缓缓睁开了眼睛——

正对上一双目光沉静、眸子乌黑的杏眼。

醒的？！徐靖南登时有种被抓现行的胆怯，整个人惊得想往后蹭，又生生忍住，勉强装作淡定地垂眼看怀里的人，搂在她滑腻后背上的手却僵得一动也不敢动。

开玩笑呢！当初结婚的时候两个人就彼此心照不宣地没有上过床。他不知道她怎么想的，反正他的想法是……她一天到晚冷着个脸，难道是欢迎他睡她的表情？显然不是！她不想让他睡，他、他还不稀罕睡呢！

结果他昨晚还是趁着酒醉把人给睡了……他隐约记得昨晚她好像也没怎么反抗吧？徐靖南垂眼去看莫颜的表情……唔，难道她昨天是反抗了，只不过他力气太大霸王硬上弓了？

徐靖南看着眼前的人心里有些忐忑……这是要事后算账准备发飙了吗？

他不说话。莫颜清晰地感觉到放在她腰上的手越来越僵硬，脸上神色便愈发平淡。看了他两眼，自己起身背对他拽了枕边的睡袍穿好。翻身下床时，腰腿酸疼得让她忍不住趔趄了一下。莫颜皱了下眉，徐靖南刚想伸手去扶她一把，见状立马把手缩了回去。

徐靖南觑了她脸色一眼，顺着下巴一路往下，锁骨那里红痕片片，旖旎得让人忍不住想扎进枕头里偷笑。

莫颜连卧室里的浴室都没去，直接缓步出了房间。

徐靖南裹着被子窝在香暖的被窝里，整个人已经清醒得不能再清醒。再回想昨天晚上的事情几乎能全部想起来。果然是酒壮怂人胆，这根本就不在他的计划范围内好吗！自己怎么完全不按套路出牌呢？按理说不该这么快……

不过昨天晚上她在他身下，一双含着水光的眸子媚得能掐出水来，勾得他心里猫挠一样荡漾，还有她那一片柔软水嫩温热……带来的酥麻快意满满当当地蹿遍了他的四肢百骸……

“你想在我卧室里躺一辈子？”莫颜换好衣服收拾完毕，站在门口面无表情地看着床上把脸埋进枕头里的人。

正意淫得欢快的人浑身一僵。徐靖南扭头看了她一眼，默默地起身从地上捞起昨天扔掉的裤子套好，侧身偷偷看了门口一眼——要不要这么自觉！我不就穿条裤子吗，你至于撇头不看吗！昨天晚上都……

想到这里徐靖南又有点萎。穿好裤子摸了摸乱成一团的鸡窝头，出门回自己卧室洗澡去了。

收拾得人模人样再次下楼的时候，莫颜已经在餐桌边吃早饭了，照例是牛奶、三明治。

她脸上表情很淡。他下楼时也没看他一眼，他坐过去开吃她也没什么反应。徐靖南有点不爽，昨晚之前不还挺好的，怎么今天就又一棒子打回原形了，不就是上了个……床吗！至于这么苦大仇深看我很不顺眼的样子吗，明明你也有……咳咳……高潮好吗！

徐靖南把刚抓进手的三明治一扔，“怎么每天都吃这个？”

莫颜吃完嘴里的一口，撩撩眼皮看了他一眼：“不喜欢吃可以不吃。”

“那你倒是给我做点别的？”徐靖南觉得有点希望了。

“能给你做就不错了。”莫颜喝完最后一口牛奶，起身一把端起剩了两个三明治的盘子和杯子，“不吃算了。”

“哎！”徐靖南登时就急了，倾身拽住盘子的半边，“你干什么？我还没吃呢！”

莫颜挑眉：“你不是嫌弃它不好吃吗？”

徐靖南瞪眼：“我什么时候说不吃了？你又不给我做别的，我不吃它还能吃什么？”说着又暗自嘟囔了一句，“谁让你不会做别的……”

莫颜刚要松开的手立马又紧了起来，徐靖南连忙说：“我不嫌弃，我就喜欢三明治，给我做别的也不吃！”

莫颜没好气地瞪他一眼，冷声说：“吃完你洗盘子。”

“我还得上班……”徐靖南看一眼餐桌对面的人那副凶神恶煞的表情，以及V

领薄衫处的暧昧印记，所有的抗议都化成了认输，“好好好，我洗我洗……”

洗完盘子的时候已经过了上班时间。反正事情都解决得差不多了，徐靖南反而不着急了，磨磨蹭蹭地穿好西装走人。走了两步又看了坐在沙发上看杂志的人一眼，问：“你一会儿去哪儿？要上班？”

莫颜头也不抬地说：“去你家那边。”

徐靖南撇了下嘴角，心说什么叫我家那边，不是你家啊？或者说我家不是这里吗？嘴上却咳了一声，等她扭脸看他才指了指她脖颈方向，说：“最近天气凉，你出门最好戴条丝巾什么的……”

莫颜脸色霎时一变，瞪着玄关边的人说：“你到底去不去上班？”

徐靖南只好接着连连点头投降：“去去去，我走了！”

事实上，去上班的路上徐靖南满脑子里都是：她刚才是炸毛吗？哎呀居然有那么一点可爱嘛！脸比昨天晚上还要红……

第十一章

莫颜上午在家里做稿件设计，下午才去的徐宅。

他们当初从宅子里搬出去的时候只拿了些当季用的东西，大部分衣物和物品都还留在这里。本以为等徐萍回 S 市以后很快就会再搬回来，没想到徐盛却提了分家。

莫颜下午过去后一直在收拾两个人的东西，或扔或搬。两三个用人帮着她一起，在整个宅子里穿梭整理。老太太往常下午都要在院子里转转，或者在客厅待会儿的，今天听说她在收拾东西后就一直没出屋。

毕凤华看着她们收拾心里也一阵烦乱和生气。徐盛提出分家她就不愿意，一来二儿子嘴甜讨喜，她舍不得这么快就让他出去。况且他能力也没多强，这么早出去自己做事，难免会受委屈；二来一分家，某种层面讲她就不好再挑莫颜的理了，可莫颜那个儿媳妇又实在让她不太喜欢，结婚这么长时间也生不出孩子来……毕凤华越想越不高兴，干脆眼不见为净，约了朋友，沉着脸出门喝下午茶去了。

何茜本来在客厅逗女儿，见毕凤华出去，很快就上楼去找莫颜了。

用人们在把物品装箱。何茜把莫颜拉到没人的地方，有些为难地说："莫颜，那个钱真不好凑，我至今还没想到办法。"

莫颜蹙了下眉，"你凑了多少？"按理说何茜不应该没钱。

何茜不好意思地小声说："几十万……"

半个多月只凑了几十万？莫颜看她一眼说："按照你这个速度，到元旦你能凑够一百万就不错了。"

何茜愁眉苦脸地点点头。莫颜不愿意多管她这件事情，直接点题说："其实是你不愿意自己拿钱补这个窟窿吧？你跟自己家里借点，或者把你手上的首饰、证券卖掉一部分，会凑不出来？”

何茜神情一僵，立马说：“可是卖东西也要花时间，我怕在凑够之前妈突然发现了……”

莫颜淡声说：“你再不着手凑，妈才有可能发现。”说完就回房间继续收拾东西去了。

何茜心里有些不满，她这意思难道不够明显？如果可能莫颜借给她一些怎么了？平时看她就像不喜欢花钱的，怎么可能没有积蓄，拿出来给她应急怎么了？

说者无心，听者有意。何茜一句话提醒了莫颜，万一毕凤华突然用到了那张卡怎么办？

用人都收拾好离开后，莫颜给陈娜的那个姓周的朋友打了电话，问他卖房子的情况怎么样了。

那个姓周的经理很客气，说：“你大学城的那套卖的钱已经到了，我明天就可以打到你的账上。”

莫颜心里松了口气问：“请问翠湖城的房子有消息了吗？”

周经理说：“有的！那边房子卖得很好，现在有几个客户都有意，我打算跟他们再详细谈谈。你是陈娜的朋友也就是我的朋友，怎么能让你吃亏呢！”

莫颜心知他是好意，却不想再拖下去，便说：“谢谢您，只是我现在急用钱，所以如果好出手的话我希望能尽快卖掉。”

那边周经理连连称好，说一有消息就会通知。明天能有一部分钱到账让人松心不少，况且陈娜的朋友多少可以信任，莫颜就不再过多地担心。

下楼的时候才发现，徐靖南又早退回来了。

他这段时间倒是很老实，下班也不出去跟一帮人鬼混，有时候还会提早下班回来在家里待着。想来是前段时间在外面跑投资，喝酒应酬得太狠了。

毕凤华已经回来了，坐在沙发上和二儿子聊天，被逗得满脸笑容，看见她下来也没给脸色，起身说：“我去厨房看看晚上吃什么。靖南想吃什么？”

徐靖南笑眯眯地说：“我想吃妈亲手做的。”

毕凤华嗔他：“你又不是不知道妈不会做饭！”

莫颜面无表情地过去，自己倒了杯水喝。见徐靖南一直在看她，忍不住瞪了他一眼：“你早退，公司里的员工没有跟着你一起提前下班吗？”

徐靖南还想着早上的事情，也不搭她的话茬儿，伸手去扯她脖子上的丝巾，忍不住逗："天气果然冷了，是不是？"

莫颜一把拍开他，看了门厅边的用人一眼，冷声说："离我远点，你都不嫌丢人的？"

"这有什么好丢人的？"徐靖南不以为意，脸上依旧笑眯眯，说完见她一个冷眼抛过来，立马噤声。

莫颜冷冷地瞪了他一眼，低头喝水不再看他。

徐靖南却依旧忍不住犯贱，凑过去说："哎，你戴橙色的丝巾不算难看……啊！！"

徐靖南扭曲着一张俊脸，压低声音吼她："你敢踩我？！"

莫颜淡定自如，"你再不要脸一次试试？"

三百万的房款扣除佣金后第二天就到了账上。莫颜收到信息，转脸就把钱打到了毕凤华的卡上。

徐靖南在家消停了小半个月后又迅速恢复了原形，时常跟孙维之几个约好了出去玩，一连几个晚上不回家吃饭成了常事。唯一不同的是，他居然开始隔三岔五带莫颜一起出去。

吃了某人以后，徐靖南被抛冷眼的次数越来越频繁。但兴许是被虐习惯了，他竟然莫名地能从其中感受到"她瞪我其实是挺喜欢我"的别样温暖。当然，迫于那些眼神过于冷冽，虽然觉得温暖，他也还是没敢再吃她一回。

其实那个突发状况根本就在徐靖南的计划之外。按他的想法，他都熬了一年多了，还有什么不能等的？

在徐靖南的认知里，当初他死乞白赖地缠着她，牵手、接吻甚至是平时逗趣都是他主动，结果她一声不吭就甩了他！难道这么多年过去，两个人结了婚又有点重修旧好的苗头了，还要他主动？！凭什么？！

像徐靖南这种死鸭子嘴硬的性子，两人高中好上的时候他没表白，被甩时他也没问原因，这回"破镜重圆"他必然也不会先主动。她整天冷着脸对他，连个和好的态度都没有，他才不去丢那个人，落那个下风。

当然，偶尔动动脑子想点谋略，让对方主动服软低头还是可以的。莫颜总是那么个不冷不热的样子，徐靖南拿捏不准她究竟是怎么想的。但跟他结婚生活了一年多，应该还是念点儿旧情的吧？两个人培养培养，说不定……

徐靖南凭借着自己"敏锐"的嗅觉，在前段时间的意外发生以后，开始公然带着她参加一些方便的娱乐活动。

他第一次叫她晚上出去和朋友一起看歌剧的时候，莫颜略带诧异地盯着他的眼神，简直让人恨不得把刚才的话吞回肚子里。但说都说了，徐靖南索性绷着脸继续撒他的弥天大谎：“孙维之现在不是跟他女朋友培养感情吗，买了不少票让我们一起去活跃气氛，你们女的在一起有话聊。”

莫颜又眼神深邃地盯了他一眼，一边上楼一边说：“好。”

孙维之在陪女朋友一起去剧院的路上一边打喷嚏一边腹诽：徐靖南你这个贱人！高中你泡莫颜的时候我们哪个打扰你了？！尼玛现在老子好不容易找了个女朋友，想在没人的地方拉拉小手亲亲小嘴了，你唰地买上一沓票，招来一群狐朋狗友围观算怎么回事？！

再接下来，“帮助孙维之那个脑残搞定女朋友”就成了徐靖南把莫颜带出去玩的主要掩饰借口，弄得孙维之每天看见徐靖南的来电就咬牙切齿头痛不已。到底是老子在谈恋爱还是你在跟你老婆秀恩爱？！

相比于徐靖南携妻亮相公共场合的次数大增，郑钟铭倒是很少露脸了。有次莫颜随口问孙维之怎么回事，孙维之看着一屋子玩嗨的朋友以及撇下自己去聊天唱歌的女朋友，只觉得对整个世界都绝望了，干巴巴地说：“他最近在公司忙事业，没空来。”潜台词就是你也该好好管管你男人了，要让他醉心事业，而不是天天过来捣乱！

哪知莫颜根本没有理会他的意味深长，反而是想到了MY系列的上市情况，忙工作是理所当然的，便点点头，在徐靖南的召唤之下款款转身走了。

孙维之：“……”

有一次徐靖西到徐宅串门。莫颜和徐靖南两人跟朋友约好晚上一起到城郊农家乐去吃土菜，陪毕凤华略略坐了会儿准备出门，正好撞上了进门的她。

徐靖西一把拽住他们：“你们干什么去？”她前两天晚饭时间来蹭饭，就没看见他俩，听说是出去吃了，当时她还觉得难以置信，她三哥什么时候愿意带老婆出门玩了？没想到今天就抓了现行！

莫颜眼神示意了一下走在前面的人，说：“他和朋友一起到城郊去吃饭，你去吗？”

徐靖西正无聊，一蹦三尺高，“我也能去？”

徐靖南在前面听见不乐意了，斜眼瞅她：“你一个没结婚也没男朋友的小丫头，去什么去，赶紧进屋吃饭去！”

“我三嫂让我去！”徐靖西抱着莫颜的胳膊冲他龇牙。

徐靖南立刻去瞪莫颜，一脸“你敢让她去我就死给你看”的表情。莫颜眯眼看他，淡声说：“靖西要是不去，你就一个人去吧。”

被威胁的某人：“……”

“算了算了，去就去，赶紧上车！”

徐靖西兴奋地晃着两根手指头偷偷跟莫颜比V字。莫颜拍了她的头一下，无声地笑。

有女朋友或者老婆的聚会，通常都比较平淡，无非是聊聊天打打麻将，没什么特别刺激的活动，但却格外舒服自在。后来从农家乐里出来，趁徐靖南不在的时候，徐靖西拉着莫颜小声问：“你什么时候跟我三哥感情这么好了？以前不还总吵架呢吗？”她从来没见过她那亲哥肯带着自己老婆出去玩。

莫颜挑了下眉，说：“你怎么知道我们现在就不吵架了？”

前几天两个人才刚吵了一架。原因是莫颜在做设计，徐靖南周末待在家里各种无聊，跑到书房里去捣乱犯贱，一句话把莫颜激得挥手轰了他一把，一不小心把桌上的水杯碰洒到电脑上，做了一上午的工作全没了……她瞬间就怒了，徐靖南愣了片刻立马发挥死鸭子嘴硬的脾气，坚决不承认是自己的问题，结果就是莫颜一天都没搭理他。后来第二天她照例做了两人份的早餐，徐靖南匆匆忙忙临上班时按习惯抱了下她……两人又莫名其妙地重归于好了。

徐靖西端详她一眼说：“你确定你俩是吵架不是调情？”

第二天莫颜到公司里去交案子。陈娜看见她时意味深长地笑了笑：“最近出去度假了？”

莫颜微微愣了下：“什么？”

“我看你心情不错嘛！”陈娜调侃说。

莫颜浅笑：“你是想夸我气色吗？”

“唉，年轻就是好啊！”陈娜托着腮老气横秋地感叹，“我最近都没问你。不过看你这样子也知道，钱的问题都解决了吧？”

莫颜这才想起来，已经到了十一月初了，姓周的那个经理还没有给她把第二项房款打过来。最近让徐靖南拐带得都快玩疯了。

出了公司莫颜就打了电话过去，问这么久怎么还没有消息。

周经理在那边连连道歉，说这段时间忙乱了，都忘了跟她反馈情况了。周经理语气诚恳中又带了分小心翼翼，试探着说：“莫小姐，是这样的，我有一个朋友对你这个房子十分感兴趣，他是真的很想买，但是手上一时拿不出那么多钱来，想让我跟你通融一下……能晚些时候凑够钱再给你吗？”

莫颜一时蹙了眉：“只有他一个想买吗？”

周经理立刻听出了她的潜台词，连忙说：“有倒是有，但是都没他那么想买。你也知道，现在买房哪个不是犹犹豫豫货比三家啊。有的嘴上说买，其实两个月也不一定下得了决心！我这个朋友是真打算买，他说了，愿意先给你一部分订金，剩下的凑够了一次性给你！”

其实姓周的经理不过是在随口搪塞。有朋友想买不假，但想买莫颜那套房子的大有人在，有的甚至当场就能付账。只不过他上次电话里听出莫颜不在乎价钱急着出手的意思，转脸就把消息告诉了一个想买房的朋友。

低价拿到一套地段优越的房子简直就像天上掉馅饼。偏偏那个朋友一时拿不出太多钱了，他就只能帮忙拖着。

莫颜其实不太愿意，毕凤华那边指不定会出什么变故，尽早还上才放心。可这人毕竟是陈娜的朋友。便问：“他打算给多少订金？”

“二百万。”周经理连忙说。“这二百万他这两天就能给你。剩下的也已经在凑了。很快就可以凑齐。”

莫颜心里衡量片刻。何茜之前还在发愁筹不到五百万。想来一时半会儿也还不能把钱还上，她只要比她早还完就行。到底不好拂对方面子，好歹他在上一套房款的手续费上还优惠了不少，只好勉强答应下来：“我希望他能在一星期之内把钱付清，不然我也只好找其他买家了。”

周经理连连应下，答应尽快付款，又谢了半天才挂电话。

周六晚上正好是徐家家庭聚会的日子，徐靖南推了娱乐活动，和莫颜一起到徐宅吃晚饭。

他俩最近半个月里有小一半的时候都没在这边吃晚饭，白天也很少见人影，饭桌上徐盛问：“你俩最近很忙？”

徐靖南含糊地应了几声。徐靖西知道他们的行踪，故意打趣地问：“三哥，你和我三嫂忙什么呢？”说着还对莫颜挤了挤眼。

徐盛也听出意思来，扫了莫颜一眼，隔着餐桌扫不到她的肚子，却也猜到必然没有怀上孩子。隐约失望之余，更加坚定了自己的想法，说：“公司那边的手续基本上办好了，靖东、靖南你们不忙了就尽快找个时间吧，争取就这两天，坐下来把分家的事详细谈谈，赶紧定下来。”

徐靖南当然是点头说好。徐靖东也应了一声，抬眼看了毕凤华一眼，一如他料想的那样阴沉。

正是这个寂静的空当，徐老太太那边“啪”一声摔了筷子，拄着拐杖挣扎着起身：“我不吃了！”

老太太最近身体恢复得不错，护工就隔两天回自己家休息，今天照例不在。毕凤华就放了筷子说：“妈，我扶您回去。”

这还没分家呢，徐靖南和莫颜就成天不在家吃饭，连白天都很少过来。偏偏他们夫妻看着关系不错，莫颜肚子却一点动静也没有，让徐老太太和毕凤华心里越发不满。尤其徐盛摆明了支持他俩，专门给他们找台阶下，一看就是还没放下几十年前的事，气得一对婆媳简直如鲠在喉。

分家这个事情徐盛还没有给老太太解释。毕凤华的态度他不在意，但老太太那边是一定要给个交代的，尤其是她老人家显然装了一肚子怒气。

“你吃饭，我扶妈回房间。”徐盛拦了毕凤华一下，放下筷子转到老太太身边要去搀她。

哪知老太太一把挥开了他，沉声说：“我不用你扶！”

徐坤一家也在，饭桌上鸦雀无声，徐盛有些尴尬：“您这是干什么？我扶您……”

他手上用力去搀老人，老太太一手拄着拐杖，借着他的力气站起来，以为自己站稳了，实际上踩着地板的双脚还是虚的。她怒极攻心，迫不及待地就想从他手里把胳膊挣出来，一边挣一边抬起拐杖去打徐盛，满面怒容：“闪开！我不用你！你、你这个……”

徐盛歪身子一躲，手上脱了力气。老太太拐杖刚挨到他身上，人就一个踉跄倒了下去……

老太太倒下的时候就是一眨眼的工夫，餐桌上所有人都没反应过来。徐盛回过神立马去扶。老太太手上还拿着拐杖，眼神却有些涣散了，嘴里只能含糊地吐出零星字眼表示愤怒：“滚……”说完就昏过去了。

徐坤见状立马上前抱起徐老太太，一边往外走一边招呼：“赶紧给医院打电话！”

一场聚餐以全家匆忙进医院收尾。

诊断结果很快下来，老太太身体底子差，情绪起伏剧烈引起了二次中风。因为与第一次中风间隔只有几个月，所以发病后果更加严重——偏瘫。

徐萍第二天下午就赶了过来，还没进病房就厉声质问起来："到底是怎么回事？八月份我走的时候医生还说恢复得很好，怎么会突然又中风了？"

老太太还昏迷未醒。徐盛昨晚几乎是一宿没睡，又在椅子上枯坐了一天，满脸倦容一言不发。徐萍见状更加怀疑，转脸去看徐坤："二哥，到底是怎么回事？"

徐坤当然不好多说，只囫囵说："昨晚吃饭闹了点情绪，太激动了……"

"医生早就说过不能让老太太情绪波动太大，你们要是没说什么，她能气成这样？！"徐萍不依不饶。

没有永远的敌人。毕凤华对徐萍有过微词，但在这件事上却相信她们一定会站在同一个立场上，便趁大家都不注意的时候，把事情原委向她说了。

徐萍听得一脸嫌恶和怒意，"我就知道，这事跟她脱不开关系！上次老太太出事的时候她在旁边照顾，要说没有她的原因，谁信？！这次又是，我哥为什么要分家？靖南即使结婚了，但他在家待多少年，会有人不乐意？我看分明就是护着她！一年多生不出孩子来……哥就是怕老太太以后要强行拆散。他根本是没忘了当初那谁！"

毕凤华早就想到了这一层，脸色不悦地站在一边，也不说话。

徐萍想了想问："我哥说分家，嫂子你就同意了？"

毕凤华看了她一眼："不然怎么办？我说他能听？"

徐萍皱着眉寻思，"没办法也要想办法，难不成真让莫颜在你跟前碍眼一辈子？我看见她气就不顺，跟我哥当年那个有什么区别？我一直就不待见这样的人，天天都是那么个爱搭不理的性子，给谁脸色看呢？不会来事也没什么背景。嫂子你想想看，就算要分家，靖南在外面自己做事业总需要家里帮忙吧？莫颜那么个家世，怎么帮靖南？"

毕凤华从莫颜进门就没有满意过，没有像何茜一样的背景，不会交际没有能力。更重要的是，从第一次看见她，毕凤华就知道徐盛还没有忘记他死去的前妻，这些无一不让她硌硬。

一年多里她尽量不去想这些事，不跟徐盛计较太多，加上莫颜平时表现还算乖巧聪慧，也就凑合着把气往肚子里咽了。

今天听徐萍一一数落，再想到靖南将来自立门户必然需要双方家中的助力，顿时对莫颜充满了反感，然而——"那能有什么办法？你哥不听我的，我还能逼着他？"

徐萍想了想，笑得意味深长："嫂子，你忘了你是怎么嫁给我哥的了？"

毕凤华当初是怎么嫁给徐盛的？

徐靖西给莫颜曝的八卦一点错都没有。

徐盛的前妻苏梅从进门就不受徐家待见，尤其是一心想让徐家壮大根基的徐老太太。她唯一的指望就是徐盛对她的爱。更要命的是结婚五年，苏梅一个孩子都没怀上。

徐盛爱她，所以一直看护有加，但再爱也终究抵不上庞大家业所带来的压力，他必须为未来的徐家做考虑。徐老太太忍了苏梅五年后再也忍不下去，便动用自己的手腕开始布局。

毕凤华当时跟徐盛有过交集，一直对他念念不忘，到了该结婚的年纪也是一拖再拖。毕家没办法，在徐老太太找上门来并许诺毕凤华将来一定是徐家的女主人之后，点头答应了。徐老太太将毕凤华带进徐家，不择手段地给徐盛施压。正巧那段时间集团里出现了一些危机需要毕家援手，徐盛不堪重负，最后抱着“只是给徐家延续香火”的心思，让毕凤华怀了孕。

毕凤华一个处事圆滑又心机深沉的世家大小姐，跟常年身体羸弱不喜热闹的苏梅住在同一个屋檐下，前者尽享徐家人的宠爱和照顾，后者受尽家里的白眼和排挤。更重要的是毕凤华还怀上了徐盛的孩子。

结果可想而知，苏梅从此一病不起——心病无药可医，没多久就去世了。

毕凤华理所当然地成了徐家名正言顺的儿媳妇。

徐萍试探完毕凤华的态度，再回会客厅见到莫颜就更不给好脸色看了，指桑骂槐地说：“老太太这么大年纪了，你们小辈一点轻重都分不清。叮嘱你们好好照顾，结果呢？你们为了自己过得舒服自在，直接把人照顾到医院里来了！”

明眼人都听出来了。何茜和谢如歆对视了一眼，徐萍可从来没这么骂过她们。再说她俩平时都是照顾孩子，从来没人说让她们照顾老人，除了护工和毕凤华，照顾老太太最多的就是莫颜。

徐萍仍不解气：“好好的分什么家？连老人都照顾不好，分家后你们能照顾好自己丈夫的生活起居，还是能帮助他们的事业如日中天？什么都不会，什么都没有，你们分什么家！你们到底是想分家还是想把老人给气死？”

老太太气得中风，徐坤一家毫无责任，一个个都默不作声地看戏。毕凤华默认了徐萍的指责，束着手不说话。若是平时徐盛早就站出来说话了，然而他如今心里有愧，又身心疲惫，坐在沙发上也没吱声。

一屋子人都听出来这是在给莫颜脸色看。莫颜面无表情地站在一边，一语不发。

“哟！姑妈这么快就来了！”徐靖南推门而入。

徐萍心里有气，但徐靖南怎么都是她侄子，便瞪了他一眼说：“我再不来你奶奶还不得让你们气死？”

徐靖南不动声色地站在莫颜身前，刚好挡住徐萍的视线，微微笑了下说：“我从走廊那头就能听见您那大嗓门。奶奶就在隔壁房间呢，就隔着道门您也不怕吵着她？您到底是想教训我们还是想把她老人家吵醒啊？”

他在公司没事，早早就下班过来了，还没进门就听见徐萍一点余地都不留地指责莫颜，他能忍得住才怪。

徐萍脸色一变：“靖南，你这话什么意思？”

徐靖南眯眼一笑：“字面意思。”

毕凤华看不过去，厉声制止：“靖南，怎么跟你姑妈说话呢！懂不懂事？别说了！”

徐萍心里惦记着自己的打算，也静了静缓声开口说：“靖南，姑妈也没别的意思，就是觉得你们把奶奶气成这样，实在不像话。你们奶奶年纪大了，身体也不好，你们总该有点尊重老人意愿的孝心，不要事事都只顾自己舒服。”

一句话把徐靖南噎得闭了嘴，谁让在把老人气中风的这件事上他们理亏。

回家的时候，莫颜侧脸看着窗外不作声。徐靖南瞟了她一眼，说：“姑妈说话一向那样，你就当耳旁风听吧，用不着走心。”

莫颜嘴角缓缓勾起一个略带嘲讽的笑：“你见过你姑妈这样跟你们家其他人说话吗？”

“怎么没有……”徐靖南边说边想，直到词穷也没想徐萍还教训过谁，便连忙说，“她刚才那不是教训一屋子人呢吗！”

莫颜哼笑着看了他一眼：“你信她是在教训别人？”

徐靖南实在想不出什么安慰话了，干脆说：“你少在她眼前晃不就得了！”

“她不待见我，我就该躲着她？我看你们家里都不待见我，离婚算了。”老太太摔倒徐盛愧疚难当，整个徐家气氛都阴沉沉的，今天又被毕凤华和徐萍当众甩脸色，莫颜心情怎么可能会好？

徐靖南霎时冷了脸：“你说这话当真？”

莫颜没有说话，后半段路车厢里寂静得厉害。

徐老太太昏迷了近十天才醒过来。

未醒时，徐盛公司也不去了，每天都守在病房里。毕凤华和徐萍、陶敏娴三个人都会轮流照顾，但她们年纪终究也不小了，多数时候尤其是晚上都是莫颜在陪护。

老太太一醒，一家人都围了过去。徐盛最是激动，扑到床边关切地问：“妈，你感觉怎么样？”

徐老太太舌头不再灵光，面部也有些瘫痪。睁眼一见到徐盛，先是慢慢回神，随即眼睛里立刻带了怒意，奋力地扭头，一副不想看到他的样子，嘴里也虚弱含糊地挣扎着说话，半天没人听出来，但多少都看出了意思：出去，我不想看见你！

老太太不宜情绪激动。主治医生赶过来，见状连忙说：“家属请回避。”

最外圈的莫颜远远看了床上的人一眼，默默出了病房。

老太太大概是没看见她吧，要是看见了，大概也不会想看见她。

人醒了一切都好说，后面的康复治疗可以慢慢回家再做。

老太太一直不肯见徐盛。徐盛每天不去公司，想要留在家里照顾老人，然而他一进房间徐老太太就会情绪激动，完全不想看见他。

很明显，是在反对他做出的分家决定，弄得徐盛的心情也阴沉沉的，愧疚难安却又毫无办法。

老太太回家静养后，徐萍的二儿子也来探望了，陪他一起的是他的一个表妹，范宁宁。

徐萍的二儿子只待了两天，临走时似是不经意地指着范宁宁说：“她想来C市玩一段时间，妈，我姑妈托你照顾一下。”

徐萍满脸笑意，说：“C市是我的娘家，还能照顾不好她？回去告诉你姑妈，让她放心。”

毕凤华也说：“是呢，就住家里就行。不用担心，徐家养个人还是养得起的，尤其是像宁宁这么漂亮懂事的。”

他们说这话的时候徐靖南也在场，正不咸不淡地跟范宁宁不知道聊什么。莫颜坐在一边冷眼看着眼前的戏码。

徐靖南可能什么也不知道，什么也没意识到，她却是清清楚楚地记得徐靖西当初的那些话。

另一个毕凤华来了。

第十二章

范宁宁，二十五岁，哈佛大学金融学硕士，目前在国内管理巨额基金池。

她虽然能力算是不错，但其实手生得很，一切都在摸索中，至于年纪轻轻就能手握大把的基金，当然是因为有足够的背景支撑着她。徐萍小姑子家在国内的地位与徐家不相上下，家里又只有范宁宁这一个女儿，恨不能把所有的东西都捧给她，自然是对她的发展鼎力支持。

一个在上流社会交际中长大的女孩子，接受得体的礼仪教导和高等的教育，情商和智商都是顶尖的。

范宁宁一出现在徐家，就博得了所有长辈的好感。不仅人长得甜美漂亮，而且识大体、有礼貌，几句话就能不动声色地把人捧起来，完全没有刻意做作的痕迹。

知识涵养方面亦是十分出色。跟毕凤华一干女眷谈得了时尚和养生，面对徐盛时又可以深度地与之探讨时政和经济。吃晚饭的时候徐盛频频和她说话，面上皆是欣赏之色。

连徐靖西都觉得她性格不错，悄悄凑在莫颜耳边说："三嫂，你说她这应该是女神的级别了吧？三百六十度无死角啊！"

徐靖西肚子里装满了各种八卦，但她本人率性又不拘小节，很多事情听了都是凑个热闹，听个开心，与自己无关的事情从来不花心思去琢磨。听说范宁宁来C市玩暂住徐家，就真的以为她只是来玩，什么多余的考虑都没有。

莫颜吃着东西笑看了靖西一眼，眉眼很柔和，温声打趣说："比你还讨人喜欢。"

徐靖西撒着娇往她身边搡了一下，"不行，我最讨三嫂喜欢！"

莫颜笑着不说话，耳边传来徐靖南的阵阵声音："范小姐比较喜欢研究哪些行业的项目……范围还挺广的……你在美国的时候……那家投行门槛很高……”

范宁宁没有让人反感的地方，反而还让人觉得很喜欢。她身上散发的那种自信谦和，时不时透露的俏皮美丽，所有的气息都让人觉得与之相处十分舒服。

再加上家世显赫，从小被父母捧在手心里，会撒娇会卖乖，笑起来会让人心软。

莫颜在一边静静地看着，发自内心地羡慕她。她不像范宁宁有温暖的家庭，没有她二十多年顺遂心意的人生。这些开朗会撒娇的女孩子，她羡慕她们每一个。

饭后茶喝了一会儿，徐萍突然神来一笔地说：“宁宁，不如你到靖南、莫颜他们那边去住吧？这边客房里暖气温度好像有些低，你说呢大嫂？”

“有这回事？”毕凤华似是觉得失了礼，面色和蔼地说，“那宁宁过去住也好。他们那边的房子是新入住的，供暖设施都有保障。”

莫颜不说话。徐靖南愣了愣冲口说：“住我们那里？”说完觉得这样有些不礼貌，解释说：“客房暖气出问题了吗？昨天表弟在的时候不是还没事？”

徐萍连忙说：“昨天不是没办法凑合一下？再说你们年轻人住一起不是方便交流吗？你们话多，跟我们又有代沟，不是怕宁宁跟我们住不习惯吗？你说呢，莫颜？”

这话听在别人耳朵里，会诧异徐萍对莫颜态度的转变，而在莫颜眼里……莫颜笑了笑，淡声说：“没问题，我没意见。”说着看了徐靖南一眼。

徐靖南早就瞪眼了。他好心好意处心积虑地营造二人世界，她难道不懂？！

范宁宁却是会察言观色的，连忙说：“不用，客房那里一点都不冷，我住着挺好的。再说了，我还想跟舅妈住一起呢！本来借住在徐伯伯家我就挺不好意思的，怎么能再去打扰靖南哥他们。”

徐萍心里算盘打得好，范宁宁却是不知情的。以范宁宁的条件来说，什么样的男人找不到，她不急着找男朋友，即使是真的喜欢上徐靖南，她父母那边也不一定会以这种低姿态的方式介入。

范宁宁坚持住在客房，徐萍和毕凤华不好多说什么，只得作罢。

回家的路上，徐靖南想起刚才的事来，说：“你刚才想什么呢？姑妈让范宁宁过来住，你就没意见？”

“有什么意见？”莫颜反问。

徐靖南火大无比，有什么意见？咱俩住的地方来个外人算怎么回事？她打扰我们两个的生活你没意见？你就这么不想跟我独处？然而话到嘴边又咽了回去，这些话他才不会说，便说："你又不会做饭，去了让人家吃什么？就吃你那招牌三明治？"

莫颜听得愈发沉默，面无表情地说："我做得不好吃不是可以去徐宅吃吗？"

徐靖南气得说不出话来，只觉得干什么都是对牛弹琴，冷笑说："是的啊，我刚才怎么没想到呢？等我回头就去把她请到这边来住。"

"嗯，既然你们两个那么聊得来，她住这边家里也热闹些。"莫颜说完，开车门下了车。

徐靖南瞪着她背影半天，气得一掌拍在了方向盘上。

自从老太太住院后，分家的事就暂时搁置下来了。徐盛至今都还没能进得老太太房间，怎么敢再把人给气着？

莫颜自知老太太不想看见她，但到底老人现在偏瘫不去照顾说不过去，便上午在家里工作，中午之前过去一直待到晚上。其实根本没有太多事情可做，家里有用人，徐萍也在，只不过她若是不过去，少不了又得被明嘲暗讽。

虽然在徐宅待的时间多，但也不经常与范宁宁碰上。

范宁宁自己人脉广，来了C市有意与她结交的人太多。每天早上出门，常常是晚上九十点才回来。其实她原本来C市的目的是休假，奈何联系的人太多，只好昏天暗地地忙了几天，近一个星期后才闲下来，偶尔跟朋友出去转转或者待在徐家陪徐萍玩，慢悠悠地享受时光。

徐萍觑到这个机会，当着莫颜的面就让徐靖南带范宁宁出去玩。在她的算盘里，两个人现在虽然还不熟，但范宁宁那么优秀，两个人相处时间长了，怎么会没有火花？

原本毕凤华经常指责徐靖南不老实在公司工作，迟到早退，现在也不管他了，见他在家里，就说："宁宁这两天都没怎么出门，你带她出去转转。你们年轻人那么会玩，多出去交交朋友。"

那天正好是孙维之的生日，早早就叫了徐靖南过去。

"好啊！晚上跟我们一块儿去玩吧！"徐靖南爽快地答应，转脸对莫颜说，"维之今天生日，前段时间不就打过招呼了？你去不去换衣服？"

因为上次吵架，俩人互相冷落了好几天，徐靖南到底不想前功尽弃，主动招呼她。

莫颜点点头问："几点过去？"

徐靖南看了眼表说："早点吧！"

徐萍见状，忍不住问："你们都去？"

"啊！"徐靖南一脸理所当然，"不然呢？我们早就约好的。"又对范宁宁说："正好带你去尝尝C市一家特级的私房菜，介绍几个朋友给你认识。"

范宁宁这段时间跟他接触不少，两个人也挺聊得开，当即笑眯眯地说："好啊，我也去凑个热闹。要是菜真的那么好吃，我干脆投点钱把它变成我的。"

"好主意！"徐靖南哈哈大笑，笑罢想起来提醒莫颜把买的礼物带上。一扭脸，人已经不见了。

范宁宁善于察言观色，早早就看出来莫颜性格内敛，人看着很温和，但是不讨徐家人喜欢，不如徐靖南那样容易相处。到底是上流社会里长起来的，即使范宁宁面上对莫颜足够尊重，心里多少也戴了一层有色眼镜，所以与她交流并不多。

孙维之的生日派对一向热闹，尤其是今年还找了未婚妻，年底就要结婚了，婚前最后一个生日当然要玩得更加尽兴。

来的基本是关系不错的，也有一两个像徐靖南这样带了外人。郑钟铭也来了，带着堂妹郑可妍一起。郑可妍从小跟在堂哥几人屁股后面长大，玩的圈子几乎一样，十分熟稔地打招呼，见到范宁宁时诧异了一下："哇！这个美女姐姐是哪里来的？"

范宁宁玩起来也很放得开，立马打趣过去："你怎么看出来我比你大的？我怎么觉得比你小呢！"

郑可妍很有女汉子风范，当即嘻嘻哈哈地一把搂住范宁宁："这个妹妹我喜欢！"

"美女面前注意点儿形象。"郑钟铭微笑着拍了她脑袋一下。

郑可妍机智地回敬说："切，你在我面前怎么就没注意过形象？"

郑钟铭一脸"你也不照照镜子"的嫌弃表情看她，神色宠溺，一身正装衬得整个人风度翩翩。范宁宁忍不住多看了两眼，嘴上却说："你们不是堂兄妹吗？长得很像哦！"

"听见了吗？！"郑可妍得意地大笑，拍着范宁宁说，"你这个朋友我交定了！"

郑钟铭不动声色地上下打量了范宁宁一眼，正巧范宁宁也在看他。两个人相视一笑，范宁宁俏皮地吐了下舌头。

范宁宁和郑可妍年龄相当，话题和见解相似，凑在一起便被郑可妍拉低了智商，玩得都很欢快，很快就混熟了。

她玩得开心，徐靖南便放下心来，和朋友聊天去了。

一行人在私房菜馆吃完饭又转战娱乐会所，浩浩荡荡一群人十分热闹。范宁宁和郑可妍算是年纪小些的，两个人底气十足地做麦霸，又拉着男同胞合唱。郑可妍本想找自己堂哥，郑钟铭见状立刻跑了，她只得去拉别人。范宁宁跟徐靖南最熟，就拉他上场。

气氛很好，郑钟铭微笑着环视了包间一圈，看见了坐在沙发上和别人聊天的莫颜。

她们两个人有一句没一句地搭话，莫颜眼睛却是在看着舞池前的徐靖南。从郑钟铭这个角度正好能看清她的神色，面上是淡淡的笑意，乌黑的眼睛里却似蕴着一丝冷淡和……羡慕？

郑钟铭看了唱歌的两人一眼，抬脚往莫颜那边走了过去。

“怎么不过去跟他们一起唱？”郑钟铭对莫颜身边的一个朋友点了点头，坐了过去。

莫颜收回投到远处的目光，抬头看了他一眼，淡淡地勾了下嘴角：“你有看见我唱过歌吗？”

“所以才很想看。”郑钟铭眼含笑意地回看她，目光深邃。

莫颜微微怔了下，随即笑了笑转开话题：“最近都很少看见你，听说在忙工作？MY上市反响怎么样？”

郑钟铭打趣说：“你做的包装设计，怎么会不受欢迎？”

莫颜笑开来，没好气地看了他一眼。刚要说话，周围传来一阵叫好声，范宁宁和徐靖南唱完一曲，郑可妍使劲鼓着掌喊：“安可！安可！”

范宁宁不依，指着她笑眯眯地招呼：“还想听？把你男人拉上来一起唱！”声音透过话筒传出来，大方娇俏。

郑可妍也不推辞，随手拉了个男人就蹿了上去，四个人嘻嘻哈哈地一起唱了起来。

郑钟铭一直在注意莫颜的神色，等她避开视线后，终于找到机会问：“以前怎么没见过这个小姑娘？徐家不是向来不轻易待客吗？”

“大概这个客人比较重要吧。”舞池那边吵吵闹闹，几个人一边唱一边跳。徐靖南没跟着参与，只是手里把玩着话筒在一边笑，一副洒脱不羁的样子。

莫颜又看了一眼，起身说：“我先回去了，你们玩吧。”

郑钟铭一愣，等反应过来，连忙穿过哄闹的人群跟了出去：“怎么突然要走？不告诉靖南一声？”

莫颜表情淡淡：“不了。”

“那我送你吧？”郑钟铭紧接着说，根本不考虑要不要知会徐靖南。

莫颜摇头：“我自己打车回去就行，谢谢你。”

她只要说拒绝，就一定是认真的，尤其是对他们这些朋友。郑钟铭知道多说无益，只好点点头说：“那你路上小心，注意安全。”

“好的。”服务生已经给她开了车门，莫颜脚步一顿，扭头说，“你们一会儿回家的时候都打的或者叫司机来接吧，开车不安全。”

郑钟铭神色不变地微笑点头，等车子驶离后，脸上神色才一变，似是苦涩又似是自嘲。

回到包间的时候，徐靖南正在满房间地找人，见郑钟铭从外面进来，喊了他一声问：“看见莫颜了吗？”

“她回去了，刚才在大厅看见她，上车走了。”郑钟铭眼神闪了两闪说。

徐靖南脸色一变，蹙眉诧异地问：“走了？她怎么不跟我说一声？”

“心情不好吧。”郑钟铭说，“你俩最近吵架了？”

徐靖南有些不耐烦：“谁愿意跟她吵架！”

郑钟铭笑了下：“那你俩闹什么别扭呢？那个范宁宁是怎么回事？”

“跟她有什么关系？你神经了？”徐靖南瞪眼。一两首歌的工夫人就没了，他心情不好，挥了挥手说，“走就走吧，陪哥们儿喝酒去！”

郑钟铭笑了笑，昂了昂下巴：“你去找维之，在那边喝得正欢呢！”

徐靖南转而去找孙维之，郑钟铭倚在沙发角落里，深黑目光来回在徐靖南和范宁宁之间逡巡，脑子里来回是莫颜那句“大概这个客人比较重要”。

范宁宁跟郑可妍在一边玩游戏，一双黑溜溜的眼睛时不时地往角落里瞟，被郑可妍点了一句“不专心”后，干脆问：“你哥怎么不过来一起玩？”

“跟他玩有什么意思！他想让你赢你就赢他想让你输你就输，没劲！”郑可妍边说边往外甩牌，“再说，他不喜欢玩，他就喜欢脑子里瞎琢磨些有的没的……哎哎，你专心点，这出的什么牌呀！”

范宁宁又输了一局，干脆扔了牌端了两杯红酒往角落里去，站定在郑钟铭面前，笑意盈盈地说：“可妍说得果然没错。”

郑钟铭回神，接过她递来的酒，“什么没错？”

范宁宁眨了下眼，说：“长得很帅。”

郑钟铭笑起来，丰神俊逸地说：“她要是能说出这话，太阳该从西边出来了。”

范宁宁欢快地笑起来，完全没了平日故扮成熟的小大人模样。

郑钟铭浅笑，状似无意地问："你跟靖南关系不错？"

"哪有！"范宁宁摆手，"这次来C市之前我们都不认识。他姑妈是我舅妈，我这次要来C市玩被舅妈知道了，就让我住在徐家了。倒是我舅妈，神神叨叨的，总是让徐靖南带我到C市转悠。他都有老婆了，我俩单独出去多不好啊！"

范宁宁才貌双全，情商、智商双高，从小到大事事顺遂，玩弄过资本也游戏过山水，唯一没有碰过的东西就是感情。二十五岁的女孩子，就算经历再丰富，只要感情世界是一张白纸，真正面对的时候照样会让情商、智商变为双零。

更何况有眼前人的引导，说话也有些不经思考。

郑钟铭不动声色地笑了笑，跟范宁宁碰了下杯，啜了一口说："莫颜跟我们关系不错，她不是那么小气的人。你姑妈也是好意，这么漂亮的女孩，人生地不熟的，没熟人陪着，万一被骗了怎么办？"

范宁宁双颊霎时染了一片嫣红，依旧大大方方的，歪头说："那不如以后让你陪我玩？"

郑钟铭不表态，只打趣说："你就不怕被我骗了？"

范宁宁脸蛋更红了。

散场时是范宁宁开车跟徐靖南回去的。

他进门的时候莫颜正巧到楼下来倒水喝。她到吧台倒了水，又端着水杯往楼上去。徐靖南冷眼看着，实在忍不下去，愤愤不平地出声："你站住。"

莫颜脚步一顿，站在楼梯上居高临下地看他。

徐靖南绷着脸说："给维之过生日你提前走人算怎么回事？"

莫颜面无表情地说："我累了。"

徐靖南皱眉扬声问："那你回来就不知道跟我打声招呼？"

莫颜不说话，只当没听见一样往楼上去。徐靖南原本打的算盘也不过就是听她说几句软话，没想要多计较，然而她这个反应太让人光火："我跟你说话呢，你这是什么态度？"

她装没听见。徐靖南真火了："徐莫颜！"

莫颜停住脚步，扭头说："我不姓徐。"

"你爱姓什么姓什么！"徐靖南胡乱挥了一把，"你这两天怎么回事？谁惹你了？你在家里给我脸色，出去玩还提前走人放人鸽子，你这根本就是没把我和那些朋友放在眼里！我们全都不入你的眼是不是？"

莫颜扯了下唇角："彼此彼此。"

"你说什么？"徐靖南愣了下，蹙眉问。

"没事，"莫颜神态略显疲色，"我累了，不想多说了。"

"不想说也得说！就你累得慌？"徐靖南脸色铁青，"我带你出去就是为了让你当众甩脸色看？你瞧不起我早说啊！"

莫颜不想说话，端着杯子接着往楼上走。徐靖南见状，一脚踢在了沙发旁的落地花瓶上，霎时整个客厅都回荡起啪的一声脆响……

莫颜脚步顿了顿。徐靖南伸手点着她的背影说："好，不是不想说话吗？有本事你永远都别跟我说话，我是瞎了眼才带你出去！范宁宁一个小姑娘都比你强，你行！"

说完，徐靖南拎起刚才扔到沙发上的外套，咣当一声关门走人了。

莫颜整个人都有点虚脱，倚在楼梯扶手边，微微仰头闭了眼睛，静静地在楼梯上站了半夜。

大晚上的徐靖南无处可去，原本想找孙维之，又想起他最近正过得滋润。想去找家酒店随便凑合一晚，又想起刚才把钱包扔在车上，车子被范宁宁开到徐宅去了，他开的另一辆。

最后没办法，只能找郑钟铭去。

郑钟铭正准备睡觉，开门见是他微微诧异了下，随即看到他那一脸躁意，了然地笑："又吵架了？"

徐靖南熟门熟路地进去往客厅里一仰，闭着眼颓丧地开口："烦死了。"顿了顿又睁眼抱怨："你说怎么每次都是我无家可归地跑出来？凭什么？"

郑钟铭拿了两罐啤酒，扔给他一个，调侃说："你也可以把莫颜轰出来。"

徐靖南扯开拉环，猛地往嘴里灌口酒，冷冷地哼了一声。

"这回又是因为什么？"郑钟铭闲闲地坐在沙发扶手上问。

"我要是知道为什么，根本就不会跟她吵！"徐靖南说起来就有气，"完全是莫名其妙。你也看见了，刚才在会所里一转眼人就走了！谁碍着她了？！我现在跟她完全没办法交流！"

郑钟铭听得若有所思，沉吟片刻说："你们总这么吵总不是个办法，难道要一辈子吵下去？"

"关键是我也不愿意跟她吵！"徐靖南一想到以后没完没了地吵就头疼，"你说我们今天吵起来是我的错吗？肯定不是！”

郑钟铭笑笑，不动声色地说：“不是你的错也有可能吵起来，或者你们本身性格就有些不合适，两看两相厌，当然容易吵起来。”

徐靖南立马就想说“我不厌啊！”，又觉得有些没面子，哼了一声不说话。

郑钟铭抿了口啤酒，说：“你们两个这样互相绑着，天天吵架，有意思吗？”

徐靖南明白他的意思，仰躺在沙发上愣了会儿神，长叹了一声说：“难道要离婚？这么点小事，吵吵也就算了，我还没想过离婚……最烦的时候不也就这样了，凑合着过吧。”

郑钟铭笑笑没说话。两人静了半晌，他说：“我看范宁宁那姑娘不错。”

徐靖南扭脸坏笑：“怎么？你看上人家了？”他虽然玩得糙，但心也没那么粗，想起晚上的事，兴致勃勃地说：“我俩回家的路上，她还跟我打听你呢！难得你也看对了眼，用我给你们介绍介绍吗？”

“想哪儿去了你？”郑钟铭一脸啼笑皆非，解释说，“她不是现在住你家吗？我看你倒是可以利用利用她。”

徐靖南纳闷：“利用她？”

郑钟铭点头说：“我看你和莫颜感情上就有问题，你们两个不解决根本矛盾，只能没完没了地吵。”

徐靖南被哥们发现秘密，面子多少有些过不去。但也实在没办法了，在哥们面前丢人总比在媳妇面前丢人强，干脆求知欲旺盛地问：“那跟范宁宁有什么关系？”

“你拿范宁宁试试莫颜。”郑钟铭点出来，说，“你跟范宁宁走得近，莫颜心里要是在乎你的话，肯定会吃醋找你闹。不然，你俩也没必要再凑合着过了。”

对此，徐靖南持怀疑态度：“这个靠谱？”他还从来没见过她吃醋，她这样的还会吃醋？

郑钟铭表情笃定：“女人都是感情动物，其他方面都能忍，感情却最是忍不住的。你试试她，她要是心里有你，你们吵个架顶多算是调情罢了，你也省得天天往我这跑了。”

徐靖南听得若有所思。郑钟铭放下啤酒，打了声招呼，上楼自顾自地睡觉去了。

直到第二天晚饭时分，徐靖南才回徐宅。

毕凤华不知道他和莫颜又吵架了，招呼他吃饭。徐靖南应了一声，穿过客厅，无视在和星星说话的莫颜，径直走进餐厅，坐在已经入座的范宁宁身边。

莫颜看了一眼，面色不变地牵着星星入座。

徐萍和毕凤华见状，自己都震惊了，立马拉着徐靖南说："今天怎么一整天都不见你人影？你没事多带着宁宁出去转转！"

"好！"徐靖南喝了口汤，扭头跟范宁宁说，"明天正好约了朋友出去玩，你去不去？"想了想，为了增加说服力，又补充，"跟我几个朋友，郑钟铭他们，昨天你认识的。"

范宁宁眼神亮了亮，仍惦记着矜持些，问："郑可妍会去吗？"

徐靖南偷空看了对面一眼，莫颜垂眸安静吃饭，顿时觉得有些没劲，应付地点头说："会去。"

大概是徐靖南带范宁宁玩得很愉快，接下来几天范宁宁时不时地缠着徐靖南带她出去，不然就是跟郑可妍约好了一起玩顺便再叫上他。而自从那天吵完架，徐靖南和莫颜两人一直都在冷战。

徐萍看着有戏，一个劲儿地鼓动他们出去。毕凤华担心儿子要带莫颜一起出去，每每都事先让她帮忙照顾老太太。

徐老太太二次中风后脾气变得非常不好，情绪无常，不见儿子的面，对莫颜更没好脸色。从毕凤华那里听说徐萍的打算，干脆经常缠着莫颜，说话含混不清地让她陪着。

范宁宁每次和郑可妍出去，必然会问郑钟铭去吗。两三次下来，郑可妍了然，一次抓住机会在她耳边嘀咕了几句，范宁宁听得满脸怀疑，"这个靠谱吗？"

"怎么不靠谱？！"郑可妍肯定地说，"男人就喜欢欲擒故纵。你本来喜欢我哥，突然不喜欢他转而去喜欢别人了，他肯定会表态！"

范宁宁犹豫："不好吧……靖南哥有老婆呀！"

郑可妍满不在乎，说："只是在我哥面前做做样子嘛！"

范宁宁懂得少，歪头问："那……我试试？"

郑可妍赞同地猛点头。

冷战了几天下来，徐靖南面上一直很淡定，但其实每每见了莫颜心里就焦躁——郑钟铭出的这招根本就没用！

莫颜对他的行为不表态，他又想不出别的办法来缓和关系，两个人就只能僵着。这个时候不巧又或者很巧，H市那边传来消息，项目的规划到了尾期，让徐靖南过去参与。

徐靖南在谈恋爱这个问题上没什么智商，但是在做生意上还是有点头脑的。

前段时间找投资方的时候，BRI给的他那一千万资金是有条件的，而且还是比较苛刻的条件——如果徐靖南的公司后期还需要融资，不得稀释BRI的股份。

所有的公司创始人都希望每一轮注资都率先稀释投资方的股份，从而保证自己的股份和利益，而且按道理来说，BRI这项条款也是不符合一般规则的，只是当时徐靖南实在没办法，只能签下这种霸王条款，然后再想办法。

范宁宁出现的时候，徐靖南脑袋里蹦出来的第一个想法就是——有办法了。

所以他这段时间虽说是在陪范宁宁玩，但同时也在瞒着徐家跟她谈投资的问题。他希望范宁宁能收购BRI手上的股份，然后双方重新谈判，更改合同条款。

范宁宁对他印象很好，他又经常陪她出去玩，无形中就给他降低了些门槛。唯一的条件就是，一定要在实地考察完项目后再做打算。

如今机会来了。

徐靖南琢磨半天，觉得带范宁宁一起去H市走一遭，是个一箭双雕的好主意。

既可以推进合作进度，也可以试探莫颜的态度——想到这里，徐靖南在心里给自己点了个赞。

出差的那天，徐靖南走得很高调。他事先跟范宁宁统一了口径，跟家里说要去H市玩一圈。

毕凤华听了说："你八月底的时候不才去了？"

徐靖南说瞎话不用打草稿，说："宁宁不是没去过吗？"

徐萍面色一喜，立马说："对！那你和宁宁在那边好好玩，你照顾好人家！"

徐靖南胡乱点头，在客厅里扫视了一圈问："莫颜呢？"

毕凤华敛了表情说："你跟她不是已经一起去过了？她在前面草坪上陪老太太散步呢。老太太黏她，这两天身体又尤其不好，就不跟你们一起去了。"

她照顾老太太的时候多，徐靖南以为老太太这是喜欢她，心里也觉得得意。想着实在不行在H市给她买点小礼物，回来和好算了，天天不跟他说话，他哪受得了！

徐靖南帮范宁宁拎着行李出门的时候，正看见莫颜在门外推着徐老太太晒太阳。徐靖南刚才回家收拾行李也没跟她打招呼，这会儿本着一股强烈的想要刺激她的傲娇情绪，远远对她喊了一声："我和宁宁去H市玩，过几天再回来！"

范宁宁在旁边挥手说："三嫂再见。"

徐萍在后面催他们："行了，快走吧！一会儿赶不上飞机了！"

徐靖南看了面无表情又似是扯了下嘴角的莫颜，转身走了。

等他回来看他快手斩乱麻!

徐靖南和范宁宁去H市的第二天，徐老太太的高血压病又犯了，一家人又手忙脚乱地把人送进了医院。

春天的时候老太太老毛病就犯过一次，住了两个星期的医院。这次犯病又是在天气转冷的时候，连带着气管炎一起发作，一家人都小心翼翼的不敢耽搁。

今年刚进十二月天气就冷得厉害，孙维之生日那天莫颜跟徐靖南吵架，她穿着睡衣在空荡荡的客厅里站了半夜，第二天就有些感冒，一个多星期过去不仅不转好反而更严重了。

加上老太太住院，忙着照顾，医院和家里来回奔波，整个人都是昏昏沉沉的，胸闷咳嗽，一点精神都没有，甚至有些低烧。

徐家都是上午过来看望老人，毕凤华下午要回去管家。在她眼里反正莫颜没事，便安排她守着老太太。

中午的时候医生过来查房，一眼看出莫颜脸色不对，提醒说："我看你像是在发烧，一会儿到急诊那边看看吧。"

莫颜连续吃了一个多星期的感冒药都不见效，脑袋发沉地看着徐老太太吃完午饭，实在盯不住了，便下楼去找医生。

体温测出来居然已经到了39度！看病的医生人好，一边列挂水的药单，一边说："你们现在的年轻人，仗着年轻就不把身体当回事，早晚是要吃亏的！"

莫颜身体发虚，实在没力气，只翘了翘嘴角算是回应。

在楼下挂了两个小时的药水，莫颜浑身乏力，脸色苍白，回病房叮嘱了护工一声，打算回家休息。没有人注意她、心疼她，她难道还不能自己关心自己?

回家前莫颜先去了趟徐宅，打算告诉毕凤华一声，让她注意安排人过去医院陪护。

莫颜没进厅门的时候就隐隐约约听见争吵声，像是徐盛和毕凤华在吵架，也不知道是为了什么，竟然就在客厅里当着一干用人的面。莫颜进门前犹豫了片刻，心想自己来的时机不对，少不了要被迁怒，然而老太太那边又不能没人，只得硬着头皮进去。

她推门进去才发现客厅里坐了不少人，原本该在公司的徐盛和徐靖东都在。前两天才听说公司里出了些事，徐靖东忙得脚不沾地，今天却在这个时间出现。

客厅里的人一看见她，全都静了下来。

徐靖东神色难辨。何茜和徐萍齐齐看过来的目光里满是幸灾乐祸，就连待她一向宽厚的徐盛，面上也带了分凝重。一屋子的人都没说话。

毕凤华脸色十分难看，把茶几上的一张卡连同一张账单往前推了推，沉声说：“你回来得正好。说说吧，这张卡里的钱是怎么回事？”

莫颜头脑昏沉地把目光移到茶几上，脑袋里嗡的一声响。

还有五百万的钱没还上。

她已经忘记这件事了。

姓周的经理那天给她打完电话，徐老太太这边就生病了，这段时间她一直在医院和家里奔波，冷眼看范宁宁的到来，与徐靖南没完没了地争吵。

身心俱疲，那边不跟她主动提，她也将之抛到了脑后。

于是，东窗事发。

第十三章

莫颜虚弱地站在那里，一言不发。

客厅里安静至极，毕凤华说："你要是不记得了，那就让何茜再说一遍，帮你回忆回忆。"

何茜立刻接话说："是这样，我九月和如歆出去玩，顺路去了趟澳门，拿着妈的钱在那里输了五百万……"她声音缓缓低了下去，透露出认错讨好的意味，又接着说，"我知道这样做不对，怕妈生气，就想先瞒下来不让妈知道，我再自己凑钱把这五百万补上。我想不出隐瞒的办法来，就求助莫颜，没想到她有办法，于是我就拖了一段时间，直到上个星期才把钱都还上。"

说到这里，她急切的声音里透露出一丝无辜，即使这是她第二遍讲这个事情："我真不知道莫颜当时存了这样的心思，她把卡从我这里拿走，我根本没多想，谁知道她居然背着我们偷偷挪用了里面的钱……我要知道会是这样，一定早就跟您认错了，也免得莫颜起这种念头，我也没想过她会这么做……"

何茜一向看她不顺眼，当初莫颜帮她的时候她还能象征性地表示一下感谢，然而自从上次她找莫颜表示自己不好凑到钱，遭到莫颜拒绝后，早就心有怨怼。

今天出了这种事，何茜当然是立马话里有话地打压她，反正她已经割肉补齐了五百万。加上徐萍一向看不惯莫颜、喜欢煽风点火，这事最后一定不会责怪她太多！

"要不是靖东今天用钱，我都不知道你们背着我做出这种事！"毕凤华冷哼。

公司的流动资金最近出现了一点小缺口，徐靖东回家来找毕凤华应急。不到两千万的小事，毕凤华就把卡给了他让他拿去用。哪知道转账的时候才发现，卡里的钱只剩了不到一千五百万。

徐靖东打过电话来询问，毕凤华拿出账本来发现账目对不上，干脆让他到银行查了最近几个月的账单，没想到会查出来这种事。

毕凤华听完何茜的第一遍解释时，第一反应是震惊得说不出话来。

她从来没想到莫颜会做出这种事来。她家世不好，为人处世不够圆滑，结婚一年多没能怀孕，每次见她都能让她想起徐盛的陈年旧事，这些都是毕凤华不喜的地方。但至少她没做出过什么出格的事情来，低调，还算乖巧。

震惊完了，毕凤华从心底涌出一股嫌恶。她瞧不上莫颜、苏梅这种人果然不是没有道理，天生就带着一种劣根性，一旦嫁进豪门，终将显露出来。

苏梅当年自认有两根傲骨，生生把自己熬到了死。如今又来了一个这样的莫颜，甚至连苏梅都不如。

毕凤华冷声说："我从来不知道徐家会出这样的人，背着整个徐家在暗地里做手脚。我们这都还没死呢，还当着家呢，你就这样明目张胆地挪用钱款，我们要是死了，你还不把整个徐家都掏空了？！"

莫颜面色平静地开口："我会把钱补回来。"

"这是钱的事情吗？"毕凤华怒气冲天地拍了下茶几，"我徐家在乎一千万还是两千万？只要你有正当的理由、只要你跟我光明正大地提出来，哪怕是一个亿我都可以给你！但你现在是什么行为？说好听些是私自挪用，难听些就是偷窃！这种情况哪怕你挪用的是一块钱，那也是挪用！"

莫颜垂着眸无话可说，毕凤华尤不解气："徐家哪里对不起你了？养你吃喝，给足了你徐三少奶奶的面子，你是怎么对徐家的？你究竟有没有把徐家放在眼里？我倒是从来不知道，一个父母都是老师的家庭，能教出你这样的女人来！"

徐靖西在外面忙了两个星期，今天回来收拾些行李继续回剧组，路过徐宅时想着好久没来串门看老太太，便带着一起跟车的朋友进门。然而刚一进客厅，就听见了毕凤华的厉声呵斥，再一看沙发上坐满的人以及站着的莫颜，当即有些傻眼，愣愣地开口："这是怎么了……"

陶敏娴也在，见自己女儿傻乎乎地闯进来，连忙使眼色示意："没事，你有事赶紧去忙吧。"

徐靖西见状不妙，抬脚就想带着朋友走人。

身后毕凤华却再次出声："靖西不用走，你也留下来一起看看，我们徐家怎么会有这样胆大包天到私挪上千万的儿媳妇！"

徐靖西脚步一顿，难以置信地去看莫颜，“不会吧……是不是弄错了？”

徐萍作势冷哼一声，鄙夷地蔑视了莫颜一眼：“徐家确实弄错了，错就错在找了这样一个儿媳！”

莫颜不出声。徐靖西一脸惊诧渐渐复杂起来。她在这家里算是跟莫颜关系最好的，她从来没有怀疑过她的人品，更不相信她会做这种事，然而沉默说明了一切。

徐靖西始终不愿意接受这个事实，沉吟着说：“三嫂这样做……说不定是有什么苦衷或者隐情吧？”

徐萍在一边说风凉话：“能有什么隐情？再说有什么隐情不能跟一家人说？跟家人都说不出口，恐怕这个所谓的隐情也没有多光明磊落吧。”

徐盛终于找到机会，严肃沉稳地开口：“莫颜，我看你九月份的时候挪用了一千万，后面陆续往卡里转回了五百万。也许确实有些急事，不如你说清楚，你用这笔钱做了什么。如果情有可原，我们也不会多追究。”

徐萍不满地瞪他，又转脸去神色鄙夷地等着莫颜说话。

在所有人的注视下，莫颜沉默了半晌说：“我会把钱补回来。”

徐萍听得立马扭头跟徐盛说：“哥你看见了吗？这就是你给靖南挑的好媳妇！我们徐家早晚有一天会被这样的人败光了！”

徐盛不愿意听她这样针对，沉声说：“不要再说……”

“为什么不说？”毕凤华出声打断他，冷声说，“小萍说得没错，我们徐家可以不在乎家世、不在乎那些外在条件，但这样的品性徐家怎么能容得下！”

她把话说得掷地有声，震得整个客厅里一片寂静。

就在众人都未出声的时候，徐靖西身边传来一道小心翼翼的细声：“莫颜……你还记得……你逼我打掉了靖南的孩子吗？”

在座的所有人都听得心中一震，猛地扭头看过去。

徐靖西最先反应过来，推了身边的朋友一把，睁大眼说：“珠珠，你瞎说什么？！”

这个叫珠珠的女孩其实算不得徐靖西的朋友。徐靖西在外面拍戏需要资金，家里又不太支持她一个女孩子走导演这条路，所以基本不给予支持。她只好在外面各种拉赞助，后来终于从一个朋友那里得到了些支持，条件就是让珠珠参演短片里的一个角色。

徐靖西回家拿完行李要去机场，便顺路带着珠珠一起了。她记得前段时间还跟莫颜提过，剧组里进了一个特别难搞的女人，可谁知道这里面还有这样的联系？！

没错，珠珠正是春末时那个声称怀了徐靖南的孩子，最后被莫颜带人逼着把孩子打掉的女孩。

其实对珠珠来说，怀了谁的孩子并不重要，如果能借孩子上位是最好，如果不能，得到一笔可观的营养费也还划算。被莫颜逼着把孩子打掉后她很快就把这事抛到脑后，迅速地结识新的小开。被介绍到徐靖西剧组里拍戏也是巧合，她倒是没想再打上位徐家的主意，直到今天无意中踏进徐家大门，见到当初威胁她“谨言慎行”的莫颜被徐家当众打压。

被推了一把的珠珠不仅没有噤声，反而语气更加无辜起来，小声说：“我没瞎说，当初我怀了靖南的孩子，莫颜逼我打掉，又反过来污蔑我自己把孩子流掉的。”

其实她也根本不指望得到徐家的青睐，看莫颜的现状就知道了，她比莫颜还要不如，即使能嫁进来大概也要被生生啃去层皮，她还不愿意呢！但是把话说出来，可以让有些人更加无路可退，这么快意的事情，她怎么会不做！

话毕，珠珠迅速看了毕凤华一眼。

毕凤华顿时想起来了，那个曾经把电话打到家里来，她甚至特意去医院里看了一趟的，有可能怀了徐家孙子的女人！

连徐盛也被震了一下，神色复杂地看着莫颜，说不出是失望还是惊诧，缓缓开口：“莫颜……这个女孩子说的是不是实话？”

莫颜只觉得自己脑子胀痛得就要炸开，她看了珠珠一眼，脸上神色依旧维持着平静，说：“是，我让她把孩子打掉的。”

徐萍不知道怎么回事，毕凤华却是相当清楚，脸色愠怒地啪一声拍了下桌子，“这样的儿媳妇，我徐家不敢再要！你还做过什么见不得人的事我也不想再听了，离婚！我徐家庙太小，容不下你！”

徐萍见状立刻说：“那就打电话把靖南叫回来办手续吧。”

徐盛皱眉，沉声斥责妹妹：“你少说几句！”

“我又没说错……”徐萍低声抱怨。身边的毕凤华开口：“离婚吧，莫颜。其他的我不多说，总之我们徐家是容不下你这样的。”

在场的小辈说不上话，何茜更是不想开口求情。徐盛心里多少还有些顾虑，沉默良久说：“今天就到这里吧。都累了，先回去吧，这件事改天再说。”

徐萍还想说话，被徐盛一个眼神扫过去，闭了嘴。毕凤华不跟她一样只考虑让莫颜走人，整个下午受得刺激太大，多少有点疲乏，便说：“离婚这件事没得商量，都先散了吧。”

莫颜看了眼前几人一眼，平静地缓缓出声：“靖南还没有回来。如果离婚，我希望等他回来后自己跟他说。我做的这些事情也希望爸妈你们先不要告诉他。”

徐萍和毕凤华对视了一眼。徐盛率先开口：“好。”又扫了在座的众人一眼示意谁都不准再谈论，“那就由你自己说吧。”话毕，自己先上楼去了。

到了这一步，也没什么好再挽回的了。莫颜只觉得自己隐隐约约又要烧起来，头晕恶心得早就要承受不住，也没有打招呼，转身离开。

经过徐靖西身边的时候，徐靖西担忧地看着她，想开口安慰，又收到陶敏娴警告的眼神，加上她心里也有些难以置信，张了张嘴，只弱弱地问了句：“三嫂……你没事吧？”

莫颜摇了下头说：“没事。”

然后开门离开。

从头到尾，没有一个人看出来她脸色不对，看出来她正在生病。

莫颜回到家便进了卧室，整个下午都没再出来，更没有到徐宅去吃晚饭。直到晚上八点多睡醒，觉得稍微有了点精神才起床下楼。

到厨房做了三明治，吃完测体温，结果还是有些低烧，便吃了医生开的药，回房间去联系姓周的经理。

周经理原本心虚了半个多月，后来见莫颜不联系，也就以为还能再拖一段时间。今天接到电话，着实有点不安，连忙说：“莫小姐，真是怪我不好，不知道我那个朋友凑钱这么难。要是知道这样，我肯定早把房子卖给别人了，毕竟你是陈经理的朋友……可是他一拖再拖，拖得我都不好意思联系你了……不过好在他今天把钱给我了，我正打算联系你给你把钱汇过去呢！”

莫颜静静地听着没说话。

周经理心里越发没底，小心翼翼地叫了一声：“……莫小姐？”

莫颜回神，淡淡地应了一声，说：“那就请周经理尽快把钱打到我账户上。”

“好好好！”周经理没想到她居然没有发火，连忙说，“我会收您最少的佣金的，您放心……”

不等他说完，莫颜便挂了电话。事已至此，再多说也是无益。难道时间能倒流，还是说她有一颗强烈的不想离婚的心？

医生开的药里有些具有安眠作用，莫颜挂掉电话面无表情地出了会儿神后开始觉得困倦。她晚上吃的东西少，三明治又没营养，身体这样拖下去也不是办法，纵然心里懒怠，最终还是起身到楼下去倒杯牛奶喝。

十二月份的天，外面寒风呼啸，纵然室内暖气腾腾，也暖不到人心里。陈娜说过她消极，说她如果不主动往前迈出一步，早晚会与心中所盼失之交臂，后悔莫及。于是她想办法往前迈了一步。

却没想到前面等待她的不是幸福的阶梯，而是万丈深渊。

难道是，她还不够努力？可是还能怎么努力？

她只觉得累。走到今天这一步，累，而且失望。今天下午，毕凤华盛气凌人，并且毫无转圜余地地说出“离婚”二字时，她居然会觉出一份解脱的释然。

她不知道该再怎么努力了，也不是很想再继续了。

微波炉“嘀”的一声响。莫颜回神，从里面拿出牛奶，刚凑到嘴边要喝，胃里便涌出一股强烈的呕吐感。她立马把杯子放下，快步走到卫生间的马桶前，低头干呕了数声，最终也没吐出什么东西来。

她生病发烧本来胃口就不好，晚饭吃得少，又吃了一把西药片，少不得要刺激胃，况且开药时医生就有叮嘱，有些药刺激性太强，可能会引起头晕或者呕吐。

于是干呕完莫颜也没有多想，回到厨房把牛奶倒掉，上楼继续睡觉去了。

第二天莫颜是被手机铃声吵醒的，睁眼的那一瞬间只觉得脑子里钝痛无比，墙上的时钟显示是九点半。

来电显示是陈娜，莫颜接起来，开口的声音低哑无比：“喂？”

陈娜在那边被吓了一跳，连忙问：“莫颜？你怎么了？怎么说话那么不对劲？”

“没事……”莫颜清醒了不少，忍着咽喉刺痛，咳了一声，仍旧沙哑地说，“有些感冒，有什么事吗？”

“没事了没事了！”陈娜赶紧说，“本来想给你个案子做，看你现在病得这么严重，你还是先在家养病吧！去医院看过了没有？”

莫颜应了一声，出了一宿虚汗，额头仍然滚烫，烧热还没有退下去。

陈娜见她反应平淡，不放心地问：“有人照顾你吧？要是没有我过去照顾你？”

莫颜沉默了一会儿才说：“……不用了，我已经看了医生，谢谢你。”

陈娜又不放心地叮嘱了几句，然后才挂电话。

莫颜起身量了体温，已经又到了三十八度五。到浴室里洗完澡，浑身虚软地喝了点水，便出门去医院。

她其实挺少生病的。莫母改嫁后她一个人生活也还算能照顾自己，再加上饮食规律以及时常晨跑，身体一直都不错，每年最多感冒两三次、烧一场，很快就能好。

没想到这次却这么严重。

医生再次给她查了一遍。无非就是着凉，加上最近流行感冒引起了发烧。医生一边写药单一边说：“个人情绪也会影响身体健康。我看你好像心情不怎么样。你们年轻人能有什么想不开的。好好吃药，多睡觉不要熬夜，很快就能好了。再挂一天水吧。如果还烧，明天继续挂。”

莫颜静静听着没有说话。

莫颜挂完水从医院出来已经下午两点。她早饭、午饭都没吃，挂完水身体稍微精神些，便在回家的路上找了家餐馆进去喝粥。

服务员很会看脸色，一眼就看到她那一脸病容，在旁边贴心地推荐：“我们这的皮蛋瘦肉粥做得很好，每天都排长队。您要来一份吗？暖暖胃。”

莫颜听见“皮蛋瘦肉”几个字，脑袋里率先想起的是瘦肉在粥里的腥味，胃里顿时一阵泛酸，推开服务员快步进了洗手间，趴在水池边反应剧烈地呕了起来。

然而她从昨晚几乎就没吃东西，呕出来的全都是酸水。

服务员担心地跟过来，给她端了杯水。莫颜接过来漱了漱口，虚弱地笑了下，解释说：“我一天没吃东西，刚挂完水，胃里有些不舒服。”

服务员忙点头：“我生病的时候胃里也难受，那您想吃点什么？”

“你们有白粥吗？”

服务员想了想说：“八宝粥行吗？我们这里还有排骨汤之类的，您要不要补补？”

餐馆是小店，莫颜也不讲究，按捺住听见“排骨”时的呕意，点点头说：“随便炒个素菜吧。”

这一天，莫颜除了在医院挂水，就是在家里睡觉，没有踏进徐宅半步。晚饭时她想起医生叮嘱营养要跟上，便打电话叫了份清淡的外卖，吃完饭遵医嘱吃药，继续倒头睡觉。

到了第三天，总算不再高烧不退了，只是仍然有些低烧。莫颜原本不想再去医院，但早上喝牛奶时呕吐得厉害，喝了半杯吐了半杯。她对自己这种病恹恹的状态心生嫌恶，便打起精神到了医院，找医生继续挂了一上午的水。

挂完水出了病房时已经中午，楼道里正遇到一个家长牵了穿病服的小孩溜达。小朋友手里抱了一桶全家桶，小手捏着油腻腻的鸡腿，吃得满嘴油光，津津有味。

莫颜只看了一眼，胃里就一阵翻腾，见到前面有间水房，当即捂着嘴快步走了进去。

她生病不愿意吃东西，看见油腻的更是犯恶心，一想起刚才的鸡腿和那股味道就呕个不停。

正难受着，有个年长些的护士端着杯子进来了，站在一边水龙头下洗杯子。见她这个样子，多嘴说了一句："你妊娠反应还挺严重的，怀孕心态很重要，放轻松些，不要太焦虑。"

莫颜刚呕完一番，听见这话愣了愣，随即对护士的一片心意淡淡笑了表示感激，说："我最近感冒发烧，胃里有些不舒服，不是怀孕，谢谢你。"

"不是？"护士打量了她一眼，见她穿的还是高跟鞋，便了然地点点头，"你这么个吐法我还以为你是怀孕呢！感冒注意多喝水。"说完就走了。

难得遇上热心的护士。莫颜跟在她后面出去，刚走了两步，脚下猛然便顿住了。

她上次来月经……是什么时候的事了？

是九月份了。

后来十月份的时候被徐靖南拽上床。一夜过去她当时心里说不出的滋味，对徐靖南的反应多少也有些失望，就完全忘记吃事后药了。再后来和徐靖南出去玩，老太太生病，再不停地吵架，心绪大起大落，她也根本没心思注意月经是否正常。

直到今天那个护士的一句话，她才想起来自己已经两个月没有来过月事了。

桌子对面的女医生声音温和，拿着化验的单子看了看说："恭喜，你已经怀孕九周了。"

莫颜愣愣地坐在椅子上说不出话来。

她怀孕了。

徐家那么不能接受她，那么想要她赶紧和徐靖南离婚，最重要的不过是因为她没能怀孕，没能在一年多里给徐家生一个孙子。

如今她怀孕了。

莫颜两只手虚拢着放在腹部，什么都感受不出来。她心里却是百感交集，甚至是惊涛骇浪。

徐家现在已经打定主意让她离婚，如果她告诉他们，她怀孕了，会怎么样？连一个名声不正经的女孩声称怀了徐靖南的孩子，徐家都起了保住孩子的心思，那么她呢？

莫颜一时间说不出话来。前天的时候她还在想，她和徐靖南的这段婚姻已经不知道该怎么维持下去。她和他之间是感情的问题，是两个人的事，她还能鼓起勇气往前迈一步；可徐家发现了那些事，他们的婚姻就不再由他们两个决定了，她没有挽救的可能。

但是今天，她有了徐家最想要的孩子。

莫颜也说不出自己的真实想法究竟是什么。她累得慌，徐家那样咄咄逼人，她厌烦无比，她恨不能立刻摆脱出去，可是徐靖南那里呢……摆脱徐家，是不是也就要意味着摆脱徐靖南?

很多时候，莫颜都不太想承认，她其实对徐靖南有感情。刚结婚的时候，她一直在说服自己，之所以跟他结婚是因为赌气，可是只有最心底的那个她明白，她跟他结婚，是因为她过得太孤独。她二十多年的人生里，那抹印象最深刻的温暖，是他给她的。

高中的时候她因为渴望而接近，多年再见后，她依旧打心底里渴望。

只不过是不愿意承认罢了。

高中的时候他先不理她，结婚的时候他先说他对她没感情，她的自尊怎么允许自己承认对他的感情?

可表面上虽然不承认，心里其实还是想争取的，还是有那么一点……舍不得的。

对面医生见她出神，笑着用笔点了点桌面，说：“怎么？高兴得傻了？”

莫颜收回思绪，嘴角扬起一道浅笑。她起身把化验单之类的东西装进包里，对医生道了谢，转身往外走。

医生见她也不问些注意事项，不知道是高兴得忘了还是心中另有打算，有些事她见得多了。

但该嘱咐的还是要嘱咐，女医生在她身后说：“注意三个月前不要行房。吃东西也要注意。我看你脸色不太好，如果生病了，不要随便用药。”

身后声音刚落，莫颜的手指刚刚搭到房门把手上，她就觉得整个脑袋里嗡的一声炸开了。

从医院里出来，回家的路上，莫颜接到了徐盛的电话，让她到徐宅一趟。

徐家客厅里只有何茜和谢如歆在，想来毕凤华和徐萍应该是去医院照顾老太太了。她从被整个徐家排挤那天起就没有再去照顾老太太。她老人家听说这种事大概是比较开心的，必然也不想再见她。

谢如歆看见她的时候表情有些不自然，但还是打了招呼：“莫颜过来了？”

莫颜点点头，径直上楼往书房里去。

客厅里传来何茜鄙夷的声音：“都要被赶出徐家了，还这么个样子的给谁看？”

谢如歆捅捅她小声说：“别说了，哪有你这么过河拆桥的……”

莫颜进书房的时候徐盛从书桌后抬头打量了她一眼，声音里不乏关心的意味：

“生病了？脸色这么不好。”

莫颜声音沉静，淡淡地说：“有些感冒。”

徐盛便点点头，示意她：“坐。”

莫颜依言坐在一边的沙发上。两人半晌无话，徐盛像是在低头看书，却半天不见翻页。莫颜也不出声，只垂眸看着冬日的阳光缓缓在地板上行走。

书房里寂静无声，良久徐盛才终于缓缓开口，第一句便是：“莫颜，是我对不住你。”

莫颜面无表情地洗耳恭听，徐盛长长地叹了口气：“你是个好孩子，这我从第一次看见你就知道。知书达理，做事有分寸，虽然不爱说话，但礼数一点也不差。

“怪就怪我想让你进我们徐家。且不说你和靖南两个人相处得怎么样，徐家的风气跟你的风骨原本就是不相容的。

“你们这样的女孩子，不适合进来。”

他说“你们”，莫颜忍不住看了徐盛一眼。他根本没有在看她，侧身看着窗外，目光深远，面露哀意，不像是在跟她说话，倒像是沉浸于往事中难以自拔。

又是短暂的沉默，徐盛把目光从远处收回来，看了莫颜一眼，神色温和地问：“你从家里的卡中转钱用的事情，既然你不想说，我也就不逼你了。我想问问，这件事是你的私事，还是靖南……他知道吗？”

莫颜面色不变地说：“不知道。”

徐盛又是一声叹气。沉吟片刻，像是终于下定决心了一样，果断开口说：“莫颜，把你介绍给靖南，让你嫁进徐家——我原本以为这是桩无可挑剔的姻缘，但是今天……我只能郑重地向你道歉。

“……在靖东、靖南的母亲之前，我还有一位妻子，她有些地方跟你有点相像，比如你们身上那种风骨气质，只是她很早就病逝了。徐家这种地方，她待不下去。

“你经由我牵线嫁进来，我应当不让你受委屈。或者说，我把当年悔恨自己没做到的东西，转嫁到了你和靖南身上。但也是真心实意地希望你们过得好。只是老太太的身体一天不如一天，我这边压力很大，尤其是前几天的事……说实话，莫颜，我对你有些失望。你做的那些事，与我的期望相差的距离……太大。”

徐盛又沉默半晌，再开口，声音里带着些难辞其咎的惋惜和遗憾：“莫颜，我建议你和靖南离婚。”

不管前面铺垫多少，这句话最终还是会说出来。莫颜闭了闭眼睛，再睁开，眼中的神色依旧淡淡的，声音也是清清冷冷地不带情绪：“好。”

许是没料到她会这么干脆，又许是早料到以她的性格会给出这样的答案，徐盛略略叹了一声说："你进徐家一年多，很多地方我都是看在眼里的。你放心，即使离婚徐家也不会亏待你……"

"不用了。"莫颜突然打断了他，站起身说，"谢谢您，不过不用了，我只有一件事希望您同意。"

徐盛怔了一下说："什么事？你说。"

莫颜说："靖南那里给我点时间，我自己跟他提出离婚，希望您和妈不参与。"

在徐盛看来，莫颜的目的应该是不想让徐靖南知道她做的那些事。他心里又叹了一声，点点头说："这是自然，该给你的补偿也一定……"

"真的不用了。"莫颜再一次打断他，嘴角微微翘了下算是微笑，"我做了错事，再拿家里的补偿，会受之有愧。况且这一年多我很感谢您的包容和照顾，其他的不需要了，谢谢您。"

莫颜说完浅浅地鞠了个躬，不等徐盛再说话，便转身走了。

莫颜来了徐宅这一次，接下来几天都没有再去过。挂了三天的水感冒好了不少，有些精神气后莫颜又恢复了规律的作息生活，午饭、晚饭会叫外卖，早饭依旧自己做。她一闻到牛奶味儿就想吐，于是也尝试着自己熬一锅米粥。

清清淡淡地熬一小锅，也不知道什么味道算是最好，熬出来不煳不生，也就凑合着吃了。

陈娜也给她打过电话，问她身体怎么样。莫颜当时想吃西红柿牛腩，刚叫来外卖，然而一闻到牛肉的味道，又忍不住作呕，跑到卫生间吐了半天，才回来接她电话，和声细语地说已经好多了。

陈娜听她声音与平时无异，也就放下心来，嘱咐了两句就挂了。

徐靖南出差了整整一个星期才回来。

他和范宁宁到C市机场的时候已经是傍晚，来接机的是徐靖西。

去H市的这一趟异常顺利，和范宁宁谈得也十分愉快，两个人当场就拍板决定了合作事宜，所以徐靖南整个人都嘚嘚瑟瑟的。看见徐靖西的时候吊儿郎当地问："怎么是你来的？司机呢？"

"怎么，你妹妹亲自来接，还不乐意了？"徐靖西对范宁宁笑了笑，她也是昨天才回家，今天无事可做到徐宅那边去串门，问用人才知道莫颜已经不再过来这边，心里当即一咯噔，这是来真的了？她本着提前提醒一下徐靖南的心思，就亲自跑过来接人了。

徐靖南嘻嘻哈哈地说好，三个人一起出了机场。

回去的路上徐靖西和范宁宁聊天，讲了讲H市著名的景点。徐靖南在一边听着，偶尔插几句，一路说说笑笑到了徐宅门前。

正是饭点时间，徐家知道他俩今天回来，特意准备了晚餐等着。

徐靖南见徐靖西把车停在门口却不开进去，不解地问："怎么不开进去？"

范宁宁已经下了车。徐靖西解开安全带，犹犹豫豫地说："……三哥，你去接三嫂过来吧。"

徐靖南挑眉，"她不在这边？"都这个时间了，还不过来吃饭？

"唔……"徐靖西支支吾吾的，莫颜之前就交代过不准跟他提那些事，她就不知道怎么开口了。说实话，她听见莫颜的所作所为时，心里也着实别扭了一阵，在徐家她唯一视为知己的一个人，居然会有那样不能见光的一面……可到底还是情谊打败了观念，她相信莫颜有她的道理，一个性情淡泊的人不可能有太多阴暗的心思。

所以最终还是决定帮她一把，"你去接她吧，你出差这么多天，三嫂好像都有些不高兴了……你回去好好哄哄她，再一起过来，才显得你们感情好！"

徐靖南听得暗中一喜，果然郑钟铭的办法有效了！他带着范宁宁出差七天，一个电话也没给她打，果然就让她忌妒吃醋了！

当然面上还是很镇定自若的，徐靖南还颇有些不满地蹙了下眉："又闹什么脾气呢！谁惹她了？你们先进去，我去看看。"说着蹿上驾驶位，一溜烟地回了自己家。

提着行李进门的时候，徐靖南还在得意扬扬地夸自己有先见之明。他在H市特意给她买了件礼物。去H市之前两个人在冷战，按他的想法，假如带范宁宁出差她仍然无动于衷、继续跟他冷战，那他就把礼物给她，算是示个好；假如她吃醋了，那他的目的就达到了，之后她表露心迹，他勉强逢迎，最后自然皆大欢喜。

徐靖西说她吃醋生气了，那正好，揭露她的心迹，然后在她恼羞成怒的时候把礼物送上去……说不定今天晚上都可以一步登天了！

天早就黑了，客厅里的灯开着，却没有人。二楼的灯是关着的，显然不会有人，徐靖南把行李放下，从里面拿出一个天鹅绒的礼盒，放轻脚步悄悄往里面走。

餐厅和厨房的灯也都开着，餐桌上摆了一盘番茄鱼块、一盘芹菜炒香干以及一份米饭，很简单的菜色，一看饭盒就知道是叫的外卖。水杯旁边还放了两个剥开的橙子，黄澄澄的果肉一副酸甜可口的模样。

徐靖南正腹诽她难道不知道他今天回来吗，怎么不到徐宅去吃晚饭，反而自己叫外卖时，就听见卫生间里马桶抽水的哗啦声，忍不住神经质地惊了一下，转头就看见卫生间门口站了面无表情的莫颜。

徐靖南顿时有种偷偷摸摸做贼心虚之感，连忙背过手把东西藏到身后，挺直腰背不悦地说："你无声无息的是想吓死人啊？"

莫颜没理他，径直坐回餐桌边，继续吃饭。

徐靖南被无视，心中不爽，往前走了两步，指着桌上的饭："我跟你说话呢，没听见吗？你这是怎么回事？不去宅子里吃饭，自己叫外卖干什么？那边还都等着过去吃饭呢！"

莫颜下筷多是吃的那盘芹菜，听到这里筷子一顿，淡淡地说："你自己去吃吧。"

徐靖南立刻会意她这种反应是为何，一双漆黑眸子里尽是光芒，面上却绷得紧紧的："你发什么脾气呢？你黑着脸不高兴个什么劲啊？"

莫颜仍不理会他。徐靖南想了想，决定改走怀柔政策。

他慢腾腾地把礼盒从身后拿出来，把盒子打开，缓缓放到她桌前，装作毫不在意地说："去逛商场的时候正赶上这玩意促销，我随便买了一条，送你吧！"

黑色的天鹅绒礼盒中，放的是一条亮闪闪的项链。铂金质地，坠子的造型很别致，是一个带把手的杯子，杯子上镶了两颗星星形状的钻石，在黑色的衬托下更显静谧晶亮。

莫颜盯着这条链子，长久地不说话。

徐靖南原本还在满怀信心地等着她开口损他，最好能抛个眼神嗔他……然而左等右等都等不到她吱一声，徐靖南不耐烦了，说："你倒是说句话啊！不至于被我感动成这样了吧？我真就是随手买的……"

"我们离婚吧。"莫颜终于开口。

徐靖南听到她出声，刚想损回去时才终于反应过来："……你说什么？"

莫颜垂眸盯着那个精致的铂金小杯子，缓缓开口："离婚吧。"

莫颜身形单薄地坐在餐桌前，徐靖南一身西装风尘仆仆地站在两步远处。餐厅里一片静谧，两厢无话，只有那个镶着钻的小杯子在吊灯的照耀下愈发熠熠闪亮。

良久，徐靖南似是还未听懂，开口说："……你再说一遍，我们干什么？"

莫颜抬头，从他进门起第一次与他对视，声音冷静："离婚。"

徐靖南划过一抹难以置信的神情，眼神闪了两下一脸又气又笑的模样，"不是，你真发神经了？谁招你惹你了！我不就出差几天没给你打电话吗？你至于吗？我道歉还不行！是我不对，我错了行了吧？你正常点……”

莫颜闭了闭眼，打断他说：“我不是这个意思……”

“那是什么意思？！”徐靖南声音陡然就扬了起来，“我们不就在出差前吵了一架吗？我道歉还不行吗？！是我的错，全都是我的错！你别整天神神经经的行不行？！”

莫颜垂眸看着桌上的项链沉默不语，片刻抬头，眼神一片清明，声音依旧平静：“不是因为吵架，我只是不想再继续这段婚姻了……我觉得有些累……”

“你累什么？你干什么了觉得自己累？！”徐靖南脸色难看，“你觉得我爸妈难为你？你觉得在我家里受委屈？那你就不能再等等！你能不能有点耐性，哪怕你再等上半年？！”

莫颜只当作没听见，说：“总之，我想开始新的生活。徐靖南，离婚吧……”

“离个屁！”徐靖南怒吼，又想到了什么，指着她说，“你别忘了莫颜，我们当初结婚的时候是有约定的，谁先过不下去，谁先提出离婚，谁就向对方道歉……你今天要是想离婚！就要承认高中的时候是你对不起我！你不是要离婚吗？那你先道歉啊！”

徐靖南终于找到了对方的死穴，虚张声势地指着她大喊。

莫颜点点头，说：“好。徐靖南，高中的时候是我对不……”

她话未完，徐靖南已经一个箭步冲了上去，大手一把捂住她半张脸，手劲大得把莫颜的脸压得都往后仰了起来。

在吊灯的暖色灯光下，她目光沉静如水，睫毛微微颤动。徐靖南死死捂住她的嘴，眼睛通红地与她对视，声音沉着中带着几分威胁：“你敢把话说完试试！我告诉你，你爱怎么闹就怎么闹，但我绝对不会同意离婚。”

说完，徐靖南松开捂住她的手，像是有些慌张，赶在莫颜出声前，自己先说话，语音与平时说话无异：“既然你自己叫外卖了，那就好好吃吧。我过去那边吃饭，妈他们还在等着呢，我过去了。”

话未落音，徐靖南已经转身沉着脸大步往玄关走去。经过玄关处刚刚放下的行李时，到底忍不住，一脚把箱子踹开了三米远，自己开门出去了。

箱子砰的一声撞到右侧的陈列柜，引得柜子里的摆件哗啦啦地一阵响，很快又归于一片寂静。

餐厅里，莫颜一直放在桌下腿上的手缓缓抬起来，提筷继续夹了一段芹菜吃。

手心赫然印着几个泛红到即将出血的指甲印。

徐靖南摔门出去就上了车，脚下猛踩油门飙到了一百多迈，转弯时速度分毫不降。车子一个甩尾飘移，轮胎摩擦地面发出刺耳的声音，绝尘而去。

正是下班高峰期，在小区附近还能飚一段，车子一驶进市区就寸步难行。徐靖南抬手砸了一把方向盘，转了个弯把车子停在路边，不动了。

他知道，莫颜是认真的。

以前不是没有提到过离婚。两个人吵架，话赶话吵到最后要离婚也有那么几次，但凭着徐靖南对她的了解，只要她还能跟他吵嘴，什么事情就都还有余地。有时候两个人吵得认真了，也把离婚搬到台面上来，然而一提到向对方道歉，两个人又都为了自己的面子和尊严着想，不约而同地蔫了下去。

就那么一句道歉的话，两个人却都当作天大的雷区不碰触，谁都绷着，没人愿意率先低头。时间长了，也不知道彼此是担心道歉丢面子，还是根本就不想离婚，只是当儿戏说说。

直到今天她声音平稳地说离婚，说对不起，徐靖南知道，她是认真的了。

徐靖南神情莫测地坐在昏暗的车里，看着C市华灯初上的夜晚，听着外面呼啸的寒风声，无比地希望此时手头能有支烟，让他深缓地抽一口。

在外面坐了不到一个小时，徐靖南就赶紧回去了。

到家看见二楼的灯亮着，人还在，他心里松了口气。餐厅的灯也没有关上，信步过去关灯。餐桌上已经收拾干净，饭盒和橙子都不见，唯独剩下那条项链，装在盒子里动都没被动过，默默地在灯下闪耀。

徐靖南关好灯出来，行李还倒在柜子旁，便拎起来往楼上更衣间里去。路过书房的时候正遇上莫颜从里面出来。两人对视一眼，徐靖南率先开口，面无表情地说："你刚才说的那些话不是能说服我跟你离婚的理由。你想变前妻，但是我还不想拿绿本去找二婚，所以我不同意，不要再多说了。"

说完若无其事地又说："今天坐飞机累了，我先回房间休息了，你也早点睡。"然后也不等莫颜反应，拎着行李箱进了房间。

第十四章

第二天早上徐靖南下楼，就听见卫生间里一阵抽水声，间或似乎还夹杂着呕吐声。等莫颜出来，他诧异地问：“你怎么了？”

莫颜神色冷淡：“没事。”

她一贯这副表情，纵然脸色有些苍白徐靖南也没多想，识趣地不再多说话。见餐桌上放了两人份的三明治，心里又微微雀跃起来，过去喝了一大口牛奶，拿了三明治吃。

今天星期二，按理说是要去上班的，况且徐靖南已经出差了一周。然而饭后他却一点走人的意思都没有，自顾自地坐到沙发上，打开电视看早间新闻。

眼看就要到十点钟，莫颜到底忍不住，开口说：“你不去上班？”

徐靖南支支吾吾的，敷衍地嗯了几声，“这就去……”

然后直到被莫颜的冷眼盯得受不住了，才缓缓起身，磨磨蹭蹭地穿衣走人。

下午下班的时候，徐靖南早早就回来了。

他先去了趟徐宅，毕凤华见他过来忍不住斥了两句：“昨天怎么也不过来吃饭？听宁宁说都到家门口了也不进来！我让人给你打电话也不接！”

徐靖南环视一圈，没看见莫颜的身影，她就像是打定主意要跟他离婚，不再参与徐家任何事情了一样。想到这里心中多少有些失意，嘴上随口应付：“有些事……范宁宁不在？”

“跟郑家的孙女可妍出去玩了。”

毕凤华不细问昨天发生了什么事，徐萍却忍不住了，试探着问：“靖南，你和莫颜怎么样？”

“什么怎么样？”徐靖南有些莫名其妙，又想到莫颜离婚有一半多的原因是徐家的态度，不耐烦地说，“姑妈，我奶奶病情稳定下来了，也从医院回家里休养了，您在这边待的时间不短，不想S市我姑父和表哥们吗？”

徐萍不乐意：“你这是什么意思？赶着你姑妈走啊？我不就关心关心你跟……”

不等她说完，徐盛率先厉声打断了她：“小萍！你少说几句！”

徐萍不再说话，徐靖南只觉索然无味，起身说：“那我先回去了。”

毕凤华忙问：“你不吃晚饭？”

“再说吧。”徐靖南扔下一句，回家去了。

他匆匆忙忙回家，客厅里亮着灯。徐靖南换了鞋，放缓脚步往餐厅那边去，便见厨房里灯光温暖，莫颜正在自己熬米粥。

“你还会做这个？”徐靖南凑过去看了一眼，没话找话地问。

莫颜搅着热气腾腾的粥，浅浅嗯了一声，冷淡地说：“不知道你回来，没做你的。”

徐靖南刚伸出去打算从她手里拿过勺子的手顿时一僵，又有些尴尬地收回来，打着哈哈似是不在意地说：“没事，反正我也不喜欢。你没烧菜吧？我看你也不会，那我去叫外卖，你想吃什么菜？”

莫颜静静地看他。

明明没什么表情，徐靖南却好像觉察出来了她那种无奈而决绝的态度，赶在她要说话之前说：“我看你也没有忌口，随便点了啊！”匆匆说完就要赶紧出去，免得听见她说什么他不想听的话。

身后却传来莫颜一贯沉静的声音：“点素菜吧。”

徐靖南脚步一顿，难以置信地扭头看了她一眼，连忙点头：“好，就吃素菜！”

厨房里，莫颜缓缓闭上眼，几不可闻地轻轻叹了一声。

莫颜说吃素菜，徐靖南真就点了三个素菜和一道素汤。饭间莫颜只低头吃饭不跟他说话，徐靖南也不觉得憋闷，好歹两个人算是有商有量地坐到了一张桌子上吃饭，怎么也算是缓和关系的进步吧！

饭毕，莫颜到客厅里去看电视。徐靖南也亦步亦趋地坐了过去，指望着两人能随便聊几句，以便能进一步缓和，甚至是彻底打消她所谓的离婚念头。

刚刚坐了五分钟，门铃就响起来。

这么晚还会有人来？徐靖南纳闷地看了莫颜一眼，见她没动，便起身去开门。

门外是范宁宁，笑眯眯地往里探头：“我来做客，欢不欢迎呀？”

徐靖南一见她手里的文件就了然于胸，一边心想这小丫头还挺靠谱的，以为她今天出去玩肯定忘了合约的事，没想到这么快就把合同弄出来了，一边热情地把人迎了进来。

莫颜见是范宁宁来，也微微笑着从沙发上站起来点了点头："宁宁来了？"

"嗯！过来看看你们！"范宁宁跟她不熟，也没有什么可说的，寒暄了两句就指着徐靖南说，"我来跟靖南哥谈点事……"

莫颜点头，笑着说："好，那我把客厅让给你们……"

"不用了！"徐靖南忙说，"我跟她到书房里去就谈，你接着看你的电视。"

说完拍了范宁宁一下，示意她上楼。莫颜便不再多说，坐回沙发上继续看电视。

他们两个人在书房里谈了一个多小时才出来，有说有笑地下楼。范宁宁笑眯眯地说："三嫂，那我先回去啦！"

莫颜起身礼貌地招呼她："不再玩会儿吗？"

"不了！今天出去玩了一天，回去早些休息了！"范宁宁说着去拿衣架上的大衣，边穿衣服边说，"刚才跟靖南哥说话，他还打哈欠来着！"

她就站在徐靖南身边，穿好衣服伸手去理颈间的长发。她里面穿了件V领的黑色毛衣，露出雪白精致的脖颈和锁骨，莫颜随着她的动作扫了一眼，只一眼，便看见了她戴在脖子上的项链。

与昨天徐靖南说的"逛商场碰见打折随便买的"那条项链，除了吊坠不同，从设计到风格几乎一模一样。

莫颜只看了一眼便挪开了视线，点点头仍旧带着浅浅笑意，说："那就回去早些休息，晚安。"

"晚安。"范宁宁摆摆手。

徐靖南说："我送你出去。"

送走范宁宁，再进门，已经不见了莫颜身影。

徐靖南独自在客厅里站了会儿，上楼到主卧门前，轻轻敲了两声。

没人应。

徐靖南有些摸不着头脑地皱眉，明明刚才他瞥了一眼电视，里面的访谈节目还没播完，怎么一转眼就上楼去了？不过一想到刚才和范宁宁谈的事情，心头又松下来。吵吧吵吧，冷战吧冷战吧，反正不会有太长时间，过了这个漫长的冬天，一切都会欣欣向荣，万物复苏的！

早上徐靖南照常去上班，临走时磨蹭着穿上大衣，盯了莫颜一眼，说：“我下班就回来，你要是熬粥，记得熬上我的份。”

莫颜面无表情地坐在餐桌上吃饭，没有说话。

徐靖南无法，只能站了会儿就出门去了。

徐靖南走后，莫颜吃完早饭，收拾好东西，开始到二楼衣帽间去收拾行李。

不管是早一天还是晚一天，都是要离婚、要走的。

韩煜打来电话的时候，莫颜刚刚在自己收拾的抽屉里看见徐靖南买的那条项链，也不知道他是什么时候放进来的。

韩煜在那边说：“怎么回事？BRI这边刚接到徐靖南的电话，说是要回购BRI在他项目里的股份，你知道吗？”

莫颜怔了下，微微蹙眉说：“我没听说，他为什么突然要回购？”

“我也不清楚。”韩煜说，静了片刻又说，“……我好像知道原因了。当初给他投那一千万的时候，我在合同里写明了以后不准稀释这个股份……可能，他觉得这个条件制约了自己那边的发展，所以找了其他的投资商……”

韩煜当初这样做完全是为莫颜考虑。她无声无息地给他凑了一千万，虽说能得到一时的分红利益，但等股份逐渐稀释，她的利益也会越来越小，考虑到让莫颜长久地在徐家站稳脚跟，韩煜便在合同里添了这样一个条款。

莫颜不说话，韩煜也没想到徐靖南这么快就又找到投资商，又担心她怪他多管闲事，只好说：“他回购也没关系，正好你可以把资金收回来，不会损失……”

“不用了。”莫颜打断他说，“你那边能尽快帮我准备一份股份转让的文件吗？手续齐全些的。”

“股份转让？”韩煜有些诧异，心念电转间，了然地问，“你和徐靖南怎么了？”

莫颜声音无异地说：“没事。”

“你觉得我会相信？”韩煜说，“何况你让我以什么理由把股份转让给徐靖南？一个投资机构突然送给他一千万，他拿起来不觉得烫手吗？莫颜，如果你们两个没有问题，你不会突然提股份的事。”

莫颜声音有些冷：“那就算了，让他回购……”

不等她说完，那边韩煜冷不丁地蹦出一句：“你们两个要离婚？”

莫颜：“……”

她不说话，韩煜知道她这是默认了，“我只是……随便猜的，上个星期我到BRI的办公室去的时候，在那边看见了徐靖南，和你那个姓郑的朋友在一起，还有一个女孩，看上去和徐靖南关系……不错……”

莫颜垂眸看着手上那条项链，沉默片刻，开口说：“所以你以为他出轨被我发现了，然后要和他离婚？”

她声音里带了丝讥笑，也不知道究竟是在笑谁。韩煜不以为然地说：“我也觉得这样说不通。徐靖南要是出轨，你也不至于把股份送给他，但你们要离婚似乎是事实。”

莫颜耐着性子说：“你想说什么？”

韩煜在那边云淡风轻地笑了一声，声音温和无害：“你放心，你想离婚我不会多加干预，我只是单纯地认为你没有必要把股份转让给他。”

寂静的衣帽间里，莫颜脸上滑过一丝低落的情绪，又很快恢复正常：“我不想要了。”

“好！”那头韩煜干脆利落地应了一声，“那就留给他，不过你离婚的事，不打算告诉阿姨吗？”

莫颜声音立刻冷淡下来：“你刚才说过不加干预。”

“嗯。”韩煜毫不避讳地承认，嗓音里含着半分笑意，“我不干预，但是阿姨那么关心你，你应该让她知道。当然，如果你不想让她在你最近离婚的关头出现，我们不妨谈个条件？”

虽然看不见人，但顺着听筒，韩煜已然感受到了电话那头传过来的森森冷意。他唇角的笑容越发明显，自顾自地说：“如果你决定了离婚，那么离婚后来H市发展……C市很大，但又能大到哪里去？你会愿意跟徐靖南三天两头地碰面？H市设计行业的发展情况你肯定比我清楚，比C市好很多。况且，莫颜，不要再任性了，阿姨这两年身体状况不是很好，听说你上次去H市遇见她了，她高兴了很多天。即使不愿意经常见面，让她知道你就在身边也是好的。”

莫颜静默半晌，说：“我不认为这与你有什么关系。”

“怎么会没关系？”韩煜优哉游哉地说，“你答应我的条件，我会立刻准备好转让协议。阿姨那边，我也可以保证暂时不告诉她，怎么样？”

手机那头长久地没有声音。韩煜翘着腿微微笑了下，当机立断地说：“我在BRI的办公室等你，你过来一趟当面跟我谈谈吧，不然我怕你说话不算数。那我先挂了，等着你。”

电话已经断掉。莫颜收了手机，无声地看了手里的项链片刻，缓缓把盒子盖好放回抽屉里，穿好外套出门去了。

其实也没有什么好谈的。韩煜从来没把莫颜当小孩子看过，在他的眼里，所有成年人的决定，在没有必要的情况下，由其自己决定就好，外人不必多加干涉。更重要的是，韩煜自知不可能从莫颜那里问出什么有价值的东西来，既然她已经决定了离婚，那就离婚好了。

徐氏家大业大，它的里子是什么样的，韩煜多少有些耳闻。如果徐家那边没有问题，徐靖南怎么会背着家里，四处借钱自己做项目？

把莫颜叫过来，不过是想看看她状态是否还好。

但其实很难看出来。

莫颜从BRI出来，到一楼大厅的时候，正遇上从外面进来的郑钟铭。

郑钟铭开始有些诧异，很快就反应过来，迎上来搭话："又来找你的校友？"

莫颜微笑，算是默认。

大厅里人来人往，正是午饭时间，很多白领进进出出的，颇有人气。郑钟铭看了一眼腕表，调笑说："赏个脸，一起吃个午饭吧？"

莫颜摆了下手说："不了，我一会儿还有事。"

郑钟铭笑了下，赶在她开口说离开前，率先说："听说你和靖南最近关系不太好？"

莫颜不说话，侧脸静静地看他。郑钟铭连忙解释："我听可妍说的。她这两天总是和靖南的那个表妹范宁宁一起玩……"他说到后面便不再说下去，留下了足够的想象空间后，改口说，"莫颜，我看你气色不是很好。"

莫颜勉强笑了笑，说："什么样算是气色好？"

"生活愉快的时候吧。"郑钟铭和声说，"不为人世所累，不被他人所迫，才能过得舒心，你说呢？"

莫颜不说话，郑钟铭继续说："我还是那句话。莫颜，虽然我和靖南是朋友，但站在为你们两人好的角度上，我不认为你们这样的状态继续下去会有好的结果。靖南人很好，你也是，你甚至为了他去找自己的校友帮忙。但是你做的这些，他未必能体会到，反之亦然。我个人认为，你们两个都需要去找到对的那个人，我这样说，你能明白吗？"

他字字诚恳，莫颜听得脸上滑过一丝苦笑，随即轻轻叹了一声，抿了下唇对郑钟铭笑："我明白，谢谢你钟铭。"

郑钟铭听到她最后两个字，脸上笑容大盛，点头说："你有需要就找我。"

莫颜应了一声，说："我先回去了。"

出了写字楼，莫颜抬手招了辆出租车。司机问了一遍去哪里她没听见，对方扭头问第二遍时才回过神来，声音里不带一丝感情地说："去医院。"

莫颜这个人在对待很多问题上都很冷情，因为成长的环境如此，有时候是不知道该用什么态度来对待一件事，有时候是懒得对一件事太上心。

可是冷情不代表没有感情。有些东西，她其实也很想留住，很想再坚持一点，但只有她一个人的心意是远远不够的。

徐家给她压力，连徐盛也选择了自己的母亲、选择了徐家，她本来是想顺从地离婚算了，离开徐家未尝不是一种释然。

然而还有徐靖南。

结婚一年多，时间长了，她知道他有心。只是他态度太过多变，她有时候似乎是从他的所作所为中捕捉到一些东西了，下一瞬却又立刻被他的另一种态度全盘否认掉。

那天晚上，说出离婚时，莫颜清楚地看见他脸上划过一丝慌乱的神色。他是真的不想跟她离婚。

但是那又怎么样？他从来没有明确地表过态。

大概就是，喜欢，但没有那么喜欢吧。

可能两个人能凑合一时，但后面一辈子该怎么凑合下去？随便出现一个能说会笑的开朗姑娘，她就会立刻被湮没在无声的阴影里。她不如她们好，但她也不愿意就这么凑合下去。

可能，她也没那么喜欢他。

莫颜回到家里的时候已经四点多钟，刚一进门就从里面扑过来一个影子，吓得她整个人往后闪了一下。

"你去哪儿了？！"徐靖南快步扑过来问。两个人关系一直不咸不淡，他中午在公司里吃饭时只觉得心烦意乱，下午早早就回来了，结果家里居然没人！

徐靖南当时就有些慌了。楼上楼下跑了两遍，看见衣帽间里的行李箱时整个人都不好了，连"行李箱在这儿人就还没走"这种事情都不会推理了，噔噔噔地跑下楼。正要出去找人，就听见了开门声。

莫颜脸色不太好，换了鞋子往里走，说："出去了一趟。"

徐靖南心落回肚子里，跟在她后面心有余悸地说："你出去怎么都不知道跟我说一声，也不叫家里的司机开车送你。再说你有什么事情非要出去，这么冷的天，不待在家里，出去干什么……”

莫颜坐到沙发上仰脸看他。徐靖南声音一顿，边往吧台边去，边不自在地说：“你看我干什么，我说错了？我这是出于好心……”

“我怀孕了。”莫颜突然出声。

徐靖南脚步登时顿住，猛地转身，满脸的难以置信，连声音都有些发抖：“你、你说你怎么了？”

“我怀孕了。”莫颜从包里拿出前几天的化验单，以及B超照片递给他，“现在是第十周。”

徐靖南一把接过去，那些指标他看不懂，但是宫内早孕几个字他认识！是怀孕！真的是怀孕！

“医生说，那个黑点就是孩子。”莫颜提醒他。

徐靖南捏着那张照片，激动得情难自抑，满脸狂喜地抬头冲沙发上的人吼：“我说你最近怎么这么神经？原来是怀孕了！但是再神经也没你这样的了莫颜，你见谁都怀孕了还提离婚的！你故意的是不是！我告诉你，你现在怀孕了我让着你！不跟你计较！”

徐靖南觉得自己都有些语无伦次了，盯着照片上的黑点心潮澎湃，哼！徐宅里的那些人不是总怪莫颜不怀孕，总想着挤对她吗？现在看还有谁敢！他老婆怀孕了，他的孩子！他们的孩子！这下好了，看她还怎么整天拿离婚来气他！

莫颜又从包里掏出一张单子来递给他。徐靖南不舍地把目光从B超照片上移开，笑眯眯地接过去看，语调轻快，漫不经心地问：“还有什么？怀孕注意事项吗？”

“我把孩子做掉了。”莫颜面无表情地说。

她声音传进他耳朵里时，徐靖南的目光恰好扫到单子上“终止妊娠”四个字上。有那么一瞬间，徐靖南只觉得整个世界都离自己远去，宛如掉进一个黑暗的冰窟，冷而绝望。

徐靖南手里捏着通往两个世界的两张化验单一动不动，连笑容都僵硬在嘴角。

良久他终于开口。他根本不相信眼前看到的字，哑声问：“你再说一遍。”

莫颜一开始张嘴没发出声音来，静了片刻才能再次出声，说：“我怀孕了，今天去把孩子打掉了，离婚吧……”

“你怎么敢？！”她话未落音，徐靖南已经往前迈了一大步，膝盖重重地磕在身前的大理石茶几边上，发出一声闷响。他却浑然不觉腿上的疼痛，倾身逼近她，手里挥着几张化验单几乎嘶吼了起来，“那是我们的孩子！莫颜！你怎么敢把他打掉？！谁让你打掉的？！”

莫颜垂眸定定地盯着茶几上的某点，不去抬眼看他那几近崩溃的样子，只面无表情地说：“既然要离婚，还留着孩子干什么？”

“你也知道那是个孩子？！”徐靖南咆哮，“那是个孩子啊……我们的孩子！你怎么忍心！”

莫颜丝毫不为所动，轻声开口说：“不然你怎么肯离婚？”

徐靖南听得差点就站不住，整个人都往后踉跄了两步，满脸的难以置信，双目通红地说：“你为了跟我离婚，所以就把孩子打掉了？！你就这么想跟我离婚？！你就这么狠？！孩子难道不是无辜的？啊？！”

整栋别墅都充斥着徐靖南的咆哮声，显得空荡而苍白，莫颜静静地坐在沙发上没有说话。

徐靖南垂眼看着手里的两张单子，双手发抖，觉得自己整个人都要疯了。他们的孩子，那么小小的一个黑点，活了只有不到十周。孩子何其无辜，他又何其无辜？！上一秒天堂，下一秒地狱，刚刚尝到做准爸爸的甜头便被判了死刑。

然而更让他刀绞一样痛苦的不是孩子没了，是孩子为什么没了。

她想离婚，他不肯，为了让他死心，她把孩子打掉了。

她打定主意要跟他离婚！她根本不想要他的孩子！那也是她的骨肉，她却能毫不迟疑地打掉！

是不是一直以来，他以为的，自己一点点地努力进步，一点点地走进她心里，在她看来全都是一个笑话？他爱她爱得深沉，她却视自己为跳梁小丑？她从来没爱过他！哪怕一分一毫！

那……他何必还犯贱一样地往她身上贴呢？

客厅里一片寂静，莫颜一句话都不多说，像是已经下定了十分的决心要离婚，淡漠而冷静。徐靖南眼睛通红地盯了她良久，直到眼中最后一丝希望的光芒灭掉，终于深深地吸了口气，点了点头：“好，你不是想离婚吗？你不是想离婚想到拿孩子逼我了吗？恭喜你莫颜，你成功了。”

“离婚吧。”徐靖南面无表情地说出这三个字，没有再作停留，手上无意识地捏着那几张纸，大步出了家门。

这次他连门都没有摔，空荡荡的客厅里只传来门锁处嗒的一声响。

莫颜绷着笔直的背缓缓塌下去，显出一道哀颓的痕迹，又慢慢地倚靠到沙发背上，一脸无望地闭上了眼。

他们的孩子，她又何尝不喜欢，不想要？然而似乎从一开始，她和他之间就是错的。也许两个人的关系止步在高中便足够了，以后想起来还算美好。如今，却是两只试图相互取暖却又被对方刺得遍体鳞伤的刺猬，始终找不到那个契合的位置，只好互相说再见。

再也不见。

莫颜刚做完手术身体虚弱得很，静静地待在家里休息。

徐靖南出了家门后直到第三天才回来，手里拿着两份文件。在书房里找到莫颜，一脸冷漠地把文件推给她："离婚协议书。签字吧。"

就算是要离婚，就算莫颜做到了这种程度，徐靖南还是没忍心亏待她。协议书里从别墅等固定资产到赡养费，一项都不少。莫颜只扫一眼就看了个大概，静默片刻从书桌上拿过另一份文件，说："签这个吧，我已经准备好了。"

徐靖南扫了一眼她手上的文件，脸色更加阴沉难看，一句话也不再多说，提笔利落地签了字。

莫颜跟着分别在两份协议上签字。徐靖南居高临下地问："什么时候去办手续？"

莫颜签字的手一顿，淡淡地说："随便。"

"那就这会儿去吧。"徐靖南讥讽地一笑，"择日不如撞日。"

从民政局里出来，外面天正阴沉得厉害。

徐靖南淡漠地扫了身边的人一眼，眼中不带分毫感情。莫颜看着远处灰蒙蒙的天气，和声说："我会尽快搬走。"

"那套别墅已经给你了。"

莫颜微微翘了下唇角："你没看协议里写什么？签的是我那份协议，我没要你任何东西。"

本着离婚了他不亏待她的心理，徐靖南几乎是随便她想要什么要什么，所以一眼都没看协议，谁知道里面究竟是什么内容？

徐靖南忍不住又看了她一眼，慢慢地又讥讽地笑了一声："不要是你傻，关我什么事？爱要不要。我会因为你什么都不要就觉得感动？我们都离婚了，关我什么事？随便你。"

莫颜脸色也霎时冷了下来，独自顺着台阶往下走。

徐靖南跟在后面，到了门口见她还在往外走，便说："我送你回去。"

莫颜冷声说："不用了。"

徐靖南气得点头说："好，那我们就在这里说再见！"说完就自顾自地迈着大步到停车场取车去了。

莫颜扭头看了他背影一眼，出了民政局，抬手打车回家。

徐靖南是一点也不想再回莫颜那边了，开车直接回了徐宅。

正是午饭时间，毕凤华几人都在，见他回来连忙招呼他吃饭。徐靖南满心躁意，进门就踢了只花瓶，咣当的碎裂声惊得客厅里的人都愣了。

徐盛厉声呵斥："靖南你想干什么？"

徐靖南冷笑一声："干什么？我还能干什么？现在你们都满意了？满意了就别再来管我！"说着啪的一声把离婚证甩在茶几上。

几人扫到那抹暗绿，霎时明白了其中含义。

毕凤华不悦地说："你这是说的什么话！你要离婚跟我们有什么关系！难道是我们做错了事？"

徐靖南沉着脸说："就凭您现在的态度就知道我离婚跟您究竟有没有关系了。"哪有父母在得知自己儿子、儿媳离婚时，会是这样的态度？

徐萍连忙拉了毕凤华一把，冲她使了个眼色，扭头对徐靖南笑："不高兴的事情我们就不提了。靖南，姑妈明天就和宁宁回S市了，你不来送送我们？"

徐靖南冷眼看她："您没手没脚还是家里没有司机？"

徐萍被讽得脸色一变。徐盛沉声斥责："靖南！你这是说的什么话！"

徐靖南也不理，噔噔噔地转身上楼。过了片刻又下来，手里拿着把公寓钥匙，大步往外走，阴沉着脸随口说："我这几天不回来了，别找我。"

等他摔门一走，徐萍脸上尽是得意之色，看了毕凤华一眼想说点什么，被徐盛一个眼神吓得闭了口。几个长辈坐在客厅里，谁都没有说话。

徐靖南在外面有一套公寓，是很早以前孙维之拉着他一起买的。结婚前他为了方便玩，时不时地在那边住一阵，后来和莫颜结婚了，应家里要求，一直住在徐宅，就再也没回来住过。

如今恢复了单身，就又回来接着住。

事实上，徐靖南是觉得自己这会儿无比需要找个清静地方冷静冷静。

孙维之来敲公寓门的时候已经是三天后了。

徐靖南踉踉跄跄地去开门，门外的人率先被那股扑鼻的酒气熏得往后退了三步。

孙维之往后仰着脑袋捏着鼻子，走调地说："你怎么没被酒熏死？！"

徐靖南三天没换衣服、没洗澡、没刮胡子，一身凌乱，双眼通红。见是熟人，漠然地看他一眼，不发一言地转身回客厅。

孙维之连忙跟进去，生生屏住呼吸才能站住脚，飞快地去拉窗帘开窗户。回身看见徐靖南还坐在地上不知死活地往嘴里灌酒，三两步上前一把夺了他的酒瓶。

"你喝死有什么用？反正也离了！再说她连你们的孩子都打了你还有什么好惦记的？她对你没感情，你认清了，就该彻底放下！"孙维之自认语重心长，说出来的话却全都让人想把他赶出去，"我早就说过你们两个不合适，你偏不听！互相折磨一年多，到头来还是没缘没分，看开点吧你！"

徐靖南沉默地仰头倚在茶几边上，半晌嘴角滑出一个讥讽的弧度："她对我没感情。"

孙维之看他这副模样心里也不好受，伸手拍拍他肩膀："你终于看出来了。"

徐靖南转脸骂他："狗嘴里吐不出象牙！你就不能说点好话？！"

孙维之耸肩："不好意思，对于你俩，我还真想不出什么好话来。"

身边没人陪的时候，所有的情绪感知都会无限放大。徐靖南把自己关在公寓的时候，因为那个孩子，因为那份得不到回应的情感，心伤到想用酒精麻痹自己的地步；孙维之一来，拉着他随意调侃几句，那些事情也不过就那样了。

有什么意思？她不爱他，她从来不对他上心，他凭什么还傻乎乎地放不下，舍不得？

这样的女人，不值得他徐三少为之心痛！

孙维之眼瞅着他情绪好了不少，便转移话题不敢再聊这方面，转而问："你和范宁宁那个小丫头谈得怎么样了？"

徐靖南几天没管外面的事，家里公司那边倒是不关心，反而是自己的项目还有点印象。然而想到去H市做项目的意义已经不复存在，心里霎时又是思绪万千，便应付地说："她那边没问题，就是看怎么跟BRI谈了。"

"那边好搞定？"孙维之刚问出口，徐靖南手机就响了，来电正是BRI的。

徐靖南诧异地看了孙维之一眼，接起电话来："你好？"

对方是BRI的CEO，美国人丹尼斯，"徐先生你好，我们公司在您的项目里投资过一千万您记得吧？"

"当然。"徐靖南答。

丹尼斯说："是这样，我这边有一份股份转让文件需要你过来签署，如果你方便，就请尽快过来吧。”

“股份转让文件？”徐靖南诧异，询问地看了孙维之一眼。孙维之立刻摇头。

“是的。”丹尼斯和颜悦色地说，“我们公司决定把这一千万的股份转让给你。”

客厅里十分安静，隔着半米远孙维之就听得清清楚楚。对方话未落音，他眼珠已经完全突出来了——全部转让给我们！

徐靖南多少还能保持淡定，抹了把脸说：“抱歉，我不明白你的意思。”

丹尼斯在那边爽朗地笑，“其实我也不是太明白，因为投资给你这一千万根本不是出自我们公司的基金池。简单来说，我们公司只能算是个中介，投资你项目的另有其人，具体的我也不太清楚，我只是按照我合伙人的意思办的。”

徐靖南越听越莫名其妙，但至少抓住了重点，问：“请问你合伙人是谁？”

“你找我们投资，居然不知道我的合伙人是谁？”丹尼斯在那边开玩笑，又说，“啊，不过按照那家伙的性格，你不知道也很正常。我的合伙人是我的校友，他是个中国人，名字叫韩煜。”

听到最后两个字时，徐靖南浑身一震，连忙问：“那么是韩煜出资投资的？”

“不不，我刚才已经说了，投资你的另有其人，不是我们公司也不是我的合伙人。”

徐靖南听到“韩煜”二字的一瞬间，心里已经隐隐有了猜测，却仍是在问：“那么是谁？”

丹尼斯可惜地咂了一声，“这个我也不清楚，我那个合伙人什么都不肯跟我说。就连我们只是帮别人投资你这件事，都是我自己从公司账上查出来的……啊，我一会儿还有个会，徐先生你有时间尽快过来签转让协议吧！就这样，拜拜！”

徐靖南一言不发地挂了电话。孙维之见他神色不对劲，听电话也听得稀里糊涂，连忙问：“到底是怎么回事？”

韩煜是H市人，在C市的生意不多。徐靖南做事都是小打小闹，过去很少专注做事业，且经营方向不同，所以与韩煜那种几乎可以称得上优秀青年企业家的人交集甚少。

唯一有过联系的一次，就是那次看到莫颜在KFC里与韩煜说话，还只是远远地看了一眼。

那个答案呼之欲出，徐靖南一时有些手足无措，只匆忙起身说：“不知道，我得回家一趟。”

就在这时，手机叮的一声响，突然有短信过来。

发件人是莫颜，内容很短：钥匙我放在客厅的茶几上了，再见。

徐靖南拿手机的手顿时就有些抖，几乎是立刻就回拨了过去。

过一会儿，那边传来声音：您好，您所拨打的电话已关机。

为了保证莫颜兑现承诺，韩煜亲自送她登机。

机场，韩煜声音温润地说："知道你现在不想见别人，所以还没有告诉阿姨，等过段时间再跟她说吧。我在C市有事还要待几天，不能送你过去了。H市那边我安排房子，等你到了我会安排人接你过去。"

莫颜面无表情地说："不用了，我会自己找房子。"

韩煜想了想，点头说："好，随你喜欢。"

广播里已经在提示登机，莫颜起身走人。韩煜叫了她一声，她莫名地转头看他。

韩煜笑得温暖，和声说："去了新的城市就是新的开始，开心点。"

莫颜静默片刻，嘴角浅浅翘起一抹弧度，说："谢谢。"

飞机到达H市的时候，天上飘起了雪花，是今年冬天的第一场雪。

莫颜取了行李，出了机场，仰脸感受到了点点冰凉。正要动身去打车时，突然听见身后一道男声似乎在叫她名字。

转身，就看见几步远外，郑钟铭孤身站在那里，一脸温存笑意。

莫颜诧异："你怎么来H市了？"

郑钟铭走过去，笑笑说："顺便来H市出差。"

"顺便来出差？"莫颜不解地问。

"嗯。"郑钟铭笑眯眯地点头，"因为主要目的不是出差。"

莫颜听得微微笑了下，"那是做什么？"

郑钟铭看了看远处："你好像从来没问过我MY系列化妆品的名字有什么含义？"

莫颜随口说："不是'我的'的意思吗？"

郑钟铭低头笑，又转脸专注地看她，微笑着说："M，Y，MY，我的，莫颜。"

第十五章

一年零三个月后。

C市。

孙维之吃着饭突然冒出一句："啊！春天来了！"

徐靖南好不容易回C市两天，还没休息，就被他捉过来一起吃饭。他撩了撩眼皮看了他一眼，"怎么，你发春了？"

"我发春不正常吗？像你这样不为春天所动的才不正常吧……"孙维之笑眯眯地擦嘴，"我老婆刚才说在附近商场里逛街，咱俩过去看看我女儿？"

徐靖南说："你不炫耀会死？"

孙维之："呵呵呵，有可能……"

孙维之的老婆孟婉嫣正推着婴儿车在逛女装，身边还陪了一个笑起来十分开朗可人的女人。两个人边走边聊，看见孙维之两人过来，孟婉嫣招手示意。

孙维之一上午不见老婆女儿就跟八百年没见一样，眉开眼笑地快步过去亲了老婆脸颊一下，弯腰去逗女儿。

孟婉嫣嗔怪地推了他一下："正睡觉呢，你吵醒了她！"

孙维之得意扬扬地挑眉冲徐靖南示意："我女儿今天正好满三个月！漂亮吧？"

徐靖南探过头去，伸出食指轻轻点了点婴儿红润细腻的脸颊，神情专注地看着孩子的脸说："我的孩子如果在，该五个月大了。"

孟婉嫣夫妻听得对视一眼。孙维之尴尬地咳了一声，连忙岔开话说："靖南，给你介绍个朋友，这是韩璐，我老婆的大学同学，现在在H市工作。你俩都在H市，以后可以互相照顾哈！毕竟都是咱们C市人，是吧！"

韩璐也不扭怩，嘴角带笑，大大方方地伸手：“你好，我叫韩璐，很高兴认识你。”

徐靖南把视线从婴儿车里移开，礼仪得体，伸手微笑：“你好，我叫徐靖南。”说完，意味深长地使劲盯了孙维之一眼。

孙维之心虚，赶紧说：“既然都来了，我和靖南陪你们逛逛好了！”他说着就想赶紧推着车子和自己老婆走到前面去，一方面给这俩人留下足够的二人空间，另一方面，徐靖南的眼神可以杀死人了……

哪知道徐靖南早就觉察到，一把就抓住了他，嘴上仍笑着跟两位女士说：“你们喜欢什么尽管买，我负责埋单。我问维之点儿事。”

韩璐便和孟婉嫣两人走在前面。徐靖南拉着孙维之落后两三步，面上带着笑意，咬着牙从唇缝里透出声音来：“你找死是不是？我怎么不知道你现在都干起媒婆的勾当了？”

孙维之呵呵地笑：“我这不是关心你吗……那句话怎么说的，不是怕你死无葬身之地吗……”

徐靖南瞥他一眼：“我记得你以前见了我就痛心疾首地说我进了坟墓，自己打脸打得爽吗？”

“我以前不是还没结婚吗？”孙维之解释，听他终于提起以前来，说，“我说认真的靖南，你……离婚也有一年多了，不打算再找个吗？一个人在H市，总要有人照顾。”

“再说吧。”徐靖南敷衍一句，问，“H市那边的项目春天全都开工了，我难得回来一趟，也不见你们热烈欢迎我一把。郑钟铭呢？这么长时间没见过他了。”

孙维之见他转移话题，无奈地叹了一声，说：“谁知道他在捣鼓什么，听说好像也是在往H市发展，经常往那边跑，你没见过他？我说你们真是，全都往那边跑，那边的月亮圆还是怎么着？留我一个孤家寡人在这边……”

他边走边絮絮叨叨地说着，身边徐靖南的脚步却突然顿住。孙维之看他目不转睛地盯着某处，纳闷地顺着他的视线看过去：“你看什么呢？”

“我操！”孙维之小声骂了一句。

不远处，莫颜一身套裙地站在一排女装前。刚看过来的时候眼里闪过一丝意外，然而很快就又恢复了沉静，面色平和地看向这边。

孟婉嫣回头发现身后两人神色不对，诧异地和韩璐走回来问：“怎么了？”随即就看见了莫颜。

四对一。徐靖南回过神来，一边面无表情地与莫颜对视，一边在心里庆幸今天被相亲了，身子也跟着往韩璐那边挪了一步，面上微微露出一副志得意满的神色，理直气壮地看过去。

孙维之反应过来，往前迈了一步，刚要打招呼，莫颜那边的两个服装模特后闪出一个男人来，手里拎着两个衣服袋子，站在她身边说话。那人很快发现莫颜神色不对，顺着她的目光便往这边看了过来。

赫然是徐靖南刚刚提到的，郑钟铭。

孙维之张了张嘴，一点声音都没有……这次连脏话都说不出来了。

四对二，双方都鸦雀无声。

还是孟婉嫣率先开了口，笑着跟莫颜打招呼："莫颜，好久不见。"说着捅了自己老公一把，推着婴儿车走过去。

"好久不见。"莫颜微笑，看见车里的孩子，脸上现出一丝惊喜，弯腰点了点孩子的脸蛋，问："这是你的宝宝？是男孩还是女孩？"

孟婉嫣说："女孩，刚满两个月。"

"好漂亮。"莫颜赞了一句，收回手起身面带笑意地温声说，"恭喜了。"

孟婉嫣说："谢谢。"又用手肘顶了孙维之一下，孙维之反应过来，跟着点了点头，算是打招呼。

莫颜也很自然地冲他微笑点头，反倒是弄得孙维之有些诧异和尴尬。

韩璐不明就里，徐靖南一言不发，孙维之已经不知道说什么了，只有孟婉嫣还坚挺着，问："一年多没见你了，过得怎么样？还在C市吗？"

莫颜笑答："还好，最近来C市开会，衣服带得不多，所以过来逛逛。"

"工作很顺利哦！"孟婉嫣叹了一句，转头不动声色地去试探郑钟铭，"这么巧，你们两个正好遇上吗？"

郑钟铭说不尴尬是假的，含糊地应了一声："出来转转。"说着看了徐靖南一眼。

徐靖南只目不转睛地盯着莫颜，周围什么都没注意到。

几人又各自焦灼地寒暄了几句。莫颜却是神情坦然，又微笑着看了熟睡的宝宝一眼，点点头跟郑钟铭一起走了。

他俩刚一走，孙维之就忍不住了："这是怎么回事儿？钟铭这小子他……靖南，你说，他这是什么意思啊？"

徐靖南沉着脸不说话。孙维之见状，改口说："哎，我怎么看着莫颜变化挺大的？感觉比以前好相处了？”他说完就又挤着眼骂了自己一声，这不是变着法地说以前她跟徐靖南的婚姻确实不咋地吗！

徐靖南却始终不表态。孙维之忍不住“啧”了一声：“你倒是说句话啊！”

徐靖南看了他一眼，片刻转身扔下一句：“我还有事，先走了。”

“哎——”孙维之反应过来喊他时，人已经大步走远了。

郑钟铭开车送莫颜回了入住的酒店，一路把她送回房间。

电梯里，莫颜有些无奈地说：“你不是挺忙的？都不用工作吗？”

“陪你买两件衣服的时间还是有的。”郑钟铭微笑着看了她一眼，“再说，我不努力些，怎么打动你？”

莫颜想要开口说话，却被郑钟铭抢先：“我知道你要说什么。不过你说你的，我做我的，我们互不干涉怎么样？今天就算是我作为朋友，陪你逛街了，好不好？”

莫颜只得无奈地笑，不再说话。

正好电梯到了，莫颜从他手里接过袋子，说：“我自己回去就好，你也赶紧去上班吧。”

郑钟铭问：“你还要在这边待几天？到时候我和你一起回H市吧。”

“不用，我自己回去就行，你忙你的。”莫颜开口拒绝，见他还想再说，便认真地说，“真的不用。”

郑钟铭只好勉强笑了下：“好。”

莫颜便说：“谢谢你。”

郑钟铭点头示意她：“回去吧，我下去了。”

开车刚出了酒店门口，横里蹿出一辆SUV，突然而霸道地挡在了郑钟铭车前，惊得他连忙去踩刹车。

徐靖南反手甩上车门，看着郑钟铭沉声说：“我们谈谈。”

车子一前一后地停在了江边。春日下午的阳光很暖，徐靖南没心思欣赏“一江春水向东流”，单刀直入地说：“去年我问过你，知不知道她在哪儿。郑钟铭，你当时是怎么回答我的？”

郑钟铭当时说：“你不清楚，我就更不清楚了。”

“你当面一套背面一套，”徐靖南拍着自己的胸膛说，“郑钟铭，我们二十几年的感情，你跟我玩这个？”

郑钟铭沉默片刻说：“靖南，你们两个不合适。”

“我们合适不合适由你说了算？”徐靖南满腔怒火，扬声反问。

“如果合适，你们怎么会离婚？”郑钟铭平心静气地说。

徐靖南霎时词穷。

郑钟铭说：“她跟你在一起的时候，并没有多快乐，我看到的全都是你们三天两头的吵架，或者是受伯父伯母的刁难。靖南，你自己心里应该清楚，在你们的婚姻里，你没能带给她幸福。”

徐靖南脸色难看：“所以我和她在一起的时候，你每天想的都是这些吗？”

郑钟铭说：“你看到我跟她在一起，是在你们离婚后。我并没有对不起你。”

徐靖南冷笑：“有没有对不起我，只有你自己心里清楚。”

“信不信由你。”郑钟铭面不改色地说，想了想又说道，“靖南，你们离婚，很大部分的原因，是因为你不够了解她。你看到的东西，都太浮于表面了。你对待婚姻的态度，从一开始就不够认真。”

“扯淡。”徐靖南哼笑一声，随意地挥了下手，“你随便吧，不就一个女人嘛。你想爱，想跟她结婚，自己去结了就好。但是你记着，以后别在我眼前转悠。”

说完，徐靖南上车，一溜烟地开车走了。

留下郑钟铭独自站在江边，眺望远处良久，嘴上勉强露出一个苦笑来。他是想跟她结婚，却也是至今都没结成。

徐靖南在公司待到了晚上九点才忙完手上的事情，开车往自己公寓里去。等车停下来的时候，却是神不知鬼不觉地停在了白天跟过来的，莫颜入住的酒店门口。

外面灯火辉煌，酒店门前的人们有说有笑，进进出出。三十几层的酒店，大部分房间都亮着灯，显得明亮而温暖。

这么多间客房，不知道她在哪一间。

就好像那年刚离婚，中国那么多座城市，他不知道她去了哪一个一样。

徐靖南坐在昏暗的车子，心里觉得无比烦躁。从手边摸过一盒烟，抽了一根叼在嘴里，眯眼点上，深深地吸了一口，又徐徐地吐出一串烟雾来。

嘴上轻描淡写地说着“不就一个女人嘛”，其实心里，不管好赖爱恨，翻来覆去想着的，也就这一个女人了。

离婚后的日子里，徐靖南有时候会无比痛恨莫颜。

不是离婚了吗，既然离了就干干净净地分开好了。我给你离婚赡养费，你不要拉倒，但是你悄无声息地给我一千万的资金，到最后分开了还貌似洒脱阔气地把股权留给我算怎么回事？

为了让他寝食难安是吗？指望他在离婚后依然对她感恩戴德是吗？

徐靖南每次想起那一千万就恨得牙根痒痒，太狠了。

不过也是，她连他们的孩子都打了，一千万要不要的，算什么大事？

徐靖南至今都没有签那份股权转让协议，他当然不可能签。只是即便他不签，BRI那边，不管是韩煜还是她，也都没有再出现，没有找着他问，他为什么不签。

徐靖南从接到协议的那天，就开始找她。他怎么都想要问清楚，为什么你告诉我把孩子流了，却不告诉我，我在最难的时候，是你默默地给我拿了一千万？

也是从找她的时候，徐靖南才意识到，一直以来，他忽略了她太多。他找不到她。

莫颜嫁进徐家以前是什么样的，徐靖南没有问过。结婚后他俩互相不给好脸色看，除了斗嘴就是吵架，谁会主动心平气和地安静下来说话？他怎么肯主动去关心？

他狐朋狗友数不清，每天娱乐活动丰富得脚不沾地，却很少见她出去玩。莫颜的婚后生活完全是两点一线，在家做SOHO一族，边工作边照顾家里，时不时地会去趟公司。

何茜她们虽然是家庭主妇，一旦玩起来也是花样繁多，约朋友逛街、美容、喝下午茶是最基本的社交活动。

只有她，生活简单得不能再简单。

所以两人离婚后，徐靖南根本无从下手去找她。给莫母打电话？然而她和母亲一向关系不和，徐靖南不好直接问。莫母那边也是一头雾水地表示不知道。

莫颜本身是C市人，在C市生活这么多年却没有多少朋友。徐靖南唯一知道的，只有她任职的设计公司老板，陈娜，好像还算是她朋友。

徐靖南当时特意跑到了陈娜公司里去问，知不知道莫颜去了哪里。

陈娜坐在办公桌后，脸上带着客气的笑，说出来的话却半分余地都不留："你来问我？我还想问你呢！你们这一离婚，莫颜连声招呼都不打，直接走人了，她手上还有我们公司的项目呢！我们公司的损失都找不到人承担，现在你来找我要人？我找谁要人去？"

徐靖南脸色黯淡无比，连最后一点希望都没有，只得转身走人。

陈娜抬头看了门口的人一眼，还不忘漫不经心再补上两句："不是我说你徐先生，虽然你们两个离婚了，但好歹也曾是最亲密的关系，连你自己都不了解她可能去哪里，还能有谁知道？"说完又自言自语似的唏嘘了一声，"可惜了莫颜那么好的一个姑娘，这年头结婚就怕遇人不淑，还是单身的好……"

徐靖南衰颓地握紧门把手，一言不发地开门离开。

他曾经去查过，莫颜的手机号已经注销了，所以人可能也不在C市了。以他对她的了解，她和母亲不和，大概也不会去H市。然而中国有那么多个城市，她究竟去了哪个，他无从下手。

没想到，她就是去了H市。

郑钟铭最近多半年常常往H市跑，她怎么可能不是在H市？

原来，他离她一直都很近。

夜里十点，C市夜生活刚刚开始。徐靖南看着酒店的灯光出神，烟雾缭绕地抽完第二根烟后，扫了时钟一眼，坐直身子打算开车回家。抬头时却正好看见莫颜和她以前的经理陈娜，两个人正悠然地步行到酒店门口。

徐靖南要去踩油门的脚，缓缓地移了开去。

不同于中午那身职业套装，她穿了条针织的长裙，配酒红色的外衣，显得成熟而温暖。长发微卷，依旧是那张不张扬却明艳动人的脸。

明艳动人，徐靖南对自己想出的这个词忍不住想笑。动谁呢？他吗？

那两个人走到酒店门前站定，面对面地交谈，脸上均是惬意自在的笑容。也不知道说了什么，莫颜似是无奈而气愤地瞪了陈娜一眼，点了点自己的脑袋。陈娜不顾形象地哈哈大笑。

随即莫颜也跟着笑了起来。

就像孙维之说的，她真是跟以前不一样了。

有职场女性的干练利落，也有一个正常的二十八岁女人的轻松明快。

徐靖南伸手去摸手边的烟盒，才发现里面已经空了。

扔了烟盒，徐靖南启动车子，掉头驶入了夜色下的车流中。

陈娜见眼前的人扭头往东边看了一眼，开口叫她："看什么呢你？"

"没事。"莫颜微微蹙了下眉，总觉得刚才驶出去的一辆SUV有些眼熟，像是……不过想来他不可能出现在这里，便收敛心神，含笑道，"不早了，你也把我送回来了，快回去休息吧。"

陈娜瞪她："你少转移话题啊。我跟你说认真的，你考虑考虑，去见我那朋友一面？反正你们都在H市，交个朋友也好啊！"

莫颜莞尔："你自己都单着呢，还好意思给我介绍男朋友？再说，陈老板，我每天给你卖命都卖不过来，还有空去相亲？"

陈娜立马严肃地点头："也是，那就不要去了，你就专心给我卖命吧！"

莫颜没好气地看她一眼，两个人相视而笑。

笑完，陈娜说："这次回来C市感觉怎么样？一年多没回来了，要不是这次我把你叫回来，还不知道什么时候才回来呢！"

"能有什么感觉？你不还是单身贵族一个？"莫颜打趣说。

陈娜说："你肯定知道我是什么意思。"

莫颜微笑说："我发现女人不管结不结婚，年纪越大都会变得越八卦。"

"说谁年纪大呢！"陈娜怒目，怒完再接着八卦，挑眉试探地问，"你回来两天，就没遇见什么人？"

莫颜彻底无语了，温声说："中午在商场的时候碰见了。"

"什么想法？"陈娜问。

"不是都过去了？"莫颜眼神闪了闪，最后神情平和地说。

陈娜点点头："你明白就好。"

莫颜无奈地笑："原来你在这儿等着我呢。好玩吗，知心姐姐？"

陈娜笑眯眯地："还行吧！关键是你才回来两天就能跟他遇上，不能不防啊！"

莫颜只好说："谢谢老板关心，您可以回家休息了吗？"

陈娜满意地叮嘱："那我回去了，你也早点休息，明天早上还有会要开。"

莫颜点头，目送陈娜打车离开，自己回酒店。临进门前，又往刚才SUV停车的地方看了一眼。

陈娜自从给BRI做完战略转向的VI设计后，就对融资扩张上了心。H市的设计行业较C市更有前景，陈娜一直有意往那边发展。后来莫颜离婚去了H市，再加上她和韩煜的那层关系，陈娜来回跑了几趟H市，终于从BRI那里拿到了投资，于半年前在H市开了分公司。

分公司经理由莫颜担任。

莫颜一开始并没有这个心思，然而架不住陈娜和韩煜轮番上阵地劝她。前者是认为她有足够的能力，两人又彼此熟知，由她担任经理再合适不过；后者也是希望她能借此分散些精力，尽快融入到H市里。

总之也都是为她好。

莫颜这次来C市，一方面是公司有个项目需要两边通力合作，另一方面也是年初公司需要规划未来一年的发展，她不得不出面。

在C市又待了两天，莫颜才回H市。

临走前郑钟铭给她打电话，询问要不要送她一起回去。

莫颜一口拒绝。至少目前为止，她还不想考虑感情的事。既然有了事业，那么专心工作就足够了。

到H市的时候已经傍晚了，韩煜过来接她。

莫颜上车问："你知道我什么时候回来？"

"你不告诉我，我就不能去问别人？"韩煜笑，"郑钟铭告诉我的。阿姨准备了晚饭，等着我接你回去吃饭呢。"

"她身体好些了？"莫颜看着窗外，音色平和地问。

韩煜看了她一眼："你有一段时间没去看她了吧？最近一直都不错。今天听说我去接你回来，从中午就开始张罗晚饭。"

"嗯。"莫颜应了一声，"最近有些忙。"

莫母这两年身体不太好，去年因为乳腺问题才做了手术。就像韩煜总是跟她说的，父母他们也有自己的生活，她不应该干预。纵然当初父亲出车祸与母亲有一定的关系，可她终究还是自己的母亲，并且年纪越来越大，身体也不再如从前那般。说到底，母亲生养了她，没有母亲，也就没有她。

从机场到市区有一段距离，韩煜开着车说："过两天介绍个朋友给你认识？"

莫颜顿时就笑了，头疼地说："你们这些从来没结过婚的怎么好意思给别人介绍朋友？"

"哦？还有谁也想给你介绍？"韩煜莞尔，说，"陈娜吗？都给你介绍，可见你确实该找一个了。"

莫颜说："嗯，等你们都结婚了，就轮到我了。"

韩煜笑出声来："我看你那个老板最近十几年都没有结婚的打算……不过话说回来，我不给你介绍，等会儿回家，阿姨也会跟你提。"

莫颜干脆扭过头去不说话了。

韩煜从后视镜里看她一眼，含笑说："我看郑钟铭那小子对你挺上心的，你没什么想法？"

莫颜面无表情地说："有什么想法？把他介绍给你吗？"

"你愿意的话也可以。"韩煜开玩笑说，想了想又说，"BRI在C市的办公室跟他在一栋楼里，我有时候过去也能看见他。说实话，我觉得他不是很适合你，况且他和徐靖南是朋友，将来你们两个……"

"停！"莫颜越听越不像话，立刻打断他，"我不记得自己说过要跟他在一起。"

"嗯，你自己做决定就行。"韩煜一副长者的口吻，说，"我是看他这一年多表现不错。选择权在你手里。”

莫颜哼笑一声：“你终于意识到这点了。”

韩煜既然说了选择在她，莫颜便以为，他所谓的介绍朋友认识也就不会再提了。

没想到过了一个多星期，他突然打了电话过来：“明天晚上有时间吗？给你介绍个朋友。”

莫颜：“……”

韩煜知道她想错了，带着笑意说：“你一定想歪了。”又解释说，“他早就结婚了，你不用惦记了……是我一个关系非常好的朋友，约好了明天他和他老婆一起出来吃饭。你也一起来吧，他那儿是条大鱼，跟他一个合作，够你一年的指标了。”

他的朋友必然没有差的，况且还是有心介绍给她认识的。莫颜答应得痛快：“那好，我明天正好有时间，到时候再联系。”

韩煜给她介绍生意上的合作伙伴不假，事实上更多是想给她介绍些H市的朋友。

莫颜刚来H市那几个月，几乎是足不出户。她只跟徐靖南一起来过一次H市，除此之外对这个城市简直是一无所知，没有朋友，也没有工作。韩煜虽然时不时地照顾她的心情，但他也有自己的工作要忙，顾及的时间终究不多。

后来陈娜要在这边设分公司，请莫颜担任经理，韩煜便趁势劝她应下。

当时想的是希望她能够尽快适应H市的工作和生活，却没想到，多半年下来，她基本上将心思全放在工作上，连不错的朋友都没时间结交。

韩煜从莫颜公司接了她，两人直接去了酒店。

临进包间门时韩煜说：“他老婆挺有意思的，你跟她多聊聊，交个朋友很不错。”说着推门进去。

莫颜跟在他身后，只来得及看见两道凑在一起的身影迅速分开，各归各位。

房间内相貌英俊的男人指节扣了扣桌面，黑着脸说：“你进门都不知道要敲门？”

韩煜笑着揶揄：“我什么都没看见。”

那个男人旁边的女人十分漂亮，一头柔顺的直发，一双眸子清灵狡黠，坐在桌前伸出两个指头在韩煜眼前晃了晃：“这是几，你看得见吗？”

韩煜：“……”

她身边的男人见到韩煜身后的莫颜，收敛了玩笑，微笑起身伸手：“纪铭臣。你好。”

莫颜已然反应过来刚才进门那一幕是怎么回事，正觉得不好意思，冷不丁地见他伸手打招呼，便神态自若地与之握手，温声说："你好。莫颜。"说完，才反应过来，对面这个男人刚才是怎么介绍自己的，一时有些愣怔。

纪铭臣，纪氏集团的新任掌门人。怪不得韩煜昨天在电话里说是条大鱼。

韩煜一脸风轻云淡地跟她调侃："你要是能从他那里拿到点项目，足够你向陈娜交差了。"

"尚意还没来H市设分公司的时候就早有耳闻，一直也想找机会跟你们合作。听说你的作品都很让人惊艳。"纪铭臣不吝辞色地称赞，他跟韩煜是从小穿一条裤子的交情，对方引荐的人自然有保证。况且，他也确实见过莫颜不少作品，很是欣赏。

莫颜笑说："纪总过奖了，如果能有机会与贵公司合作，也是我们公司的荣幸。"

韩煜一眼就看出她把今天这顿晚饭当作公事来对待，当即说："不用叫他纪总。你要是把我当哥，也跟他叫声哥就是便宜他了。"韩煜时刻不忘给自己占便宜。

纪铭臣脸上少了刚才握手时的寒暄之色，温和地笑着点了点头。

韩煜立时转移莫颜的注意力，指着芦苇跟她示意说："芦苇，她可能比你还要小一岁。"

芦苇笑眯眯地起身："你叫我名字就行。"又抬抬下巴示意纪铭臣那边，"你千万别叫他纪总，平时在外边别人叫他就够他嘚瑟了，不能吃个饭还让他摆臭架子。"

纪铭臣没好脸色地看自己老婆一眼。芦苇权当没看见，招呼莫颜跟她坐在一起。

她一起身，莫颜才注意到她肚子微隆，显然是有孕在身。

莫颜坐在芦苇身边，仔细打量她一下说："我看过你演的电影。"

芦苇眼睛一亮："虽然我已经有点过气了……不过，你想要我的签名吗？放到网上，卖个百八十块还是可以的。"

莫颜顿时笑了起来，终于明白了刚才韩煜说的那句"他老婆挺有意思"是怎么回事，笑着说："最近确实很少看见你的作品。"

芦苇忧伤地叹了口气，轻轻拍了自己肚子两下："没办法，身上背着人命，想拍戏也没办法，何况他也不让我去拍了。"说最后一句话的时候，芦苇飞快地瞪了身边的人一眼。

纪铭臣在一边听得真切，虎着脸说："你聊天少扯上我。"说完又转脸去和韩煜谈事情。

芦苇撇了撇嘴。

莫颜看在眼里，由衷地说："你们夫妻感情很好。"

芦苇立刻一脸嫌弃："什么啊！你没看见吗？他从来不知道让着我，一直看我不顺眼，不过他看不上我，我还看不上他呢……咳咳咳……"

她话说到一半突然就咳了起来，纪铭臣闻声立刻扭头帮她拍背："说了让你多穿点你不听！下午刚榨出来的果汁那么凉你也敢喝，你就是自作孽……"

纪铭臣嘴上责怪声不停，面上却是一脸焦急，直到把她的气捋顺了，又倒了水端给她喝。

芦苇喝完水，摆摆手示意没事，抬头对莫颜一笑："这两天有些感冒。"

"你也知道自己感冒了！"纪铭臣嘀咕着斥了她一声，见她没事，才放心地扭头不再理她。

莫颜拿了纸巾递给她，说："你怀孕几个月了？怀着宝宝生病比较受罪。"

芦苇接过纸擦了擦鼻子，不能更赞同地点头："现在是第五个月，太遭罪了。"

莫颜忍不住叮嘱她："记得不能乱吃药。"

"这个我知道。"芦苇胸有成竹地说，"我当初怀第一胎的时候，正是冬天最冷的那些天，也是感冒了，刚想找药吃就被家里人一通训斥。我当时哪知道不能随便吃药啊！"

莫颜惊讶地看她："你这是第二个宝宝？"

芦苇笑眯眯地点头："我还有个儿子，已经一周岁了，所以说没办法去拍戏嘛。等生完这个估计就要完全过气了。"

莫颜莞尔："有两个宝宝在身边就足够幸福了。"

"怀孕受罪啊！我现在怀着这个，唯一能安慰自己的就是好歹有点经验，不至于跟第一次一样抓瞎……但其实都很痛苦……"芦苇一脸甜蜜与痛苦的纠结相，叹完突然意识到什么，问，"你很喜欢小孩吗？我看你还蛮有经验的，比我刚怀孕那会儿懂得太多了，难道是我懂得太少了？"

莫颜勉强笑了下，奈何抵挡不住芦苇好奇的目光，便解释说："我以前……怀过一次孕，当时不知道，正赶上流感，吃药挂水太多。最后在医生的建议下，做掉了……"

芦苇点点头，跟她讨论说："这种情况，一般不是可以等到月份大些的时候做什么筛查之类的？"

"吃的药太多了。"莫颜摇了摇头，又笑了笑，"医生也建议以后再怀。"

"可惜了……"芦苇一脸惋惜地安慰，"没事，以后还多的是机会！不对，你结过婚了？我怎么听韩煜说，你是单身来着……"芦苇陡然觉得不对劲，诧异地问。

莫颜挑了挑眉，露出一个浅笑来："因为我离过婚。"

芦苇今天耐不住好奇心作祟，一连碰了两次雷区，恨不得把自己嘴巴缝起来，不过本性难改，还是忍不住说："没事，天下男人一般渣，离婚实在太正常了。像我是没办法，我辛辛苦苦拍了几部戏拿了几部片酬，万一离婚就得跟他平分。为了钱，我也只能忍了。"

纪铭臣明明是在跟韩煜说话，芦苇说什么他却听得一清二楚，立刻扭头黑着脸呵斥她："胡说八道什么呢？"

芦苇冲莫颜挤挤眼，示意"你看我说得没错吧"，嘴上说："我饿了，你们不饿吗？"

韩煜把这俩人拌嘴当戏看惯了，抬手招来服务员："点菜吧。"

芦苇为人亲和，身份摆在那里却一点姿态都没有，莫颜跟她聊得很是轻松。

一顿饭下来，芦苇也很高兴，说："你跟我的一个朋友性格有点像，杨若怡你知道吧？影后什么的，不过你比她温柔多啦！她出国去了，不然一定介绍你俩认识！"

莫颜打趣说："好啊，到时候一定跟她要签名。"

芦苇扶着腰大笑："你俩一点也不像，你比她好玩多了！"

饭毕散席时，芦苇还意犹未尽，说好要时不时地约她出来玩，又探头问："你现在有男朋友吗？"

莫颜沉吟了一下，说："我目前不太考虑那方面。"

芦苇不以为意地挥手："那是因为你还没遇见合适的嘛，等遇见了，就可以考虑了。"

说着开车门上车，临走前还用手在耳边比了比，示意两人电话联系，莫颜抬手冲她挥了挥。

韩煜在一旁看着，说："怎么样，是不是挺有意思的？"

莫颜含笑点头："比你有意思多了。"

韩煜被打击也无所谓，只说："你多出来玩玩就会发现，其实H市有趣的地方不少，以后多出来逛逛吧。"

莫颜可有可无地应了一声，韩煜知道她对此兴致不大，只好改口去聊纪铭臣公司可能开展合作的项目，一路把她送回去。

第十六章

徐靖南在C市待了没几天，公司事情一处理好，就立刻回了H市。H市这边有两个项目都在动工，还有项目正在收尾，处处离不开人。

当初H市的项目还是孙维之介绍给他的。这边的开发商欠了孙维之一个人情，有生意可做的时候，十分义气地想到了他。那个时候孙维之还在与徐靖南一起合做项目，如今孙维之已经成家，也脚不沾地地接手了家中的生意，剩下徐靖南一个人留在H市单打独斗。

大部分时间，徐靖南都是埋头做事。公司刚成立不久，正在起步成长中，虽然规模利润都不值一提，但至少他是在认真做自己的事业。偶尔，他加班到深夜，站在办公室里透过玻璃幕墙看H市的万家灯火时，会忍不住想起，自己当初为什么会选择做这些事，为什么会选择来H市。

身在一座城市，只有因为某个人而停留时才会真正产生归属感。不然，即使周遭人声鼎沸，也仍会被孤独肆意席卷。

徐靖南上午到现场去了，下午脚步匆匆地回公司时，助理跟在后面说："徐总，纪总约了您晚上吃饭。"

中午在工地只扒了两口饭，徐靖南饿得头晕眼花瘫在椅子上，看了一眼桌上的台历，点点头示意知道了。助理是个刚大学毕业的小姑娘，心细周到，见状问："您想吃点东西吗？我帮您叫外卖。"

徐靖南原本想摆手拒绝，想了想还有不少文件要花大力气审核，遂点头说："随便叫点吧。"

直到晚上六点，助理敲门进来提醒他有饭局，徐靖南才从文件堆里起身，整理了一下仪容，只身前往酒店去。

那个欠孙维之人情，并且毫不吝啬地拿大工程项目回报的开发商，正是纪铭臣。大学时代，孙维之和纪铭臣是校友，两个人在国外意外地遇到过一帮混混挑衅。好在孙维之也算是半个混混，纪铭臣阴差阳错地受了他帮助。两个人最后平安脱身，也算是交了朋友。

然后就有了后来的合作。

最近收尾的一个项目正是徐靖南与纪铭臣合作的。徐靖南去酒店的路上还在想，这顿饭应该没有别的意思，如果可能，就是探讨下一步的合作而已。

果然，纪铭臣的老婆芦苇也在。

纪铭臣宠老婆在H市出了名，有她在的地方，纪铭臣半点烟酒都不会沾，在场的其他人看脸色一般也不会多沾。徐靖南进门一看这对夫妻的架势就知道，今天晚上真的只是闲聊而已。

纪铭臣的脸色有些不好看。倒是芦苇一脸热情，扶着腰招呼徐靖南，笑眯眯地开篇直奔主题说："徐先生，我记得你是C市人吧？"

徐靖南没反应过来，与纪铭臣打了招呼，点点头笑说："怎么，孕期想吃我们C市的苹果吗？现在季节不对啊！"

芦苇说："苹果等会儿再吃。我没记错的话，你现在是没有女朋友吧？"

徐靖南顿时有种掉进猎人陷阱的感觉，他看了纪铭臣一眼，后者黑着脸，一脸的无奈……果然，今天这顿饭白来了。

芦苇兴奋地让他入座，说："我有个朋友人特别好，长得那叫一个漂亮，性格什么的也非常适合你，所以想给你介绍一下，怎么样？"

徐靖南张口就要拒绝，芦苇赶在他出声前抢先道："我跟你说，真是没有比这个姑娘再好的了。我第一时间就想到了你，够意思了吧？你拒绝了这个，以后都没好姑娘了！"

徐靖南被她堵得说不出话来。纪铭臣同情地看了他一眼，从唇缝间含糊地说："见笑了，她怀孕就喜欢发神经，我实在没办法了，你多担待。"

在芦苇满怀期待的眼神中，徐靖南苦笑着点头，说："不就见一面吗？那就见吧。"反正，这一年多，不管是在徐家家长那边，还是孙维之等狐朋狗友那里，他已经被相亲了太多次。

不等服务员动手，芦苇已经殷勤地给他倒了杯水，打着哈哈说："那什么……有个事情我得先跟你交代一下，我这个朋友，她那什么……她离过婚……"

徐靖南无所谓地说："没事，我也离过婚。"

芦苇接着支支吾吾地说："还有就是，一会儿你们聊起来，尽量不要提孩子哈……"

徐靖南挑眉看她，芦苇立刻摆手解释："她不是不能生孩子，也不是带着个孩子，她是……她是怀过孕，孕期吃错了药，就把孩子打了……也挺不容易的。不过她人真是很好，你不会嫌弃……吧？"

纪铭臣扭着脸看都不想看自己老婆。徐靖南哭笑不得，但反正他也不会对对方有意思，干脆摆手说："没关系。"既然怎么都不会看对眼，徐靖南索性就跟着八卦了，问："那她为什么离婚？"

芦苇耸耸肩，"我也不太清楚，没仔细问。估计是她前夫比较差劲吧，不然那么好的姑娘，怎么会有人不要？"

徐靖南兴致索然地点点头，转脸去跟纪铭臣聊天去了。

莫颜接到芦苇电话的时候，正在收拾东西准备下班回家。

芦苇在那边试探地问："莫颜，你下班了吗？有没有时间出来吃晚饭？"

她们两个在第一次见面后又约出来玩过两次。莫颜以为她无聊了，笑着说："好，你老公没陪着你？"

"先不管他！"芦苇说，"那你赶紧过来哈，给你介绍个朋友！"

莫颜："……"

从那天晚上芦苇一脸八卦兮兮地问她有没有男朋友，莫颜就知道，早晚会有这么一天，只不过没想到会这么快。

她不说话，芦苇担心事情要黄，立马说："你刚才都说了有时间过来，不能反悔啊！我跟你说，我这个朋友简直是百里挑一的好男人，跟你肯定特别配，你快来！"

莫颜不太想去："不用了吧，我还没想考虑这方面……"

"我不是说了吗，你是还没有遇上对的，这个绝对就是对的那个！"芦苇打包票说，接着又采取怀柔政策，"反正你不喜欢，就当交个朋友了，我们这么多天没见面了，出来一起吃个饭嘛！"

莫颜对芦苇这种自来熟完全招架无力，打了半天太极，最后还是无奈地应下来。

去酒店的路上，莫颜突然接到了郑钟铭的电话。

郑钟铭在电话里的声音温和舒缓："下班了吗？我今天刚到H市，出来一起吃饭？”

莫颜只觉得头疼，说：“不了，我刚约了和一个朋友吃饭。”

“已经有约了？”郑钟铭似是有些失望，却依然周到地问，“什么时候吃完，用不用散场的时候我过去接你？”

莫颜刚想开口拒绝，突然想起还不知道芦苇会给她安排个什么人见面，而且这次不成，以后说不定还有，想了想便说：“在凯悦酒店，八点半应该就能结束。”

郑钟铭难得听到的不是拒绝，声音立刻振奋起来，说：“好，你结束了给我打电话，我在外面等你，到时候我们一起去吃消夜。”

莫颜应了一声，心里泛起一丝罪恶感。

这样利用他会不会不太好？但是总比以后没完没了地相亲要好一些吧？

约的七点钟，路上正是下班高峰期，莫颜打车到酒店房间的时候，已经是七点多了。

她敲门进去，先是道歉：“不好意思，路上有些堵，来得晚了。”

芦苇头一次做媒，男女双方给面子都到了她就足够开心了，雀跃地说：“没事没事，这会儿正堵嘛！快坐！”

莫颜这才有空去看其他人，目光扫到徐靖南，四目相接的时候，往前迈步的脚顿时就停住了。

芦苇不明就里，还在招呼她：“莫颜，你快来，我给你介绍一下，这是徐靖南，纪铭臣的朋友。”又示意徐靖南：“这就是我刚才跟你说的，莫颜，是不是特别漂亮？”

莫颜面无表情地站在原地不动。徐靖南目光沉稳，神情莫测。

芦苇说：“你们都站着干什么，坐啊！”

徐靖南率先回过神来，把莫颜跟前的椅子拉开，做了手势，示意说：“坐吧。”说着回到了自己的座位上，自顾自地坐下了。

莫颜看见徐靖南的第一眼，下意识地就想转身走人。然而过了片刻冷静下来，意识到还有芦苇和纪铭臣在，犹豫了下，最后还是坐了过去。

徐靖南和莫颜坐对面，两个人均不说话。

芦苇看得奇怪，鼓动说：“我也不知道相亲究竟是个什么流程，不过应该就是聊天嘛！详细的信息我就不介绍了，你们自己说哈！”

两个人依旧垂眸喝水，谁都不跟谁说话。

芦苇纳闷地看他们。

纪铭臣终于看不下去了，起身绕过去拉起芦苇，拽着她往外走。芦苇纳闷地挣扎，到底还是被自己男人搡出了门外。

临关门前，纪铭臣留下一句："你们二位慢慢聊，我们还有点事，先回去了。"

芦苇莫名其妙地挣开纪铭臣的挟制，不满地瞪他："你干什么？我好不容易做回媒，还没体会到精髓呢！咱们不应该先聊几句再走人吗？"

纪铭臣一边护着她保持平衡，一边慢慢松开她，没好气地瞪了她一眼："你这个媒这回做的算是天上地下，绝无仅有了！"

"怎么了？"芦苇困惑地问。

纪铭臣斜她一眼，蔑视她的智商："你没看出来他俩不对劲？"

"当然看出来了！"芦苇立马说，"我正想接着看看他俩究竟怎么回事，你就把我拽出来了！作死啊你！"

纪铭臣脸色一黑，咬牙说："你再说一遍！"

芦苇才不傻，不搭腔地问："到底怎么回事啊？"

纪铭臣挑了下眉，说："他俩都是C市人，全都离过婚，又都出现在H市，怎么可能有这么巧的事？我要是没猜错，莫颜流的那个孩子应该是徐靖南的。"

这个猜测太过劲爆，芦苇听得整个人都傻了，震惊得张着嘴忘记了走路。

纪铭臣发现她没跟上，回头见她这副表情，眼里全是憋不住的笑意，走回去忍不住想低头亲她。芦苇一把推开他的脸，脑袋里想的全是："所以我刚才说了半天的渣男就是徐靖南？他俩以前是夫妻？"

纪铭臣偷香被拒，黑着脸不想跟她说话："不知道。"

芦苇被他强行搂着往外走，不死心地问个不停："那你说我把他俩凑一起，算是积德呀还是行善啊？我真觉得他们挺配的啊，一个温柔内敛，一个开朗健谈，为什么会离婚呢……"

纪铭臣把她推进车里，关车门前甩给她一句话："你一定要把肚子里的孩子也教得跟你一样八卦是不是？"

芦苇反应很快："女孩子八卦点没关系。"

纪铭臣咬牙说："如果是个男孩呢？娘娘腔吗？"

芦苇："……"

包间里只剩下徐靖南和莫颜两个人，面对面地坐着，彼此都没有说话。

"没事的话，我先回去了。"莫颜率先开口，准备起身走人。

徐靖南目光沉沉地看她，说：“我很吓人吗？”

莫颜要拿包的手一顿，又收回去，微微笑了下说：“没想到会遇见你。”

徐靖南从心底里排斥她这种反应，出口说：“你不觉得自己现在这样很假？”

莫颜脸色微变，片刻又恢复平静，还是神色温和地说：“时常要接待客户，习惯了，也没什么不好。倒是你，一直都很洒脱。”

她声音柔柔软软的，却是话里有话。徐靖南听得心里像扎了根刺一样，她这意思是说他也就算她的一个客户是吗？

徐靖南压制住心中的烦躁，直接沉声问：“BRI投资给我的那一千万究竟是怎么回事？”

股权转让的事，莫颜刚来H市没两天的时候就从韩煜那里听说了，也知道他至今都没有签那份协议。听他问起，她反应不大，淡淡地说：“就是你理解的那样，你那时候资金不够，我找朋友帮了点忙。”

“为什么不告诉我？”徐靖南脸色不悦地问。

莫颜轻描淡写地说：“你后来不是知道了？”

“那是我自己问出来的！你之前为什么不告诉我？”徐靖南沉声说。

她神情越是漫不经心，徐靖南就越是烦躁。平复了下气息，他改口问：“你把股权转让给我是什么意思？”

“那些钱放在我手里也没用，你比我更需要。”莫颜心气平和地说。

徐靖南冷笑：“我怎么不知道你有那么阔绰，一千万说不要就不要，你平时都是这么施舍别人的？”

话不投机半句多，莫颜懒得再多说，“随便你怎么认为。”说着侧身拿包，起身对他点了点头：“我先走了。”

徐靖南捏着杯子的手指尖泛白，冷声说：“那份协议我不会签的，我再缺钱也不需要你的。你尽早拿回去。”

没想到莫颜顺势点头说：“那些股份你不想要的话，可以直接把协议撕掉，我拿回来也没有用。既然股份还在BRI，那么如果你以后想回购，就按正常流程走吧。”说到这里，莫颜甚至对他笑了一下，温声说，“再见。”

房间门被她轻轻带上，徐靖南一个人坐在包间里，沉着脸紧紧捏着手里的杯子，抬手就想往墙上摔去。深呼吸了两下，又将杯子放了回去，愣愣地看着莫颜座位上那杯水出神。

时间刚过八点，莫颜站在酒店门口给郑钟铭打电话，示意他不用过来接她了。

她没什么心思再吃晚饭或者吃夜宵，只想回家里去。

没想到郑钟铭在电话里却说："我已经在路上了，很快就到。"

莫颜无法，只得站在门口等他。

郑钟铭十分钟后到，下车过去接她，抬眼却看见了从她身后大厅里走出来的徐靖南。

徐靖南独自在房间坐了一会儿才出来，没想到出门就看见了无比刺眼的一幕。

莫颜顺着视线扭头，看了徐靖南一眼，脸上没什么表情。郑钟铭多少有些尴尬，往前走了几步，跟他打招呼说："这么巧。"

徐靖南指了莫颜一下，冷嘲热讽地说："不巧，我是来跟她相亲的。"又转脸看莫颜："你这也太没诚意了。跟我来相亲，又有别的男人来接，还有韩煜那种人物护航，你私人生活这么丰富多彩，芦苇知道吗？"

郑钟铭霎时冷了脸，说："靖南，你不清楚情况，就不要多说。"

徐靖南挑眉看了莫颜一眼："还真是。你的事情，我不知道的太多了。"

郑钟铭还要再说，莫颜上前拦了他一下，嘴上仍带着丝笑意，仿若根本没把徐靖南的话听在耳中一样，说："别说了，走吧。"

郑钟铭顿了顿，脸色不太好地冲徐靖南点了点头，转身跟莫颜一起走了。

徐靖南站在夜风渐起的酒店门口看着两人上车。从始至终，莫颜都没有看他。

莫颜没心情去吃饭。郑钟铭看她脸色不太好，也不好强求，只好送她回家。

到公寓楼下的时候，莫颜道了谢，开车门上楼。郑钟铭想着徐靖南说的那句"相亲"，按捺不住叫住了她："你今天晚上和靖南……你还好吧？"

莫颜笑了笑，有些无奈，说："遇见他也是巧合，我也没想到他在那里。"

她说得含糊但神色看不出什么不对劲来。郑钟铭不好再问，便说："嗯，以后你有什么事随时找我。"

莫颜点头："今天谢谢你了。"

郑钟铭笑："记得欠我一顿消夜。"

莫颜点头应下，下车进了单元楼。郑钟铭看她进去，便开车掉头离开。

他刚走，刚才停车的地方就又缓缓驶来了一辆。徐靖南抬头看着十几层楼的房间有灯亮起，倚在座位上，从手边抽了支烟出来。

胡思乱想了一根烟的工夫，徐靖南抬头看了一眼楼上的灯光，发动车子往小区外走。

今天这场相亲，还真是要感谢纪铭臣的老婆，托她的福，他有机会在H市再见到她，甚至知道她住在哪里。想到这，徐靖南嘴边又泛起一抹自嘲的笑意。

知道她住哪里有什么用？能够光明正大出现在这里的，可以是韩煜，可以是郑钟铭，就是不可能是他徐靖南。

但是即便离婚一年，芦苇也仍然在说，他和她最配、最合适。

都离过婚，都是C市人，他还不介意她流过孩子……芦苇怎么说的？她孕期吃错了药，所以把孩子打掉了？

徐靖南踩着油门冷笑，她可不就是吃错了药，脑子有问题……

夜色里，马路上突然传出一道刺耳的刹车声，紧接着后面车辆的急刹车声和骂娘声此起彼伏。徐靖南只当作没听见，一个飘移甩尾，掉头后猛踩油门，很快消失在车流中。

因为徐靖南，莫颜没吃晚饭就回了家，愣了会儿神才觉出饿来，起身到厨房去煮面。面条刚进锅，就听见砰砰的敲门声。莫颜惦记着入锅的面，也忘了从猫眼里看一眼，以为是物业之类的，伸手便开了门。

门外高如山的挺拔身形，是徐靖南。

莫颜一愣，来不及想他是怎么知道她的住址的，捞过门就要关上。徐靖南一把挡住，脸色铁青地看她："当初为什么把孩子打掉？"

"跟你没有关系了。"莫颜面无表情试图用力把门关上。

徐靖南抵着门脸色十分难看，扬声说："没有关系？那是我们的孩子！我连原因都不能知道？"

他带着怒意的声音响彻整个楼道。电梯里有邻居出来，显然是听见他毫无遮掩的话了，好奇地往这边看。莫颜见状，冷着脸敞开门："你先进来。"

徐靖南进门扫了客厅一眼，扭头沉声问："到底是怎么回事？"

莫颜手依旧搭在门把手上，显然是不想多留他，"我想我们离婚的时候已经说得很清楚了。"接着她又平静地补了一句，"因为要离婚，所以把孩子打掉了。"

徐靖南心里一抽，紧紧盯着她说："我听到的不是这个原因。"

莫颜不想再搭理他，随口甩给他一句："你爱信不信。"

她还记得面仍在锅里，这会儿工夫该煳在一起了，说完就快步往厨房里去。刚把天然气关上，只觉得手腕一紧，横里蹿过一个身影，等她反应过来，人已经被紧紧按在了流理台边。

隔着寸数距离，徐靖南按着她的肩膀，一声高过一声地质问："你到底想骗我到什么时候？你是因为要和我离婚才把孩子打掉的？你看着我眼睛说是吗？！"

一想到芦苇的话，徐靖南就觉得心里抽痛。在酒店里不知道相亲对象是她时，芦苇说什么他都当耳旁风，直到结合起她来一想……他明白那句“吃错了药”的意思的一刹那间，震惊、欣喜、失望、愤怒，百味掺杂的感觉齐刷刷地涌进他心里，几乎要将他淹没。

原来她并没有心狠到那种地步，她没有故意去打掉他们的孩子，那么她到底想不想要那个孩子？她知道自己不能要他们的孩子时，是什么感受？伤不伤心？可不管她什么感受，她都没有告诉他，没有跟他分享。因为他那时太过分了吗？她刚把孩子打掉，他就冲她发了火，迅速离了婚……但如果她不是讨厌他到了把孩子故意打掉的地步，是不是说明，他们之间还没有走到不可挽回的地步？

被困在他和流理台之间，莫颜眼中闪过一丝慌乱后很快就恢复了冷静，微蹙着眉推他：“我已经说过了，你爱信不……唔……”

不等她说完，徐靖南已经低头吻了下来。背光的阴影里，莫颜只来得及看见他一双漆黑眸子里，流露出浓郁得不像话的复杂情感。

他来得气势汹汹，唇瓣舌尖仿佛都带了怒意，撕咬进攻，扯着她的唇瓣毫不留情地探进她嘴里，咬住她滑软的舌头拖进自己嘴里大力地吮吸咂弄。

莫颜呆了半晌才反应过来，嘴里含糊不清地发出挣扎声，觉察到他按在她肩上的手力道松下来时，猛地用力一把推开了他。

徐靖南猝不及防，被推得往后踉跄了两步，靠到了灶台边。他不明所以，反手往后去扶桌面稳住身形，却碰到了刚才煮面的锅，顿时被火辣辣地烫到了。

他猛地缩手，手腕那里已经迅速地红了起来。

莫颜冷眼看着，不在意地说：“不管我为什么打掉孩子，都已经过去了。我们已经离婚了，请你离开我家。”

徐靖南甩甩手，嘴里还满是她的味道：“如果当初你说实话，我不会同意离婚。”

莫颜微微翘了下嘴角：“所以我没说。”

她轻描淡写一句话，神情狡黠而庆幸。徐靖南却听得面色倏然一变，像是蒙了一层雾，看不清，也摸不透，好像什么表情都没有，却又好像所有的表情都聚在了脸上，只定定地看着她。

莫颜被他的表情看得有些僵硬，敛了嘴角的弧度，静默良久后才淡淡地开口：“跟你结婚的时候是因为记得高中的事情，多少有些赌气……后来时间长了，也就跟你过下去了，没有想过离婚，甚至会有点儿……不想离婚……”这话里的意思再明显不过。莫颜顿了顿，神色越发坦然，“但是也就只有一点儿，因为高中时的感情，那个时候，我承认我喜欢你。

“徐靖南，我们各自摸着良心问自己，结婚的那一年多里，有什么感情是值得彼此念念不忘的吗？”那一年多里，有的只是双方的戒备、试探，像两只刺猬，找不到合适的取暖温度，不是离得太远感受不到对方温度，就是靠得太近把对方刺个遍体鳞伤。

“不过是靠着高中那点年少的感情而已。”莫颜扯了扯唇角，“没离婚的时候，以为那点感情足够重要，足够让你我忍受着对方一直走下去。直到离了婚我才发现，不是这样。”

莫颜看着他说：“我们其实都没有自己以为的那么喜欢对方。想清楚了，也就没必要再纠缠了。”

在徐靖南的记忆里，莫颜很少表达自己的想法，尤其是一次说这么多。很多时候，都是他去猜，猜她高兴不高兴，猜她喜欢不喜欢。开始是觉得有趣，后来是习惯了。

这还是第一次听她清楚明白地说，对于他，她是什么样的看法，喜欢他还是不喜欢他。

答案是，没那么喜欢。

他对她呢？他们所谓的情投意合的时候，确实只有高中，后来彼此都没有给对方好脸色，他也没那么喜欢她吗？

徐靖南半晌没说话，刚要开口，却听见从客厅里传过来的手机铃声。

莫颜看了他一眼，出厨房去接电话。

韩煜在那边急匆匆地说：“阿姨冠心病犯了，我们正在去医院的路上，你抓紧时间过来。”

莫颜眉毛霎时皱了起来，“前几天不是还挺好的？”

“这两天降温，我爸说阿姨有些感冒，你赶紧过来吧。”

莫颜应了一声，挂断电话到衣架前拿衣服拎包。

徐靖南听她讲电话的语气就知道是有事，但具体是谁生病了、出事了，他也不得而知，只是上前说：“我送你去。”

“不用了。”莫颜跟他一起出了门，进电梯。

到了楼底下，她果然抬脚就焦急地往小区外走。徐靖南一把拉住她，把她推进车里，不容拒绝地说：“你走出小区还要一段时间，这个时间也不一定能打到车，我送你去。”

莫颜确实心急。冠心病发病都很快，莫母又是中期，发病时不容忽视。

到了H市私人医院，莫颜连个谢字都忘了说，脚步匆匆地往里走。徐靖南不放心她，想了想，开门下车跟她一起进了医院，却不想在急诊室门外看见了等候的韩煜。

韩煜身边还站了位气势沉着的中年人，微微皱着眉，面色焦虑。

莫颜快步走过去叫了声叔叔，问："情况怎么样了？"

韩煜扶了她一把，温声说："医生已经在检查具体情况了，你别急。"

韩父说："你妈她这两天有点咳嗽，今天晚上吃了饭不舒服。我让她吃过药就去休息，没想到没一会儿她就说心疼。我不敢耽搁，立马让韩煜送过来了。"

莫颜点了点头："谢谢韩叔叔。"

韩煜安抚了莫颜两句才注意到徐靖南在这里，一时诧异地看了莫颜一眼："你们怎么在一起？"

莫颜拿眼角扫了身后的人一眼，没有说话。

徐靖南其实也想问韩煜他怎么在这里，但显然他俩都把他视作了外人，只得点点头说："我送她过来。"

韩煜又看了莫颜一眼，刚要说话，医生从里面出来了，只得过去问情况。

医生对韩父笑了笑，说："你们送得及时，已经做了注射，没有问题了。韩太太还在休息，你们进去不要太长时间，病人需要安静的环境休息。"

韩家看病都在这家医院，莫母发病不是一次两次，医生对她的情况很熟悉，说完跟韩父商量："韩先生，我之前跟您提起过搭桥手术。韩太太这个情况再拖下去有害无益，您看看如果没问题，医院最近可以安排手术。"

韩父几人进去看莫母，徐靖南像是被自动忽视了一般，杵在原地没人理。医生看他没动，示意身边的护士把单据给他，客气地叮嘱了一声："你们方便的话请尽快办一下缴费手续。"

徐靖南看了单子一眼，没说话，转身去缴费了。

莫颜虽说当看不见他，但他不见了还是有注意到。出了病房问护士，听说他去缴费了，她微微蹙了下眉往楼下去。

徐靖南正在拿钱包交钱，莫颜过去拉开包问护士："多少钱？"

"我给吧。"徐靖南已经把钱掏出来了，伸手从窗口递给护士。

"不用。"莫颜挡了他的手一下，就听徐靖南轻轻嘟囔了一声，手却仍在递给医生。莫颜干脆收手，任由他付。

零钱找回来时，莫颜想起他刚才在她家里被烫的那一下，趁他往钱包里放钱的工夫，低头去瞥他手腕。不想率先映入眼帘的，却是他钱包里的照片。

是一年多前，那张她做B超时，医生给拍下来的宝宝照片。

莫颜垂着的睫毛微微一颤，很快收敛情绪，快速地道了声谢，转身想走。

徐靖南一把拉住她，在她微讶的神色里，面无表情地问：“为什么没有告诉过我你和韩煜的关系？”

一直在奇怪她和韩煜关系怎么会很好，有时候甚至怀疑他们两个之间有点什么。她只轻描淡写地跟他说过母亲改嫁，却从来不告诉他母亲改嫁给谁，生活得怎么样，只以一句“关系不好”就打发了他。

直到刚才，他才明白晚上郑钟铭在酒店门口对他说的“不清楚就不要多说”。原来韩煜是她异父异母的哥哥，莫母改嫁的是H市的知名企业家。

莫颜反应过来说：“没有必要。”

徐靖南冷笑：“在你心里，到底有没有什么事情是你觉得有必要告诉我的？如果不是我发现，不是我问你，你是不是什么都不会跟我说？你有一天是把我当作你丈夫的吗？”

莫颜不想跟他纠缠这些事，说：“谢谢你帮我付医药费，你可以回去了。”

徐靖南抿着唇看她。莫颜看了他垂着的右手一眼，说：“既然来了医院，就去把手上的伤口包扎一下吧。”

说完，莫颜甩开他的手，转身走了。

莫颜前脚进了电梯，韩煜就从另一台电梯里出来了，在收费窗口这边看见徐靖南，走过来问他：“看见莫颜了吗？”

徐靖南神色黯淡地看了他一眼说：“刚上去。”

韩煜点点头说：“今天谢谢你送莫颜过来。”又打量了他一眼，停住脚步问，“你们吵架了？”

徐靖南疲惫地闭了下眼说：“没有。”

韩煜温润地笑，说的话却毫不留情面：“你们的事情我本来没有立场参与。但是莫颜已经和你离婚了，如果她对你无意，也希望你能成全她。”

徐靖南自嘲地笑了笑：“她确实对我无意。结婚一年多，我连你们什么关系都不知道。”

“你是怪她没跟你说？”韩煜挑了下眉，随即了然他俩刚才吵架的大致内容，意味深长地说，“你不觉得很多事情等着别人告诉你，太被动了？况且，别人告诉你，你就会信？

“有心的人，从来都知道自己主动去寻找事情的真相。”

第二天徐靖南到公司上班，助理给他送资料的时候眼尖看到了手腕处的那片烫伤，小声尖叫了一声：“徐总您手被烫了？都起泡了怎么不去医院？”

“嗯。”徐靖南胡乱应一声。他从昨晚起就处在心不在焉的状态，手上火辣辣的刺痛根本没能吸引他的注意力，包括洗漱时碰到伤口也只是皱皱眉就不再理会。

中午助理提醒他吃饭的时候又劝了一遍，他才利用午休时间去医院。

人民医院就在公司附近，徐靖南却鬼使神差地开了二十分钟的车，去了H市私人医院。

包扎完伤口，徐靖南往外走的时候看见了门口住院部的指示牌，脚步一顿，有些犹疑。直到离婚一年多后的今天，他才明白，有关莫颜的很多事情他都不知道。一方面，他生气愤怒她的不坦诚与不在乎；另一方面，他还在想韩煜昨天的话。

听他的意思，还有其他事情他不清楚。

想去找人问清楚。名单翻来覆去地往心上滚过，却不知道除了问她，还有谁能给出更好的答案。

徐靖南正犹豫要不要过去住院部探望莫母，抬眼却正好看见韩煜。

韩煜看见他手上包扎的纱布，了然地点头：“这么巧。”

“我们谈谈。”徐靖南往他身前迈了一步。

被挡住去路，韩煜微动了下眉，笑说：“跟我谈？我不认为自己这里有什么你需要的。”

徐靖南张了张嘴，面色难得诚恳：“韩煜……哥，我想知道你昨天话里的意思。你肯定知道什么。”

韩煜被人叫了声哥，脸上瞬间就显出了一副长辈的成熟温和之态，嘴里还在装模作样地表示谦虚：“客气了，莫颜都没有这样称呼过我。若说你们离婚前叫我一声哥，我还能心安理得地接受，现在倒让我有些不好意思。”

徐靖南听出他的调侃，没有说话。

门口进进出出的都是看急诊的病人，韩煜扫视了周围环境一眼，挪脚走到了人少不碍事的边上，看了看徐靖南，说：“你们两个之间的事情我不了解，莫颜很少跟我提，甚至你们结婚她都没有告诉我，更别提你们为什么离婚。看她把一千万的股权留给你的态度，你们似乎还没走到相看两相厌的地步……当然，这仅仅是我的主观臆断。”

“不过看昨天你的反应，你对莫颜了解并不多，倒让我奇怪你们怎么会结婚。”

对他这句疑问，徐靖南有些难堪，忍不住辩驳说：“我们是高中同学，谈过半年恋爱。”

韩煜表情更为惊奇，动作不小地挑眉：“那你还不知道她的家庭情况？”

徐靖南只觉得越发无地自容：“我只知道她父亲去世，母亲改嫁。”还是结婚的时候需要双方父母出面，他才从莫颜那里知道的。

韩煜看他的目光顿时有些不赞同：“我和莫颜没有你们亲密，甚至高中的时候都不认识。但是我知道她父母一直关系不和，莫颜高三的时候她父母吵架，父亲喝醉酒出车祸去世，她妈妈在她高考完后改嫁。莫颜认为她父亲的意外去世是她母亲造成的，所以与阿姨关系一直不好，近十年没有联系。”

徐靖南听得愣在原地，一句话都说不出来。

高三上学期他们正在偷偷摸摸地恋爱。他记得高三的那个寒假，莫颜晚了两个星期才返校。他因为她不提前跟他打声招呼而生气不理她，却从来没有问过，她为什么会请假。

她那段时间状态明显不好，他却因为她不主动理他，而愤怒桀骜地也不搭理她。

两个人的感情无疾而终后，他一声不响地出国，从此再无联系。他在国外过得滋润多彩，偶尔想起她来也是一声冷哼，心想她指不定正在哪个大学里继续冷清高傲，却不知道她母亲改嫁，独自生活。

韩煜将他的反应看在眼里，尤不留情地加了一句：“我知道这些，不是因为她母亲改嫁给了我父亲，而是站在一个朋友的立场上，从她那里了解到的。你们的关系不管是在高中还是在婚后，都比我和她亲密，但是你却不知道。”

徐靖南的薄唇几乎抿成一条直线，下颚的弧度绷得紧实，默然不语。

韩煜给人一棍子后，态度缓和了一些，说：“说实话，不管是你还是郑钟铭，我对你们印象都不怎么样。郑钟铭城府太深，你太年轻，太要面子，不懂得适时退让和关心别人。就对莫颜的态度和表现来说，郑钟铭比你更体贴细心。但当初莫颜选择和你结婚，一定有她的理由，只不过你们还是离婚了。

“因为成长环境的因素，莫颜很多时候比你要成熟，所以我相信你们离婚不是她一时冲动，也说明你们之间确实存在问题。尤其今天看来，你们之间的问题还不小。”韩煜揶揄地笑了一下，“总之，如果你对她还有想法，我建议你先从审视自己开始入手。”

如果说昨天那些事让他愤怒，那么今天听完韩煜一席话，徐靖南只觉得再无颜面去理直气壮地责怪莫颜。

高中对莫颜的赌气，可能掺杂了些年轻气盛，但结婚后那一年多对她的疏忽，他没有任何理由反驳。这就是他的错。

难怪莫颜会说，他们没有自己以为的那么喜欢对方。直到今天，他才终于明白，他怎么好意思说喜欢她?

他觉得她漂亮，觉得她有趣，觉得她外冷内热的性子格外让人想撩拨，想一亲芳泽。他觉得他喜欢她喜欢得不行，以至于高中后每一段恋爱都让他觉得寡淡无味，让他每每想起她就觉得心里缺了一角；以至于见到相亲对象是她时，除了心跳加速莫名兴奋，还鬼使神差地激将她与自己结婚。

但所有的这些，都只是他以为、他觉得。

他以为他有多喜欢她，可一旦触及关键，他总是先维护自己。不肯率先承认自己的感情，不肯在她面前低头示弱。

一年多的婚姻生活，莫颜能感受到他对她的态度，他又何尝看不出她对他不是没有感情?可即便看出来了，他也没有表过态，他不想主动，不想去意图明显地关心她。

今天他才领悟，他这叫哪门子喜欢?喜欢一个人，会是这种态度?

徐靖南中午从医院回来就面色黯淡，进办公室前沉声吩咐不让人打扰，小助理就战战兢兢的一下午没敢敲门进去。下午下班的时候她还在犹豫要不要进去提醒一声，最后还是十分没胆色地作罢。

徐靖南陷入愧疚与自责的沉思中不能自拔。直到华灯初上，整栋写字楼只余他一个办公室孤盏长明，他都没有回过神来。

第十七章

徐靖南一连消沉数天，苦得小助理每天上班如上坟，生怕自己做错事挨骂，每次进办公室都小心翼翼。

“徐总，今天晚上纪氏地产有酒会，您还记得吗？”

徐靖南嗯一声示意记得。

徐靖南正好有项目要和纪铭臣谈，酒会不得不去。

纪铭臣正带着自己老婆与朋友寒暄。芦苇看见徐靖南进门，眼睛瞬间就亮了，捅捅身边的人示意他赶紧过去打招呼。

她心里想什么纪铭臣再清楚不过，头疼地说：“你肚子里的孩子正是开始胎教的时候，你就不能收敛点？”

“没事，”芦苇毫不在乎地拉着他走，“前几天我已经偷偷问过医生了，是个女孩。”

“你不是说不问性别吗？”纪铭臣跑题地问。

芦苇才没工夫搭理他，笑眯眯地跟徐靖南打招呼：“好几天没见到你了。”

纪铭臣只得跟他握手示意。

身边芦苇在他们聊了几句后，假惺惺地道歉：“那个徐靖南……不好意思啊，我不知道你和莫颜以前结过婚……”

徐靖南勉强勾了下唇说：“没事。”

芦苇一眼看出他心情不咋地，微微倾身询问：“你和莫颜还好吧？”

徐靖南只是浅淡地笑。

芦苇紧张地问：“你俩吵架了？”

纪铭臣瞪她："你少说两句。"

芦苇嫌他碍事，挥手轰他："来人了你赶紧过去招待人家。我和他聊点深刻的话题，你赶紧去。"

纪铭臣皱眉走人。徐靖南看得发笑，说："你想跟我聊什么？"

芦苇说："其实我挺好奇你们两个为什么离婚的……我这样说可能你觉得我有点八卦，不过我是真的看你们两个在一起挺合适的。而且我总觉得你们双方好像都还有那么点念念不忘的，所以多嘴问两句。我也没别的意思哈，可能是怀孕闹得，看见你们这些合适的，就忍不住撮合一下。"

徐靖南心里一动，问："你怎么知道我们双方都有些念念不忘？"

"那天见面的时候你们的反应都不怎么正常，"芦苇解释说，"我这个外人看得比较清楚嘛。一般夫妻闹到离婚的地步，基本上都没多少感情可言了，双方见了即使不仇视对方，也不会像你们表现得那么激烈……啊，具体是怎么样我也说不上来，反正一看就不对劲。"

徐靖南莞尔。芦苇看他好像不信，强调说："而且我分别问你们离婚的情况时，你俩的神情简直如出一辙。就是那种有点失落、有点遗憾，还有点恍惚和迷离的感觉。"芦苇咳了两声，"不好意思啊，我拍戏拍出职业病来了，平时导演都是这么给我们讲戏的。"

徐靖南表情却有些变化，问："你问她的时候，她也是这样的反应？"

"啊！"芦苇应声，"她以前怀过孕你肯定知道吧？她提这件事的时候态度尤其黯淡，一看就是余情未了。"

"余情未了……"徐靖南把几个字在嘴里过了一遍，片刻自嘲地笑了笑，"我并不好，她提离婚是深思熟虑过的。"

"莫颜提的离婚？"芦苇有些惊讶，"我看她不像啊……不会是有什么内情吧？"

徐靖南扯了下嘴角："内情就是我不够好。"

芦苇仔细地打量他，见他神色有些消沉委顿，安慰说："你不要妄自菲薄嘛。知道自己有做得不好的地方，改了就好啦，我觉得你人没有多差啊？"芦苇说到这颇有点身经百战的神气，"你知道我跟纪铭臣……唉，我俩也不是轻松走到今天的，还是要靠勇气你知道吗？虽然你有错，但是你认识到错误了，再去把莫颜追回来就行啦！你说呢？"

徐靖南没说话，芦苇拍了拍他的肩膀，去找纪铭臣了。

周六的时候，徐靖南早早起床，买了新鲜的花束和果篮礼盒，到私人医院去探望莫母。

那天是他送莫颜过来的，所以莫母的病房很好找。敲门的时候里面传来清晰的回应，可见莫母身体恢复得不错。

见到徐靖南进来，莫母一开始都没反应过来。她见徐靖南的次数少之又少。

“妈，我来看看您。”徐靖南温和地笑着说。

莫母能和莫颜僵持多年，就说明她自己本身性格也很强硬，即使这两年平和下来了，也没那么好糊弄。

莫母客气地说：“是靖南啊！没想到你也在H市，还知道我生病了，真是有心了……你叫我阿姨就行了，毕竟你和颜颜已经离婚了。”

徐靖南脸上就有些尴尬，问：“您这两天身体怎么样？我听说要安排手术？”

“下周一手术，谢谢你关心。”

徐靖南说：“您不用这么客气，我来看您是应该的。”

莫母和蔼地说：“怎么能不客气。难为你有心来看我。本来以为你和颜颜离婚后，就没机会见到了。”

徐靖南被噎得不好再搭话。

病房里只有莫母一个人，也没有人陪着，莫母不给他好脸色，他想换话题都觉得尴尬。

无声了片刻，莫母说：“谢谢你来看我，如果没事的话……”

徐靖南顿时反应过来，起身说：“那您休息，我先……”话未完，病房门便被人推开，是莫颜和郑钟铭。

门口两人明显一怔，都没想到会在这里看见他。尤其郑钟铭的神色，暗暗含了些提防之意。

莫颜反应过来率先开口：“你怎么在这里？”

徐靖南盯了郑钟铭一眼说：“我来看看……伯母。”

莫颜只得点点头道：“谢谢。”

郑钟铭不好当场掺和他俩的事，便绕过他们去看莫母，“伯母，今天身体怎么样？”

莫母笑着说：“钟铭来了？你每天都来看我，还总是带东西，不用这么客气。”

“应该的。”郑钟铭拿过床头的苹果说，“我给您削个苹果。”

他动作自然又自在，莫母的态度也与刚才截然不同。徐靖南看在眼里，又转头看了莫颜一眼。

莫颜往病房外走去，等徐靖南出来，面色平和地说：“谢谢你来看我妈，没什么事的话，就不多留你了。”

没想到徐靖南顺从地点点头。莫颜正暗自惊讶，就听见他说：“明天我再过来。”

莫颜立时叫住他：“你什么意思？”

“不是要手术了吗？我来陪陪伯母有什么不对？”徐靖南说得十分坦荡。

莫颜有些皱眉：“你到底想干什么？我们已经离婚了。”

徐靖南点点头，甚至笑了笑：“离婚了也还可以复婚不是吗？”

“你……”莫颜盯着他满脸的笑意说不出话来，最后面无表情地甩了一句“随便你”就回病房了。

徐靖南敛了笑意，转身要走，被从病房出来的郑钟铭叫住。

郑钟铭神色复杂地看他：“靖南，你……”

二十几年的发小，此刻一丝情谊也无。徐靖南冷声说：“我听说你已经往H市跑了一年多了？从我们离婚开始？郑钟铭，你想追她我不阻拦，各凭本事吧。”

徐靖南说到做到，真的每天都来，只不过不受莫颜和莫母待见罢了。

韩煜倒是没什么反应，偶尔赶上他来了，病房里陷入短暂的尴尬时，还会跟他聊两句。幸好他每次来待的时间都不长，否则莫颜真会拿鸡毛掸子轰他。

莫母身体恢复得不错。徐靖南照例带着水果上门，不想直接被莫颜堵在了门外。

莫颜怕影响莫母休息，小声地在门口问：“徐靖南，你到底想干什么？”

徐靖南抬抬下巴示意：“来看伯母。”

“好意我们心领了，你回去吧，以后都不要再来了。”

徐靖南笑容不减地说：“为什么郑钟铭可以每天都过来，我不可以？”

莫颜被他如今这种丝毫不为恶言所动的态度弄得有些抓狂，“因为我们已经离婚了，你不明白吗？”

徐靖南正视她说：“我说过了，我们可以复婚。”

“不可能！”莫颜毫不犹豫地拒绝他，“我们之间已经结束了，请你不要再来打扰我。”徐靖南还要再说话，莫颜又补充了一句，“我是认真的，徐靖南。”

她态度严肃且正经。徐靖南眼神微闪，脸上滑过一丝失望，沉默片刻后问：“我不可以，郑钟铭就可以？”

莫颜看他一眼，转开目光说：“你们不一样。”

徐靖南无声地点了下头，伸手把果篮放在了靠墙的椅子上，一句话都没说转身走了。

后来的半个月，徐靖南都没再去医院。

借去医院探病的机会接近她，实在不怎么高明，然而徐靖南也想不出什么其他办法来了。她和他在H市一点交集也无，更重要的是莫颜根本不想看见他，不像郑钟铭可以时不时地约她吃饭喝茶。

这两天听芦苇说，莫母已经出院回家休养了，他就更没有借口可以接近她了。

芦苇临挂电话的时候还问他们两个怎么样了。他不说话，她也能猜个大概，神神秘秘地说：“你多制造点机会嘛。是不是有个叫郑钟铭的也在追莫颜呀？你抓紧啊，最近劝莫颜结婚的人太多，万一她松口怎么办？那个郑钟铭还想和纪铭臣合作，我都没让纪铭臣答应，你看我多支持你！等把他赶回C市，你就轻松多了！加油哈！”

徐靖南面无表情地挂了电话，郁郁地吐了口气，心情糟糕透顶，他想不出什么更好的方式来。

烦闷间突然接到徐靖西的电话，那头叽叽喳喳的：“三哥，我和可妍还有程昊到H市机场啦，你有没有来接我们啊？”

他此刻烦躁不堪，也懒得理她们：“让程昊带你们过来。”

徐靖西要来H市拍戏，早早就联系了徐靖南要找他照顾，郑可妍来H市找郑钟铭，顺便玩几天。

他们到H市的时候正是中午，徐靖南跟助理交代了一声，直接让那三人去了饭店。

程昊见到徐靖南的时候热情地给了他一拳，“我说你怎么回事？我这才出国两年，你就发展到H市来了？弄得我想看你一眼，还得让你妹妹带我过来？”

徐靖南抬抬下巴问他：“什么时候回来的？都没听维之说过。”

“回来都个把月了！”程昊吊儿郎当地说，“徐总忙着开拓事业呢，哪顾得上我等贫民啊！”

徐靖南给了他一脚，招呼两个女孩：“饿了吗？进去吃饭吧。”

徐靖西这两年为了拍戏东奔西跑，在家的时间不长，也很久没看到徐靖南了，饭间拉着他说个不停。程昊和郑可妍说话：“你哥不是也在H市吗？怎么不把他叫出来一起？”

郑可妍吃着东西随口说：“他说在和莫颜姐吃饭，晚上再找我。”

话音未落，一边说话的两人都静了。

郑可妍顿时反应过来说错了话，捂着嘴看徐靖南。

徐靖西惊讶地问："三哥，我三嫂也在H市？"

徐靖南筷子顿了顿，应了一声："嗯。"

程昊早有耳闻，就着话题八卦："南哥，你跟嫂子……莫颜，怎么会离了？"

"她提离婚，就离了。"徐靖南面不改色地继续吃饭。

包间里静悄悄的，程昊纳闷地看徐靖西。后者叹了一声，拿筷子戳戳碟子里的菜说："也是大伯和伯母太狠心了。"

徐靖南继续埋头夹了口菜，片刻目光沉沉地看她："你说什么？"

"什……什么啊？"徐靖西被他吓了一跳，"三哥，你想说什么？"

徐靖南一把抓住她问："你刚才的话什么意思？我和她离婚，跟我爸妈有什么关系？"

徐靖西被他攥得胳膊生疼，却还是震惊地回看他："三哥你不知道？大伯和伯母让三嫂和你离婚，三嫂说她会自己跟你说清楚，然后你们就离婚了啊！我以为你都知道的。"

徐靖南脑中轰鸣，整个人被雷劈了一样，紧紧扯着她喊："你给我说清楚点！到底怎么回事？！"

他眼睛瞪得跟要吃人一样，徐靖西战战兢兢地说："我那天正好回家收拾行李……"

"说重点！"

"三嫂挪用了伯母卡上的一千万，伯母发现了很生气。正好我带着自己一个朋友看见，不知道我那个朋友怎么会认识你，说怀了你的孩子，结果被三嫂逼着做掉了。然后大伯和伯母说徐家容不下三嫂，就让她和你离婚。"

徐靖西一口气说完，在座的每个人都有些呆。

半晌，徐靖南才问："什么叫挪用了一千万？"

徐靖西摇头："我也不太清楚。反正我过去的时候正听见伯母在骂三嫂偷钱，问三嫂用钱干什么，她也不说……不过后来我从我妈那里知道，三嫂走之前把钱都还上了。"

一千万……这个数字对徐靖南来说太熟了。他那时需要一千万的投资，抓耳挠腮地急了半个月，终于在最后关头解决了，当时兴奋地大醉了一场。后来知道这一千万是莫颜出的时候，也想过她怎么弄来那么多钱，原来还有这样一回事。

可是她最后还是把钱还上了。唯一解释得通的就是，可能她一时凑不够那么多钱，暂时用了家里的，不等还回去，就被毕凤华发现了。

徐靖南满脑子都是那句“问她用钱干什么，她也不说”。若交代了实情，他的项目就全泡汤了……

程昊没想到会听见这么劲爆的八卦，倾身问：“怀孩子是怎么回事？南哥怎么干这种事？”徐靖南自打结了婚，特别纯良。

徐靖南脸色难看地说：“还不是你出国前的那天晚上，明明是你和别人带人去了酒店，谁知道我早上醒过来的时候身边睡了一个。过了两个月就往家里打电话说怀了我的孩子，我他妈都不记得碰过她！”

徐靖西说：“我根本就不知道三哥你们……我那天正好带她一起去机场，就是串个门的事，没想到她就一口咬定是三嫂逼她打的孩子！三嫂也……承认了。”

徐靖南猛地砸了下桌子：“那是我让她打的！”

徐靖西不敢说话，程昊皱着眉低头不知道在寻思什么，片刻后问她：“你说的那个人长什么样？”

徐靖西一愣，掏手机说：“我有去年我们剧组的定妆照，给你看看。”

程昊拿过手机只瞟了一眼，立刻“靠”了一声。郑可妍好奇地问：“怎么了？”

徐靖南也在看他，程昊心虚地说：“我记得这个女的，她眼角有颗痣，当时喝得迷迷糊糊，我觉得好看，就把她带酒店去了……”

“程昊！”徐靖西瞪大眼吼他。程昊连忙接着说：“不过我记得当时是交给郑钟铭处理了！”

他话一出，连郑可妍都傻了，“关我哥什么事？”

程昊看着徐靖南如炬的双眼，解释说：“我刚跟她那什么完，我女朋友就打电话要找我，她在酒店楼下马上要上来。我没地儿放那女的，正好在走廊看见郑钟铭，就交给他处理了……后来我就什么都不知道了！”

徐靖西替他接上：“所以，是钟铭哥把那女的放到了我哥床上？”

郑可妍立马喊：“不可能！”

然而程昊和徐靖西看她的眼神，就是带了不容置疑的神色，甚至连她自己说出来都觉得心虚。

争执间，徐靖南猛地起身往外走。徐靖西赶紧叫他：“三哥你去哪儿？”

徐靖南扭头沉着脸问郑可妍：“郑钟铭在哪儿吃饭？”

郑可妍知道要出事，想撒谎又被他眼神吓得哆嗦，到底还是说了实话：“我不知道，他就说他们在吃日料。”

H市最出名最好吃的日料只有一家，预约都要排两个星期。

郑钟铭示意服务员把三文鱼刺身放到莫颜跟前，示意她：“我记得你很喜欢。”

“记性不错。”莫颜笑了笑，低头夹了一片吃。

郑钟铭看着她说：“伯母出院后休息得怎么样？”

“还不错。”

郑钟铭笑了一声：“除了不错，没有别的词了吗？”

莫颜不置可否，转了话题问：“和纪氏的合作谈得怎么样？”

“不好。”郑钟铭毫不避讳地说，“过几天就要回C市了。”

“嗯，你在这边待了快一个月了。”莫颜随意地说。

“莫颜，”郑钟铭顿了顿，待她抬头看他后，才说，“项目没谈成，我可能要过一段时间才能再过来，你有什么想法？”

莫颜神情闪了闪，郑钟铭赶在她出声前开门见山地说：“追了你一年半，你打算什么时候答应我？”

莫颜一时没应声。就在这寂静的空当，樟木门猛地被人拉开。不等两人反应，门外已经闪进一道身影，抬脚狠狠地踹在了郑钟铭身上。

郑钟铭跪坐着，被踹了个措手不及，霎时就歪着身子倒在了榻榻米上。紧接着雨点般的拳头就落了下来。

徐靖南拎着他衬衫领子把他按住在地，每一拳都狠厉无比地打在他脸上：“什么时候答应你？你有脸问吗？我当你是兄弟，你把我当什么？一边拿招阴我，一边勾搭我老婆！我操你大爷！你也配做人？！”

莫颜反应过来，看清楚是徐靖南，心惊肉跳地在一边拽他：“徐靖南！你干什么！别打了！”

坐出租车跟在后面的三个人匆忙赶过来，一见状况，郑可妍和徐靖西当场就捂嘴说不出话来了。程昊赶忙上前去拉徐靖南：“别打了！你想打出人命来吗？停手！”

徐靖南已经被真相冲昏了头脑，一身力气全集中在了郑钟铭身上，程昊一个人都拦不住他。

直到莫颜和徐靖西都过来帮忙，才勉强把他俩分开，往后制住徐靖南不让他再打过去。

郑钟铭从一开始就处在下风，躺在榻榻米上大口地喘气，脸上一块红一块紫，嘴角和鼻子里都是血。郑可妍吓得哭了起来，赶紧过去扶他。

徐靖南稍微冷静些。莫颜担心地问郑钟铭有事没事，见他摇头才扭头吼徐靖南：“你疯了？到底要闹到什么时候才算完？！”

徐靖南冷笑着看她一眼，指着郑钟铭说：“到底是我疯了还是他疯了？你问问他！为什么会突然有个女人跑到家里说怀了我的孩子？我他妈跟他认识快三十年了，他敢下套阴我！”

莫颜皱着眉听得稀里糊涂。徐靖西见状立马解释说：“就是说怀了我哥孩子的那个女人，是钟铭哥……是郑钟铭坑我哥，故意破坏你俩感情的，那个孩子可能是程昊的！”

程昊抓着徐靖南冲徐靖西龇牙：“什么孩子是我的！”

莫颜却是听懂了，难以置信地去看郑钟铭。

郑可妍扶着半仰在地的堂哥，看着他一脸血迹呜呜地哭。郑钟铭对上莫颜的目光，不自在地避开，片刻又转回来，看着跟前站着的几人，吐了口血沫，冷笑着说：“我破坏你们的感情？徐靖南你拍着胸口问问自己，你们结婚一年，你对莫颜怎么样？你也配做她男人？莫颜每次受了你徐家委屈的时候，你又在哪儿寻欢作乐？我不配做人，你配吗？”

“你算什么东西？我用得着……”徐靖南怒火冲天地就又要冲过去踹他，徐靖西和程昊立马把人抓住，拼命劝：“别打了别打了，三哥！”

其他房间吃饭的人都好奇地出来看热闹。徐靖南满脑子只想着冲过去揍人，激得郑钟铭也想爬起来跟他打。现场一片混乱。

莫颜拦都拦不住，便不再理他们，自己拿过外套穿上，拎起包说：“你们打吧，我先回去了。”

打架闹事的中心人物离场，围观群众纷纷让路。徐靖西率先发现，拉住徐靖南：“三哥，你还打！三嫂都走了！”

“什么？”徐靖南动作一停，皱眉看了一圈，回头狠厉地瞪了郑钟铭一眼，转身大步去找莫颜。

莫颜直接打车回了家，刚要关门，就被紧跟而来的徐靖南大力挡住，硬挤了进去，“那个孩子不是我的。”

莫颜拦不住他，面无表情地转身往里走，“我今天不想再谈这些事。”

徐靖南拉住她，神色认真地说：“你听见了，我什么都没做，是郑钟铭……”

“那又怎么样？”莫颜见他神色愣怔，甚至微微笑了下，挣开他的手说，“我们已经离婚了，过去的事就不要再说了。”说着去茶几边自顾自地倒水喝。

徐靖南看着她，整个人都愣愣的，“如果不是因为郑钟铭，我们怎么会离婚？”

“你应该知道，我们离婚不是因为他……”

“不是因为他是因为谁？！”徐靖南扬声打断她，“郑钟铭那样阴我，不就是为了让我们离婚？对，不只是因为他，还因为什么，你肯定比我清楚！

“因为你什么都不肯跟我讲！你给我投一千万的时候为什么不告诉我？你挪了家里的钱为什么不告诉我？爸妈发现这些事的时候你又为什么不告诉我？那个不知道从哪儿跑出来的女人说你打了她的孩子的时候，你怎么不说是我让你那么做的？”

莫颜手中杯子里的水微微晃动。她抬手托了下杯子，没说话。

徐靖南越说声音越大：“你以为你是谁？圣母玛利亚吗？你以为你把所有的事情都揽在自己身上，我就无比地愧疚，无比地感激你了吗？要不是因为你都不告诉我，我们怎么会离婚？！”

房子明明不大，徐靖南却好像吼出了回声，房间里久久不能静下来。

莫颜沉默片刻，低垂着眸子说：“你不懂吗？我已经说过了，我们离婚不仅仅是因为这些事，而是我们并没有足够喜欢对方……”

“别说什么我们！”徐靖南粗声打断她，“你能代表我吗？莫颜，那是你一个人的事情，是你自己没有想象中的喜欢我！不包括我！是，我以前做得不好，做得不对，但我从来不认为我没有那么喜欢你！我爱你！从结婚到离婚甚至到现在，我都爱你！”

他说得掷地有声。莫颜猛地侧头看他，眼里满是震惊与诧异。

徐靖南心里一把怒火烧在心头，这把火明明是莫颜给他点燃的，她却软绵绵地分毫不予解释，甚至连张牙舞爪的还击都没有，憋得徐靖南暴躁地站在玄关边来回走动，胸口闷沉。

一片安静里，他莫名觉得委屈。他没有足够好，但他在努力，想靠着自己的方法，摆脱总是为难她的徐家人，想不动声色地安抚她，却总是得到一个冷漠的白眼。他视她为自己人，加诸信任、安心于她身上，永远都自信她不会从背后捅他一刀。她却从来都只生活在一个人的世界里，有困难永远都是自己面对，过得不好的时候，根本不会想到扳过他的肩膀来靠一靠。

“不管是高中还是婚后，你把我当什么？”徐靖南转身看她，拍着自己的胸膛问：“你父亲意外去世，你一声不吭，根本就没想过告诉我，去了学校照样面不改色地上课。莫颜，你当初接到父亲去世的消息时，有没有想要趴到我怀里哭一场？

你开学看见我的时候，有没有想过跟我说说你的委屈？

“我妈质问你的时候，你有没有想过把责任推到我身上？她对你不好，那么多次为难你的时候，如果我不主动开口，你有没有想过拉我去给你解围？

“这些问题我帮你回答，莫颜。没有！你从来没有把我放到你男朋友的那个位子上。”

“你把我当什么了你知道吗？”徐靖南牢牢地盯着她，“当一件玩物，还是一个会主动逗主人笑的玩物。我逗你，我关心你，你就心安理得地受着。是，你也会关心我，也为我着想，好像我真的就是你男朋友了。但是莫颜，你不高兴，你受委屈的时候，你永远都没有想到过让我分担，你从来就没有把我放到一个与你对等的位置上！”

莫颜垂眼一言不发。徐靖南说完这些转头吸了下鼻子，刚开口声音有些沙哑甚至还带了点鼻音：“对……我这个人死要面子，好胜心重，不愿意率先低头承认我对你的感情，但这不代表你就可以随便污蔑我！信口说我没那么喜欢你！

“今天我可以很明确地告诉你，我爱你，比我自己以为的还要爱你。我到今天都记得跟你同桌的时候，你第一句开口骂我的那个滚字。从结婚那天起，我压根没想过跟你离婚，我想等时间来消除我们之间的矛盾，想摆脱家里，让你不再受委屈。但是今天，莫颜你让我很失望……”

说到这里，徐靖南顿了半晌都没有开口。他仰脸盯着电视机上方的时钟，直到秒针整整走了两圈才吞咽了口唾液，眨了眨眼睛，声音平静地说：“靖西告诉我家里逼你离婚这件事的时候，我心疼你心疼到喘不过气来。我觉得你真傻。但是现在，我觉得真正傻的那个是我。也许你以为我该感激你，我只能说抱歉，我无比痛恨你那样做。你做那些事的时候根本没有想过让我分担你说完痛苦。不是因为我们两个当时在吵架，而是因为你性格本来就如此。又或者说，在你眼里，我还不是那个值得你交心的人。我今天总算明白了一件事，你不爱我。”

春天的天气非常好，正是中午，阳光直直地穿透玻璃照进来，照到窗边的嫩绿盆栽上，照到质地朴实的地板上，也照到莫颜静静握着杯子的手上，以及她低垂的脸庞上。

徐靖南甚至在空中看到了飘浮的细小尘粒，缓慢地下沉，人一走动，甚至一出声，它们又往上飘了起来。

“其实你未必有错，可能错的那个只是我，错在自作多情，一厢情愿。你说得对，我们已经离婚了。”

“再见。”

大门砰的一声关上时，又带动了屋内的气流，那些将要落地的尘粒又齐刷刷地飞了起来。莫颜不知将目光放在了何处，好像看见了它们的跃动，也好像什么都没看见。

她手里还一动不动地端着水杯，半晌觉察到手酸了，才伸手将杯子放在茶几上。

这个动作带动她的眼睫微微眨了一下，一滴积蓄已久的泪珠终于冲破眼眶，痛快地从里面滚了出来。

第三天，莫颜给员工开完早会，回了办公室才发现郑可妍发来的几条短信：

莫颜姐，我和堂哥已经在回C市的飞机上了。虽然不知道你和靖南哥是怎么回事，但是我能看出来你对我哥只有友情，所以有些事我不应该瞒你。

你还记不记得范宁宁？当时我哥希望我能帮他追到你，也就是……离间你和靖南哥，她那时喜欢我哥，于是我告诉她可以通过接近靖南哥引起我哥的注意。

我知道这样做很不道德，但是……直到前两天，看见靖南哥和我哥大打出手，才认识到自己当初的错误，以及我哥的错误。我代表我和我哥跟你说一声对不起，希望能得到你的原谅。

当局者迷，旁观者清，我哥他可能还需要让时间告诉他关于爱情的道理吧。命里有时终须有，命里无时莫强求。再见，莫颜姐。

莫颜垂眼看了半晌手机，随后收敛情绪，开始办公。

徐靖南说了“再见”，郑钟铭回了C市，颇有点曲终人散的味道。莫颜每天上班、下班，时不时地回趟韩家陪母亲吃顿饭，偶尔也会应芦苇的邀请出去喝茶。

半个多月的时间芦苇约了她两次，一次逛街买东西，一次喝下午茶聊天。除了会提及她的几个男性朋友都在单身，基本不会和她聊太敏感的话题。

莫颜随口跟韩煜聊天提到这些事，听得韩煜颇感兴趣：“你怎么没想见见？”

正是五月初温度最适宜的那几天，周末韩煜约她出来喝咖啡，阳光透过落地窗直接大片地照到桌子上。莫颜心情不错，斜睨他一眼说：“我妈想给你介绍的女孩都不错，你怎么不去见见？”

韩煜点了下额角，很快转移话题：“这么长时间没见过郑钟铭找你。”

他不知道前些日子那些事，莫颜也不想跟他提，只说：“嗯，以后都不会见到了。”

韩煜挑眉看了她一眼，倒是没多说。

短暂的沉默间隙，落地窗外突然蹿过来一道人影，笃笃地敲了两声。莫颜转头去看，人影一闪又不见了。

两个人正诧异地对视时，徐靖西已经冲了进来，几乎是扑到了莫颜身上：“三嫂！我终于找到你了！”

“靖西？”莫颜怕她真摔倒，赶紧扶了她一把。

韩煜听她的称呼就明白了个大概，饶有兴趣地提醒：“谁家的小姑娘，叫三嫂不太合适吧？”

徐靖西这才注意到莫颜对面还坐了个男人，警惕地瞪他：“你是谁？为什么会跟我三嫂在一起？”

莫颜暗自瞪了韩煜一眼，拉着徐靖西问：“你怎么会在这里？找我有事？”

徐靖西这才想起来说正事。

那天在日料店几人散场后就没再碰见，徐靖南又不肯给她莫颜的手机号，弄得她遍寻无门。没想到今天和朋友出来办事，居然意外见到了！

“三嫂，你还没原谅我三哥吗？”

莫颜微微怔了下，笑意很淡：“你找我就是想问这个？”

徐靖西说：“我是觉得你们之间既然有那么多误会，说开了，应该就没事了……”

“嗯。”莫颜很敷衍地应了一声，只跟她说，“你在H市待多长时间？拍戏还是来玩？很久没看见你了，有时间多来找我玩。晚上请你吃饭吧。”

韩煜在对面敲敲桌子：“我好像已经预约了你的晚饭。”

莫颜不在意地笑看了他一眼：“那就只能改天了。”

徐靖西不知道韩煜是谁，见他长得人模狗样还跟莫颜吃下午茶和晚饭，一副标准的谈情说爱样，登时就急了，拉着莫颜说：“三嫂，你原谅我三哥吧。他现在生病住院，就想你去看看他。”

桌前两人动作俱是一顿，莫颜蹙了下眉问：“住院？”

徐靖西从说完话就紧盯着她的表情变化，见她从愣怔到猛地颤了下眼睫，蹙眉看她，心里稍稍有了底，立刻叹了一声，心疼地点头：“他前两天急性胃炎犯了。我当时在市郊拍戏不知道，是他助理联系我的。听她说我三哥是晚上在公司加班的时候犯的病，身边也没人送他去医院，连救护车都是自己叫的……”

徐靖西见莫颜盯着咖啡杯子不说话，自己声音里甚至带上了哭腔：“他在H市人生地不熟的，连个给他举着盐水包扶他去厕所的人都没有。助理到了点也要下班，他想喝杯水都要自己挣扎着倒。本来胃就不好，吃饭还只能吃医院的食堂，特别受罪……”

她一边说一边想着徐靖南虚脱地躺在病床上，眼泪真的流出来了两滴。莫颜见状连忙抽纸巾给她擦了擦，安慰说："别哭了。"

韩煜嘴上噙着一贯温存的笑意，在旁边指点："你可以给他请个护工。"

徐靖西忍住瞪他的冲动，跟莫颜说："三嫂，其实他想见你。我想跟他要你的联系方式通知你，他不肯给我，但是我知道，我三哥真的很想见你。"

莫颜原本在柔声安慰她，听到这儿脸色却变得有些冷淡，把纸巾塞到她手里，说："不肯让你通知，应该是不太想见我吧，是你想多了。"

徐靖西当场就想抽自己两巴掌，连忙往回圆："他最近心情一直特别不好，三嫂，我真的觉得……"

"好了，靖西。"莫颜打断她，"我已经知道了，也会考虑去见他，谢谢你今天来告诉我。你朋友还在外面等，我改天再请你吃饭好吗？"说着指了指站在窗外不远处，时不时地往这边看一眼的女孩子。

徐靖西语塞，知道莫颜是真不想再多说。

莫颜对她笑了笑，拿了张名片给她："你以后想找我可以打电话。"

徐靖西走后，韩煜问说："不去看看？"

"用你管？"莫颜扫他一眼，垂眼端杯子喝咖啡。

至今为止，莫颜一直承认，跟徐靖南在一起的时光，她过得最开心。即便是结婚后，两人时常斗嘴的时候，也是轻松的。

其实她心底隐隐地明白，她不懂爱，甚至不会爱。年少父母之间的无休止的争吵，让她从来不憧憬长大后的婚姻生活。与同学间的疏离，也让她不懂得分享与倾诉。她从小到大，一贯的行为风格都是独立、自主，与身边的人保持距离，不主动去亲近别人，更不会主动地让别人了解自己。

她被动地生活了这么多年，工作方面，她可以做SOHO一族，不用在人情世故上做那些表面功夫；生活方面，没有几个朋友的生活她适应得很好，所以从来没觉得有什么大问题。

直到徐靖南说她没有给他一个足够平等的相处模式，她才猛然意识到，是的，她遇到困难的时候，第一个想法就是她该怎么解决；受到委屈的时候，总是在告诉自己，忍忍算了，忍不了就想办法出口气。

从来没有想过，我可以告诉我男朋友，让他去想办法，让他安慰我。

对于这个问题，她第一次从徐靖南那里听到。因为他说"再见"，也注定是最后一次从他那看到自己的不足。

所以一切都应该过去了，他们有各自的生活。只要向前看，时间早晚会冲淡所有。

可徐靖西说他生病住院，没有人照顾的时候，她心里还是动了一下。

一方面是他们已经走到了无话可说的地步，她的自尊也不允许她再出现在他眼前；另一方面是，莫母生病的时候，他都有去探望，况且他在H市没有亲厚的人照顾。

两个小人在心里撕扯了足足两天。莫颜出现在医院门口时，心里低低地叹了一声，第二个小人胜了。

第十八章

不知道他具体在哪间病房，莫颜只好到住院部的护士台询问。

小护士对徐靖南这种难得的英俊病号非常上心，一听名字就立刻反应过来，指着方向说："走廊尽头的那间，四天前住进来的。"

虽然刚才第二个小人勉强获得了胜利，可真走到病房门前时，小人一号又隐约有了反攻的趋势。

莫颜心里踌躇不定，最后还是决定改天再来。然而下定决心要走的时候，病房门却开了。

徐靖南一手举着盐水袋，一手不自然地半悬在身前，诧异地看着她。

他是真生病了，脸色透着苍白与憔悴，穿着病号服，一眼就能看出虚弱。莫颜调整心绪说："靖西说你住院了，我来看看。"

"哦。"徐靖南点点头，带动着盐水袋里的药水一起晃动。他人还没反应过来。

以他对她的了解，按说他都把话说到那个份儿上了，莫颜应该打死都不会再给他好脸色，更别说出现在他面前了。至今想起那天他在她家里的愤慨陈词，徐靖南心里就发虚。

莫颜不至于打个招呼就走人。他不说话，她只得找话问："听说是胃病，严重吗？"

徐靖南说："急性胃炎。以前也犯过，这次反应比较厉害，医生就建议住院疗养半个月。"

莫颜点点头，似是还要开口，徐靖南抢先说："那个……要不你进去坐会儿，我去趟厕所就回来。"

刚才看见他举着盐水开门莫颜就注意到了，又打量了他一眼："没有人陪你去？"

"我一个人就行。"徐靖南说。他这些天都是这样过来的。

莫颜很浅淡地蹙了下眉："怎么不找护工？万一滚针怎么办？"

确实，徐靖南第一次打着点滴自己上厕所，扎着针的那只手整理裤子时就滚针了……不过眼下："一会儿再说，我先去厕所。"憋不住了要……

莫颜看了他一眼，抬手拿过盐水袋，在他困惑的注视下说："我陪你过去，到时候找个人帮你。"

她语气不容拒绝，但又是为了他好。徐靖南有些蒙，但此刻也顾不上其他了，先解决生理问题是正经……其实即便不尿急，他多半也不会拒绝。

从厕所出来，莫颜温声向帮忙的人道谢，接过盐水陪着徐靖南往病房走。

厕所和他住的病房在一头一尾，穿过整个走廊的时候两人都没说话。经过护士台，里面的小护士已经换了人，热情地打招呼说："哟，今天有朋友来探望呀？"

徐靖南应了一声，莫颜冲她点了点头。

走廊里都是住院的病人和家属，同样也有举着水袋陪上厕所、陪散步的，基本都很少说话，偶尔说也是各自小声示意一下。徐靖南和莫颜穿梭在其中，竟然也是莫名的和谐。

"家里没有人过来陪你？"回到病房莫颜问。

徐靖南说："没有告诉他们，他们也未必有时间。"

病房里摆了不少鲜花和果篮，看样子他倒是也不缺人来探望。莫颜来之前本想看看他就走，谁知道正好撞上他去厕所，陪他走了一趟，倒不好直接走人了。

徐靖南说："靖西找你说我生病了？"

"嗯，偶然在咖啡馆里遇上了。"

正是中午，门外有人敲门，刚才打招呼的那个小护士推门问："徐先生，要不要帮你在餐厅买饭？"

"不用了，今天有助理送来。谢谢了。"徐靖南靠在床上，感激又帅气地冲她昂了下头，小护士脸一红，关门走了。

他们说话的时候莫颜一直都在看着徐靖南。他以前不这样，至少在她面前，假如像今天一样生病，他肯定会折腾得整个徐家都鸡犬不宁，甚至会借机吆五喝六地指使她。

如今在外面，他一个人，即使病到虚脱住院，也不求家里帮助，还能马马虎虎凑合。

徐靖南跟护士说完话，扭脸正好看见莫颜在盯着他，意外地愣了下。莫颜转了视线，看了看他桌上的几瓶药问：“怎么突然会急性胃炎？”

“以前也犯过，去年也住过半个月的医院，那段时间跟客户喝酒喝太多……最近也是有些忙，没顾上吃饭。”

这话确实不假，他那天单方面地跟莫颜吵完架，说心里不爽是轻的。但毕竟不是以前，会郁闷地找瓶酒关在家里三天不出门，他还有公司和责任，也不至于为情所困到寝食难安。只不过当时心情不好，工作起来就格外不要命。午饭要秘书提醒，晚饭常常因为加班忘了吃。上次患胃病后根本没养太好，医生早就特别叮嘱过，一定要注意养护。被他这样一忽视，一贯脆弱的胃登时就傲娇找存在感了。

莫颜想起那天徐靖西的话以及刚才过来的小护士，问：“医院里的食物营养搭配怎么样？”

“凑合吧。”徐靖南说，“医生让多吃粥类、汤类的东西。医院做得不怎么样。小赵给了我一张外卖电话，挺方便。”

床头柜上果真放了张A4纸，酒店、电话，助理打印得整整齐齐。莫颜扫了一眼，说：“怎么没让助理陪着你？”

徐靖南不在意地笑了下：“她有自己的工作，怎么能麻烦她。我跟她就是上下级关系，生病这种事就算了。她这几天每天都会过来，给我送些文件，有时顺便送午饭。”

“晚饭呢？”

“嗯？”徐靖南有点没反应过来，顺口说，“叫外卖，或者请护士帮忙。昨天没有挂水，我自己去食堂吃的。”

莫颜便不再说话了。

其实徐靖南这几天生病，自己都觉得自己怪可怜的。

想他以前生个病，哪个朋友不是时常露面陪他消遣解闷。住个院也不至于是半夜叫救护车，住不上VIP病房，连上个厕所都是自己举着水袋去。

而现在，徐家他不想联系，H市这边，除了客户、公司，也根本没几个像孙维之那样可以随便使唤的朋友。

徐靖南到H市来创业，跟家里差点闹翻脸。没了家世背景做后盾，没有铁杆朋友支持，独身一人摸索至今，绞尽脑汁地利用人脉资源，陪酒陪玩，至此方知从一无所有做起的艰难。尤其他还经历过资金周转困难的时期，到此时，总算是对金钱、对事业有了新的观念与看法，不像从前一样挥金如土，终日无所事事。

幸好，得益于一年多的成长，纵然现在的状况跟过去相比辛酸得不是一点半点，徐靖南也还是心甘情愿地受着了。甚至还会自我安慰，这次总比去年喝到吐血，当真无亲无友关心要好太多了。

只不过，偶尔心里还是有些不是滋味。离婚前选择到H市发展，也预想到了今后的艰难，但是那时候一直相信身后有足够强大的精神支柱，他无所畏惧。事到如今，只能说物是人非。

两厢无话时，徐靖南的助理匆匆忙忙地敲门进来，连声道歉："不好意思徐总让你久等了。我到酒店拿了您的饭才发现文件落在公司里了，又跑了一趟……您饿了吧？"

莫颜不动声色地看了墙上的时钟一眼：十二点四十。

徐靖南摆手示意："你都带来了就行，自己吃过饭了吗？"

小助理忙着掏文件，诚实地说："我一会儿回去的时候吃就行。"说完才注意到还有其他人在，看着莫颜愣了下，客气地对她点头，又八卦地偷偷瞟了自己老板一眼。

她把需要签字审核的文件给徐靖南，又详细地跟他说了上午的工作。徐靖南点头听完就把人轰走了，让她赶紧去吃饭。

其间护士进来给他拔了针。

徐靖南终于腾出手来吃饭。翻开助理订的餐，选择都很谨慎，一份养胃的粥，两道素菜。他还记得问莫颜一句："你吃了吗？"

"吃过了。"莫颜是突然决定来看他，不到中午休息就过来了。没想到会在这儿待太长时间，根本没吃午饭。

助理在路上跑了半个多小时。莫颜看着他手里的饭，除了有些倒胃口，看不出半点温热气。

莫颜起身说："你吃饭吧，我先回去了。"

徐靖南点头："我送送你。"

"不用了，你趁热吃饭吧。"

莫颜冲他点头说再见，走到门口，手已经放到门把手上了，却顿住了动作，片刻转头说："我这几天工作不忙，以后可以给你送晚饭。"

徐靖南这次是真蒙了。他手里还端着无滋无味的粥，比刚才上厕所意外在门外看见她还要反应迟钝，脱口就说，"你会做饭了？"

莫颜好不容易调整出来的表情瞬间消失殆尽，面无表情地说："是给你送饭，如果你觉得吃不下去，就当我没说过。”

“不会！”徐靖南赶紧说，连客套都省了，点头说，“那以后就麻烦你了。”

莫颜看了他一眼，没再多说，开门走了。

徐靖南坐在病床上捧着饭盒琢磨，她走的时候，脸上那副表情是后悔的意思吗?

纵然徐靖南脑袋进水说错了话，但其实他没有说错。离婚一年多，莫颜一个人生活，家务和厨艺都有学，但学得都很马虎。炒个菜会，像那种专门滋养的病号饭，从来没碰过。

她不会，好在母亲会。

她要食谱的时候，母亲先是惊讶后是惊喜：“你要这个做什么？做给男朋友吗？”

莫颜原本不打算亲自给徐靖南做。助理给他订的外卖她看见了包装，是本市一家口碑不错的酒店，当天从医院出来，她就过去点了一道养胃的鸡汤，带回去给母亲品鉴。

哪知道母亲尝了一口就嫌弃地皱眉，说：“这种东西，也就是糊弄你们现在这些想偷懒省事的年轻人。味道再好，无论从营养还是卫生方面，都不如自己细心熬的。”

莫颜深知母亲的手艺。韩煜的父亲以前也有胃病，这么多年下来，让母亲养得能吃香的能喝辣的。

也不知道是动了哪根弦，或者是徐靖南那句“你会做饭”激起了莫颜的好胜心，她真的亲自动手做了。

这个决定引起的后果就是，一到下午大家最饿的那会儿，整间尚品设计公司就开始飘起鸡汤、鱼汤等各种诱人香味。偏偏只是闻得到吃不着，虐得全体员工每到这个时间就开始聚在一起讨论，怎样才能在莫经理觉察不到汤水减少的情况下，每人偷喝一口？或者是，怎样能杀死老板，分食鸡汤？他们甚至为此列了一张表，明确地写着谁吃鸡腿、谁吃鸡翅、谁吃鸡屁股。

设计公司一般都具有最人性化的办公体验，比如五脏俱全的小厨房。莫颜在家煮汤不方便，就把食材带到公司里，每天下午两三点的时候开始。虽然根本不会做，但严格按照莫母的步骤熬上两三个小时，居然味道也十分好。

好在这边公司还在发展中，员工不多，还有的设计师选择在家办公，不然徐靖南根本不可能有机会吃到某人精心准备的病号饭。

那天莫颜走后，徐靖南到第二天都还没缓过神来。他清楚地记得半个多月前他头脑昏聩地说了什么，从头到尾都没一句好话，甚至最后还甩了一句“再见”。

以莫颜惯常的性格，怎么可能会关怀备至地说要给他送晚饭？难道一年多不见，她改成吃硬不吃软了？他说话越难听，她越喜欢？

琢磨了一天，到莫颜带着鸡汤过来的时候，徐靖南已经处在飘飘然、想入非非的状态了——不管前面怎么样，她现在愿意给他送饭，说明了什么呢？

徐靖南特意没关门，瞟见门口的那片衣角时，立刻扔了手里的文件，期盼而又热情地开口：“这么快？本来以为你还要上班，再回家专门给我做好饭，还担心你累着。”

莫颜把饭盒递给他，“你想多了，过来的路上在酒店买的。”

徐靖南：“……”

“酒店改用这样的保温桶了？”徐靖南不相信，时刻带着怀疑和套近乎的态度，拧开桶盖后深嗅一口，“酒店的鸡汤这么香？”

莫颜淡淡扫了他一眼，根本没有接他话茬儿：“酒店的保温饭盒不管用，所以换了一个。明天我再过来拿，还有事，我先走了。”

她说完就转身走了……走了……

徐靖南捧着饭盒：“……”

说好的关怀备至呢？

随后的十来天都是莫颜给他送的晚饭。徐靖南私下里虚心检讨，她再来送饭，他都不多话，客客气气地道谢，拿捏着跟她聊两句工作方面的话题，如此莫颜终于肯多跟他说两句不痛不痒的话。

有次徐靖西去医院正巧碰上，惊讶得眼珠都要掉下来，回过神后欢快地叫了声三嫂，凑到床边冲徐靖南挤了挤眼。那天莫颜破天荒地在病房里待了一个小时。

莫颜最后一次熬汤的下午，陈娜不期而至地跑来了H市。

一进公司门，陈娜顿住脚闻了闻，笑吟吟问：“这是有人知道我今天来，特意给我做好了晚饭吗？”

被莫经理虐了小半个月的员工们，见到BOSS终于来拯救他们，登时泪流满面：“陈总您终于来了！莫经理找了个男朋友，每天给他熬爱心汤喝，我们只有闻味儿的分儿啊！”

莫颜从办公室出来，板着脸说：“再不赶紧工作，今天加班到七点。”

员工们：“陈总你看看！莫总就是这么对我们的！”

陈娜也没去办公室，直接把莫颜拉到了茶水间，掀开砂锅盖凑过去看了看，打趣地看莫颜，“这么专业的厨具都搞来了。赶紧给我说说，这得找了个什么样的男朋友，能让你瞬间变成贤妻良母？”

莫颜失笑，看了她一眼，用勺子盛了一小碗端给她，说：“尝尝我手艺怎么样？”

陈娜喝了两口，咂了下嘴说：“你这是偷的哪个大厨的方子？”

莫颜笑而不语。看了看时间，在汤里搅了搅，看颜色差不多了，关火准备装到饭盒里。

“真谈男朋友啦？”陈娜探身看她这架势，真的惊讶了。

“怎么会？没有。”莫颜顺手泡了两杯咖啡，“徐靖南急性胃炎住院，就顺便照顾他几天，今天最后一天了。”

陈娜立刻“哦”了起来：“你这是打算旧情复燃了？”

“你看像吗！”莫颜嗔她一眼，把杯子递给她，脸上神情淡淡，看不出喜怒，“都离婚了，还有什么复燃？况且上个月他已经彻底说过再见了，照顾他是看他在H市没有亲人，怪可怜的。”

陈娜听出事来，高深莫测地说：“看来我没跟你联系的这段时间里，你有事儿啊！”

陈娜跟莫颜一起去的医院。一来是想从莫颜那里听点八卦，二来是看莫颜那个样子，总觉得其中有什么猫腻。像她那种性格的，在根本不会做饭的前提下，居然会专门熬病号汤？

见到徐靖南的时候，在路上消化完整个故事的陈娜，脸一直是板着的。

徐靖南后天就要出院了，正坐在沙发上看文件，没想到陈娜会来看他，惊讶地起身招呼她坐。

陈娜昂着下巴淡淡哼了一声，比莫颜还要冷艳高贵，把买的果篮放到桌上，从头到脚打量了许久不见的人，开口说：“哟，徐总这不是能站能坐能跑能跳的，怎么还得让我们莫经理每天占用公司厨房，特意给你熬汤呢？”

徐靖南愣了愣，嘴角忍不住地往上翘，惊喜地扭脸看莫颜：“果然是你亲手做的？”

陈娜：“……”

莫颜唰地冷了脸不说话，陈娜重重地咳了一声。

徐靖南终于回神，赶紧说：“陈娜姐叫我靖南就行。多亏了莫颜，不然我也不会好这么快。”说着又悄悄看了眼莫颜的反应——没反应。

陈娜叹了一声："你们两个离了婚感情可真好啊！徐总，你说一般人分手，男方明确说了拜拜的，还能好意思让人前女友关心吗？我要是个男的，就是病死、累死，都是没那个脸的……你不要误会徐总，我不是说你啊，我就是说那些渣男们。"

徐靖南尴尬地说不出话来。

莫颜已经在旁边示意了陈娜好几眼。陈娜不理，莫颜也没说什么，只边收拾昨天的饭盒边说："既然你身体恢复好了，我以后就不送了，你趁热吃，我们先回去了。"

陈娜起身冲他点了点头："再见。"

徐靖南听着那两个字，脸上的表情说不出的"好看"。

出了病房，陈娜得意地冲莫颜抛媚眼，"怎么样？心里舒服了吗？"

莫颜无奈地瞪她一眼："你多余说那些话，反正以后都不会再见面了。"

"那怎么行！"陈娜反驳她，"我说那些，为的就是不见面还能硌硬他几个月。哪有一个大男人叽叽歪歪嫌女人不好的！他不先做好自己，还有脸指责你不对？"

"算了，走了。"电梯过来，莫颜进电梯，示意她不要再多提。

陈娜脚步却是一顿，站在电梯外："我突然想去洗手间，你下去等我，我马上。"

莫颜意味深长地看她。陈娜被她看得莫名其妙："你看我干什么？我上个厕所还不行？"

电梯里还有其他人下去，莫颜只好点头，先下去了。

陈娜再进徐靖南的病房，就看见他坐在沙发上愣愣地看着桌上的保温桶出神。

"咳——"陈娜推开门，然后才敲的门，"方便我进来吗？"

徐靖南见就她一个人，心下了然，情绪不是很好，但仍是站起来客气地招呼："陈娜姐找我有事？"

陈娜说："你和莫颜的事我都听说了，也就不再跟你绕弯子。本来以为你们一年多前就算彻底结束了，没想到个个全都往H市跑，一些陈芝麻烂谷子的事又都翻了出来。本来你们之间的事，外人不好干涉。但是没办法，我这个人护短得厉害，不帮莫颜说句话，心里不痛快，我说得不好听了，也请你多担待。"

徐靖南只得硬着头皮说："你说。"

陈娜动真格的了："你俩中学时候的事情我不清楚，但从莫颜跟你结婚，我们公司每次给她安排case，全都得看你的脸色。你高兴了，莫颜就愿意接，你不高兴，你俩吵架了，莫颜就跟着一天没个笑脸。

“徐靖南，据我所知，你一直标榜自己喜欢她、爱她，你拿什么爱过她？她求你物质吗？她如果图你钱，她至于把自己父亲留给她的房子卖了给你凑资金？她是没人要吗？当初整个CBD多少人追她，她至于嫁进你家里每天受你爸妈的窝囊气？你以为她为什么愿意嫁给你？因为你这张脸？

“她为你做了多少，你心里清楚吗？她受过多少委屈，你清楚吗？你还好意思指责她，怪她不关心你，不把你放在平等的位置上？你说得对，她确实没把你与她对等，那是因为她把你放在了比她自己还要高的地方！

“其实我早就看你不顺眼了，你哪里好？娶了老婆不好好疼，每天较着劲只顾着自己的面子！面子算个屁？你想要面子，那就该抱着你那张脸过一辈子，你娶莫颜干什么？她那么好的一个姑娘，凭什么就得天天看你的脸色？我就纳闷你哪来的那么厚的脸皮去指责莫颜的不对？我就这样跟你说，虽然郑钟铭做事不厚道，但莫颜嫁给他，绝对比嫁给你要幸福得多！你有点良心，知点足吧！”

陈娜机关枪一样，激动愤慨，挥斥方遒地说了一大段，徐靖南低头盯着保温桶没有说话。

房间里静了片刻。陈娜自己到饮水机旁倒了杯水，喝了两口，放下杯子说：“好了，我骂完了，下面你说吧，打算以后怎么办？”

徐靖南抬头看她，苦笑了一声：“你都把我骂到这个份儿上了，我还敢怎么办？”

陈娜不相信地问：“合着你原本就打算，骂莫颜一顿，就老死不相往来了？那你还有脸喝她做的汤？”

徐靖南缓缓舒了口气，笑了笑，却没笑到眼底，“和她到今天这一步，我也没想到。那天在她那里，很多事情还没消化完，心里激动，有什么就说了什么。老实说我不后悔那天说的话，她一个人做的那些事，我都很感激、心疼她，但我更在意的是，她没有主动依赖我，对我掏心的意识……不管怎么说吧，确实是我不对，只不过纵然我有心去改，恐怕也没那个机会了。她早该伤透心了。”

陈娜琢磨了片刻，挑眉问：“所以说，你还爱她？”

徐靖南笑：“以后不敢说，现在一直都爱。她有缺点，我也骂了，不过骂过又怎么样，还是爱。”爱她的漂亮，爱她的小性子，爱她的口是心非，爱她的独自承担，也爱她像只孤独的猫一样，不主动、不依赖。

是的，一边忍不住斥责她的缺点，一边心疼怜爱这样不完美的她。

陈娜听得动容，片刻无奈地叹气说：“唉，其实怎么说呢，莫颜这个人，性格上确实有些消极。凡事不主动追求，送到跟前来了就伸手拿着，不给她，她也不会死乞白赖地要。她受委屈了，也不会主动跟别人去讲，你发现了，愿意安慰，她会心存感激；你没发现，她也不会怪你。所以想跟她好好相处，确实需要多一点的耐心和细心……不过按你这样的来说，”陈娜话锋一转，“按说你这样的性格，应该是那个能活跃气氛的啊！她消极，你就积极点啊！她不主动，你就主动点啊！谁让你爱人家呢！

“我告诉你徐靖南，喜欢钱就该努力去挣，爱一个人就该努力去追。你爱人家，还不该去费点工夫、花点心思地打动人家啊？难不成你还指望天上掉馅饼这种事？”

徐靖南点头沉思：“我原本就打算重新追她，哪知道那天把话说重了……”

陈娜听到一半就急了：“话说重了就赶紧道歉接着追啊，你这半途而废算什么事？”

“我没打算半途而废，不是也想继续吗。就是不知道该怎么做了，生个病也没好好利用……”徐靖南有些烦躁，片刻反应过来，纳闷地看她，“你刚才那么骂我，不是想让我别再骚扰她？”

陈娜表情一僵，咳了两声说：“你态度还算不错。与其让莫颜嫁给个不了解的陌生人，还不如让她再跟你这种改过自新的男人复婚，好歹你以后会好好待她。”

徐靖南双眼霎时变得炯炯有神：“你觉得我还有戏？”

陈娜瞪他：“戏是唱出来的，你不唱，谁知道还有没有！像你现在只会待在病房里自怨自艾、愁眉苦脸的，我觉得没戏。”

徐靖南只往好的方向看齐：“娜姐，你觉得我这戏该怎么唱？我该怎么重新追她？你们女人一般喜欢什么？”

“你问我有什么用？我喜欢你，你只要送我皮鞭蜡烛，我就愿意做你女朋友；你送莫颜，她能喜欢？”陈娜嫌弃地看他，“这么大个人了，长点脑子吧！”

说完，也不再理陷入激动和纠结中的徐靖南，径自起身走了。

在感情问题上，徐靖南长没长脑子他自己也不确定，但陈娜给他的那顿欲扬先抑的骂，至少让他看到了希望，在他沮丧不前的时候给了他勇气。

徐靖南出院后的两天一直在冥思苦想，该如何才能在保证莫颜不翻脸的情况下，循序渐进地接近她、追求她，最后让她答应他。直到看见莫颜最后一次送饭用的饭盒没带走，他才豁然开朗了……一点点。

目前最好的办法莫过于借着还饭盒的机会打入敌人内部了。

徐靖南甚至买了束花。

他算盘打得相当好。今天是周六，两人都没有工作，他特意临近中午才出门，到莫颜家的时候她应该正在做饭，他可以厚着脸皮蹭饭。两人一起吃过午饭后，休息会儿他会问她下午有没有安排。按照莫颜的性子，一般是没有的，然后他适时地提出请她看电影……这样他们晚饭也可以一起吃了！

简直跟男女朋友谈恋爱一样的节奏有没有！分明就是良好关系发展的最完美开端！

当然，这种追求攻略，徐靖南没好意思跟孙维之提，因为他一定会笑掉大牙的。

就连徐靖南自己都没有想到，有一天，自己会做着世上最俗套的表白和恋爱步骤。一捧花，一场电影，一顿晚饭，一个约会。很多人都觉得爱情里应该别出心裁，与众不同绞尽脑汁才算真的在用心爱，可爱情这种东西，几乎人人都在追求，都在沾染，不分种族、性别与年龄。说花俗、电影俗，其实爱情比它们都要俗。

爱得俗了，才更有烟火气，才更真实。

徐靖南站在莫颜家门口，一手捧花，一手拿饭盒，两样都挺俗。衡量了片刻，徐靖南反手把饭盒藏到身后，举着花按了门铃——拐弯抹角还不知道会整出什么其他幺蛾子，直接开门见山、表明心迹好了。

门开，莫母一脸惊异和戒备地看着他。

徐靖南咽了口唾液，慢慢把花移到了身后："妈……"

莫母面无表情地继续看他。

徐靖南只得改口："伯母……"又把饭盒从身后拿出来，"我来还莫颜东西。"

莫母一见那个保温桶脸色就变了。周末的时候，她时常像今天一样带些自己做的精致菜码过来给女儿改善伙食，这个保温桶她用了不知道多少次！刚才她还在厨房问怎么找不到这个蓝色的桶了！

跟在后面过来开门的莫颜脸色也是一变，看了母亲一眼，问徐靖南："你怎么来了？"问完就看见了他手上的东西，又看了母亲一眼才接过来说："谢谢你送过来。"

莫母神情不太好看，问女儿："你给我解释一下这是怎么回事？"

莫颜说："能有什么事。行了妈，我们进屋吧。"

徐靖南见她卸磨杀人，拿了东西都没打算招呼自己，连忙回答莫母："妈……伯母，是这样，我生病……"

"我没问你！"莫母一个眼神甩过去，见徐靖南听话闭嘴，才恨铁不成钢地扭头说莫颜，"敢情你跟我要了煲汤的方子，全都煲给他了？！婚都离了，你管别人的死活呢。你管半天，人还不一定有那个心谢你……"

“妈！”莫颜皱了下眉，示意她别再多说，“以后不会管了，别说了。”

她说着连看都没看徐靖南一眼，就要推着莫母进屋关门。徐靖南听得失望又焦心，刚想叫住她，莫母又顿住了脚步，转脸狐疑地盯着他说：“你把那只手伸出来。”

莫颜听了也诧异地转头看他。

徐靖南觑莫颜一眼，把花从身后拿了出来。

莫颜眼神闪了闪，很快又恢复了一贯的恬淡。只有莫母一脸的高深莫测，眯着眼问：“你这是什么意思？”

当着莫母的面，徐靖南霎时把路上打的洋洋洒洒的表白腹稿忘了个一干二净，支支吾吾地说不出个所以然来。

莫母嘴角端起一抹标准的客套笑意，说：“小徐，有句老话你不知道吗？好马不吃回头草。马都懂的道理，何况人呢？离婚前你干什么去了？这会儿捧着花来敲我女儿的门，不觉得太晚了吗？你怎么样我管不着，但你这样在我女儿门口堵人，坏了她的名声怎么办？我女儿是还要嫁人的，哪儿有工夫让你纠缠？”

徐靖南只得解释：“伯母，我不是纠缠莫颜，我只是……”

“没有只是！”莫母懒得听他说话，“不管你想干什么，我女儿已经和你离婚了。她在你们徐家受了什么委屈我不想再计较。你徐家家大业大我们平头百姓高攀不起，徐先生你是富家子弟，也没必要低下头来找我女儿，我们受不起……”

莫颜听不下去，拽她：“你少说两句。”

“你才少说两句！一会儿我再跟你算账！”莫母瞪她一眼，继续去教训徐靖南，“正好借今天这个机会，我郑重地告诉你，徐先生，希望你以后不要再骚扰我女儿！你们这些借着还东西来别人家凑热闹的事，我见多了。如果我再看见你接近我女儿，我们虽然没什么权势，但一样不会饶了你！”说着又瞪了莫颜一眼，“还有你！让我看见你跟他在一起，我先打断你的腿！”

说完，莫母捞过门，砰的一声把还想解释的徐靖南关在了门外。

徐靖南出了单元楼，愁得忍不住倚在车边找烟抽。好不容易一鼓作气，结果刚出师就遇上丈母娘，连跟莫颜说句话的机会都没有就被判了死刑。所谓铩羽而归，大概也就是今天这样了。

抽完烟，徐靖南脑子也清楚了。像今天这种有理由出现在莫颜面前的机会不多，更何况他虽然没多说，但看见花莫颜也该明白他的意思了。既然脸都丢完了，还有什么不好意思的，厚着脸皮上才是硬道理。

莫颜把莫母送到楼下的时候已经是下午两点。徐靖南躲在车上，隐约听见莫母上车前叮嘱莫颜："我说的话你别忘了！你离徐靖南远点！吃过一次亏就够了，别犯傻！"

徐靖南趴在方向盘上听得肝疼，怎么跟他在一起就是吃亏犯傻了！他们在一块儿，哪回不是他吃亏，他犯傻！

眼见莫颜要回家，徐靖南利落地下车叫住她："莫颜！"

莫颜扭头，眼睛里明显写着诧异："你怎么还没走？"

这话听得徐靖南万分不乐意，却也不敢表现出来，只走到她面前问："妈刚才没骂你吧？"

莫颜收敛表情，挑眉看他："我妈跟你说的话，你没听见？"

离我女儿远点！不要再骚扰她！徐靖南忽略脑袋里的自动循环，依旧按照自己设计的剧本问："下午有时间吗？最近有不少电影上映，我买了票……"

"我不想看。"莫颜一口拒绝他。

徐靖南说："那就一起吃晚饭吧，吃西餐怎么样？"

"不用，我想自己在家吃。"

徐靖南无赖的脾性显现出来，接得十分快："也好，我陪你一起吃。"

莫颜无语地闭了闭眼，再睁开，表情依旧淡漠："我为什么要跟你一起吃？徐靖南，我不知道你想做什么，也不想知道，希望你能配合。"

徐靖南认真看她一眼，转身开车门拿了上午的花束，都有些蔫了。伸手递给她，徐靖南说："不如我们重新开始。"

莫颜看着他手上的花，没有说话。

徐靖南继续说道："以前我做得不好，所以希望有机会可以改正，可以弥补带给你的伤害。我还爱你，莫颜，我们可以重新开始。"

他说着又把手上的花往前递了递，"给我个机会。"

莫颜垂眼看了玫瑰花翻卷泛蔫的花瓣半晌，抬眼说："我以为我们已经把话说得很清楚了。如果你生病这段时间，我给你送饭让你产生了误会，希望你能明白，我没有其他意思。我说过，我没有那么喜欢你，所以抱歉。"

"没有那么喜欢，就是还有些喜欢。"徐靖南一心想敦促她往前看，怂恿甚至诱哄着说，"不如我们再试试，你给我个机会，让你自己爱上我。"

莫颜面无表情地看了他一眼，回味他的最后一句话，又忍不住哑然失笑，"谢谢，但是我认为最终会让你失望，所以不必了。"

徐靖南目光陡然执着起来："不试试怎么会知道？"

莫颜被他看得怔了一下，旋即淡淡地笑了下："嗯，但是我不想试。"

徐靖南愣怔间，莫颜绕过他，进门走了。

楼底下，徐靖南想起她那句话嘴角就想抽搐，怎么能这么狠心。不甘地抬眼看了莫颜家的窗台一眼，有那么一瞬间，徐靖南突然很想像电视剧里演的一样，激情澎湃、青春洋溢地吼一声：我不会放弃的！

但也就是想想而已，一来徐靖南自觉已经青春不再，没了那份积极向上的心态；二来楼下进进出出的都是人，他是真丢不起那个人。最后只能灰溜溜地上车走人，想办法再战了。

第十九章

周一莫颜去公司上班。上午十点的时候，陈娜带着莫颜和员工开完会从会议室里出来，前台的小美女探探头，捧出一大把玫瑰花，“莫经理！有花店送花给你，看你没空，我就帮你签收了！已经帮你数过了哦，正好九十九朵！”

刚才还闹哄哄的办公室刷地就静了下来，张嘴的、瞪眼的、面面相觑的，在场的所有人都发挥了自己肢体语言的表达极致：莫经理居然收到花了！

陈娜也愣了下，旋即打趣地笑，抬抬下巴示意盯着花束面无表情的莫颜：“不去看看谁送的？”说着又跟身边员工笑叹了一声：“我这次来H市可真是时候，咱们莫经理这是要嫁人了吗？是的话，我就再待一段时间，等着喝完喜酒再回去。”

身边的员工都回过神，在老板的起哄带领下，男的负责吹口哨，女的负责跟老板八卦：“肯定是莫经理前几天送病号饭送出感情来了！我的天！老板，你说该不会是经理先给人家送汤送饭，那位才动心追求的吧？不要啊！经理是我女神啊！”

陈娜笑眯眯地听着，以莫颜能听到的音量说：“还真是！这次啊，是你们莫经理主动献爱心，人家备受感动，才心思活络的！”

周围一圈的员工登时动作一致地去捂胸口：“老板你一定在骗人……”

莫颜不用翻卡片都知道是谁的手笔。面无表情地接过花，回头一看以陈娜为首的那帮人集体摆出心碎的表情，差点失笑，只能绷着脸把花往陈娜怀里一塞：“你是不是挺长时间没收过花了？送你。”

人艰不拆……陈娜嘴角、眼角一起抽搐，咬牙切齿地看着莫颜的背影说：“谁想要，来来，每人抽几朵，算是美化咱们办公室环境了，反正以后天天都会有！”

刚才还在心碎的员工登时一窝蜂地拥上来抢花，把女神经理抛到了脑后。

如陈娜所言，接下来的数天，徐靖南一次面都没露过，花却每天准时被送到办公室。弄得一群员工对送花的神秘男士好奇得要死，每到九点半的前五分钟就开始掐表，等电梯铃声一响，几个人一起冲着莫颜办公室嚷："经理，花来了！"

一个星期后的周一，例会结束后前台再次雷打不动地把花送过来时，莫颜再沉得住气，也还是忍不住了。

"你到底想做什么？"莫颜回到办公室，冷声给徐靖南打电话。

徐靖南这么多天就在等她一个电话，心情十分之好："花收到了？喜欢吗？"

"不喜欢，以后不要再送过来了。"莫颜说。

徐靖南的语调听起来与被拒绝前没有分毫区别，依旧带着笑意："好，你喜欢什么花，我让花店换。"

莫颜有种无力招架的感觉："徐靖南……你听不懂我的意思？"

徐靖南坐在办公桌后，翘了翘嘴角提醒她："上周在你家，你好像也没听懂我的意思。"

莫颜不说话了。正当徐靖南以为她算是默认的时候，那边传来她的声音："靖南，你给我的生活造成了困扰……"徐靖南心中猛地一跳，她叫他靖南！紧接着就听见她说："你这些行为……不要让我讨厌你。"

那边好像霎时就失了声音。莫颜说完久久听不到他说话，看了一眼手机确认仍在通话中，她也没再出声。过了片刻依旧得不到他的回答，才说："谢谢你送的花，请以后不要再送了。"

说完便断了电话。

接下来的一天，办公室里的人明显觉察到了经理工作情绪不高。下午的时候有个小姑娘从茶水间里蹿出来，悄悄跟同事说："我刚才去倒水，看见经理冲咖啡的时候走神烫到手了。"

一个男同事听见，立刻说："那你怎么出来了？烫得严重吗，不用包扎伤口吗？"

小姑娘缩着脖子说："经理脸色很差，她不让我帮忙，我就不敢管了。"

跟着莫颜做事久了，都知道她性情冷淡，对员工虽好，但总是不如陈娜平易近人。办公室里的员工听得面面相觑，却不好与之太过亲昵。再联想到最近的神秘送花人士，一干人谁都没敢多问。

下班的时候，莫颜刚出公司，就看见了写字楼前的徐靖南。

他像是等了有一段时间，神色冷漠寂寥地倚在车边，低着头，一根烟几口抽到了尾。

莫颜避无可避，面无表情地走了过去。

徐靖南掐了烟，赶在她说出什么与上午一样刺得人心疼的话之前，开口说："一起吃个饭吧。"

莫颜神情淡淡地看着他没说话。他只得微微叹了一声，给她开车门说："算是感谢我生病期间你给我煲的那些汤，也不会再有以后。"

写字楼门口进进出出的都是熟悉的同事或熟人。莫颜听见最后一句话，眼神微闪，抬脚上了车。

正是下班高峰期，路上异常地堵，车子行得缓慢，车里愈发显得尴尬。

等红灯的时候，徐靖南看着前方的车流开口："离婚一年多，我自认多少有些改变。在C市看见你的时候，也认为你变了不少，态度更积极，性格更开朗。后来才发现，你笑得自在的时候，永远都是对着别人。"

说到这里，徐靖南看了她一眼。

莫颜用余光知道他在看自己，却仍是目不转睛地看着前方说："所以我们不合适。"

徐靖南笑，"其实我至今都觉得我们很合适，只是你依旧没有对我敞开心门。"

莫颜嘴角微微翘了下："嗯，我没有把你放到平等的位置上，是我的错……"

"是我的错！"徐靖南听出她淡淡的嘲讽，立刻打断她，"是我做得不好，没有让你足够信任。"

莫颜此刻倒是浅浅笑了下："所以说是我们不合适，你可以找个信任你的人。"

"莫颜，"徐靖南看她，"我只需要一个机会。"

莫颜若无其事，似是没听见一样，扭头去看窗外，半晌才说："如果晚饭的主题是这些，我想没必要去吃了。"

华灯初上的傍晚，徐靖南眼里滑过流光溢彩的倒影时，还有黯淡与失望交错闪现。

晚饭地点订的是H市摩天大厦的旋转餐厅。被莫颜警告后，两人都没有再多交谈。一顿原本被H市白领一族称为浪漫之旅的烛光晚餐，被这两人吃得味如嚼蜡。

二十分钟后饭毕，两人进电梯，彼此脸色都近乎淡漠。

摩天大厦底层是商场，一路从顶楼下去，进来的人越来越多。直到停在女装那层，看清外面站着的人时，徐靖南终于变了脸色。

他悄悄地斜眼瞥莫颜，就见她表情也是一变，惊讶的同时，不由自主地低了低头。

徐靖南清楚记得那天莫母警告女儿那句“让我看见你跟他在一起，我先打断你的腿”，心里来不及反应时，身体已经往旁边一侧，把莫颜挡在了角落里。

莫母和一个朋友出来逛街，那个朋友想乘观光电梯，两人便转到了这边来，没想到电梯里人不少。尤其徐靖南个子高大，他身子一动，莫母迎面就看见了他，同时眼睛迅速扫了他周身一眼。徐靖南来这种地方，十有八九是和女人一起来的。

徐靖南也不知道自己有没有把人挡好，抽着嘴角笑：“伯母好。”

莫母淡淡“嗯”了一声，转身不再看他，小声和惊讶询问的朋友聊天。徐靖南松了口气，扭头越过肩膀去看莫颜。观光电梯里，她站的角落昏暗，也正抬头看着他，四目相对，俱是一愣，片刻后莫颜别开了头。

电梯里，只听那朋友跟莫母低声说话：“去我家里吃饭吧？反正老韩今天不在家，你一个人在家吃饭多没意思。”

“不了，我女儿这会儿刚下班不久，我过去看看她，正好在她那里吃。”说着莫母哎呀了一声，边低头掏手机边说，“忘了给她打电话，让她多准备点菜。”

徐靖南那一瞬间的表情，简直诡异到了极点。

反应过来，徐靖南迅速转身，冲莫颜口形示意：“手机！铃声！”

莫颜没想到这层，又没看懂他的口型，依旧有些愣怔。急得徐靖南一把拿过她手里的包，急赤白脸地一通乱翻，找到她手机手忙脚乱地更改音量，终于在手机刚发出短促的一声时，快速把电话断掉了。

然而到底是发出了一声响。莫母一边听着电话，下意识地扭了下头。徐靖南从玻璃窗的反光上看到，身体一僵，倾身把莫颜压住，不让她乱动，心里怦怦地跳。万一被莫母看见，她老人家还能放过她？

莫颜已经明白了他的意思。看见他把电话挂掉，又想到莫母差点就发现，心里便升腾起莫名的紧张，一时不察，直到周身都笼上熟悉的味道时，才愣怔得身体发僵。

淡淡的薄荷味和浅浅的皮革香调的香水味，莫颜很久都没有闻到了。他一直喜欢这些香调很淡的香水，每次两人吵架他气得恨不能扑上来掐死她的时候，率先扑鼻而来的就是那抹成熟内敛的气息。其实按莫颜以前的观点来看，他那个脾气和性子一点儿都没有那款香水所代表的稳重低调。可时隔一年多后的今天，她忽然就觉得，这个味道，很适合如今的他。

莫颜自认在H市一年，曾经牵绊她的很多事情都得到了解脱，心迹已经开阔了不少，直到来时的路上，徐靖南说她对他一如既往的吝啬，她才发现，的确，她一直都在以过去的眼光来看他。

自从在H市遇到他以后，莫颜很少注意他的不同以往，哪怕他其实已经在举手投足间有了很多改变。她也仍是只顾躲避他，按惯性思维去看待他的所作所为。今天却在他一脸紧张稚气地把她藏在身后的时候，猛然间意识到，他已经不再是曾经的那个戏谑人生的他。

而唯一不变的，是他此刻的神情，那种维护之意单纯又恣意，与高中时一模一样。

她当初愿意跟他在一起，就是因为他在一心对她的时候，有一种与生俱来的简单张扬之气，如阳光，直直地照射进人心里。

狭窄的电梯里，莫颜在阴影下安静地抬头看着他。

徐靖南似是有觉察，下意识地低头看怀里的人，他神情自然甚至带了些询问之意。莫颜一双眸子却是漆黑得不见底。徐靖南心中一悸，目光流转间也变了情绪，彼此呼吸相闻，都没有避开眼神。

直到手里的手机震动。

徐靖南手里还拿着从莫颜那里抢来的包和手机，显示屏上一个“妈”字让他瞬间回了神，心虚地摸了摸鼻子去看莫颜。

手机嗡嗡地震，莫母听见声音扭头看了徐靖南一眼。莫颜忍不住捅了他一下，手快地把电话挂掉了。

“干什么呢，一直挂我电话。”莫母打不通，正好电梯到了一层，只得先出去再说。徐靖南又庆幸又头疼——他车子停在了马路对面的露天停车场，还要尾随莫母她们一起出去。

走在后面的两个人不约而同地放慢了脚步，看着莫母走得远些了才跟上去。

眼看莫母出门，离开了视线，徐靖南想起在电梯里的那个瞬间，刚想说两句话，莫颜手机又响了……

徐靖南：“……”

莫颜接了电话，声音不大：“怎么了？”

莫母在那边问她刚才在干什么，一直挂她电话。

莫颜镇定地说：“刚才在小区门口和物业谈事情，不方便接……”一边说两人一边出了大厦，想起刚才莫母和朋友的对话，便问了一句：“你找我有事？”

“嗯，本来想去你那里吃饭，不过你蒋阿姨非让我陪她一起，就不过去了……”莫母说到这里突然顿住，又问了一遍，“你现在到家了？”

莫颜应声："嗯……"

"你还嗯！"电话里莫母陡然提高了嗓音，"我都看见你和徐靖南在一起了！"

莫颜脚步一停，下意识地扭头找人——十来米处的一家奢侈品店门口，莫母正一脸怒容地从里面出来，电话仍没断掉："刚才你是不是就在电梯里！你给我站在那里别动！"

一直站在她身边的徐靖南虽然没听见两人说什么，但一看莫母气势汹汹冲过来的架势就知道没好事，当下第一个反应就是——跑！

莫颜甚至都没反应过来，被他猛地一拉，手机差点掉地上，完全是下意识地就被他带着一起跑了。

身后还传来莫母气急败坏的一声喊："莫颜！"

好在这会儿下班聚会的人多，徐靖南拉着莫颜跑了二百米就已经看不见莫母的身影了，放缓脚步停下来对身边的人得意地笑。

他步子大，莫颜被他带得气喘吁吁缓不过气来，再看他嬉皮笑脸干脆瞪了他一眼："还笑！"

徐靖南笑得更欢："看你妈跟要吃人的一样，亏我反应快！"说着还晃了晃两人牵在一起的手。

莫颜跑得发红的面上神情一僵，原本还想再嗔瞪他的、似笑非笑的眼神也立时收敛，甩开他的手，淡淡地说："不跑她也不会怎么样，你小题大做了。"

徐靖南被她甩得也是有些尴尬和失望，垂眸看她，忍不住抬手去拂她散落在脸颊上的发丝，可怜兮兮地叹了一声说："非得面无表情地跟我说话？你瞪我都比这样好看。"说完连自己都觉得有点不习惯，又补了一句："我以前好像没夸过你漂亮……为了追你我连这么违心的话都说出来了，你还不可怜可怜我？"

莫颜脸色刷地就冷了，然而她刚要开口说话，徐靖南已经动作更快地把手指移到了她下颚，低头将唇贴了过去。

蜻蜓点水般的浅吻。最过分的也就是离开时蹭了蹭她的唇瓣，却也是动作亲昵至极。徐靖南松开她，目光专注声音沉沉："冷着脸也比没表情要漂亮。"

莫颜终于回神，迅速地侧头不再看他，依旧面无表情："我回去了。"

徐靖南一把拉住她，无奈又纵容地笑，继续开启无赖模式："我是认真地想跟你重新开始，不如你再考虑考虑。好歹咱们还是高中同学，不用这么狠心吧？"

怕她真的狠心立刻拒绝，不等她回应，徐靖南已经拉着她拦了一辆出租车，拉开车门自然地叮嘱："到家给我打电话……"又改口，"发短信也行……算了，你随意，等我回家再给你打电话。”

莫颜当然没有刻意等他的电话，但不可忽略的是，直到她去睡觉，手机也一点动静都没有。

电梯里的那个瞬间，街边上的那个浅吻，莫颜不得不承认，她心弦微动。他目色认真地看她时，她就已经知道，他没有说假话，他爱她。

今晚之前，不管他说什么做什么，莫颜都不愿意去仔细思量，哪怕是心中有所触动，也全都归咎于是过去的情分让她放不下他。他说给他一次机会，想要重新开始，在她看来，也不过是重蹈覆辙。她享受他带来的阳光与活力，但也清楚他们彼此性格所带来的冲撞，不管是高中，还是婚后，矛盾多于快乐。

再或者说，离婚给她带来的阴影始终没有消散。他们的争吵，他们的猜忌，他们的孩子……万一只是新一轮的互相折磨，早晚都会重蹈覆辙怎么办？

可是今晚，莫颜感受到不一样的他以后，心里又有了一丝变化，甚至是正面的、积极的……期冀，重新开始。会不会在彼此改变以后，走向与曾经不同的结局？

人在晚上难免会感性些，等到第二天出现在办公室里，莫颜心情已经恢复了平静。心有触动又怎么样？即便徐靖南爱她，她却也一直记得自己常对自己说的话，她并没有想象中那么喜欢他，离婚时心灰意冷地这样以为，离婚后便是麻木了。

她现在根本不知道，爱起来，究竟是什么滋味，怎样才算是在深爱。

今天办公室里清净得很，没有人过来送花。下午下班前莫颜接到了母亲的电话，让她晚上到韩家吃饭。

母亲这是打算兴师问罪吗？按说昨晚就该打电话斥责她了，而且语气也不像是在生气……莫颜有些摸不着不头脑，万一母亲真当着韩家父子发飙……最后还是硬着头皮答应了。

她进门的时候，韩煜也正好刚从自己的公寓那边过来，彼此打了招呼进门。进门的时候闻到扑鼻的鱼汤香气，韩煜还作势卷衬衫袖子，和莫母开玩笑：“好久没喝阿姨煲的汤了，阿姨考虑过开家私房菜馆吗？我给您投资。”

莫母开心地笑，却说：“今晚没有汤，做了你喜欢吃的清蒸狮子头。”

韩煜挑了挑眉，有些怀疑地笑说：“难道是我的鼻子出了问题？”

莫母笑笑，看了莫颜一眼。其实莫颜也闻到了鱼汤味儿，但又不敢主动出声引起母亲注意，不想母亲却主动神秘莫测地看了她一眼，一时让她更有些迷糊。

一顿饭的工夫，想是母亲不想在韩家父子面前让她丢面子，又或者是不打算再追究，她始终都没有提及昨天两人落跑的事。

她不问，莫颜的心却没有完全放下，静静地等着一会儿母亲单独找她问话。

直到饭毕，几人喝完茶，莫颜和韩煜起身要走的时候，母亲都没有多说其他。莫颜放下心来，站在厅门口和他们告别。

莫母目光闪烁了几眼，问莫颜："你今天没有和徐靖南联系？"

韩家父子就在一边，莫颜心里一咯噔，暗道来了，面上仍是淡定地摇头说："没有。"

不想母亲却支吾了片刻说："你不如……联系他一下……"

"怎么了？"莫母反应奇怪，莫颜纳闷地问。

莫母看了女儿一眼，仍是有些吞吞吐吐和不情不愿："他昨天住院了……"

莫颜猛地看她："你说什么？"

莫母面色一紧，连忙说："你俩昨天跑了以后，我和你蒋阿姨在商场门口遇见了小偷，徐靖南回来看见我们就帮忙去抓，哪知道……哪知道那小偷带了刀，眼都不眨地就捅了靖南一刀……"

莫颜脸色刷地就白了，蹙眉疾声说："您怎么不告诉我？在哪家医院？"

"就在人民医院……"莫母声音有些低，见她脚步匆匆地往外走，莫名觉得自己理亏，扬声补上，"我今天已经去医院看过他了，根本没什么事……"

然而莫颜已经快步走了，根本没听见。莫母有些心虚，又有些生气，跟韩家父子说："我总不能因为他帮了我的忙，就把自己女儿卖给他吧？"

韩父压着笑咳了一声，眼神示意韩煜："你送莫颜过去。"

上了车，莫颜一直没有说话，只蹙眉看着前面路况。韩煜从后视镜里看见她的神色，忍不住翘起了唇角，却没有提及她没听见的那两句话，只安慰说："别着急，阿姨现在才告诉你，应该是没什么事。"

"嗯。"莫颜应一声，又说，"有事她也不会告诉我。"

晚饭时间，路上又堵起来。韩煜失笑，打趣地看她一眼："这话字面上是在埋怨阿姨，听起来却像是在担心徐靖南那小子。怎么，真有复婚的打算？"

"你瞎说什么？"莫颜绷着脸扫了他一眼，侧头去看窗外，脸上再看不出刚才的急色。

韩煜不甚在意地挑眉，"没有吗？那你急什么？反正阿姨已经去看过了。"

"你可以不说话。"莫颜面无表情地说，看见前面车流再次动起来，示意他，"快点。"

韩煜自顾自地说："我看徐靖南现在态度不错，他那个公司起步也很稳健。过去有错，但也应该有改正的机会。更何况，离婚是两个人的事情，一个巴掌拍不响。"

莫颜冷眼看他。韩煜仍是优哉游哉地笑："如果都是他的错，那么禽兽的人，你还去看他干什么？被捅死了不正好干净？"

莫颜干脆连看都不看他了。

到了医院，韩煜自觉地不上去，临了还补上一句："那小子身上被捅了一刀。若是心里再被捅一刀，差不多就该交待在医院里了。"

莫颜下车，砰的一声甩上了车门。

昨天送走莫颜，徐靖南估计莫母也该走了，转回去到停车位取车。没想到的是莫母竟然还和朋友在大厦门前，气急败坏地指着不远处一个飞奔的身影叫嚷。徐靖南想也没想，拔脚就追了上去。

好在那个时间正是人多的时候。徐靖南循着对方冲撞出来的路线，很快就追上了。只是没想到对方带了螺丝刀，扭打撕扯间，狠辣地捅了他一刀。

至于伤情，徐靖南只能说，上帝给他关了情场得意的门，就一定会给他开一扇撞狗屎运的窗——那把刀子擦过手臂阻挡了它的势头，最后只浅浅扎进了腰侧的肉里。

总而言之是皮外伤。

其实徐靖南昨天包扎完就打算回家，但莫母和蒋阿姨被他的出血量吓住了，强烈要求他住上一两天，等真的没事了再回去。莫母当时的表情是既担心又惭愧，并当场保证要照顾他，给他送汤水。捧着伤臂、抚着伤腰的徐靖南心思顿时就活络起来了。

莫母在出事之前见了他还是咬牙切齿的，会不会经此一役后，因为怀着愧疚而感动的心情，就同意并且鼓励他和莫颜复合了？

于是，徐靖南的表情眨眼间就从"一点小伤我根本不放在眼里"，变成了"哎哟我好疼啊！我被人捅得如此严重，必须要住院观察才行"！

徐靖南在床上无病呻吟了一天，就等莫母带着莫颜来探病时博得点儿同情和关心。哪知道他生生挨了一天，结果傍晚的时候莫母一个人来了！虽然鱼汤很鲜，但没有朝思暮想的人出现，幸福感直线下降啊！

等莫母人走了，徐靖南也彻底不抱希望了，恹恹地起床收拾收拾，孤独寂寞地准备回家去舔舐伤口。

莫颜脚步匆匆地到他病房，连门都忘了敲，直接推开进去——没有人？

病房里空荡荡的。莫颜转了一圈心存疑惑，正要出去询问护士，却正好在门口撞见办完手续，回来拿东西的徐靖南。

徐靖南一见莫颜从病房里出来，当场就愣在了原地。莫颜担心他的伤势，又看见他左手小臂上缠了纱布，焦急神色就显露了出来，蹙着眉去拉他胳膊："伤到哪里了？受了伤还往外面跑，你就不能找个护工？"

反应过来的徐靖南垂眼看她的神色，惊喜、欣慰、激动兼而有之，但也只是在眼中滑过，很快就被掩了去，当场就面露痛苦地哼出了声："没什么，就是手臂和腰上被捅了两下。"

说着，连走路都变成了一挪三蹭。

莫颜冷不丁地听他哼出声，还以为自己碰到了他的伤口，小心翼翼地扯了他胳膊一下说："我扶你进去。"

徐靖南呻吟哼哼着，被一脸忧色的莫颜扶到了床上。

坐到床上，莫颜要求看他腰上的伤口。腰上那点伤比手臂上的还要小菜一碟，只是简单地糊了块纱布。徐靖南当然不敢让她看见，只赶紧说："没事，一点小伤，别看了，万一扯到伤口，还要被换药的医生骂。"

莫颜眼中的不忍之色就越发浓重，问："出事怎么也不告诉我？"

徐靖南一脸男子汉大丈夫的气概："告诉你干什么。万一你以为我靠这种事骗取你的同情心，在你心里不仅不会被加分，反而是减分。"

莫颜再看一眼他的伤处，微微抿唇没说话。

徐靖南便安慰说："你这是什么表情，我不是还没死呢吗。你还没告诉我考虑的结果，我怎么舍得死？"

这话说得死皮赖脸，照平时莫颜早冷着脸跟他划清界限了，今天却只是瞪了他一眼，"少恶心我。"

徐靖南一看就知道有戏，刻意捂着自己的腰侧，歪了点身子，正色说："我是真心的。"

莫颜垂眼没看他，神色没什么改变，睫毛却微微颤了两下。

徐靖南就轻轻叹了口气，缓缓站起身来时还低闷地"嘶"了一声。莫颜紧跟着他站起来叮嘱："你小心点，别乱动。"

"没事，"徐靖南神情低落，"再疼也就这样了，死不了。"

莫颜蹙眉："你……"

她说不下去。徐靖南就装作若无其事地说："伯母下午已经来看过我了，你怎么又来了？就是一点小伤，我自己养几天就没事了。”

莫颜其实已经在犹豫了，尤其韩煜临走还念叨了一句，她就更不会做出什么太过冷淡的反应，然而这句话听在她耳朵里实在尖锐。莫颜表情霎时就淡了下去，镇定地点了点头：“好，那你休息，我先回去了。”

她作势要走，徐靖南一把抓住她的手。这回是真扯到伤口了，疼起来龇牙咧嘴的一点都不含糊：“你走什么？”

莫颜见状不敢再甩他，只是淡漠地看着病房门不说话。

徐靖南也是顿了顿，再开口语气认真：“你紧张我对不对？别否认，我看得出来。我不是没时间好好追你，是觉得我们这样耗下去纯属浪费。莫颜，你不如给我句准话，到底愿不愿意，再给我一次机会？”

病房里一片寂静，莫颜没有开口。徐靖南垂眼看她神色就知道她是说不出口，或者还有半分的犹豫，又生怕她好强要面子，张嘴说不出好话来，当即无赖地说：“不说话就是默认。”

莫颜抬眼斜他，满眼都透露出被逼无奈的倔强与挣扎，两人对视片刻，徐靖南眼里渐渐溢出笑意，嘴角也得意地往上翘：“就是默认了。”

“我……”莫颜瞪着他刚要说话，病房门突然被推开了，一个小护士站在门外，被里面的气氛唬得一愣，又很快回神说：“徐先生，这间病房马上要有病人过来。您半个小时内能收拾好吗？哦，还有病服，您走之前放到床上就行。”

莫颜听得纳闷，看他一眼：“出院？”又去问护士：“他昨天才受伤，今天出院没关系吗？”

小护士“嗨”了一声，“一点小伤，照我说昨天包扎完徐先生就能回去了，住一天白费钱。那伤口只要不碰到水，一星期就能……好了……”

眼前的女人面若冰霜，小护士越说声音越弱，眼睛来回在两人之间逡巡。她不明就里，竹筒倒豆子一样给徐靖南往外抖搂真相，吓得徐靖南使劲对她使眼色，然而莫颜神色已经变了。

小护士觉察到不妙，丢下一句催促连忙跑了。

徐靖南站在莫颜身侧，恨不能把手抬到眼边去遮挡对方投来的视线。

莫颜终于出声，听在徐靖南耳朵里阴森森的：“不是要出院吗？还不把衣服脱了还给医院？”

他硬着头皮说：“好……你到外面等我？”

“不就一件上衣，你害羞什么？”莫颜抱着手臂好整以暇地看他。

徐靖南："……"

当莫颜看见徐靖南精实的腰侧那块五厘米见方的纱布时，手指毫不客气地就戳了过去，"伤得这么严重？"

徐靖南衣服正慢吞吞地脱到一半，疼得差点嗷叫出声，但是一看她半眯的眸子就不敢再吭声了，换着衬衫嘴硬地说："我刚才一直在说没什么大碍，你不听嘛……"

莫颜在气势上居高临下地斜他一眼，"既然没事，我先回去了。"

"哎！"徐靖南抓住她，"你走什么，想说话不算数？"

"我说什么了？"莫颜面无表情地问。

徐靖南瞪眼："你已经默认了！"

莫颜甩他手："那是你自说自话。"

"不要看我没大碍就狡辩。我帮咱妈追回了包，你还不以身相许？"徐靖南才不放开她，就那么拽着她到桌上拿了自己的东西，一路拉着她往外走。

他手上到底有伤，莫颜担心真扯到伤口，只能绷着脸不情不愿地一路被他拉着出了医院。

徐靖南的车还停在大厦那边，两人打了车过去取。出租车司机话多，从后视镜里扫他俩一眼笑眯眯地问："小两口吵架了？"

莫颜冷着脸看窗外。徐靖南却是听得心花怒放，态度特别好地对司机点头："我的错，我惹她生气了。"又侧身浅浅搂了莫颜一下，死皮赖脸地说："我知道错了，别生气了？"

莫颜被他挤在角落里，斜过眼瞪他。

徐靖南把她挡了个严实，低头瞅她薄怒的神情，目光再滑到她微抿的唇上。凝视片刻，忍不住就想亲一口，然而刚想付诸行动，腰间伤处就被猛地戳了一把……

徐靖南虎躯一颤，闷哼一声，在莫颜"活该"的眼神中，默默缩回了手。

徐靖南连车都开得了，莫颜脸色就更加难看，被他拽上车直接要求回家。徐靖南怕开着车她再捅过来，只得乖乖送她回去。

快到的时候，莫颜接到了母亲的电话。母亲在那边问怎么样了，有没有见到人。

莫颜说："他什么事都没有，您为什么还去看他？"

徐靖南小声地嘟囔了一句。莫母说："我去看是应该的，倒是你没事还对我发脾气，急成那样。你一个女孩子家，这态度不对！"

"您不跟我说清楚。"莫颜忍不住抱怨了一声。

“我才说了一句话你就跑！你有听我说清楚吗？”莫母不愿意了，声音也跟着提了起来。

徐靖南已经把车停在了楼下，静静地等着她打电话。晚上九点的时间，小区里没几个人，车厢里安静到能听见衣服的轻微摩挲声，更别提莫母的怒声了。

莫颜有所觉察，说了声“不说了，我已经回家了”，就把电话挂了。

徐靖南倚在座位上玩着打火机，一脸邪笑地侧脸看她：“咱妈刚才说什么？你很紧张我？”

他一副“一切尽在不言中，你就不要再狡辩了”的贱表情。莫颜瞪他一眼，无声地去开门下车。

车门“啪”一声响，徐靖南眼疾手快地一把抓住她的胳膊把她拽到怀里，低头吻了下去。

莫颜被他湿润的唇吻上时，身子微微颤了一下，反应过来就挣扎着试图推开他。徐靖南左臂正伸长箍住她的颈背，闷闷哼了一声，蹭着她的唇瓣沉声说：“别动。”

莫颜想到他的伤处，一时僵住动作。徐靖南觑到机会，含住她柔软的唇吮吻，探舌挑开她的唇瓣进去品尝那份温软。

他舌尖往深处追逐，莫颜顿时反应了过来，气得动牙齿咬了他一口。

“唔……”徐靖南含糊地闷哼呼痛，退出来皱眉抗议地看她。莫颜仰着脸微微动了下眉，挑衅地回视，却不自知唇瓣已经被他吮得嫣红湿亮，媚态十足。

徐靖南垂眼，视线放肆而餍足地扫过她整张明艳的面容，也顾不得舌头的疼痛，低头猛然就再次攫住了她的唇。

莫颜不咬还好，她一口咬下去，彻底咬出了徐靖南的霸道与朝思暮想，他果断抛弃了温柔细致，含住她的唇就是大口吮吸，捏着她精巧的下巴，将她的温软舌尖强势地拖进自己嘴里，吮吸噬咬。

莫颜原本一直在无声抗议，捶他、推他都不管用，细细的呜咽又全部被吞进他口中，慢慢地就低了下去……安静的车厢里，只剩了唇舌交缠间的滑腻暧昧声，吮吸品尝的咂弄声。

徐靖南以前连吻她的次数都寥寥无几，而且多数还都是浅吻，如今一碰到真正的湿软馨香，就有些欲火冲天，难以自持。他几乎是倾身将她搂在了怀里，沉溺而霸道地吻下，明显地感觉到了怀里人的瘫软。他那只没伤到、抓着莫颜胳膊的爪子就有些心猿意马，不由自主地便挪到了莫颜腰侧摩挲，慢慢就探了进去，触手一片细滑。

直到莫颜被他吻到差点窒息，呼吸不过来的时候，急促地推了他一把，徐靖南才留恋地吮一口她的下唇，缓缓退开。

这时，莫颜才惊觉，他的手几乎抚上她胸前，气得啪一声拍到了他手臂上，用力往一边推他。

“胳膊……”徐靖南提醒她，身体却是分毫未动，依旧抱紧她半压在她身上。他退开了也就五公分，微抬下巴就能再次吻上她，声音有些喑哑，带着明显的笑意，垂眼看她：“我爱你。”

他死死盯着她。莫颜被迫跟他对视，片刻招架不住他目光的专注，别开脸：“我不爱你。”

徐靖南就低低地哼笑一声：“我怎么觉得你在撒谎？”

莫颜冷冷地斜他一眼：“你有病。”

徐靖南抬手捏着她的下巴转回来正视自己，眼里含笑：“现在不爱，以后会爱上的。”

“我不……”莫颜出口否决，后面的“认为”两个字却被他的唇堵了回去。

轻吮了两下，徐靖南没再吻下去，低声说：“亲都亲了，别赖账了，再给我一次机会，嗯？”

莫颜被他难得温柔的动作弄得有些发怔，一时没说话。徐靖南满意地笑笑，抽身离开些：“我送你上去？”

“不用。”莫颜觉察自己失态，立刻一口拒绝。

徐靖南早就料到了，倾身帮她开了车门，志得意满地说：“我明天接你上班？”

“滚！”莫颜恼怒地骂他。

徐靖南听了却笑得更欢：“好，我滚了，快上去。”

莫颜不再看他，大步往楼里走，门关上前，身后传来徐靖南的声音：“明天下班我去接你！”

莫颜：“……”

第二十章

第二天上班，九点半的时候，莫颜再次收到了送花小哥捧来的百合。前台小美女眨着眼问："经理，我给您找个花瓶插上？"

莫颜瞪着那束花足足有一分钟，甩下一句"扔了"，回办公室去了。

晚上六点下班，莫颜五点就收拾东西从办公室里出来了，对着一干员工说："今天提前下班，没事的都回家吧。"

办公室里一迭声欢呼。等莫颜一走，几个收拾东西的小姑娘开始八卦："太阳打西边出来了？咱经理虽然要求不严，但提前下班还是头一次吧？"

有人挤挤眼："肯定是去约会了！昨天老大没收到花，一整天都绷着脸，还烫了手。今天花一来，就给咱们提前下班了。"

其他人应和："对对！你看经理今天，整个人滋滋润润的，眼神都不一样了。虽然还是没什么情绪，但明显心情特别好！"

心情特别好、提前给自己下班一小时的莫经理，气定神闲地出了写字楼，准备打车去赴韩煜的约。早上的时候韩煜打电话过来约晚上和芦苇他们一起吃饭，莫颜想到昨晚徐靖南的话，仅仅顿了一秒就答应了。

然而她刚招到一辆出租车，耳边就阴恻恻响起一声："想跑？"

莫颜扭头，正对上徐靖南的一脸不满。

徐靖南跟司机打了招呼让他走人，得意扬扬地气她："就知道你会提前溜号，我四点就过来了！"

莫颜一言不发地瞪他。他也不在意，伸手去拉她手："晚饭想吃什么？"

莫颜无奈，只好说："我已经约了人。"

“昨天我就约了你，你还敢应别人的约？”徐靖南说着又警惕地问，“约了什么人？我跟你一起去！”

莫颜刚要拒绝，芦苇的电话就过来了。徐靖南眼尖瞅见，伸手抢了过来。

芦苇声音欢快：“莫颜！你什么时候下班呀？要不要我和铭臣过去接你？”

“不用了，我送她过去。”徐靖南在这边说。

芦苇一惊：“徐靖南？你怎么拿着莫颜的手机？”

徐靖南牵着莫颜的手，嘚瑟又幼稚地晃了晃说：“我们在一起呢，你们在哪里吃饭？多算我一个怎么样。我请客。”

芦苇被那句“在一起”点燃了熊熊的八卦之心，立马答应：“好啊好啊，人多热闹，你们快过来……”

徐靖南挂了电话，得意地冲某个面色冷若冰霜的人笑，拉着她往车子那边走：“走了，去吃饭。”

“怎么不吃死你！”莫颜瞪他一眼，甩开他的手自己率先走了。

芦苇挺着肚子亲自到酒店大堂来接，两眼放光地看着徐靖南搂着莫颜的腰进来，眉开眼笑地迎上去：“复婚都不请我们喝酒，太不够意思了吧你们？”

徐靖南听得笑眯眯的：“今天这不是亲自送上门来了？”

“你喝什么酒？”纪铭臣皱眉斥她。芦苇才不搭理，见莫颜表情冷冰冰的，冲她挤挤眼：“都要复婚了还不高兴啊？”

莫颜忍不住斜了强硬地箍住她的人一眼，头疼无奈地说：“别听他瞎说。”

芦苇暗示地看一眼他俩亲密的动作，呵呵地笑：“事实胜于雄辩。”

几人上楼聊天，韩煜来得最晚。进门见到徐靖南微微挑了下眉，再看见他一条胳膊大剌剌地搭在莫颜椅背上，某人一脸烦躁地跟芦苇说话，就又翘着嘴角笑起来：“你们哪个这么缺德，把我一个孤家寡人叫来陪你们这些成双成对的吃饭，得看我多不顺眼？”

莫颜抬眼面无表情地怒视韩煜。徐靖南却听得得意死了，目光荡漾地去瞅她，无声地比了个口型：“成双成对！”

莫颜伸手戳了他腰间一把。

徐靖南面容扭曲地嗷叫一声，老实了。

芦苇憋笑，抬了抬双手示意给韩煜：“你怎么是孤家寡人了，明明是左拥右抱！”纪铭臣坐她旁边，听了毫不客气地拍了她一巴掌，眼里却是掩不住的揶揄笑意。

韩煜不理那对夫妇，随手拉了张椅子坐下问："莫颜昨天听说你被小偷捅了一刀，吓得脸都白了，吆五喝六地让我把她送到医院去看你。没事吧？我昨晚有事没跟上去看看。"

"没事，一点小伤！"徐靖南简直受宠若惊，韩煜主动关心他，不就意味着认可？再听到对莫颜的形容，当即心花怒放，明明一脸甜蜜，还要贱兮兮地对莫颜叹一声："怎么那么紧张，一点小伤都大惊小怪的！我没事！"

莫颜已经恨不能把所有白眼都抛到他身上了。

芦苇没听懂，瞪大眼睛问怎么回事。几个人就着这个话题，无缰野马一样地聊了开来。本来就是简单的吃饭聊天，几个男士都没怎么喝酒，氛围和谐而轻松。

其间徐靖南起身去了趟洗手间。刚出男厕所门，就在走廊里看见了莫颜。

他一看她那副明显在等他的架势，就有些想逃避，笑嘻嘻若无其事样地走过去，"我上个厕所你都想得慌？走了，回去了。"

"别闹了。"莫颜声音很轻，走廊里没几个人影，她抬头看了他一眼，神情柔软而无奈，"已经离婚了不是吗？何必再纠缠？"

"纠缠？"徐靖南瞬间就有点想发火，深深吸了口气才勉强止住，压着声音说，"我捧着自己的心递到你面前给你看，你说我纠缠？"

莫颜微微抿了下唇说："我已经表示过拒绝。"

"你拒绝个屁！"徐靖南真有点伤心到暴躁了，抬手压住她的肩膀，一把就把人抵在了墙上，低头逼视她问，"你为什么拒绝我？凭什么拒绝我？"

他在她面前难得气势强硬而坚决。莫颜受不住地偏头，低声说："我没那么喜欢你。"

"呵……"徐靖南听笑话一样哼笑一声，"没那么喜欢我，你至于在我犯胃病的时候给我煲汤？至于听见我被人捅了，匆匆忙忙地去看我？没那么喜欢我，我亲你怎么不躲？这些都是我逼你做的？"

"你口口声声说没多喜欢我，你到底知不知道你心里究竟怎么想的？别天天给自己催眠，骗自己了，问问你的心！"

莫颜垂眼，半晌没开口。

徐靖南看她这个样子，又开始心疼，松开她一些说："以前是我不对。我反省了也检讨了，花送了，也表白了，你还有什么顾忌的？我就差跪下求你了，要不我跪一个？"

徐靖南说笑着逗她，左腿屈膝，右腿作势往后动了一下。莫颜微睁大眼睛，嗓子一紧，差点就喊出声来，垂在身边的右手甚至往前伸了一下，然后才反应过来，他在吓唬她。

莫颜脸上有些挂不住，绷着脸拿眼斜他，眼里却又笑意："你倒是跪呀！"

徐靖南笑："如果跪了有用，我就跪，你说怎么样？"

莫颜就不说话了，她有些烦乱。她原本是打算认真严肃地跟他说明白，从此各走各的。谁知道酝酿了半天的情绪，全都被他一番无赖给搅乱了。

徐靖南推推她："行了！其他事情上你耍耍小性子也就算了，我都让着你，但这件事上就不要再说了。天天闹，还让不让人心情好点了？"

莫颜任他推拉都站定不动，冷眼看他："我耍小性子？你做错那么多事，不在自己身上找问题，反倒认为是我任性？

"我可以告诉你为什么我不想再给你机会……江山易改本性难移，现在说得好听，你能打包票保证以后不会再有同样的问题出现？我们以前的问题，你真的以为只是简单的没有互相表明心迹？我真是怕了，徐靖南，我现在又怕又累。我的、我们的那个没有出世的孩子，足够让我小心翼翼一辈子了。"

徐靖南开始还是嬉皮笑脸地点头认错，听到后面渐渐神情严肃了。等她说完，半晌没发出声音来，只垂眼定定地看着莫颜向他显露的，疲倦而隐痛的真实状态。

徐靖南忍不住伸手抱她，莫颜第一次没有抗拒。他盯在走廊墙上的目光便有些遥远、深邃，措辞很缓慢地说："我……我如果说自己百分百保证，你可能会觉得是甜言蜜语，认为我更不可靠，所以我只能说，吃一堑长一智……离了婚才知道说爱你，孩子没了才知道痛，离婚这么长时间，我没一天过得开心。

"我确实不能打包票，但我可以说，以后我会更加真实、认真地爱你，再给我一次机会，好吗？"

莫颜被他揽在怀里，片刻后声音沉静地说："我再考虑几天。"

徐靖南有些微微的失望，但好歹她终于亲自开口说考虑了！这样想就又有了希望，松开她冲她帅气地昂昂下巴："我这样的打着灯笼都难找，你还考虑个什么劲？"

莫颜面无表情地说："好，那我现在就说考虑结果。"

徐靖南赶紧说："我错了。你考虑好了再说！"

莫颜实在忍不了他这个贱样，斜了一眼自己率先走了。徐靖南跟在后面，跟霜打了的茄子一样，垂头丧气，蔫不拉几。

后来那天散场的时候，莫颜选择了坐韩煜的车回家。理由再明显不过，她还在考虑中，他识相点，少打扰她的情绪。

莫颜说要考虑，徐靖南就没再打扰她，识相程度倒让她有些惊奇。然而等到第二个星期，他仍然没找她，电话都不打一个的时候，莫颜周身气压就有些低了。

他不联系她，她自然不会主动去找他。莫颜按时上下班，时不时地加个班，居然一晃眼就过了一个月。

今年六月份正好是C大的周年校庆，韩煜早就接到了大学同学以及学校老师的邀请，知道莫颜心情不怎么样，便带她一起去了C市。C大是百年名校，校庆这天学校里云集众多各行各业的精英校友，喧嚣热闹。

天气越来越热，多年没有回过母校，韩煜和莫颜一起在校园里散步。周围人声嘈杂，莫颜是生生被韩煜拉来的，本来心情就不好，见到这么多人，更加兴致索然。

韩煜专挑她软肋问："怎么最近都没看见徐靖南？"

莫颜说："我也没看见，很久没联系了。"

"没联系？"韩煜挑眉，"上次吃饭你们不是还在一起？"

"嗯，"莫颜语气淡淡，"那以后他就没再联系。"

韩煜笑："他没联系你，你就不会联系他？"

"我闲着没事做？"莫颜语气不善。

韩煜点点头："我看徐靖南也不像整天闲着没事做的。"

莫颜就冷了脸色，不再说话了。

两人无话。韩煜手机铃声突然响，他看了眼短信说："有朋友找我，你自己坐那边休息，午饭的时候再联系。"

莫颜正好也转烦了，自己坐在一株垂柳下的长椅上看远处的人群。

身后传来一声清咳。

莫颜身形一僵，反应过来，站起身就走。

徐靖南赶紧从后面绕出来，张开双臂挡在她身前。他皮肤比一个月之前黑了些，浅浅笑着："你走什么？"

莫颜面无表情地说："让开。"

"为什么？"徐靖南无辜地说，"你不是说回去考虑吗？还没给我结果呢？"

莫颜说："好，我考虑好了……"徐靖南快步上前捂住她的嘴，在她恼怒的眼神里说："先别说，带你去个地方，到了那里，再告诉我结果。"

莫颜冷眼看他，徐靖南松开手："走吧，一会儿就到。"

到了停在校门口的车上，徐靖南探身从座椅后面抽了条爱马仕的蓝色丝巾出来，一边往她眼睛上蒙，一边说："给你买的礼物。"

莫颜自然挣扎，徐靖南捉住她不让她乱动，说："犯人临死前还给吃顿好的呢，你都要给我判刑了，听会儿话吧！"

他把莫颜眼睛蒙好，还特意在跟前晃了两下，确定她看不见才发动车子。莫颜被滑稽地蒙了条丝巾，眼前一片漆黑，却仍颇有性子地将头扭向了一边，对着窗子不说话。

徐靖南也不出声，完全没有要解释他失踪一个月的事情。

车子开了大概有二十分钟，后来缓缓停在某处。徐靖南在她耳边说："我下去跟门卫打声招呼。"说着下了车，过了片刻又上来，再次发动车子，这次行得很缓慢。

"到了。"徐靖南把车子熄火，绕过去开车门，把莫颜拉出来，握着她的手说，"别松开啊，跟着我走。"

莫颜冷声问："你有完没完？"

"马上。"徐靖南从容地应声，拉着她进楼。

莫颜什么都看不见。两人似是进了某栋楼里，没有电梯。徐靖南一直在她耳边提醒小心、要上楼梯之类的话。更奇怪的是整栋楼里似乎都空荡荡的，除了他们，没有半分人声。

上了三层徐靖南就不继续了，拉着她不知道往哪个方向走了一段路，终于停下。

徐靖南让她站在一处门口，扶住她的双肩在她耳边说："记得我们当初分手是为什么吗？高三那年寒假，只有半个月的假期，本来以为开学就能看见你，结果开学后你却没来。

"我等了你两天你都没出现，后来从班主任那里才知道你请假了。我当时那叫一个生气——我不敢给你家里打电话，难道你就不知道告诉我一声？不知道我会担心，还会……想你？

"两个星期后你来上学的时候，我已经要气炸了。半个月里，你真的就一个电话都没给我。你说我现在幼稚，我那个时候比现在幼稚多了，平时上学就是上赶着逗你，想到一分开你压根没想过我，简直要气死，索性赌气不搭理你。哪知道，你也不理我。

"那个时候，很喜欢，但却根本不懂该怎么表达。其实直到后来离婚，我也始终不知道该如何正确地对待感情，想得到，又不愿意放低姿态。"徐靖南笑。

"好在如今终于明白，感情这种东西不是赌局也不是比赛，没有谁先承认爱，谁就是败者，反倒是谁先低头，谁爱得就更坦然。如今想起我们断断续续走过来的这一路，最开始出现岔路，就是寒假结束，你回学校后。

“知道你在担心什么，我空口白话不足为信，不如我们重新走一遍？让我把犯过的错，一一找补回来，嗯？”

徐靖南说完，放开她，进门走了几步，说：“现在可以把丝巾摘了。”

莫颜站在门口，抬手摘了丝巾。

高中毕业后，莫颜再也没有回过学校。然而十年不见，教室依旧还是当年的布局，只是课桌都被整齐地摆在了后半截教室里，腾出的空地上，是一片鲜艳欲滴的玫瑰。

花前摆了一套桌椅，徐靖南低头坐在椅子上。片刻后，似是刚发现门口的她，面色惊讶欣喜，推开椅子快步过去，一把抓住她的手急急地问：“你怎么回事？放假不给我打电话，请两个星期的假也不告诉我，不知道我会担心你？我听说你父亲……去世了，怎么不找我？我是你男朋友你知不知道？有事情要找我一起承担……”

他话未完，莫颜抬头看他的眼眸里，倏然就积聚了一片水光，快速地冲破眼眶、滑过脸颊。

徐靖南一看见她哭了，瞬间出戏，吓得赶紧去哄：“哎，你怎么哭了？哭什么，我演技有那么烂？”

她泪珠不断往外涌，徐靖南伸手把她搂进怀里，手忙脚乱地抓过她手里的丝巾给她抹泪。慢慢地琢磨过来，嘴边又浮现出一丝得意的笑意：“你这泪流满面，是被我感动的？”

“滚！”莫颜终于说话，声音里还带了哭腔，骂完尤不解恨地给了他一脚。

徐靖南避也不避地闷哼一声，反倒是把她抱得更紧，揽在怀里，低头给她擦着泪问：“不生气了吧？我给了门卫大爷两条烟才把你带到咱班里来。这么有诚意，你怎么再忍心拒绝我？”

刚才的那些震撼与感动过去，莫颜慢慢恢复了情绪，带着鼻音的绵软声音与绷着的脸形成了鲜明的对比：“嗯，我考虑好了，我认为我们不适……”

“哎哎！你敢说完试试！”徐靖南真急了，下手去捂她嘴，“你非让我给你跪下是不是？”

莫颜恼怒地瞪他，一双杏眼里仍含着水光，姿媚得将里面的冷意掩去了七八分，用力地挣开他的手，冷哼说：“你一个月不见人影，怎么不死在外面？这会儿假惺惺地来找我，不好意思，我看不出半分诚意来！”

“我出差去了！”徐靖南连忙解释，“那天吃完饭的第二天我就去L市看工程了，后来C市这边的公司又有事要出国……我这不是给你买了礼物？”说着给她看沾满泪痕的丝巾。

莫颜冷冷看着他，一脸“出差也能当作不联系我的借口”“你把我当傻子”的表情。

徐靖南就开始有些心虚支吾：“本来想告诉你一声，后来又想看看，我不联系你，你会不会主动找我……”说着见她脸色一变，又赶紧补说，“我错了我错了！我知道错了还不行吗？”

“你上次说得没错，”莫颜抬眼看他说，“我不会分享，永远消极被动，或者说我没把你放到一个平等的位置上。你愿意主动关心我，是你有心，但我不是那么主动的人，所以我们不合适，让你失望了。”

她说完就推开他要走，徐靖南怒了，拽住她吼：“喂！”

莫颜一个眼神扫过来，他又㞞了：“我不是认错了吗？你不能听我把话说完？

“我既然还想和你在一起，就是已经不在乎那些了……我说了那么多好听的话你不记得，怎么偏偏就记得那几句没用的？”徐靖南说到这里有些不满地看了她一眼，很快又老实下来，说：“你顾虑的那些问题，我认为已经都给了你答案。那是我竭尽所能，愿意为你做到的极限，你性格如此，被动消极，能有什么办法？谁让我爱你呢？我现在不求其他，只求你也爱我，这就足够了。你说自己没有那么喜欢我，我想了想，你也没多喜欢别人不是？即使没多喜欢，但在所有人里，我是你最喜欢的那个，我还有什么不知足的？”

“至于以后……”徐靖南说到这里，往后退了一步，单膝跪地。莫颜被他突然的动作吓了一跳，甚至也往后退了一步，难以置信地看他。

“你看，我真的给你跪了，”徐靖南俊逸地笑，手里还拿着团丝巾，“以后的事情，谁都说不准。但只要你肯给我一个爱你的机会，我会努力地让你从没那么喜欢我，变成没了我，你就活不下去。

“上次结婚，没向你表白，也没有求婚，果然那段婚姻就没能走下去。今天我郑重地问你一次，只要你肯向我走出一步，剩下的九十九步，再难再远我也会全力走完。莫颜，你愿意吗？”

莫颜近三十年的生活里，大多时候的生活状态或是情绪态度，都可以用四个字概括——波澜不惊。少数的那些发自内心的愉快、轻松、温暖、愤怒、失望、哀痛……几乎全都是由徐靖南带来的。

没有他，她可能不会有一场失败的婚姻，不会失去一个孩子，但也不会有体会爱与被爱的机会，不会更加真实地触摸和感知生活全部的酸甜苦辣。

关于她和他的未来，莫颜有顾虑，担心两人会重蹈覆辙；但也有希望，他们会不会有一个新的开始与结局？今天以前，她心中的顾虑远超过希望，但在此刻，他这样单膝跪在她面前，目光真诚恳切、坚定自信地征求她答案的时候，她突然就什么都不怕了。

她确信他爱她。更重要的是，她想要去跟他一起体会今后的跌宕起伏，哪怕最终还是会粉身碎骨，她也心甘情愿，并且无怨无悔。

莫颜神情莫测地垂眸与他对视，半晌都没有说话。她不说话，徐靖南只看她眼神心里便有了底，抬了抬下巴示意："手伸过来。"

莫颜莫名其妙地看他，片刻缓缓抬了左手。

徐靖南把丝巾顺成一缕，拽过她的手指，就那么单膝跪着地，手指动作着将丝巾系在了她无名指上。边系边咳了一声："那什么……忘了买戒指，先凑合一下吧……"

莫颜终于反应过来，往后缩着手冷声说："没戒指你好意思求婚？"

"别动！我不是忘了嘛！我买花了啊！哎哎……你先凑合一下不行？回头补给你……别动！"

"系也没用，我不会承认的。"

"你敢！别摘！你解开试试！"

"你再瞪我一眼？"

"我错了，老婆我错了……"

……

六月份高三学生已经参加完高考，全部解放回家。这栋迎接了一年又一年高三生的教学楼里，书本纸片纷杂散落，桌椅七倒八歪，很多教室的黑板上都写满了"老子终于解放了""学弟学妹加油""再见，高中"的宣泄语。

只有一间教室的黑板上，龙飞凤舞地写着"我爱你"三个字。里面课桌摆放整齐，鲜花争艳怒放，一对十年前在那间教室里偷偷早恋的男女，一个撒娇嗔怒，一个软声逗哄，就如所有奋斗过三年的学生一样，穿透压力与阴霾，顺利地迎来了人生中一场重要的毕业典礼。

六月的阳光温暖喧嚣地穿透了整栋教学楼，一片明媚大好。

番外一

莫母听说莫颜打算和徐靖南复合的消息时，茶水刚喝到一半，猛然转头看莫颜，脸上的神色是明显的不乐意，几次张了张嘴，最后都没说出不好的话来。

“你自己的感情问题，自己决定吧，我不多发表意见。”

这对母女性格都十分相近，要强，有主见。因为当初莫父的事情，两个人冷战近十年，这两年关系好不容易和缓了些，彼此却都知道对方强势自主，都不愿意被干预。

其实莫母还是有些担心，离过一次婚，难保不会再出现问题。但一看莫颜态度坚决，也不好说什么了，还要想尽办法安慰自己那颗不能平静的心：好歹徐靖南那小子为了给自己抢钱包，还挨过小偷两刀，也算是有诚意，有态度了……

莫母这边没什么意见，徐家那里却是意见大了！

徐靖南和莫颜的户口都还在C市，离婚证也在徐家，要想办理复婚手续，只能回去。

飞机到C市时是中午，徐家正在准备吃午饭。毕凤华看见徐靖南回来，满脸惊喜，一边迎到他身边问他怎么回家也不提前说一声，一边招呼厨房多加几个他爱吃的菜。

徐靖南噔噔噔地上楼，找到离婚证，下来说：“您不用管了，我拿点东西，很快就走。”

“走？”毕凤华惊讶，又有些失望，“你才刚回来，这么快就走？不在家待两天吗？你已经三个多月不回家了。”

徐盛也在，不悦地沉声说：“你背着家里在H市做项目也就算了，现在是打算借口工作忙，连家都不要了？你也是快三十岁的人了，有点家庭责任感！”

徐靖南最近一年多一直在H市，很少回家，自从知道他们两个离婚都是家里逼迫后更是一次都没回去。毕凤华打来过几次电话催他回家休息，他也没应。这小半年他一直在为把莫颜重新追回来犯愁，哪里来的时间和心情去面对他们？

对徐盛和毕凤华当初的所作所为，说没有怨言是假的。

徐靖南听得微微冷笑了下：“谈家庭责任感，那我也得有家才行。我老婆都让你们挤对跑了，哪儿来的家啊！”

徐盛脸色一沉：“你给我再说一遍！”

毕凤华也有些不高兴：“靖南你这是说的什么话，莫颜在的时候，我们为难过她？当初不是她主动提的离婚？如果不是她自己做错了事情，为什么要离？再说，没人不让你结婚，这一年多我给你介绍了多少个女孩子，你连正眼看都不看。”

徐靖南点点头说：“好，有您这话我就放心了。我这就去结婚，您等着办喜事吧。”

“什么？”

“你和谁结婚？”

徐盛和毕凤华不约而同地发问。何茜在餐厅里哄孩子，也八卦地往客厅里看。

徐靖南引爆这样一个地雷后倒是不生气了，舒服地坐在沙发上，嘴上还带着办坏事得逞的笑意，修长的手指搭在一侧的扶手上，玩弄一个小绿本。

“您二老猜？”

毕凤华一看见那本离婚证，神情霎时就变了：“你要跟她复婚？！”

徐靖南扬唇一笑：“聪明！”

“我不同意！”毕凤华立刻绷着脸说。

徐靖南根本没将她的反对放在眼里，闲闲地翻着本子说：“这个您说了可不算。我一会儿就去民政局了。本来不想告诉你们，但是出于对你们的尊重，我还是要通知一声。”

徐父沉默片刻才开口：“莫颜现在人在哪里？”

“在她以前的公司里，和朋友聊天呢。”说着徐靖南幸灾乐祸地笑笑，“不想见你们，你们当初的公公婆婆形象可是深入人心，吓得她不敢再来了。”

毕凤华从重新想起莫颜这个人就没缓和过神色，听他这样说更是现出怒容：“你这是说的什么话！我们对她怎么样你没看见？结果她呢？她干了什么你不知道！”

一年多没有莫颜音信，想起那个性情酷似前妻的前儿媳妇，徐盛有些感慨，不像毕凤华那样咄咄逼人：“她有些事做得确实不对，传出去都会影响家中名声……

我们也给过她机会解释，但是她选择了和你离婚，怎么能把错归到我们身上？”

徐靖南漫不经心地看他们：“她做什么不对的事了？挪用了家里的钱？那是我让她挪的。有女人跑上门来说怀了我的孩子，你们怪她把那个孩子打掉了？那是我让她去打掉的。再说，那个女人怀的就不是我的孩子，是程昊的。”

徐盛难以置信地看他，毕凤华立刻说：“你不要为了给她开罪把事情都揽到自己身上！我还没那么糊涂呢！”

徐靖南哼笑一声：“您要是不信才是糊涂。我那公司原本是抵押给银行贷款了，后来我爸要审计我那个公司，我只能让她挪你卡里的钱，不信您去我公司里查。还有孩子那事，你去找程昊问问。”

“那她当初怎么不说？”

“她爱我啊！”徐靖南大言不惭，“我在H市的那项目，我爸至今都虎视眈眈的，那个时候我能说出来？说出来我还有没有活路了？孩子那事，那会儿谁都不清楚，我也是前几个月，程昊回国才知道的。”

毕凤华抓到了把柄：“所以说，大家都以为孩子是你的时候，她狠心把孩子打了！那个时候，那孩子还是我孙子！”

“一个随随便便的女人怀的孩子就是您孙子？您把自己儿媳妇当成什么了？有您这样自降身价的？”徐靖南冷眼看她，“如果我爸出去嫖，小姐怀了孩子，你是把她的孩子打了还是抱回家当亲儿子养？”

“你放肆！”毕凤华震怒。

徐盛只皱眉说：“吵什么！这种话也是你做儿子的说的？”

徐靖南面色淡定：“我没别的意思，就是打个比方，让您换位思考一下。妈您说出这话的时候心里就已经有数了，我就不揭穿您让您难堪了。”

说完，徐靖南面上滑过一丝遗憾，冷笑说：“因为那么个似是而非的孩子，我却错过了那个真正的没能出世的孩子。您要是再这样蛮不讲理，是真想让我这辈子都断子绝孙了。”

毕凤华一脸狐疑：“你什么意思？”

徐靖南从钱夹里掏出一张B超照片来，缓缓推到他们面前：“我的孩子，离婚的时候只有三个月。莫颜那段时间被折腾得身体很虚弱，流了。”

徐盛和毕凤华从见到儿子起就一直像在坐过山车，恨不能赶紧找用人拿速效救心丸来。两人齐齐盯着那张照片，半晌没说话。

徐靖南摸回照片，起身说：“就这样吧。她还等着我呢，先走了，有时间再回来。”

毕凤华缓过神来说：“你难道想因为一个女人，就和我们断绝关系？”

徐靖南笑：“您要是高高兴兴地接受了，以后对她好些，我干什么跟您那么过不去？”

“不会有那么一天的。”毕凤华沉着脸，“既然已经离婚了我就不会再同意你们复婚，我不会让她进徐家的门的。”

“谁稀罕进？”徐靖南无所谓地反问，“我今天不是问您意见来的，只是知会您一声，我们要复婚了，就这样。”

徐靖南说完就要走，却被徐盛叫住：“你们复婚，她母亲那边同意了？”

徐靖南挑眉：“当然。”意思就是，谁跟你们一样？

徐盛也不斥他了，顿了片刻说：“找一天约她母亲过来，总要在一起坐坐，不然太不合规矩了。”

“坐什么坐！我不同意！”毕凤华立刻反对。

徐盛皱眉：“你真想让你儿子单身一辈子？再说，莫颜也没什么不好，是个不错的姑娘。”

徐靖南听得眉开眼笑：“好嘞！我这两天就联系！”

说完，也不管身后的二人还在你一言我一语地争吵，心情舒畅地走了。

莫母在听说双方见面以后，没什么好腔调：“为什么让我飞过去？没空。”

“您学校不是已经放暑假了吗？”

莫母一声冷哼：“你母亲还是家庭主妇，整天待在家里无所事事呢！徐靖南，你如果想娶我女儿，就拿出点诚意来！”

徐靖南握着手机颤了三颤，求助地看向莫颜。

莫颜正坐在沙发上吃樱桃，冷冷地瞪了他一眼。

徐靖南赶紧凑过去，一脸谄媚地举着手机示意，让她帮忙说好话。

莫颜接都不接，放了樱桃轻咳了一声。徐靖南连忙把手机往她嘴边递，她却是看着他说的话：“你爸妈到H市玩过吗？让他们去转转挺不错的，H市比这边要凉快些，当作是避暑了，而且你以后也要定居在那边，不请他们看看？”

莫母听得清清楚楚，满意地应声：“嗯，我可以给他们安排酒店……好了就这样吧，我还有事，先挂了。”

徐靖南：“……”

毕凤华那边还在生闷气，态度坚决，不肯再认莫颜这个儿媳妇，怎么会愿意跑到H市去？

对此莫颜当然是无所谓了。她在徐家受过一年多的委屈，徐家那边不表态，她没必要倒贴去对他们好。如果对方不想来往，她倒是正落得清静。

所以整件事情里，焦头烂额的只有徐靖南一个。他一方面不愿意莫颜受委屈，一方面又想徐家能痛快答应，再一方面还要安抚好丈母娘，可谓三头得罪人，一个好都落不到。

徐盛那边态度倒是很好，在家里威声斥了毕凤华几句，算是妥协了。

即便是这样，等毕凤华和徐盛都飞到H市与亲家见面，也是八月底的时候了。

徐萍也跟着来了。

她前几天从毕凤华那里听说徐靖南和莫颜订婚的消息，差点没咬牙切齿得气死！再听说还是徐靖南死乞白赖地要跟人家复婚，莫颜母亲那边还摆架子，当即就飞到了C市。这种事怎么能少了她，她必须要亲自见见那个早早改嫁到H市的老女人，杀一杀她那不知道从哪儿冒出来的威风！

酒店当然是徐靖南订的。徐家几人在他这边的家里休息了一天，晚上精神抖擞地去赴宴——徐盛是准备好了跟对方诚恳地谈一谈，另外两个女人是打算摆一摆姿态，让对方认清他徐家不是那么好高攀的。

哪知道刚到酒店就被莫母杀了一局。

他们到酒店的时候，莫母由莫颜陪着也是刚到，在大堂里见到徐家几人，笑眯眯地说："上午本来应该去机场接你们的，但是你们从七月份提出见面，到现在才动身过来，还以为你们不想来呢！我担心去机场扑个空，那多伤感情！说认真的，你们早些时候，七月份来H市避暑多好，现在来，倒是有些凉了，不舒心。"

毕凤华和徐萍脸色微沉，徐盛微笑着解释："家里事情多，到现在才过来，希望亲家不要介意。"

"我这边事情也多着呢！最近学校要开学，我还有很多课要备，今天听说你们过来，都不敢怠慢，放下书就过来了。"莫母神情十分认真，好像就是在说：你事情多干脆永远都不要过来好了！

徐萍率先忍不住，语气微嘲："亲家不愧是出自书香门第，即使工资不高，也坚持每天受苦受累地去学校上班，我们这些生意人比不来。"

莫母说："哪里，做生意那是男人做的事，像靖南的父亲这样的。我一个女人做不来，觉得每天看看书就很好，即使陶冶不了情操，也不至于跟那些整天待在家里的家庭妇女一样，思想迂腐僵化……其实说多少都没用，我天生就是劳碌命，享不了那个清闲福，你们说呢？”

两位整天待在家里享福的徐家妇女：“……”

毕凤华的脸色已经很难看了。徐盛也觉得不好，偏偏他刚被恭维了，又不好说什么。

徐靖南站在一边恨不能突然来个雷把自己劈死，擦着汗赶紧说：“你们就不要站在这里说话了，进去说吧。”

几个人边走，莫母还在问徐萍：“这位是靖南的姑姑？”

徐盛点头称是。

莫母便对徐萍说：“您看上去倒是很清闲，就嫁在C市本地吗？难为您还有心一起过来，我最羡慕您这样的生活，有大把时间闲着可以到处转转。”

……

徐靖南拉住走在后面的莫颜，苦苦哀求：“老婆，能让岳母大人手下留点情吗？不然咱这饭吃到一半还不得打起来？”

莫颜翘了翘唇角：“打起来你帮谁？”

徐靖南：“……”

徐萍黑了一路的脸，落座后才又找回点气势，问：“莫颜妈在H市这么多年过得怎么样？记得上次莫颜结婚的时候就匆匆见了一面，后来都没来往。我记得莫颜是C市人，您以前也是C大的老师，怎么想到来H市？都没怎么听莫颜提起过。”

莫母喝了口茶，笑说：“H市是我以前读书的地方。莫颜父亲过世后，我就改嫁过来了。”

徐萍见她笑得勉强，心里得意，继续追问：“哦，怎么没有见过您丈夫？也在学校工作吗？像你们这样的双职工，我是真心觉得不清闲呢！”

毕凤华也开了口：“是呢，说起来我们双方都没有认真坐下来聊聊天。”

“是，所以说起来大家其实都不怎么了解。当初莫颜他们两个结婚，是挺仓促，不然也不至于走到今天这样的局面。”莫母话里有话地说，“你们不提我都忘了……你叔叔怎么还不过来，什么记性。”

后面这句话是对莫颜说的。

莫颜说：“叔叔工作忙，可能没时间。”

莫母不悦地找手机说：“他今天也敢说忙？”

莫母并不是一个以金钱权势度人的人。但架不住徐家的世俗，如果一定要用物质来衡量未来莫颜在婚姻以及家庭里的地位，她一点也不介意借一借“老虎”的威风。

电话接通，莫母声音很有气势：“你怎么搞的？不是说好五点钟到，你看看现在几点了？”

包间里很安静，那边不知道说了什么，莫母说：“堵车是理由？你就不能早点下班？再给你十分钟，晚一秒就不用进来了。”

挂了电话，莫母说：“我先生就是爱迟到，说过多少次都不长记性。”

徐萍自觉心下了然，幸灾乐祸地说：“看莫颜妈和你先生生活挺滋润的，时不时吵点小嘴，权当是乐趣了。我先生是做生意的，时间观念特别重……我哥也是，哥，你说呢？我从来没见你开会迟到过。”

徐盛只得说：“我也会迟到……人之常情，谁知道会出点什么意外耽搁了，不算事。”

毕凤华看他一眼：“那我也没见过你迟到。”

莫母笑眯眯地看着他们，不多说话。

几人又随便说了几句，包间门被人推开。一个西装革履、长相儒雅的中年男人进来，声音十分沉稳，颔首示意：“不好意思诸位，路上堵车，我迟到了。”

莫母冷眼看他说：“十一分钟，我不是说了晚一秒你就不用进来了。”

中年男人有些为难，走到她身边求情：“是真堵车，我开完会就连忙往这边赶，下次一定不会再迟到……莫颜，是叔叔不对，晚了一会儿。”

莫颜推母亲：“您还真生气啊？”

他们这边小声说话，徐盛却已经惊讶地站起了身：“您是韩氏集团的董事长，韩文谦？”

韩文谦回头应声，与徐盛握手，很是谦虚：“是，您是徐董我记得，去年在美国的经济峰会上见过，幸会。”

毕凤华和徐萍站在徐盛身后，已经彻底惊住了。

快消品王国韩氏，谁不知道？

入了座，徐萍还有些难以置信：“您是莫颜妈的先生？”

“对，”韩文谦颇有魅力地一笑，“怎么？她是不是趁我不在的时候编排我了？我总是迟到，为这个她没少说我。”

徐萍勉强一笑，不敢再多说话。她老公前段时间还提起了韩氏，有心想与韩氏合作项目，她如果坏了他的事，少不了要被训斥一顿。

想到这里，徐萍又羡慕又不甘心地看了莫母一眼。看这样子，韩文谦是明显地怕老婆。像她和毕凤华这些身份的人，哪个不是仰家里事业的鼻息，而男人是家中事业兴盛与否的关键，怎么敢骑到他们头上去?

韩文谦一出现，莫母冷嘲热讽自如，毕凤华和徐萍却不敢多说了，尤其是徐萍。所以这顿饭的后半截和谐异常。

徐盛代表徐家向莫母表示了歉意，又当众对着莫颜表示，能有她这个媳妇是徐家的福气，以前的事过去了就希望她不要在意，徐家保证对她好云云。

莫母却没那么好糊弄："我记得他们当初结婚时，亲家也是这样跟我说的，结果呢？今天您再说这番话，我该怎么放心？"

徐父有些尴尬，毕凤华面色不太好，但始终也没说出什么来。

莫母接着说："我的女儿从小都是捧在手心里长大的，不管是她小时候还是成年以后，我都可以做到一如既往，但你们未必，我也不求。但是对待儿媳妇最基本的尊重和爱护是一定要有的，这不是我在提条件，而是每一个明事理的家庭、父母都应该做到的。

"他们以前为什么离婚，怎么离的婚，你们心里清楚，我也清楚，就不说出来让大家难堪了。现在孩子们愿意继续这段婚姻，出于对他们的尊重，我不会不同意，但是我不可能不担心，因为我女儿在你们家里过得并不开心。

"我这样说话，可能你们认为不好听，但是现在听了，总比将来听更难听的话要好多了。今天和你们坐在一起，是我作为一个母亲对你们同样做父母的一种认可，我把你们当作亲家，也希望你们能做好这对小夫妻的父母，以后不要再做出什么事情，不把自己往为人父母的那个位置上放。

"我想说的就这些，应该不过分吧？那么，希望我们以后相处愉快。"

桌上一片安静。韩文谦神色十分自在，听得面露微笑。徐盛纵然有些尴尬但仍是连连点头。只有毕凤华和徐萍的表情最不好看。

徐靖南坐在莫颜身边，在桌边众人看不见的地方拉了她一下，悄悄竖了个拇指：给咱妈点赞！

莫颜瞪他一眼，嘴上微微泛起一丝笑纹。

番外二

徐靖南和莫颜刚刚结婚的那一年，徐家翘首以盼，然而直到离婚莫颜也没怀孕。毕凤华对儿媳妇百般挤对的原因之一也在这里，一年多不怀孕，说几个长辈对莫颜的生育能力没有怀疑是不可能的。却不知道她怀不怀孕，全在于小两口的感情状况。

后来两人复婚，感情到位了，再加上对上一个孩子的愧疚之情，很快莫颜就怀孕了。

复婚的第二年初秋，莫颜终于要进产房了。

其实已经过了预产期了，以莫母为首的众人都有点着急。生产当然是自然分娩对孕妇身体最好，但宝宝一直在肚子里待下去会有危险，所以一家人只能一边着急一边互相安慰说再等两天。

幸好，在超过预产期第五天的时候，莫颜迎来了第一次阵痛。

那天阵痛是在晚上。莫母白天在这里守了一天，以为女儿今天也不会有情况了，晚上陪着吃了晚饭就回家休息了。

只有徐靖南陪着她。

莫颜肚子不舒服，她本来也很着急，希望快点把孩子生出来，但肚子一旦开始疼了，心里又升起一股紧张害怕的情绪来——徐靖西这些天每天必打电话过来问候，每次问候必会担忧生小孩到底疼不疼，每次担忧的时候必会叮嘱她："三嫂，你好好感受一下，等生完宝宝分享给我，要是太疼我以后打死也不生小孩。"

虽然现在的阵痛还很短、很轻，但莫颜很害怕一会儿生宝宝的时候会很疼。

徐靖南从知道她有反应开始就没停止过动作。一会儿拿毛巾问她要不要擦汗，一会儿翻出莫母买好的巧克力，隔两分钟就要凑过去问一下疼不疼，每问一次就要说一句我去喊医生来。

莫颜本来也悬着心，被他晃悠得心里更发慌，阵痛间隙一把拽住了他："护士刚才不是说了，还早着呢。你别晃了，晃得我头晕。"

徐靖南立马不敢晃了，坐在床边想伸手摸一下她的肚子，又不知道她现在这种身体状况能不能摸，只好缩了回去。

莫颜这会儿不疼了，被他这副小心翼翼的架势逗得笑了，拽过他的手放到了自己肚子上："很快就能见到了。"

徐靖南迟疑了一会儿说："要不把妈叫来？"他其实想让莫母他们多休息一会儿，但眼下媳妇一疼，他就彻底不知所措了。

莫颜摇了下头："一会儿吧，还早。"

徐靖南顺从地嗯了一下，伸手去拂开莫颜脸上的发丝。

房间里只开了温暖的橘黄色台灯，莫颜躺在床上，更衬出几分温婉的气质。她怀孕至今丰腴了一些，整个人都散发出温柔恬静的气息。

徐靖南看着她，低低地笑了一声："以前你时不时地就能皱着眉叫我滚，现在一点也不像能骂人的模样。"

莫颜听他提起以前，脸颊微微泛着红，狠狠地瞪了他一眼。

然而自己觉得瞪得再狠，看在徐靖南眼里也全都只是娇嗔，只使得他笑得更加肆意起来。

徐靖南捏了捏她的脸颊，低声温柔地说："没关系，我都喜欢。"

孕妇都喜欢听这些话，莫颜便瞪不下去了，嘴角刚翘起来，却被下一波突袭的阵痛折腾得皱了眉。

徐靖南立马又慌了，一个劲儿地在她旁边问感觉怎么样，疼不疼。

莫颜本来就怵这个，一听他问，抬胳膊打了他一下："我本来就怕呢，你还问。"

徐靖南赶紧倾身搂着她哄。

徐靖南自从来H市自己创业，整个人都成熟很多。虽然自己的事业刚刚起步，正是忙于奔波需要投入大量精力的时候，但复婚后对莫颜的关爱只是有增无减，从来没有因为工作而疏忽过。这样一年多下来，虽然责任重，事业家庭要兼顾，但反而让他心智更成熟，更懂得自身肩负的责任以及一个男人对妻子该有的关怀与体贴。

莫颜曾经性子冷得很，慢慢地也被他养得温柔贴心了起来。怀孕之后又被各种捧在手心里，很快就显露出了小女人的一面。虽说和别的女孩子那种甜腻腻的撒娇不同，但她不动声色地露出一丝依赖和骄矜时竟然也出奇地打动徐靖南的心。

只不过她眼下问的这个问题，让徐靖南哭笑不得，不知道该如何回答。

莫颜被他半搂着，因为阵痛微微蹙了眉，一只手无意识地捏住了他的衬衫领角，好像经过了认真思索，又好像是新闻看多了想要试探他，问："要是大人小孩只能保一个，你会保谁？"

徐靖南警告地捏了捏她的耳垂："说点好话，这种时候不要胡思乱想，净瞎琢磨。"

莫颜不依，故作出疏离的态度来，却不知道自己脸上已经带了些娇憨之色，"你不正面回答问题，说明你的答案很可疑。"然后松开了他的衬衫，"我明白你的意思了。"

徐靖南哑然失笑："你明白什么了？我看你什么都不明白。"

莫颜偏过头不搭理他。

徐靖南赶紧捧着她的脸让她扭回来，额头贴着她的额头，笑着温声说："我不说话是觉得不管说哪个你都有理由反驳我。你，我必然要保住，不管付出什么代价；我们的孩子，你辛辛苦苦怀了他十个月，你能允许他有什么意外？不要紧张，颜颜，有我在，你和我们的孩子都会好好的，嗯？放松一些。"说着微抬下巴，动作温柔地吻了吻她。

莫颜握着他的手，与他轻轻摩挲了一下，点点头说："不该这样问你。"

徐靖南想了想，看着她的眼睛又说了一句："其实你应该知道，我会保谁。"

莫颜眼睛瞬间就发红了，轻轻拍了他一下："你瞎说什么呢，我和孩子都会好好的。"

徐靖南一脸悲剧，仰天笑叹："我就知道会是这样！"

莫颜翘着嘴角，拉了拉他的手："我爱你。"

徐靖南脸上瞬间就变成了喜剧，低头深深吻她："我也是。"

番外三

图图四岁那年的冬天，徐靖南带着老婆、儿子到三亚去休假。

早上，在酒店的自助餐厅，图图坐在徐靖南对面不肯好好吃饭："我也要喝咖啡。"

徐靖南一边看报纸，一边端起杯子应景地喝了一口咖啡，淡定地说："喝你的海鲜粥。"

"为什么你可以喝咖啡，我不可以喝？"图图瞪着一双乌黑的眼睛问。

"因为爸爸是大人。"

图图一脸不服，又一脸困惑："因为你是大人，所以你可以和妈妈一起睡觉吗？"昨天晚上，他为了和妈妈一起睡，就差号啕大哭一场了。但不管怎么闹，最后也被赶去了套间，含着辛酸的泪水独自睡觉了。自从他又长大一岁后，他能和妈妈一起睡的时候越来越少了。

"唔，没错。"徐靖南还是很满意儿子举一反三的能力的，以后他再想和他妈一起睡，他就不用伤透脑筋地赶人了，只要说一句因为爸爸是大人即可。

图图点了点头，有些神伤，又有些期待："那我等长成大人再和妈妈一起睡……可是还要好久啊……"

徐靖南喝进嘴里的一口咖啡差点就喷了出来……你长大成人还想和我老婆一起睡？！

提到妈妈，图图又一脸无聊地拿勺子搅着碗里的粥问："妈妈怎么睡了这么久，还没起床啊？我想见妈妈。"

徐靖南咳了一声没说话，心想我和你妈为了给你造一个妹妹出来，昨天忙到了很晚，我老婆多睡一会儿怎么了？

徐靖南没理他。小家伙坐在椅子上心不在焉地吃饭，一边吃一边东张西望，过了一会儿他叫："爸爸，隔壁那个穿花裙子的阿姨一直在看你。"

徐靖南抬手敲了敲桌子提醒他："认真吃饭。"顺便再把目光收回到报纸上，瞟了旁边桌的那个"阿姨"一眼，那个女人穿了一条长长的吊带沙滩裙，露出细长的脖颈和若隐若现的胸脯。

那个女人从徐靖南带着儿子过来坐下就注意到他们了。徐靖南一身大牌的低调穿着，举手投足间都散发着成熟男人的魅力，尤其是在敲桌子警示小朋友的时候，有种无言的性感。

女人撩了下自己的长发，在确认妆容精致完美后，翩翩起身，端着咖啡朝着徐靖南那桌走了过去。

"小朋友，请问我可以和你跟你爸爸一起共进早餐吗？"

徐靖南抬头，看见刚才那个女人在一脸亲切地询问儿子，微微挑了下眉。

图图看了他没什么表情的爸一眼，又看了看眼前这个陌生女人，沉吟了片刻问："如果你愿意拿你的咖啡和我的海鲜粥换，我就同意。"

"这……"女人依旧微微笑着，只是有点不知道该如何是好的僵持着。按常理小孩儿的爸爸早该出声答应了，怎么不说话？她要是不同意和小朋友换，接下来就不能搭讪了；然而如果换了，让一个孩儿喝咖啡，但凡是个明智的家长就不会同意。

就在这时，徐靖南看见自己老婆从电梯里出来。莫颜穿了一条黑色的长裙，外面套了一件薄衫，还围了一条橙色的丝巾。徐靖南一看她这样穿就想笑。

莫颜显然也看见他和图图了，以及站在他们桌旁搭讪的女人。她脚步略有停顿，随即去食品区拿了一点吃的，坐在了三米外的桌前，似笑非笑地看了徐靖南一眼。

徐靖南嘴上玩味的笑意就更明显了。他招了招手，把还没看见妈妈的图图叫到身边，低声耳语了几句。

图图听完点点头，对身边的女人说："阿姨你先坐，我一会儿再回来。"

女人本来都觉得尴尬了，听见他这样一说，立刻笑着答应了，顺从地坐在徐靖南身边，"先生带孩子来度假？"

徐靖南喝着咖啡嗯了一声。

"一个人带孩子很辛苦吧？"她观察了半天，一早上也没见过有女人出现在这对父子身边，显然是没有带女性来的。

徐靖南笑了笑："不是一个人带，我有老婆。只不过度假嘛，当然还是不要带老婆比较好，你说呢？"

他难得说了这么多，女人听得心中窃喜，却又为他的问题感到为难。从道德层面来讲，既然人家有老婆，她就应该识相地离开，不管他老婆有没有在身边；但是从欲望的角度来说，她心里对做眼前这个男人的小三简直是蠢蠢欲动。

斟酌片刻，她还是选择了于清光的方式，毕竟这样可以营造一个她三观端正的假象。女人说："是吗？我觉得带着自己的妻子一起来玩也是很不错的选择，毕竟孩子会喜欢和妈妈一起相处。"

徐靖南自嘲地摇了摇头："可我跟我妻子关系并不是很和谐，离婚的可能性很大。"

女人神色微微一怔，立刻说："我也是一个人来玩的。如果先生觉得无聊，可以叫我一起玩……"

徐靖南突然倾了下身："晚上也可以吗？"

女人的心落回了肚子里，脸上浮现出一个有些妩媚的笑来。刚要开口，徐靖南却率先说话了，微微笑着，目光有些打量的意味，"小姐三观挺正呢，希望我和老婆一起来玩。"

女人听得一愣，暗自庆幸刚刚的话没有说出口，亲和地微笑着说："谢谢先生夸奖，道德底线我们还是要遵守的。"

徐靖南笑笑，"那真可惜了。"

"什么？"女人有些没反应过来。

徐靖南却起身对着她身后说："这位小姐对当小三有什么看法吗？"

女人扭头，就看见一个韵味十足的女人正站在她身后，身边正是徐靖南的儿子。

那个女人明媚气质，神色有些似笑非笑，听见徐靖南的问题，想了想说："看是当谁的小三了。"

徐靖南踱过去，双手插兜，以挑剔的目光上下打量了她一眼，微微笑着说："当然是当鄙人的小三。"

那个女人几乎没有犹豫，嫣然一笑，说："荣幸之至。"

徐靖南瞬间就笑了开来，一手向下捂住了儿子的眼睛，一手捏住那女人的下颌，凑过去吻了她一下，"走吧。"

那个女人被在大庭广众之下亲吻，脸颊泛起了一抹粉红，临被徐靖南拉走前，还冲呆坐在椅子上的女人微笑着点了点头。

女人一脸凌乱心想：这个世界什么时候这么奔放，这么不要脸了？

她坐在座位上，远远地还听见小孩儿的奶声问话："爸爸，什么叫小三？"

男人说："小三就是扰乱社会和谐幸福的第三者。你现在的身份就是小三。"